| 当代中国小说榜 |

黑面黄底

谈叶闻 著

中国文联出版社

图书在版编目（CIP）数据

黑面黄底 / 谈叶闻著. -- 北京：中国文联出版社，2017.11（2023.3重印）

ISBN 978-7-5190-3301-9

Ⅰ.①黑… Ⅱ.①谈… Ⅲ.①长篇小说—中国—当代 Ⅳ.①I247.5

中国版本图书馆CIP数据核字（2017）第296461号

著　　者　谈叶闻
责任编辑　贺　希
责任校对　乔宇佳
装帧设计　中联华文

出版发行　中国文联出版社有限公司
地　　址　北京市朝阳区农展馆南里10号　　邮编　100125
电　　话　010-85923025（发行部）　　85923091（总编室）
经　　销　全国新华书店等
印　　刷　三河市华东印刷有限公司

开　　本　880毫米×1230毫米　1/32
印　　张　11.125
字　　数　250千字
版　　次　2023年3月第1版第2次印刷
定　　价　78.00元

致敬交警　致敬英雄

作为一名从警三十多年的老公安，对公安题材的文艺作品有着特别的情结和喜爱。无论是书画作品，还是影视作品，抑或是文学作品，总是令我尤为关注，经常会带着一种职业的思维习惯试图走进作品的核心，去触摸、探究并欣赏作品的思想价值、情感温度和艺术品位。现在，又一本以扬州城市为背景、以扬州公安交警为原型的长篇小说《黑面黄底》摆在了我的案头，让我欣喜、震撼和感动。

这篇小说反映了当下交警火热的生活，是一部致敬交警、致敬英雄的作品，令人欣喜。公安题材的艺术作品汗牛充栋，也可以说是目不暇接，一般以侦查破案题材居多，刀光剑影，惊心动魄，甚至还有流血牺牲。而《黑面黄底》的作者将目光和笔触瞄向了文艺作品鲜有表现的交警，令人耳目一新。

在一般人眼中，交警的工作枯燥单调、机械刻板，这也就成了艺术家们或有意或无意忽略这一群体的原因之一。而90后的谈叶闻，以初生牛犊不畏虎的胆识和勇气，让这一群体光彩夺目地走上文学作品的前台，成为主角，为全社会走近交警、理解交警、支持交警打开了一扇敞亮的窗户，进行了一次非常有价值有意义的探索，难能可贵。

之所以震撼，源于这是一幕惊心动魄的公安大戏。交警的工作无非是疏导交通、维持秩序、纾解拥堵，然而书中主人公、刚刚上岗的房高却在日常值勤中，以一名侦察兵高度的职业敏感、素养和经验，揪出了一桩碎尸案，出手不凡，旗开得胜，所以小说的开头就极大地震撼了我。

小说的震撼之处还在于，房高和他的恋人共同参与一桩特大假币案的侦破。其中危险四伏，揪人魂魄。嫌疑人丧心病狂，不断地针对影响他们“生意”的交警制造车祸，撞伤了夏政委之后，又将倪支队长撞成脑震荡，杀害了“知情人”陆三，威胁房高亲人的人生安全，最后竟然绑架了房高心爱的人。

一件件、一幕幕，短兵相接，性命攸关，人们的情绪会随着小说情节的展开，一次又一次地起伏跌宕。我相信读者读了这部小说，一定也会和我一样，为作品中事态的险象环生、敌我的斗智斗勇、民警的出生入死，而心潮起伏，血脉贲张。

谁是和平建设年代最可爱的人？作者用她情透纸背的笔墨告诉我们：房高和他的交警战友们！

这部作品是作者一份扎根警营的真挚情怀，也是令我感动之处。谈叶闻大学毕业后，在央视媒体干过新闻采编，2016年底加入了交警队伍，从事文职工作。她有空就往交警的岗位上跑，去观察交警的工作状态，了解交警的业务特点，体悟交警的苦乐人生，触摸交警的情感世界。

在《黑面黄底》里，可以读到大量的生动可感的细节，充满了语言张力和阅读质感，比如汪处长在长期的交警工作中，落下了不能憋尿的毛病，车里放着一只空可乐瓶以解决“方便”

问题，以小见大，向读者传递出交警这份工作的艰辛；房高与晚报记者缪琴从相遇到相识再到相知相爱，洋溢着年轻人向往与追求美好爱情的甜蜜；陆三对三位大款“热情周到”的服务，代表了社会上一小撮爱占便宜爱耍滑头的小混混……这些真实性强、可信度高,读来如在眼前的细节从哪里来？答案只有一个:从生活中来，从观察中来。

当然，最关键的是从热爱中来。因为发自内心地热爱、崇敬交警这个职业，谈叶闻才会不辞劳苦地深入到交警生活里，扎根到交警世界里，沉浸在交警氛围里，目睹他们的飒爽英姿，感受他们的酸甜苦乐，亲历他们的战斗风采，从而抵达他们的心灵深处。反过来，这样“零距离”去深入、去体验，就是走进了一座艺术创作的富矿，使得她的写作拥有了大量真实的可信的素材，下笔有神，游刃有余。

习近平总书记谆谆告诫广大文艺工作者：“热爱人民不是一句口号，要有深刻的理性认识和具体的实践行动……要解决好‘为了谁、依靠谁、我是谁’这个问题，拆除‘心’的围墙，不仅要‘身入’，更要‘心入’‘情入’。”谈叶闻虽然还只是一名文学青年，但她已经深深懂得创作之根植于生活，创作之源来自生活，在文学之路起步之时，就自觉地摒弃闭门造车、猎奇言怪的套路，本本分分地向生活学习，老老实实地向现实取材，勤勤恳恳地扎根于生龙活虎的警营，踏踏实实地追踪着精彩纷呈的现场。从而，成就了这样一部致敬交警、致敬英雄的作品，让我这位老公安激动不已。

诚然，用艺术精品的标尺来考量，这部小说还有很大的努力空间。希望作者更多地走进一线，走近民警，使得自己的专业知识得到更大幅度地提升，多方位、多视角、多维度呈现人物的工作、生活以及情感世界，使得人物更加可感、可信、可亲、可敬；同时，加强学习和实践，多多地从古今中外的优秀作品中吸取营养，强化构思能力，丰富表达方式，提升文学素养，诚如是，一定会在这条路上越走越远。

（作者系江苏省扬州市人民政府副市长、公安局局长）

目录

前　言

一个一心想干公安刑警的转业侦察兵,却去干了交通警察。

无巧不成书，干交通警察工作的第一天，在一闪而过的车流当中，一辆汽车的后备厢里，他嗅到了死尸的味道，在发觉并破获了这一起碎尸案后，他的刑侦天赋意外地帮他成就了一段姻缘的到来。

在上岗执勤过程中，在拥堵的车流里，一个穿梭在汽车缝隙里散发广告卡片的少年，引起了正在执勤的交通警察房高的注意，从而引出一件惊天跨境假币大案。

由于报刊媒体的不规范，暴露了侦破假币案的细节，从而使侦破假币案的关键人物——交通警察房高，成了假币团伙疯狂报复追杀的对象。

大雪封路的年三十，困在扬州境内高速路段的几万过境旅客和市委领导及公安交巡警全体民警，在高速公路上度过了一个特别的年三十。

出租车司机陆三，一位自以为聪明的赚钱能人，却成了假币团伙的利用对象，最后却莫名地被杀。

晚报记者缪琴奉领导指派采访房高，无意中拍摄到假币案犯的照片，从而成为假币团伙绑架对象的同时，又成为假币团伙诱杀公安干警的诱饵。

一双黑面黄底的皮鞋，成了摧毁假币团伙的关键线索。

自以为稳坐钓鱼台，起爆沿江造船厂造成巨大爆炸案的凶犯，却离奇地死在花木基地看门人的铁锹之下。

引　言

交通警察在和刑事案件及高速危险品运输过程中，与存在的危及人类生存空间有着重大联系。当人们端起咖啡或休闲在平静安全的一块小天地里，你不会理解这片刻的美好和宁静会与交通警察扯上关系；当你举起与客户签下大单的庆功酒杯时，或许你不会想到烈日下干渴难忍的公安交警；当你将客户安全准时地送上飞机，或许你不会想到守护在一路默默无闻的交通警察……

一个人站立在地平线上，在阳光的照射下都会投影出一个长长的身影，这个身影永远会落在地球的平面上，往往被人们忽视的正是这个身影……

一份档案，键盘飞快地跳跃着：

房高，某部侦察连连长，参加新疆反恐维稳工作，带领三名战士制服数十名行暴的恐怖分子，救出被恐怖分子围攻的地方群众和党员干部，荣立二等功。

参加国际维和部队，在队部驻地突然遭受数名武装袭击时，房高一人奉命从队部驻地侧面进入增援战斗，击毙武装分子六名后，武装分子溃逃，荣立二等功。

房高在军队服兵役期满，现批准转业。

档案材料被装进档案袋后，一枚鲜红的大章加盖在档案袋封口处。

第一回　培公相马成伯乐　龙不行雨虎豹争

常人眼中的公安交通警察，无非是站岗执勤，处理交通事故及违章罚款，常常因为纠正处理道路违章的铁面无私被民众所不理解，更有甚者被人轻视，以致背后遭人谩骂，爹娘都跟着倒霉。

房高刚从军队侦察兵转业，他一心想干公安刑警，命运却偏偏跟他开了个玩笑，等他拿到分配通知后傻了眼，居然是让他去交警队报到干交警。房高手里拿着分配通知，看着其他转业的战友满心欢喜而去，房高轻轻地摇了摇手中那张分配通知单，内心是无比的失望加无奈。他是怀着满心希望来拿分配通知单的，对自己的分配去向他也充满信心，毕竟自己是侦察兵出身，在军队立过两个二等功和一个三等功，也是一名中共党员，即便不能去坐办公室，也不至于连刑警都干不上，何况自己在去向一栏还主动填了干刑警的意愿和服从组织分配的态度。正在房高灰心丧气时，走廊过道那头走过来一位中等偏瘦的中年公安，在军队干侦察兵出身的房高一眼看到来人肩上两杠三星，他立时知道来人不一般，忙立正敬礼。

来的这个人是谁？他就是市公安局交警支队政委夏邑。不要小看这个中等偏瘦的政委，他平时不苟言笑，工作亲力亲为，

交警支队大小几十个部门他都一一工作过。扬州城市东西南北道路有多少红绿灯，全市几千交警每家常住几口，他们的父母生日及身体状况，他都了然于胸。工作上他是严师，生活上他是同事们的兄弟姐妹。今天夏政委来这里就是迎接房高这个交警队的新成员。当初市局领导让交警支队选人，夏政委一眼就选中了侦察兵出身的房高，市局刑侦处汪处长和公安交巡警大队大队长也来选兵，汪处长笑着对夏政委说："我说夏政委，你可看清楚了，这个侦察兵填的意愿可是刑警，到时你领回去了，是个刺头你可没地方退！"

夏政委听了眨了眨那双深邃而智慧的眼睛，高而挺直的鼻子里传出无声笑音，肚子里的话到了喉咙口又咽了回去，脸上露出一丝不为人解的笑意。

汪处长看到夏政委一脸像捡了个宝贝的神情，他又对夏政委说："你们交警队一不破案二不抓人，偏偏要个侦察兵回去站马路，你夏政委动的什么心思？"

夏政委仍是没有开口，他知道这个四川籍刑侦处处长的个性，只要他开口说话千万不能跟他较劲斗嘴，要不然他会和你没完没了，甚至他本来不需要的他也会改变主意，非要和你针尖对麦芒。

汪处长见夏政委一直不开口，心理上自然得到了某种满足，一转脸嘿嘿地笑了起来说："政委就是政委，水平就是不一样，不但会挑人，而且涵养又高，我们这帮粗人只会舞枪弄棒，唉，大政委不要和我们粗人一般见识！"

旁边站着的公安巡警大队庞队长"扑哧"一声笑了出来，他一边笑一边用手指点点汪处长："汪处长，你是仗着你们刑警有枪欺负人啊！你不要得意太早，哪天在路上交警扣了你的车，你就知道有枪未必就有用！”

本来硝烟渐去的战场，经庞队长这一搅和，现场气氛立时有了变化。

夏政委用眼睛瞄了瞄庞队长，知道再不说话，手上这个侦察兵能不能到交警支队就没法保证了，想到这里他有了主意，决定给汪处长和庞队长来点胡椒面，于是夏政委对汪处长说：“汪处长，就刚才庞队长的几句话，似乎有挑拨之嫌，汪处长什么时候以枪压人？说我们交警扣你汪处长的车，是不是暗指汪处长你行车有违章？”

说到这个时候，夏政委瞧见汪处长的一双眼睛瞪圆了，知道火候差不多了，边撤退边冲庞队长一努嘴说：“庞队长，汪处长绝对不会跟交警队争一个小小的侦察兵，我看你是醉翁不醉，看上汪处长的这条枪了吧！”

夏政委说得一语双关，明理人都听得出来。

“好，好，你们都有枪，只有我们交警没有枪，玩不起，跟你们玩不起！”夏政委的这句话传过来的时候，他人已在楼下过道上了，他要抢先一步去政治处把这个侦察兵的分配手续开了。

所以房高到交警队是支队政委亲自挑选的，而侦察兵出身的房高一个心思却在刑警队。今天夏政委是特意来接房高的，因为夏政委看了房高填的转业意向，知道房高想去刑警队，所以他决定来接房高去交警支队，另一方面也做一做房高这个小伙的思想工作。夏政委见房高给自己敬礼，他点点头，这个兵的素质不错，房高的档案政委看了，军队对小伙的评价很好。他见房高给自己敬礼，立时还礼并上前握住房高的双手，说：“你是房高同志吧，欢迎你加入交通警察队伍，我是受支队党委指派来接你的，我姓夏，单名一个邑字！”

“转业兵房高向领导报到！”房高说着话将手中的分配通知书递给夏政委，并上前握住夏政委伸过来的双手说，“领导亲自接我这个新兵，看来交通警不干也不行。”

“爽快！是我们交通警的脾气！”夏政委拍了拍房高偏瘦的臂膀笑说，“我们爷俩像，偏瘦！没有多余的脂肪，看你这身板就知道你是个勤快人，好样的！不似一身憨膘能说不能干的。”

夏政委这几句话真就让房高不愿去交警队的念头有了松动，心里一阵热烘烘的。原来交警队还有这样情面的领导，本来别扭的心里产生了变化，赶紧表态说：“是，交警队有您这样知冷知热的领导，交警队这个整体一定是个温暖的大家庭。”

“那是当然！”夏政委拉了房高向楼下走去，边走边说，“要说交警队不苦不累那是假话，再说吃不了苦和累的，我们交警队还不一定欢迎。有一点可以肯定，交警队是个考验人和锻炼人的地方，你说现在的城市交通压力多大，还有出行的安全保障，城市在发展，机动车的飞速增大，再往后高架和轻轨的建成，交通警察的责任和要求那可是非比一般，不要说现在城市交通是数字化管理，我担心像我这样的年龄文化，今后都会跟不上发展的要求。当然你们年轻有学问就不一样了，这就是一个人有没有眼光的问题，李嘉诚就是有眼光的人，所以他能站到现在的大平台上，小房同志，你应该是个有眼光的人，对不对？”

这时候已出了市局大厅，夏政委掏出警车钥匙递给房高，一指停在那儿的警车说：“今天你开，我陪你在市区转一转，感受一下城市交通的挑战，也算对你是个进门的考验，当然有的人是单一地看待我们交通警的，就我个人而言，交通警察就好比一个指挥千军万马的将军，道路交通运行就是战场指挥调度，每天面对的是不同的战场情况，这就考验每一个在岗执勤警察的能力。当然交通警察不是人人都能做指挥千军万马的将军，一个好的指挥员，那是弹指间所指，心中自有百万雄兵，再拥堵的道路情况在他手里，那是指间所向，惊鸿一显，万马奔腾也有规有序，看到这样的道路交通指挥，不由得你不叹服、不感慨！那就不仅仅是指挥交通层面的问题了，那是一门道路交通指挥艺术！”

夏政委说到这里已坐上车，房高开车出了市局大门。

就刚才夏政委对交通警察的一段论说，房高对这个中等偏瘦的政委肃然起敬，他心中对坊间传闻的交警支队“夏培公”有了第一认识，看来这个能享有“夏培公”之誉的政委，一定有他的过人之处。

此时的夏政委用眼睛瞄了瞄房高的面部表情，他在内心肯定了自己刚才一番话对房高小伙子的引导，他知道房高是有追求有思想的青年，自己不对症下药，仅凭交通警察单一的表面，是不能激起众人对交通警察的深层次了解的。所以当夏政委看到房高这个新兵听了自己对交通警察管理的见解，他从房高眼里看到了激情，看到了挑战的火焰，他知道此时再讲无益，这个兵大有潜力可挖。

后来，果然不出夏政委所料，房高这个兵在两个月培训学习结束后，上岗执勤的第一天就表现出来非同一般的潜力，这个潜力的表现让爱才的支队政委和支队长倪福城又喜又忧。

房高今天是上岗执勤的第一天，他被分配在交警二大队，二大队大队长肖征臣是个老兵，转业后干交警已有十几个年头，他接受夏政委的嘱托，亲自带房高上岗示范。一天在岗工作下来，又加上现在是六七月大热天，房高一身警服都没干过，等到了傍晚下岗再看他一身布满盐霜的警服，大队长肖征臣竖起了大拇指，房高这个兵能带，小伙子非但用心，而且能吃苦。肖队长五十多岁了，炎炎夏天，在岗执勤一丝不苟，警风警貌规范，指挥交通流畅娴熟，热汗湿透了全身，警帽檐四周都在往下滴汗水，房高看在眼里，他内心深深地被震撼着：未吃三天素就想上西天，明眼里交通管理没什么显山露水，沟渠堤坝，实际上没有手眼同一、准确判断和全局应急能力，要想干好交通警察工作那是万万不能。

一天的工作下来了，房高和大队长在队部交接了一天的上岗记录，换了衣服后房高开上自己刚买的那辆二手普桑出了队部大门，就在房高汽车刚要出门的时候，一辆和自己一模一样的普桑快速地从自己车前开过。房高是侦察兵出身，一眼看到这部普桑的后备厢被压得低低的，后备厢里明显压了重物。因为是夏天房高的车窗是开着的，刚才这辆普桑一阵风从房高面前驶过，隐约间房高闻到了一股血腥味，侦察兵的天性驱使着房高开车跟了上去。房高心里是有打算的，跟在车后保持距离，看这辆有血腥味的普桑究竟在哪里停车？如果这辆车朝菜市场而去，这部普桑的后备厢里不外乎是宰杀的牲口，如果这辆车不进菜市场，而是向城外或其他地方开去，这里面就值得推敲。房高想定主意，脚下加速，他决定弄出个所以然来。

前面的普桑左拐上了市区主干道，再右拐转过去就是扬州大桥，房高推断，前面的普桑是要过大桥，从东区高速入口上高速，还有第二个可能就是向东直线行驶去江都。如果这辆有

疑点的普桑上了高速，能去的方向选择面就广了，还有自己只是个交通警察，刑事执法权也不具备，怎么办？房高快速地翻动着脑筋，他忽然想到了过扬州大桥之前有个查报站，于是他迅速用内线电话拨通了前面查报站的电话。

房高说道："大桥查报站吗？我是交通警察 86869 号，请立即将苏 K26735 黑色普桑拦下检查，动作要快，大概两分钟这辆车就到查报站，请拦车检查他的后备厢。"

"大桥查报站收到，立即执行！"

房高听了查报站回话，挂上电话将车提速靠近前面的普桑，他要做好准备，在查报站将这辆车拦下来后，房高要把自己的车拦在这辆普桑的前面，以防这辆车冲卡潜逃。

前方查报站设卡挨个检查通行车辆，房高的车跟在苏 K26735 的后面，他故意将车贴得紧紧的。就在查报站工作人员从驾驶员手中拿过驾驶证和行车证时，房高将自己的车拦在了这辆车的前面。

面对房高突如其来将车拦在自己车面前，驾驶员脸上露出一丝惊慌，随即又镇定下来，一双眼睛惊恐地看向拦在车前的房高。房高下班穿的是便装，驾驶的又是民用轿车，一时间这个有着黑红面皮的驾驶员咽了口吐沫，眼神向四周瞄了瞄。

他的这些表情变化，尤其是在房高将车拦在他轿车前面的一刹那，驾驶员露出的慌乱神情是逃不过房高这个侦察兵眼睛的。房高下了车，站在被查轿车的边上，他一言不发，一双眼睛通过车窗直视着坐在车里明显局促不安的男子。

查报站工作人员核查了车辆的车架号和发动机号码，对驾驶员说："打开后备厢，接受检查！"

查报站工作人员的这一句话，让一直坐在车里的驾驶员脸上的汗水出来了，惊魂未定的一双眼睛不知朝哪里看好，两只紧紧抓住方向盘的手抓得更紧了，而且这双紧紧抓住方向盘的手不安地抖动着，房高看在眼里，知道这辆车一定有问题，他为了再次确定自己的揣测，故意和查报站的工作人员耳语了几句，其实房高的一双眼睛紧盯着那个神情快要崩溃的男子。就在这时房高突然冲着驾驶员高声大喊道：“打开你的后备厢，接受检查！”

就这一声“打开你的后备厢，接受检查！”好似一声炸雷，坐在驾驶位置上的中年男子屁股神经般猛地跳了起来，惊慌失措同时语调慌乱道：“查……查……查什么……”

慌乱和无奈的神情再次验证了房高的推测，此时的房高不由分说上前一把拉开车门，将中年男子从驾驶座位上拉了出来，转身交给一旁查报站的两个警察看管，一伸手拉开了后备厢的拉手，快步走到了车身后猛地掀开后备厢机盖，一股血腥味爆发出来，再看刚才的中年男子，一脸刷白地瘫坐在地上。房高看到眼前几个血迹斑斑的编织袋，他伸手解开了其中一个编织袋袋口，一节人的手掌从袋里滚了出来，房高也是第一次面对凶手案中的尸体，而且是碎尸凶案，他浑身的汗毛都惊得竖了起来，他立时将后备厢关上，望着瘫坐在地上、满头虚汗直淌的中年男子，然后对两个警察说：“将他押入查报亭看管起来，联系公安 110，就说这里发生了凶杀案，罪犯在转移尸体现场被抓获，快！”

说完这些，房高用警用提示桩在罪犯车后设定，又解除查报装置，让排了一条长龙的车队放行。做完这些房高进入查报亭，这个罪犯瘫坐在地上，失神的眼睛一动不动，嘴里不停地重复着一句话：“不是我要杀的……不是我要杀的……”

一旁的两个查报站警察目睹了这一切，他俩在查报站经历过许多犯罪案件，唯独没有在查报站现场查看过碎尸案，他二人先是心中发毛，直到向 110 通报了案情后，放下电话他二人才定下心来。其中一个警察胆大一点儿，他围着这辆车转了一圈，在装尸体的后备厢前站了下来，左右看了看这辆车的后备厢外观，除了能闻到一股血腥味，从外表上一点看不出这辆车的后备厢里装了被杀的尸体。这个警察不免在心里暗暗竖大拇指，一个交通警察如何能嗅到这起命案，而且是罪犯在转运尸体的过程中，也就是说在公路的车流之中能发觉哪辆车上存在不法之事，可见这个交警干错了行，他应该去的地方是刑警队。今天我和同事看来要沾这个交通警察的光了，命案在查报站查获，也是查报站配合及时，干了六七年查报站工作，总算干出了一点成绩，这点成绩还是这个交通警察带来的。

正在这名警察想的时候，房高掏出了交警工作证件递了过来并说："我是交通警察，分到二大队，今天是我第一天上岗做交警！"

这名查报站警察接了房高的证件看了看，伸出手握住房高的手，自我介绍道："东区查报站王伯为，你是交警二大队的房高同志。"

房高点点头，王伯为继续说："查报站就两人值班，那位同事姓焦，全名焦军。今天这个命案在你交通警手上破获，那在公安系统可是天大的新闻，不要说你是干交通警察第一天，就从这件命案来看你可是干刑警的料子，放心吧！这件案子了结后交通警察这个苦差事，怕不是你干的了！"

房高听了，笑笑没有开口。

王伯为将证件递还给房高，又说："第一天干交警就破获一件命案，看来你要交好运了，我和我的同事也能沾沾光，干查报站的，工作性质不突出，在单位难免不被人重视，在孩子面前也就那样，好在今天这件命案我和同事都经历了，查报站这个难出成绩的地方也算是风光了一回！”

正在这时，110和刑警队的警车开了过来，查报站的警察王伯为迎了上去，向刑警和110叙说事情的经过。

这时房高的手机响了起来。房高接通后话筒内传来二大队大队长的声音：“房高，你现在什么位置？八号岗缺人手，需要你立刻前去到岗增援，这也是你学习历练的好机会，只是辛苦你了！”

“大队长放心！我会尽快到达八号岗。”房高立时回答，“我现在的位置是东区查报站，十五分钟内就能赶到八号岗。”

电话那头传来大队长不解的声音：“查报站？东区？房高你怎么去了查报站？你家不是在西区吗？”

房高刚想解释，市刑警队大队长韩龙要过了手机对着话筒说：“肖大队长，你二大队可是藏龙卧虎，就这个刚干上交警第一天的房高，刚刚破了一件碎尸案并在查报站将罪犯抓获，所以房高现在不能离开，我们需要他把案情一一报告并回刑警队做笔录，你的交通岗看来要换新人，房高什么时候归队？我要向市局刑侦处汇报，这件案子需要房高的配合，再见，肖大队长！”

韩龙挂了电话，上下审视房高的同时也伸出手说：“刑警队韩龙，你是房高，刚干交警第一天？”

韩龙的眼神里藏着疑惑，语气里更是无法相信干交通警的第一天，能在车流里发现藏有碎尸的车辆？

房高也伸手握住韩龙的手回答说：“上岗练习第一天。”

房高的侦察兵不是白干的，他对“练习”两字加重了语气。

刑警队长韩龙的神情里透着不可思议，他的手下已开始忙碌起来，罪犯也从查报站警亭押了出来，刑警队长的注意力不在案件的现场和罪犯身上，引起他关注的是眼前这个交通警。房高个子中等偏上，肩膀很宽，外表看上去显得清瘦，白净的脸庞，浓眉下一双非常安静的眼神让人感觉深不可测。韩龙干刑警已有年头，看了面前的房高他心里有过这样的想法：这个交通警决非一般人，或许要不了多久在公安这一块儿一定会有他施展才能的位置，韩龙相信在公安上拼的是能力，只要有能力在公安队伍里挑大梁是不稀奇的，眼前这个交通警就是具备这种能力的人。

刑警队长韩龙没有多说话，他与房高只是用眼神进行了交流和审视，大有相见恨晚，英雄相惜之意。那一边两个查报站的警察正向刑警队员叙述当时情况，说到关键的地方，他们二人不免情绪高昂，一旁的房高看了，心里理解长年在几平方警亭工作的苦处，查报站的警察其实和交通警察一样，长年执勤在室外，酷暑严冬，风沙烈日，还有汽车排放的有毒气体，等等这一切，作为交通警和道路交通查报站的警察，他们都必须面对。他们的青春年华日复一日地在这样的环境中消逝，所以现在的房高能理解二位查报站警察现在的心情。

是啊！几个平方的警亭，就是一名交通警的一生。

交警支队政委夏邑和支队长倪福城都接到了交警二大队大队长肖征臣的汇报，说刚来二大队报到的交通警房高破获了一起碎尸案，而且一路跟踪到查报站将罪犯和碎尸证据抓获。接到这个汇报，政委夏邑不免皱起了眉头，要说交通警察能破案并抓获罪犯是件好事，只是夏政委心里另有一番思想是其他人不能理解的。夏政委和倪支队长都五十开外的年龄了，交警支队这个部门是城市建设发展的重中之重，每日人们出行奔赴工作岗位的道路安全高效畅通保障，经济流通和发展都离不开高效畅通的道路。尤其是交警工作不分白天黑夜，更没有所谓的节假日，就连年三十和家人团聚也成了交通警察的奢望。还有恶劣天气中带来的生命安全危害，所以交警队伍骨干这个传承培养工作，就像个政治任务压在了支队二位领导的心头。虽然交警支队人才济济，但是支队二位领导总是慎之又慎，因为几十年交警支队干下来，他们二位领导太知道道路交通高效安全对一个城市、对一个社会意味着什么。夏政委自从见到侦察兵出身的房高，不知为什么心里就有种偏爱，所以不顾得罪领导也要把这个兵带进交通警察队伍里来，他们在为交警支队的传承物色后继人才。现在听到二大队的汇报，房高上岗第一天发现并破获了碎尸案，还跟踪到查报站抓获了罪犯，夏政委心里立时想到市局刑侦处处长和市公安巡警大队长这二人，当时他们二人对交警支队要走房高就有微词，还说交警队一不破案，二不抓人，把个侦察兵要去做交警干什么？所以夏政委听了房高破案的事，自然眉头紧皱，他知道市局刑侦处汪处长这次一定会在这件事上做文章。

支队长倪福城知道老搭档眉头紧皱的原因，他们二人在支队搭档很是默契，这个时候倪支队反而笑了笑，对老搭档说："不要顾虑得太多，人是支队的，你怕他们借机挖墙脚，放心就是了，你我二人还周旋不过刑侦处？这样，政委你先出马，只要房高本人不被策反就有绝对胜算。"

夏政委点点头，分析道："接下来刑侦处一定会搞个案件表彰会，目的不言而喻，是要借表彰会弄晕房高，我的意思是支队先为房高开个表彰会，就他破获碎尸案并抓获罪犯的事迹进行宣传表彰，还要为他向市局报请三等功。”

“好！”倪支队长一拍桌子说，“就这么办，他们刑侦处有牌出，我们交警支队手上能出的牌何止一张！”

这时候桌上的电话响了，他们二人相互望了望，心照不宣——肯定是市局刑侦处汪处长的电话。

电话果然是市局刑侦处汪处长打来的，支队长倪福城拿起了电话，电话那头传来汪处长的声音：“是夏政委吗？我是刑侦处……”

“我是倪福城，汪处长有指示请讲！”支队长打断了汪处长的话头说，“夏政委上一线检查去了，是我能代劳的一定照办！”

坐在办公桌旁的夏政委听了老搭档的回话，他点点头没开口。

汪处长的声音又传了过来：“是这样，刚到你们交警队报到的房高同志，在无意中发现了一件非常恶劣的碎尸案，并且一路跟踪到查报站将罪犯抓获，这件事我们刑侦处已上报了，本着才尽其用的原则，我们认为这个同志留在刑警队更能发挥他的作用，当然也是本着对每个公安战士的负责精神去考虑，一句话，哪里适合他们，我们就为他们创造适合的条件，都是为了工作。本来市局想直接将房高的关系调过去，我想房高的分配报到通知已到交警支队了，还是要尊重一下你们支队的意见！刑侦处给市局的保证就是再划两个同志去你们交警支队，二换一，算我们对交警支队的支持。”

倪支队哈哈笑了起来：“感谢汪处长对交警支队的支持和

理解，问题是支队人事工作归夏政委负责，这一点是市局政治处的工作要求，夏政委到一线检查去了，是不是明天让他向汪处长当面汇报，或者由夏政委亲自将房高同志送到你办公室，汪处长你看如何？”

夏政委在一旁听了，冲支队长竖起大拇指。

汪处长听了支队长信誓旦旦、很贴心窝的话，他内心舒了一口气，心想这件事情总算有眉目了，于是对着话筒又说：“倪支队，客气了，大家都是一个系统两个部门，有需要刑侦处出力的地方尽管开口！好，就这样吧！”

汪处长放下电话，对站在办公桌对面的刑警队韩龙队长说：“基本搞定，当时在市局挑人，我是一眼就看上那个转业的侦察兵，可惜被交警支队夏政委手快抢了去，还好，他们支队明天把人送到我办公室。人才啊！你们刑警队也要多方总结，工作中的不足要有认识，手头的几件案子拖了又拖……”

“汪处长放心，我会尽快抓紧！”韩龙知道手上几起案件没有结案，也感到自己拖了时间，见汪处长点此事语气上还是顾了自己面子，他立马表态说，“请处长放心，我知道了！”

“还有一件事，你去刑警队物色两个同志，准备调交警队工作，具体调动时间听通知。”

“是！”韩龙答应道。

交警支队支队长和政委两人正开车向市刑警队赶去，政委坐在后排一脸的心思，腿上放了个公文袋，一只手下意识地在公文袋上有节奏地轻轻敲着。刚才在办公室听了老搭档支队长和汪处长的对话，他知道这是老搭档的缓兵之计，果然支队长一放下电话拉起政委就下楼，支队长亲自开车向刑警队而去，

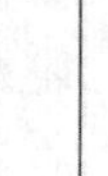

他们的目的很明确，先稳住刑侦处，然后将房高带回支队，只要将房高带回支队，如何做房高留在交警队的思想工作这二人还是有自信的。现在支队长从后视镜看到老搭档一脸的沉思，知道老搭档一定在动脑筋。对自己这个老搭档支队长心里是最清楚的，别看他清瘦，个子不高，但在支队几千人的队伍里，这个政委威信极高,平时不苟言笑,一双深邃的眼睛里含着威严，做起工作来一向把脉极准。交警支队可谓什么样的猴子都有，唯独面对这个清瘦政委时，人人是礼敬三分，工作上丁是丁卯是卯不敢有任何马虎大意。

支队长想到这里，内心不由得一阵欣慰：不是这个老搭档工作出色，单靠自己威风八面、大刀阔斧的硬性工作，要想带好支队几千人的队伍那是不可能的。尤其是城市高速的发展，对每个交警同志都提出了新的要求，保障城市道路安全高效的这支利剑，时常悬挂在交警队伍每个同志的心头，若不是政委弹性的思想工作方式，保证人们日复一日安全高效出行，就会像一张绷紧的弓弦，满负荷地压在交警同志的神经上。

支队长倪福城想到这里又从后视镜瞄了瞄，见此时的夏政委嘴角露出了笑容，他把心放回了肚里，看来老搭档想好了对策。前面不远就是刑警队了，夏政委对倪支队长说：“倪支队，你我做个分工，你进去见到房高，问清这件碎尸案有无结案，按照汪处长电话里的说法，这个案子只是审讯一下而已，再到杀人分尸现场取证，因为是人赃并获，所以应该是结案了。只要是结案了，你就立即给房高下达工作指令，然后用车将他带回支队。我去见刑侦处汪处长，办法是想好了，效果如何就看这个公文袋里的东西起不起作用了。”

倪支队也不清楚老搭档公文袋里装的什么，夏政委边说边摇了摇手中的公文袋，也不知什么时候这个公文袋被他带上了车。

夏政委的话刚说完，车子已开进了刑警队大院，二人下了车分头行动了。

夏政委直接向三楼而去，在楼梯上夏政委心里计较着，自己手里的这份公文袋，是省高速指挥部和省消防署联合下发的一份文件，要求各市交警支队选派一名战士，到省高速指挥部举办的培训班学习，学习的目的就是应对高速公路上运送化学品及易燃易爆物品在运输过程中出现的不安全现象和正确处理的应急措施。高速公路在提供快捷高效的同时，也存在高危险和不稳定因素的活跃指数的上升。尤其在高速公路上运输危险品，一旦出现行车安全事故，涉及到的不可预知的危害性是极大的。本来支队已初定去学习培训的人员名单了，但现在为了将房高这个人才留在支队，夏政委决定用一用这份省高速指挥部和省公安厅联合下发的文件做一做文章。再说对于房高这个兵，夏政委和倪支队两人细细地衡量过，房高是个好苗子，具备总览全局的能力，所谓千军易得，一将难求，交警支队这样重要的机构，如果没有一个有战略眼光能从容总览全局的人坐镇，那是对党和组织及全市人民不负责的行为。夏政委相信自己的眼光，在公安交警这条线上干了几十年，能遇到房高这样有潜力的好苗子,夏政委和倪支队长二人为这件事高兴了几天，总算是为组织培养了后继人才。如果利用这次手头去省公安厅和省高速指挥部学习的机会，进一步提高完善房高的综合素质能力，同时也能更加激发房高这个兵的荣誉感，这可是一箭双雕的好事，如果再能堵住汪处长挖墙脚的念头的话，那可就是一箭三雕了。夏政委想到这里，内心不免对自己的一箭三雕计

策小得意了一回，是啊！做领导难，有时不用点心思，不费一番“怀柔”心思，工作做起来是有难度的。

夏政委抬头见到了刑侦处门口，忙收了心思，在充满了信心和把握的情况下，挺了挺本来就很笔直单薄的后背，伸手敲了敲刑侦处汪处长办公室的门。

“请进！”门里传来汪处长特有的四川声调。

夏政委推门进来，脸上依旧不动声色道：“汪处长，打扰你了！”

“啊！大政委亲自来一定有好事！”汪处长看进来的是交警支队的夏政委，他站起来迎了上去，一脸笑容地说，“你夏政委来打扰，那是我们刑侦处的荣幸！坐，坐，坐！”

夏政委心里明白，面前这个一脸笑容的汪处长，他这个笑不是欢迎自己的笑，而是内心马上就要得到房高这个兵的开心的笑。汪处长见夏政委光顾刑侦处，除了把房高这个兵送过来，又能有其他什么事呢？再说他也看到了夏政委手上拿着的公文袋，这个公文袋里装的不是房高这个兵的关系调动手续，又能是什么呢？

汪处长心里在想，夏政委心里也没闲，夏政委知道眼前的这个汪处长不是那么好糊弄的，权衡再三后决定开门见山，单刀直入，即便汪处长有准备，也要打他个措手不及。

这时候汪处长亲自泡了杯茶端了过来，并对夏政委说：“夏政委，你来刑侦处可是第一次，从没见你来过刑侦处关心关心噢！”

夏政委知道这是汪处长在和自己摆龙门阵，他决定按计划进行，于是对汪处长说：“汪处长，东区查报站发生的命案，你们刑侦处可是破案神速，据说市局领导对你们刑侦处还要嘉奖，这回你汪处长可要请客的噢！”

“一定请！一定请！”汪处长不加防备地笑说，“案子已了结，这件事还要感谢你们交警支队，你们交警支队的房高同志是个有刑侦天赋的人才，也是你们支队领导培养得好喽！”

夏政委在心里发笑，房高到支队上岗不过才一天，哪来支队对房高的培养呢？他知道这是汪处长在给自己戴高帽子，于是按既定方案转了话题。

夏政委对汪处长说：“汪处长，既然这件命案已经结案，房高同志就要归队并去省厅组织的培训班学习，这是已报送省厅的学习人员名单和省厅下发的通知文件。”

夏政委说话的时候，一边将公文袋递了过去，一双眼睛自若地望着汪处长。汪处长听了夏政委的话，一时没有反应过来，他也没有伸手去拿公文袋，一怔之间眨了眨眼睛，一边回味刚才说的话，一边急速地判断着。汪处长之所以没动桌上的公文袋，他明白一旦自己动了公文袋并看了里面省公安厅和省高速指挥部的文件，那就没有退路了。因为省公安厅和省高速指挥部的来文是无条件地要执行，不要说自己这个市局刑侦处，就是市局领导也是无条件执行省厅的通知文件。

汪处长把目光放在面前这个清瘦的夏政委身上，心里不由得倒吸一口气：看来这个人是有备而来，我轻敌了！想把那个具备刑侦天赋的房高要来刑警队的愿望要落空了，自己面前这个在公安系统早有“夏培公”之说的夏邑，看来今天算是领教了。

到了这个时候汪处长才明白自己进了别人的圈套，也怪自己不设防，到手的这个兵被自己一句——“案子已了结”而葬送了。是啊！房高来刑警队是协助调查并做案情笔录，现在你刑侦处长都说案件已结案了，就没有理由再扣住人家不放了，再说对方手里还拿着省公安厅和省高速指挥部的文件，人家连要人的借口都办好了，可见这个有“夏培公”美誉的支队政委确实有过人之处。

夏政委见汪处长不说话，一双眼睛定定地看着自己，他知道这时候需要的是打破沉默，建一个台阶让对方下，使对方被算计后的恼羞成怒及尴尬化为泡影。

于是夏政委站起身说：“汪处长，不是房高去了省厅和省高速指挥部的培训班学习，你许下支援我们交警队两个队员的承诺，就不算数？”

经夏政委这几句卸力话语一说，汪处长脸上的气色转了过来，又堆起了笑容，但四川人的牛劲仍在，他对夏政委说：“好说，问题是现在的部下工作难做，去你们交警队的话还没有说出去，各样的借口都堆了上来，也难怪，交警队的苦脏累是让人望而却步，这样，夏政委，只要下面的工作一做通，我立刻给你送支队！”

“好！感谢！感谢！”夏政委知道他是要花腔，见来的目的已达到，忙抱拳站起身说，“还是汪处长了解我们交通警察，有你处长这句话，再苦再累我们交警支队所有同志都无怨言。汪处长，只有你知道交警这个摊子的难做，多少人干着干着就溜号了，难啊！不瞒汪处长，正常的星期天休息就是我和倪支队的加班日，民间俗语，星期六看看家属，免得儿女不识爹貌，提桶担水代换煤气，临了看看爹娘尽尽孝道。可是现实之中的交警同志们也编了一段顺口溜：交警工作最轻松，从早到晚马路中，美女帅哥天天见，要想老婆在梦中。干了交警真轻松，腰椎颈椎有真功，当年二万五千里，还看交警征途中。”

夏政委说到这里故意停了下来，他算计好了时间，一定拖到倪支队老搭档将房高带走，于是故作口渴喝了口茶。

这时候汪处长听了顺口溜也有感触，点了点头：“是啊！交警小伙子们真是不错！”

“汪处长，在你面前倒倒苦水！”夏政委接上话继续说，“不提了，我和倪支队二人也是难啊！像去省高速指挥部和公安厅举办的培训班学习的机会，谁不想去？名额只有一个，可支队一线警力就上千人，还有每日的出行高峰拥堵，不提前一小时出发，十有八九要迟到，要不就堵在路上。不瞒汪处长说，我不能憋尿，这些毛病都是年轻时候干交警工作带下来的后患，在路上堵路时间一长，不怕汪处长见笑，我在车上备了个可乐瓶，一旦尿急只有在车上自行解决。”

说到这里，汪处长站起了身，临出办公室门时对夏政委说：“夏政委，你坐一坐，我方便方便！”汪处长边说边急急忙忙出了办公室门。

夏政委刚才所说的一段憋尿，其实是知道汪处长也有不能憋尿的现象，这个现象是汪处长的司机，在空隙时间里到处找空可乐瓶传出来的，所以夏政委今天要耗时间，就联系憋尿这件事情，一来点题城市拥堵交警的警力紧张，二来也让汪处长有切身感受支持交警支队的工作，城市拥堵不减轻，随车带空可乐瓶的情况就要继续。

这时候，汪处长一身轻松地推开办公室门进来了，夏政委站起身自己倒了杯茶，又替汪处长添满了茶杯，夏政委决定趁热打铁，彻底打消汪处长动房高到刑侦处的念头，想到这里夏政委又说：“原先文昌楼这一块交通是个大难题，但是我们发动交警支队所有同志对交通问题献言献策，你现在再看文昌楼的道路拥堵状况，那简直就是天壤之别，三五分钟就能过文昌楼这一块。这说明了一个改善道路交通的根本性问题，那就是我们对相关人才的培养和重视，没有人才在改革创新中占主导，交通道路的改善将举步艰难，所以支队研究让房高同志去参加省厅举办的交通相关培训班学习，就是要彻底让开车带空可乐瓶的事情不发生。”

“是啊！交通堵塞是个大问题！”汪处长接了夏政委的话很有感受地说，“人才是重要，培养更重要！”

夏政委附和道：“汪处长说得经典，道路交通管理的人才培养是当前最重要的，你看省厅领导都想到了我们的前面，办的这个道路交通培训班，这就是领导对问题的高瞻远瞩。汪处长，你说是吗？”

汪处长点头赞成，心里清楚面前这个中等身高、清瘦而精神的夏邑是在打两张牌，一张苦情牌，要堵刑警队调房高的念头；另一张政策牌，有上级的文件精神作战牌，想打必输。所以汪处长现在是无计可施，再想到自己尿急被堵在路上用空可乐瓶解决尿急的窘象，他也对城市道路的拥堵感到头疼，于是汪处长接过夏政委的话头：“这个城市道路拥堵是个大问题，一线城市的道路拥堵更严重，夏政委你刚才说的培养这方面的相关人才，是个当务之急，现在我们面对的仅仅是平面道路，如果像一线城市一样，发展了地铁、隧道、轻轨、高架的话，那样的交通就更为复杂，所需要的交通人才就更急切。”

“汪处长，你真是行家里手，佩服！佩服！”

夏政委不失时机地恭维道：“一支部队有没有战斗力，关键是在领导，汪处长高瞻远瞩，今天来这里真是受益匪浅，省厅有关对道路交通人才培训的部署……”

“执行！坚决执行！”汪处长知道留房高在刑侦处是不可能了，他当然只能做明白人。

夏政委见堵了汪处长挖人的念头，从时间上也感觉倪支队长应该将房高带离了，于是他站起了身，伸双手握住汪处长的手：“感谢汪处长对交警支队的支持，有时间一定请汪处长到支队给我们讲讲话，做做报告，提高支队全体同志的感知认识！”

汪处长听在耳里，心里知道这是夏邑得胜后的安抚，他在心里不觉也举起了大拇指：这个“夏培公”厉害，厉害！

汪处长一直把夏邑政委送出刑侦大楼，回到办公室拨通了姚副处长的电话，就在一路送夏邑出刑侦大楼的几分钟里，汪处长心里另有一番计较：刑侦处手上积累的几件大案拖了许久还没有眉目，本来计划把具备刑侦天赋的房高这个人才挖过来，未曾想遇到交警支队夏政委这个厉害角色，自己第一手失算是小，关键是几件大案没有进展，市局在会上已提过一次，再不破案可就没有说辞了。前天这个姚宁副处长在自己面前提过，交警支队夏政委有个“夏培公”的美誉称谓，自己平时与交警支队交道打得少，对这个“夏培公”只是知道其人，并未有过直接的深交，看来还是要向姚宁副处长了解了解。

不一会儿刑侦处副处长姚宁推门进来，姚宁接到处长电话他就知道一定和交警支队的夏邑有关，所以进来之后一脸的笑容，但又不敢太过，抛了个话题引子，总要让自己的顶头上司知道自己是聪明人。

姚副处长声音不大，说话的腔调显得早就知道结果：“汪处长，交警支队这个夏政委个头不突出，头脑够用，挖他的兵很辣手！”

汪处长阴沉着脸，没有开口。

姚副处长用眼睛瞟了瞟，知道此时不宜再自我，总得顾顾顶头上司在失了一手之后的感受。忙转了话头说：“我有个方法能让房高进入刑侦，而且他夏政委还无法反对。”

姚副处长说到这里，眼见汪处长的脸色好转了过来，知道这个话题对路了，忙继续说：“房高这个兵，我了解了一下，当初填去向时就填了刑警队，也就是说他房高心里装的是刑警队，而不是他夏政委硬拉过去的交警队，如此这里就有文章好做了。一方面房高的心里对侦破案件是个偏爱志向，我们明里可以不占用他在交警队的工作，暗里交给他一个刑侦便衣身份，把一些案件交由他处理，我们派专人配合他……”

汪处长听到这里，示意姚副处长坐下来说。

姚副处长八面玲珑，知道汪处长接受了自己的建议，于是继续说：“另一方面，交警工作的苦脏累不是一般人能坚持下去的，我们只要循序渐进，背地里让房高参加刑侦破案，时间一长，就是他夏政委再‘夏培公’，也无法挽留房高到我们刑侦处的事实。再说，只要房高介入案件，案子侦破的同时，也就是我们和他交警队摊牌的时候，到时将案件卷宗向上面汇报，突出房高刑侦方面的特长，我想夏政委也就江郎才尽，‘夏培公’的美誉在汪处长你面前不照样无可奈何？还有，我们刑侦处的面子上还有发现人才的光环，到时有关媒体一报道，我们刑侦处和汪处长你……”

“房高的工作谁去做？”汪处长打断了姚宁的话头，他现在关心的是如何实施，汪处长接着问，“万一房高不愿暗里成为便衣侦探，有什么对策？”

姚副处长微微一笑道：“三国时期，周瑜为破曹操，黄盖献诈降计才成就了火烧赤壁，我既有此建议，做通房高暗里加入刑警队便衣这件事，我当仁不让，即便挨四十军棍，为刑侦处得一大将也值了！”

姚副处长说得慷慨激昂，说到感染处他的一双小眼睛居然泛起了丝丝红意，汪处长听了也看了，他感受到了一种满意，一边点头一边对姚宁说：“好，刑侦处能多几位像姚副处你这样尽心工作的同志，我们的工作也不至于开展不起来。”

汪处长说到这里想起了一件事，转了话头对姚副处说：“你是公安上的老同志了，我来扬州比较短，有关交警支队夏政委的‘夏培公’一说是怎么回事？”

姚副处长一听立时来了精神，因为有关生活中这方面的八卦逸事，姚副处长是最关心，所以一见汪处长问自然在心里笑了起来，看来处长没把自己当外人，姚副处说起了“夏培公”的一段来历。

姚副处长自喜地搓了搓手说：“这个还得从他上任交警支队政委说起，交警支队上下几千人的队伍，什么样的刺头人物都有，虽然夏邑在上任之初在交警队滚打了好几年，但要在几千人的队伍里站住脚，把工作做好可不是一件容易的事。交通和人每天要吃饭一样，是天天的事，人还有睡觉休息的时候，可公路交通是日夜不停，一有不满就向市政府和媒体举报，市长热线就交通是第一大事来抓，所以交通警的工作不但是苦脏累，而且是卖力不讨好。夏政委生得个头不高，加上身板清瘦，所以上任之后面对的阻力可想而知。再加上他上任后遇到的第一件事：精简机构，充实一线警力，保证城市道路高效畅通安全，在这件事上他捅了马蜂窝。”

“嗯？”汪处长听得认真，他急于知道答案。

姚副处长继续说："根据市局精神要求，精简机构，是为了充实一线警力的不足，本来这是一件辣手的事，支队传达了这个会议精神后，结合支队现有情况，开展了一系列精简机关和合理优化岗位的工作。本来这是既能解决一线警力严重不足，又能调整优化机关的一大举措，正是这一决定，像是捅了马蜂窝一般，立时针对刚刚上任政委夏邑的评论层出不穷，说什么的都有，这其中有五位老同志，都是已经在一线工作了几十年的老交警，现在就面临优化整合重返一线。这五位老同志属支队后勤保障科，说白了这里面涉及交警内部一个不成文的规定，就是一线交警同志到了一定年龄，考虑到他们年龄和体力等多方因素，就调到支队的后勤保障科工作，也就是在交警一线辛苦工作了一辈子，临近退休的五六年都会安排调到后勤保障科工作。当然这是从爱护老同志的角度出发，也是交警工作效率的保证需要。"

"这么说后勤保障科就是交警支队的一个养老院？"汪处长听出了其中的缘由插话说，"如果是这样的话，这个刚上任的政委工作非常不好做。"

姚副处长一语肯定地附和道："处长你算说对了！你想大家都可以享受这个不成文的养老院式的待遇，到了临近退休的五六年，都可以到后勤科享受几年的机关养老工作，现在你这个刚上任的政委要打破它，面对的反对意见和阻力可想而知了。"

"后来怎样了？"

"后来公布机关优化方案，立时在整个交警队伍里炸了锅。"姚副处说到这里，加重了语气，"支队的后勤科和行政科合而为一，只保留三个工作名额，多出八位同志全部调整出支队机关,其中包括那五名从一线交警岗位临近退休的老同志。除五位老同志调市机动车驾考基地工作，其他三位调整出来的同志上交警一线工作。另外，机动车驾考基地由于有了五位老同志的调入，机动车驾考基地调出五位年轻同志充实一线交警工作。当初支队党委在讨论夏政委提出的这个方案时，有过几种说法:第一种看法是把工作了几十年的老交警调往驾考基地，是从严保证驾驶员考试的一个关键，因为这些老交警在一线几十年，对交规和驾驶员各方面的考评有绝对的说服力。第二种看法就是这些老同志奋战在交警一线几十年，现在要打破这么一个不成文的规定，让他们失去所谓的后勤科的养老待遇，这在情感上说不过去。还有将他们调派机动车驾考基地，是不是太辛苦他们了，因为机动车驾考基地远离市区，都是统一坐车由支队出发，也就是说这些老同志要比平时提前一个小时出家门，今后面临的就是早出晚归的状况了。”

汪处长听到这里点了点头，他在内心不由得为夏政委捏了把汗，是啊！这样的优化方案确实阻力大了点，就是让我去处理恐怕也是徒劳无功。

姚副处长见汪处长脸色，知道汪处长一定有所感想。于是继续说：“最终党委会上还是通过了夏政委的优化方案，下面就是执行了，执行的最大难度不是五位老同志，而是夏政委本人，因为在这五个老同志当中，有一位被大家称为‘大余’的老交警，他是夏政委的师傅，夏政委当年进交警队伍时，就是‘大余’师傅将他带出来的。现在他要面对师傅，让师傅失去这个养老的机关待遇的同时，还要继续再起早贪黑干上六七年，汪处长，如果是你面对这样的情况，恐怕也是无法向‘大余’师傅提起！

汪处长关心的是结果，对姚副处的问话没有搭理。姚副处拍马屁一向很准，一见这次拍得无效，他赶紧调整了方向说："这个'大余'师傅是位业务能力很突出的交警，在一线工作是个五好标兵，只是文化程度不高，尽管个人工作能力突出，与体制选干条件不符，所以一直在一线干交警。夏政委之所以个人交警业务能力突出，也是得益于师傅的传帮带。当时在党委讨论会上，也有第三种意见，就是沉默。夏政委心里知道这种沉默的意思，但面子上他只作不知。后来党委通过夏政委的优化方案，也是没法解决一线警力的无法之法。他们也知道执行工作的难度和夏政委如何面对自己的师傅，还有接下来的各种议论，通通将由他们师徒去面对了。但夏政委的优化机构的方案，一下子向警力紧张的一线调派了十五名交警，这个力度是很大的。特别是用五位一线从警经验丰富的老同志，去调换五位机动车驾考基地年轻交警上一线工作，实事求是地讲，夏政委这个方案是绝对正确的。年轻同志不上一线锻炼，如何培养道路交通管理的后继人才呢？"

汪处长这时候考虑了另外的话题，他在嘴里转了半天决定还是要问清楚，于是汪处长问："当时这个优化方案交警支队支队长的态度是……"

姚副处长见汪处长问到交警支队支队长，他更来了精神，忙回答道："汪处长，在整个市局有几句顺口溜，我说给你听后处长你就明白了！"

"顺口溜？"汪处长来了兴趣，但神情之中还夹杂疑惑。

姚副处长点了点头念了起来：

扬城交通有二公，

算无遗策夏培公。
弹指千军如令旗，
坐镇帅帐倪迟恭。
黑白二将守扬城，
出行安全保畅通。
连营万里高速路，
经济发展四海通。
城市道路棋如局，
披星戴月数交通。
决策点将出市府，
福满扬城赞二公。

“倪迟恭？”汪处长有点不理解。

姚副处长解释道：“唐朝凌烟阁二十四功臣之一，一生戎马，征战南北，李世民战败刘武周，知道尉迟恭是位忠勇之将，于是对尉迟恭说，‘愿留为兄弟手足，愿去赠银饯行’。后李世民在战场遇险，尉迟恭突然杀出来救了李世民一命，从此结为君臣。由于尉迟恭忠心保主，在民间被视为祈福求平安的中华门神。而交警支队支队长倪福城是位能征惯战，在交通战线上指挥千军万马的大将，所以人们便将他同中华守护门神尉迟恭联系在一起，称倪支队为倪迟恭，将常出奇兵鼓舞三军的夏邑政委和清康熙年代的周培公联系在一起，称夏政委为夏培公。有这样二位能人为扬城人民守护日常出行道路的安全，人民怎会不称赞他们呢？”

汪处长正想开口说什么，这时桌上的电话铃响了起来，汪处长接起电话，半晌放下电话后对等在一边的姚副处长说：

“马上我要去开会，今天我们就说到这里，改天有时间再继续听你讲。”

姚副处长站起了身，知道是退出去的时候了，于是边转身边对汪处长说：“处长，只要你有时间，我会详细向你汇报！”

姚副处长说完出办公室去了。

汪处长想到姚副处长刚才的建议，暗地将房高发展为刑侦处的便衣队员，让房高利用工作之余的时间，为刑警队破案提供一些建议和思路。他在心里衡量过，只有这样的应对才是目前的策略，底下就看姚副处的策反工作能不能起作用了。

第二回 写姻缘眼前如梦 巧破案一纸窗户

《扬州晚报》新闻大楼。晚报总编王洪推开办公室门，朝新来不久的实习记者缪琴叫了声，并示意她来自己办公室。

缪琴今年二十五岁，研究生毕业，刚到晚报实习。缪琴见总编叫自己，忙放下手中的事推门进了总编办公室。

“王总编，有任务？”

缪琴进门后的第一句话让王洪笑了起来，对缪琴说：“有任务！是你进晚报以来第一次要单独完成的一个任务，敢不敢接？”

“敢接！”缪琴脱口而出，但毕竟是自己第一次独立工作，话是说出去了，但内心是急切地不踏实，于是她问道，“具体任务是什么？会是采访吗？”

“被你猜中了！是采访！”王总编有点神秘地说，“被米访的对象是个交警，据说他做交警的第一天就发现并破获了一起碎尸案，而且是跟踪后在查报站现场将罪犯抓获。”

“交警破案？”实习记者叫出了声，她觉得有点不可思议，又问总编道，“总编，这个交警应该是军队转业的吧？”

“为什么是军队转业的？”王总编对缪琴的话有点敏感，反问道，“是你希望对方是军队转业？还是直觉认为呢？”

“……”缪琴一时无语，她也说不出为什么这个破案的交警应该是军队转业。

王总编将采访的计划递给缪琴，望着不吱声的这个聪慧的实习生，他笑着对她说：“去吧！总会有答案的！”

房高结束了由省厅和省高速指挥部办的培训班的学习，交警支队夏政委知道今天房高要从南京回来，特意和支队长商量好去车站接房高。房高是早上八点在南京上的车，两个小时后到扬州车站，夏政委和倪支队二人早早到了车站迎接。

南京到扬州的长途汽车进站了，和房高一同下车的还有另外一个人，这个人让支队两位领导大吃一惊。倪支队和夏政委看到这种情况，他二人相互望了望，各自心里不由得紧张起来。

房高也看见了两位领导，他对两位领导亲自来车站接自己感到紧张，内心不免也不安起来。与房高同车回扬州的是市局刑侦处姚宁副处长，他见到交警支队两位当家人亲自到车站接部下，他一脸笑容地主动向他们二人打招呼道：“你们二位领导亲自来接部下，真是令人敬佩！难怪全市交警工作做得好，原来是二位领导得好！”

夏政委和倪支队二人从一看到紧跟在房高身后下车的姚副处，他二人心中就不免一怔，现在见姚副处一脸笑容地客套，夏政委先于倪支队开口了：“姚副处，巧了吧！不是我们交警队房高同志支援了你们刑侦处破案，就劳驾你姚副处亲到南京迎接？”

夏政委连说带笑，话里带着硝烟，直奔主题。

姚副处久经沙场，也知道“夏培公”的厉害，他此行是完成在汪处长面前的建议计划，要把房高发展为刑警队之外的便衣，这样就能为刑警队久拖不决的几件大案找到一个破案好手，同时也为今后将房高调入刑警队作个伏笔。现在见夏政委开门见山直逼上门，他堆起一脸笑道：“哈哈哈！夏政委紧张了，倪支队的脸上杀气腾腾，啊！巧了，是巧了！我是到省厅送案件的文本，刚好知道房高也是今天回扬州，这不就一道坐车回来了。”

夏政委知道姚副处是万精油，跟他绕话题永远绕不出真话，反正有一点，你姚副处不是能坐长途车出门公干的人。夏政委想到这里知道多说无益，客气道：“姚副处，是不是一同到交警支队坐坐？”

姚副处用手一指来接自己的驾驶员，笑道：“谢了！你看我的驾驶员来了，好，就这样，再见！”

倪支队望着姚副处上了车，刚才一脸的严肃转了晴天，对房高和夏政委说：“上车回支队吧！我倒想听听房高在省厅培训班学了些什么，我们也长长见识！走，上车！”

车上，倪支队坐在前排副驾驶位上，夏政委和房高坐在后排。夏政委决定不聊刚才发生的事，他另起了话题说：“小房，省厅学习是件喜事，由你发现并侦破的碎尸案，你可是立了功的，我和倪支队商量好了，你学习一结束回来，我们就向市局为你请功，同时在支队开展一个交警也要为治安管理做奉献的讨论会，到时你准备一些资料，讲一讲作为交警如何发现刑事案情，以及如何破案的，天下公安是一家，交警在正常工作中及时发现可疑情况，及时处理和汇报，这是打击犯罪的又一个主要力量，你说对吗？小房！哦，他们刑警队也会为你在碎尸案的表现请功的！”

夏政委说出这番话，他心里是有计较的：如果刑警队这帮

人在碎尸案上疏忽了房高的功劳，没有为房高提嘉奖的话，房高到时见不到我所说的双喜临门之功，刚从部队转业的兵大都对荣誉感是特别敏感的。所以现在夏政委刚施行的一番“怀柔”，就是让房高不要忘了支队才是你的家。

房高听出了夏政委的一番用意了吗？房高是个精于业务型的小伙子，他对夏政委所说的双喜临门之功是有点意外，但很快镇定了下来，他知道荣誉对每个人都重要，他相信领导会安排好的。房高没有说话，他在等两位领导问刑侦处姚副处长和自己同车的事。

倪支队坐在前排，他把身子转了转，脸斜对着后排说：“房高，开完讨论会，二大队缺一个指导员，但你刚刚干交警工作，我和政委给你半年时间，半年后你挑二大队指导员的担子，放心去干，你一定不会让我和政委失望的。”

一旁的夏政委也鼓励道：“小房，不要怕，去干，你的能力和潜力我和倪支队都了解，凭我们几十年工作的阅历，你在交警支队是大有可为的，好好干，支队需要后继人才，我和倪支队看好你！”

聪明人一听，支队二位领导都把话说到这个份上了，自己再不表态就显得单一了，房高刚想说话，倪支队长在一旁又接上话头了，倪支队长哈哈一笑：“房高，当年我也是你这个年龄进的交警队，起先感到失望，交警不就是站马路吗？可一年下来我就改变了这个观点，觉得交警工作是最重要的，因为每天 24 小时道路上川流不息，道路对于出行的人们太重要了。每一天在交通上发生的事故和给出行人们带来的不便，就像一块磁铁吸引住我，尤其是现在城市道路交通的堵塞问题，这是个世界性难题，在我和夏政委现有的水平上解决起来应该希望不大，这个希望就寄托在你们这代人身上。”

房高在心里感谢面前的二位领导，他知道这二位领导一心是扑在工作上，他们的心里以及整个人的细胞里运行的都是交通问题，这两位领导是值得尊重和敬佩的。房高的心思不在面上表现出来，但还是没有逃脱夏政委敏捷的双眼，房高心中的起伏就证明他被二位领导的话感染了，只是这小伙子隐藏得深而已。

夏政委看在眼里，心里自然是高兴非常。他决定放松一下气氛，也好让房高轻松轻松。于是夏政委笑着说：“房高，我可提前向你说明，你干得不要得意忘形，哪天连我这个支队政委的位置都包干了，我可跟你翻脸的！哈，哈哈！”

倪支队跟着也笑了起来，气氛一下子轻松下来。

房高说话了：“支队长，夏政委，在南京学习的时间里我就定下了目标，在交警队干一辈子。因为这次学习让我知道一件事，城市道路和所有运行的高速路每时每刻都在工作中，就像一台永不停止的机器，如何指挥好这台机器服务于大众是一门值得研究的世界性课题。我喜欢接受挑战，不喜欢停下来观望，还有每天在道路交通事故中失去生命的数据以及道路运输涉及的不稳定因素和潜在对社会环境造成的压力，都让我坚定一条，干一辈子交警。”

“啊？干一辈子！看来房高你真是盯上我这个政委的位子了！”夏政委又一次玩笑道，“小房的心胸不小，交警支队这个摊子看来是非你莫属了，倪支队，你看呢？”

倪支队心知肚明，接上话说：“是的，我们交警支队需要人才，尤其像房高你这样热爱交警工作的人才，我和政委留心了很久，想为支队培养后继的骨干。本来这些话不便跟你说，但你房高是干交通警的特别人才，城市发展得太快了，人口蜂拥进城市，对城市道路也就提出了新的要求，同样对我们交通警也提出了新的考核标准。”

支队两个领导一唱一和，把房高心里说得情绪激昂，热血沸腾，想再表态几句又怕说错话，正踌躇之时，一直开车无语的驾驶员小丁不知为什么，突然“扑哧”一声笑了出来，倪支队长就坐在他身旁，一看这个情况晓得驾驶员要坏事，立马掩饰说：“哎哟！小丁有什么美事藏在心里一个人偷着乐，忍不住了才笑出了声，说来大家一起听听，啊！”

原来驾驶员小丁一路听两个领导跟房高洗脑做思想工作，他先是为两个领导的苦心用尽，为把房高留在交警支队而感叹。小丁跟随支队两个领导开车多年，晓得自己两个领导的领导艺术，今天在车上听了一路，晓得这个房高一定会被领导的领导艺术搞得情绪激昂，热血沸腾，要是在往常小丁不会忍不住笑出来的，今天也不知为什么，失声笑了出来。小丁的失声之笑是对房高的，小丁心里明白得很，自己两个领导的水平是领导几千部众的水平，做通你房高这个新兵的思想工作是小菜一碟。

现在由于自己失声一笑闯了祸，又听倪支队长出言掩饰，忙解释道：“是有件美事，是我家家属小黄临出门了还塞给我三个馒头，说是跟领导开车时间上没有定性，还说你们二位领导干起工作没有钟点，要我带几个馒头备着，万一过了饭点可以先应付一下，还说夏政委老胃病不能饿……”

“啊！原来是这么回事！”倪支队长笑出了声，其实他在内心松了口气，生怕驾驶员小丁一时转不过弯回不出话来。

倪支队长继续说：“小丁，看来你是娶了个好老婆，难怪你在心里美得笑出了声，不过刚才只听说有政委吃的馒头，没有我的那份嘛！”

小丁急了，怪自己说漏了，忙回道：“有的，一共三个馒头，两个领导一人一个！我家小黄安排得好好的！”

“好！”倪支队长喊了声好，决定把掩饰做得再真点，他又说，“看来我是沾了夏政委老胃病的光，要不然半个馒头都不要想吃！”

“支队长！小丁家属说这句话是有话的！”夏政委接着说，“小丁，你家属小黄是不是对支队经常性加班有意见？给我们带馒头是表面，实则是向我们提意见吧！怪我们没日没夜地工作，拖了你们年轻人花前月下的大好时光！”

说到这个地方，夏政委先笑了起来，倪支队长也跟着笑。他二人相互望了望，在笑声的背后他二人心中的苦又有谁能知晓呢？为工作不得不动番脑筋，交警工作的复杂和无奈又有谁能理解呢？为培养一个热爱交通事业的后继人才，这二人今天笑中的心酸恐怕没有第三人能体会的。

“你心里美归美，小心方向盘！”倪支队长又故意让气氛更轻松，于是又说，“我们交警的工作管的就是机动车，小丁你不要明知故犯，不要认为一个馒头就能逃脱管理条例对你的处罚！”

小丁嘿嘿地笑了笑，没再开口。

“支队长！”夏政委见缝插针对倪支队说，“是不是支队组织一次有关家属的活动，把所有支队交警同志的家属请到支队来，让他们相聚的同时为我们支队提提意见！说说对道路交通管理的看法！倪支队，你看如何？”

“好啊！”倪支队长点头回道，“是个好建议，在公安系统这一块，我们交通警察先搞，因为我们交通警察的家属们奉

献最大，牺牲最多，为全体交警同志家属们举行这个活动是再合理不过了。”

夏政委不失时机地将话题转移到了房高身上，他对房高说：“说到家属，小房你有对象了没有？年纪也可以了，遇到好姑娘可不能错过机会！”

别看房高是个大小伙子，生得武大清瘦，一提到女朋友处对象的事，他立时红了脸，摇了摇头算是回答。

夏政委继续说：“你这么优秀的小伙子怎会没有姑娘喜欢呢？是不是你要求太高？把好姑娘生生地滑掉了！也是，你名字就很高嘛！房高！找对象不能高，但工作热情必须高！”

房高的话在嘴里转了几圈，终于说出口了：“政委，支队长，我的家庭条件一般，再说我现在干交通警察，哪个姑娘愿意整天看不见男朋友的身影呢？”

倪支队长把声音抬高了许多说：“小房，按你的说法，我们交警同志们都要打光棍了？记住，不爱我们交警工作的姑娘不要！不爱我们交通警察的姑娘也不要！只有既爱交警工作，又爱交通警察的这样姑娘才是我们交通警察的好警嫂。”

房高听了没有开口，他是有保留意见的，交通警察早上六点多出门，要忙到晚上带黑进门，一进门第一件事就是倒在床上，一双腿硬得跟铁棒一样，那个苦和累是无法言表的。再有，房高清楚自己家庭的条件，现在的姑娘一看新房，二看新郎的工作，首选父母有劳保，男方在体制内那是再好不过。

夏政委见房高没有开口，知道小伙子有话没有说出来，于是建言道：“房高，我和倪支队长是过来之人，在这件事上你是聪明一世，糊涂一时，现在的好姑娘只要对方是人才，她们选对象的眼光和境界可不是几年前了，以前是30兆的网速思维，现在是300兆的网速思维看待选对象问题，彩礼有没有不是问题，年龄符不符也不是问题，门当户对两家受罪，只要金钱的婚姻是最靠不住的！以房高你的才识，放心，好姑娘会出现的！”

支队长坐在前排陷入沉思，刑侦处姚宁副处长从南京陪同房高一路回扬，这当中一定发生了什么，主题肯定是刑侦处要挖人，但是跟房高谈到现在，房高的口中丝毫不提姚副处长的话头，看来这件事还着急不得。他和夏政委微微交换了一下眼神，读出夏政委的眼神之意，也是暂时不提。

文昌阁西北面的万家福商场，钟楼的时钟指针指向七点半。

房高今天受支队的指派，对城市主要拥堵的几处进行实地察看，拿出可行性方案交支队讨论。今天是星期三，房高特意选在早高峰时间来观察，就现在这个时间段拥堵才刚刚开始，堵得最厉害的时候，汽车从这个红绿灯排到下一个红绿灯。房高已向二大队和支队说明，要求调到文昌阁这个拥堵最厉害的岗上来，目的只有一个，他要在实地发现问题所在，才能对症调整。

房高骑了一辆自行车，抄近路走小巷进入汶河路，望见长龙一般的车队，房高推车上了人行道，他知道这个时候是出行高峰的开始，只有上人行道才能快速通过。七转八绕过了几个路口，再向前连人行道上都走不通了。电动车、自行车和行人将人行道挤得满满当当，机动车道上排了一马路的汽车。房高干脆将自行车锁在商场路边，步行向前。站在十字路口望着拥堵的道路和怨声不断的争骂，房高紧锁眉头。他又步行到街的对面，看到一排沿街商业大楼的间隔巷中，蜂拥的行人和车辆挤进主干道，使本来堵塞的主干道更加不堪重负。这些从间隔巷内出来的车辆和行人都是巷中的常住居民，每天从巷中出来加入拥堵的主干道是必修课之一，房高看在眼里，一时也找不出解决问题的办法，他把眼光朝拥堵的主干道上搜索，希望能查找到切实可行的办法。

这时，房高在拥堵的车辆当中，发现了一个奇怪的现象。在拥堵的车流当中，有一个十五六岁的小伙子穿梭在车辆缝隙里，挨个向等候通行的车辆窗口里塞东西，之所以引起房高注意的还有另一个原因，房高隐约看见这个小伙子塞进车窗的除了一张卡片，其中还有一张很像人民币的东西。小伙子的行动很灵敏，房高离的距离远了点，心里不相信还有散发小广告带散人民币的。房高不由自主地向前跨入机动车主干道上，他想靠近一点看个明白。也许是前面散发小广告的小伙子发觉到了房高，一转眼那个小伙子不见了身影。房高更是奇怪，左右望了又望，仍是没有小伙子的踪影。于是房高伸手敲面前一辆车的车窗，他想看看刚才塞进车窗的究竟是什么。也是不巧，这时候前面的绿灯亮了，车辆开始前行了，房高为不影响车辆的正常通行，他快速地回到非机动车道上，眼看着疑问从自己面前消失了。就在刚才房高敲那辆车车窗的时候，旁边被堵车堵了一肚子火的司机们在高声呵斥中慢慢驱车前行。

房高决定收回自己的好奇心，认真地研究一下这个地段堵车的原因。他算了算时间，一般红绿灯交换有四十秒的空隙，堵了这么长的车队需要四个绿灯放行的时间，并且会在十字路中央和左右弯行的车辆产生矛盾，也就是说前发四十秒东西向的车辆还未走出十字路中央，南北向弯行的车辆正好在路中央与之相遇，这就形成了恶性循环，越来越堵，交会点就在十字路中央，矛盾的中心也跟这个十字路通行的效率有关。如果通过红绿灯的每秒是一辆车，四十秒最少要通过二十辆车，当然这里要把红绿灯线到二十辆汽车的距离算在内。如此，红绿灯中心地带高效通行就是最最关键的了。就好比是肠梗阻，出口不畅，里面的还要拼了命地向外挤，直至整个道路的瘫痪，再有就是行人骂街，机动车驾驶员鸣笛抗议。

房高既找到了问题的所在，便开始分析十字路车辆交会的问题。看了半天没有找出有效提高通行的办法，他一时陷入思考之中。在行人道边上卖早点的大姐，半是推销半是关心地对房高说："老板，早饭没有来得及吃吧！起得再早也没有用，每天都堵成这样！热乎的红米粢饭来一个，再急也不能饿肚子，是吧！"

房高听了，正准备向这位大姐了解情况，这时房高的对讲机响了。

"房高，紧急通知，东区高速103段发生危险品车辆翻车，支队命令我们二大队抽调人员去现场分散群众，做好安全工作，你现在就赶往事发地段，协助消防支队处理好危险品转移的工作。"

"好的，房高收到！"房高接到命令，知道这件事一定不小，一般情况下不会需要分散群众，看来高速上翻的危险品车辆，装的不是一般危险品。房高不敢耽搁，抽身一路小跑，他要赶到前面的另一条街上才能打的往东区103高速地段。

房高抽身向前跑，以及刚才用对讲机说话，把那个卖早点粢饭的大姐吓了个半死，她收了摊子就想躲，以为房高是便衣城管执法，旁边的好事之人拿她开心："本来就堵得人都走不动，你还在行人道上放摊子做生意，不抓你抓哪个呢！快跑，跑慢了把你抓了去罚款！”

“这些摊贩就是要管！你看就这么宽的人行道，他们还要做生意！唉！不自觉啊！”

房高在出租车上就听见消防车的刺耳之声，他一边催促出租车驾驶员加速，一边拿起手机跟同事通话：“大龙，你接到通知上东区高速 103 地段了吗？我现在打的往那里赶，请你将我的警服警帽带上，我穿的便衣。”

房高说完不等同事回话就挂了电话，他焦急地透过车窗朝前方望去，隐约间能看到浓烟。

这时候对讲机里传来倪支队长的声音：“房高，这是一起危险品倾翻事件，已发生泄漏，我们的任务是负责疏散群众，隔离安全区域，注意，一定条件下这种危险品会发生爆炸，你们要做好安全！”

“是，支队长！”房高见倪支队长说得很严重，忙问道，“究竟是什么危险品？这个一定要弄清！”

“具体化学名称我说不清楚！”倪支队长又回道，“危险品车辆的驾驶员说遇到常温会燃烧，遇水会发生爆炸！好了，等你到现场再说！”

房高放下对讲机，他知道这种危险品需要冷藏车运输，现在消防车都开了过去，还有已看见浓烟说明正在泄漏。房高等不及出租车停稳他就下了车，一路小跑进了事发现场。支队夏政委也赶了过来，正和消防支队专家谈话。房高来不及换警服，只是将警帽戴在头上，迅速来到消防支队专家和支队领导临时组建的救援小组前。

这辆危险品车运载的危险品已弄清楚，代号Z7常温下会燃烧，遇水会爆炸，发生泄漏的话毒性很大，对土壤和水源会造成极度污染。事发地点五公里范围内不但有学校、农民集中居住区，还有工厂和国家储备粮库。临时救援小组已将情况向市局和上级领导做了汇报，一边等待处理措施。

出意外翻车的危险品车辆倒在高速护栏外的沟渠里，也不知道具体泄漏的情况，只是浓烟很大。高速路上已采取了措施，事故现场1000米范围的其他车辆已撤离，消防车是反向开进来的，尽管是泡沫灭火剂，但考虑到危险品遇水会爆炸，几辆消防车又撤了下来，停在1000米外的安全地带。

时间一秒一秒地消失，爆炸的潜在危险逼得现场紧张万分。

穿防护服的专业救险人员到了现场，看来救险的第一步是想办法弄清泄漏的闸阀情况，如果仅仅是闸阀开关松的话，只要有穿防护服的专业人员将闸阀关紧就行了。其后就是用重型装吊将这辆危险品车吊上专用拖车，驶离高速至安全地带进行卸载。

房高是经过省高速指挥部培训的，知道危险品发生倾翻后的处理，但是目前的情况有点特殊，因为这辆危险品车翻在高速护栏外的沟渠里，沟渠里虽然没有水，但沟渠里很潮湿，万一抢险人员去靠近检查危险品车的闸阀，这时候发生爆炸怎么办？那样的后果是极大的，对救险人员人身安全的风险是无法保证的。

临时救援小组又给出了第二种方案，用黄沙掩埋的办法将泄漏的闸阀先行掩埋，在掩埋的黄沙里掺兑特号水泥，使之在掩埋后快速凝固，从而达到将泄漏闸阀封死的目的。黄沙和特

号水泥可以随时调用，关键是如何安全接近随时会爆炸的危险品槽灌车?

房高听到这里，他的眼光不由得向四下张望，问地方派来协助的民警道：“刚才报上来的信息说五公里内有国家储备粮库？在什么地方？”

地方派出所的同志还未回答，房高已转头对抢险专家说：“用人接近槽灌车危险太大，我建议用附近国家粮库的运粮高空输送带，用高空输送带将搅拌好的黄沙和特号水泥输送到位，达到凝固后再转移至安全地带进行卸载。”

救援小组领导一听，忙说：“好办法，这个办法最保险，好，立刻下令，征调国家粮库的高空传输设备，黄沙和特号水泥搅拌成品立即运送到位。清理道路，为高空传输设备进场让场地。”

一连串的指令下发，一时间忙碌起来。十五分钟后三套粮库的高空运输带设备架设完毕，事故危险区离安全区域500米，这样就能极大地保证救援抢险人员的生命安全。输送机器运转起来，搅拌好的特号水泥黄沙混合物由传送带输送到位，一时间槽灌车的尾部闸阀地区被黄沙和水泥掩埋了，一直冒着浓烟的闸阀处也看不见冒浓烟了，一时间大家静了下来，爆炸的险情得到了控制，再要二十分钟特号水泥和黄沙的凝固时间，下面就是装载吊机进入现场，将整个危险品车辆吊往平板拖车上，再由平板拖车将事故车带离高速路，这样一起高速危险品翻车泄漏事故才算了结，当然自有专业人员对危险品车上的装载物进行卸载。而后有专业环评人员进入事发现场，对泄漏是否造成危害及影响进行评估，并对事发所在地点进行化学分解处理，不给环境留下隐患。

临时救援小组和市交警支队的倪支队及夏政委望着高速路恢复了通行，他们心中的一块石头落了下来，临时救援组长是消防支队的大队长，他握着房高的手对支队两个领导由衷地说："今天这场抢险，你们这个交警同志是功臣，我们回大队后会把具体情况向市省高速指挥部汇报，一定为他请功！"

房高听了立时回答道："救援抢险，是我们应该做的！要请功也应该给你们抢险的消防官兵请功！"

临时救援组长笑了，对支队两个领导说："你们培养的好兵，有他这样的兵守扬州的大动脉，好啊！是扬州人的福气，也是我们消防战士的福星！"

消防大队长又和每人握手，临上车，转身对夏政委说："今天房高这个交警战士提供的抢险方案，我们会写入抢险报告里，我想这个抢险方案一定会得到推广，尤其是利用输送带将凝固物输送到危险地区，这是个一举多得的安全措施，难得！这是个人才啊！如果不是这个建议，我就必须拿战士的生命去冒风险，有时候人才才是这个社会最最应该重视的！好了，感谢交警支队所有战士，也感谢你这个人才，再见！"

消防大队长上了车，向众人挥手而去。

抢险工作胜利完成，因抢救措施得当，没有发生灾害性事件，省市两级领导给予了很高的评价，决定召开表彰大会，为公安消防交警同志不畏个人生命危险、冒死完成高速抢险的精神、保护人民生命财产及保卫了我们大家的生存空间。省厅决定召开表彰会的通知已送到交警支队，倪支队长和夏政委二人望着这份省厅通知，通知上写得明明白白，交警支队交通警察房高同志参加省厅举行的0038抢险表彰大会。

倪支队长指着桌上的通知说：“夏政委，这份表彰大会的通知是双喜临门！”

“啊？怎么讲？”夏政委一时没有领会。

倪支队长解释道：“房高在这次抢险中的表现是罕见的，在那样危急紧张的时候，房高能想到用附近国家粮库的输送机，代替抢险同志冒着生命危险去抢险，可见这个房高临危不乱，而且能因地制宜就地取材用确当的方法解决险情，这样的战士是大将之才，我们交通警察是时时刻刻面临重大交通挑战的机构，没有一定的临战不乱气概是难以胜任的，这是第一喜！第一喜归功你夏政委，因为你是伯乐识了房高这匹千里马，交警支队这个坐在火山口上的大摊子后继有人了。第二喜，房高在0038抢险中的表现，让市局刑侦处灭了挖人的希望。省厅表彰会就是对房高这个人才的去向给出了肯定，由此，他刑侦处再想动脑筋挖人才，恐怕市局没有哪个领导会对交警支队开这个口，这是第二喜！”

夏政委在旁听了倪支队的分析，他笑了起来，他在笑刑侦处姚宁副处长赶到南京去做房高思想工作的事情。这件事在夏政委心里一笑而过，他对老搭档倪支队说：“房高去省厅参加表彰会，他的文昌岗由我去顶岗，支队的一切由你坐镇！”

倪支队点点头道：“让办公室主任韩化代表支队，一同陪房高去省厅开会，你看如何？”

夏政委望着老搭档，他在心里高兴，面子上仍是不带。因为这个韩化也是支队培养的后继骨干，现在工作岗位是支队办公室主任，也是一位从交警一线锻炼十几年的兵，韩化能柔能刚，现在把他放在支队办公室，目的就是让韩化在支队机关里得到熟悉和锻炼。夏政委知道倪支队安排韩化代表支队与房高一同

去省厅，目的就是让这两人多沟通、多了解，为今后二人共同协作创造条件。夏政委想到这里点头赞成，用一双会意的眼睛望了望老搭档，老搭档倪支队一脸笑意。

是啊！这两匹守卫扬城交通的老马，他们在为守护今后的扬城道路交通安全寻找后继人才。

刑侦处汪处长坐在办公室里接电话，电话是市局分管刑侦治安的邵副局长打来的，一件拖了一年多的强奸抢劫案至今未破，受害人家属多次到市局上访，真凶至今未抓获归案。邵副局长在电话里说话的口气重了点，直接明说限定两个月内破案，不然就让汪处长让贤。汪处长听在耳里，急在心里，在电话里下了军令状，保证两个月内破案，如若不能按期破案他就打报告让贤。

放下电话后，汪处长定了定神，分析了目前刑警队在这个案子上的进展，最后得出结论，两个月内破案决无可能。因为这件案子的作案人太过狡猾，在作案现场没有留下任何对破案有用的线索。按常规查了受害人被强奸抢劫的沿途监控，同时也搜索作案现场200米内的作案脚印，总之该进行的都进行了，这件案子从立案到现在就没有突破口可挖，大家只是干瞪眼，没法下手。

汪处长对分析的结果是无可奈何，他怔怔地看着那部电话机，过了片刻他拿起话筒拨通了姚副处的电话。

姚副处接了电话，立马来到汪处长的办公室。在来的一分钟走廊过道里，姚副处飞快地转动着思维，他知道市局邵副局长对拖了一年多的强奸抢劫案的态度，他也知道汪处长叫自己过来的原因，走廊过道的一分钟里，姚副处的脑子像计算机一样快速地运转着。

姚副处推开汪处长的门，快步走到汪处长的办公桌前，他脸上的笑容是从一推开处长办公室门时就堆上去的。

“汪处长！什么事？”

汪处长抬了抬眉头，眼睛没有看姚副处，他现在没有心思看姚副处那张躲在笑容之后的脸。

他开口说：“上次你建议把交警队房高，发展成我们刑警队的兼职便衣，这件事去南京见房高落实后，目前有什么计划？房高对你的计划有无兴趣？”

汪处长知道，这件案子只能让房高去试一试，刑警队现在是一筹莫展，如何能让房高对这件案子下功夫，看来还非姚宁副处长不可。因为汪处长知道姚副处的擅长，他的一张嘴真能把母猪哄上树。另外，关于在市局邵副局长那里立下的破案军令状，这一点汪处长心里清楚，最不能说的就是这个军令状。

姚副处听了汪处长开头话，他就知道一定是那件一年多未侦破的强奸抢劫案，于是他面子上不提那件案子，顺着领导的问话回答道：“上次去南京见交通警房高，向他说明了来意，并跟他强调这是汪处长你的意思。房高对这个建议很感兴趣，也表态说希望能为刑侦处做一些工作。”

姚副处长说到这里停了下来，他要看汪处长听了自己这些话后的反应，因为姚副处长明白一个道理：等话说永远是聪明人。

汪处长决定直入主题，因为只有姚副处能完成这个任务。

汪处长用手势示意姚副处坐在自己的对面，他对姚副处说：“这样，先拿一件案子让房高看看，需要刑警队配合的要全力配合，提供一切需要，房高是个人才，具备干刑侦的天赋，我只想充实刑警队的骨干力量，也是为房高提供施展才能的机会。姚副处，具体安排哪个案子让房高试，你安排！”

姚副处长何等的聪明，见汪处长把球让自己投篮，他揣测出市局邵副局长一定给汪处长来过催促电话，或者不仅仅是催促电话，也有可能是下了破案通牒。姚副处想到这里对汪处长说：“汪处长，我看那件拖了一年多还没有多少眉目的强奸抢劫案……”

“你定就行！”汪处长有点急不可耐，他打断了姚副处的话继续说，“行，就按你说的把那件强奸抢劫案交给房高试一试，告诉他，需要配合，刑警队全力配合！争取一个月找出真凶！”

姚副处长一向是处惊不乱的，听了汪处长希望一个月破案的话，他那永远堆在脸上的笑容消失了，他吃惊地望着汪处长，神情由于过度的惊讶变得极其的恐怖。

记者缪琴今天安排好了工作内容，她要去交警二大队采访房高。缪琴的文笔好，笔风泼辣，记者工作干得风风火火。虽然年纪不大，但对生活和人生的观点见解不浅。她将红色的雪铁龙两厢车停在二大队院外，锁好了汽车直奔二大队队部而来，到了队部一问才知道房高去省厅参加表彰会去了。正有点失望之时，看见二大队的文书笑眯眯地望着自己，于是她改变了采访的思路，决定从这个文书的身上了解一下交警房高的情况。

于是缪琴对文书小苗说：“我是《扬城晚报》的记者，今天来的任务就是采访你们二大队的交警房高同志，不巧，没碰上！能和你聊聊吗？”

文书小苗仍是一脸笑容，抿了嘴点了点头算是回答。

缪琴隐约看见文书小苗的左边牙齿有个小老虎牙，她弄清楚了这个姑娘为什么老是不大说话爱抿嘴的原因，于是决定先从这个话题入口。她笑着说："苗文书，你知道很多出了名的明星，他们最希望自己有什么样的牙齿吗？"

听了这话，文书脸上的笑容不那么灿烂了，扭着头克制着自己，一双大眼睛里没有了友好。

缪琴见苗文书误会了，一时也笑出声来："不要误会我的意思，我是想说，那些大明星都希望有和你一样的小虎牙，这能增添一个人的个性和魅力，你想想在你熟悉的明星当中，有小虎牙的是不是让人愿意亲近和接受？"

文书小苗听到这儿，迅速地在脑海里搜索，渐渐地那双大眼睛笑意出来了，左边的小老虎牙也露了出来。

"啊！这才是真正的小虎牙的魅力！"缪琴迅速地拿出相机对准了笑容灿烂的文书，"不要动，让这个美丽的小虎牙姑娘成为网红！"

"大记者，有小虎牙的姑娘真的很美吗？"文书不再抿嘴了，依旧笑容灿烂，"我就怕别人说我这颗小虎牙，你说的也是，很多有小虎牙的明星确实是有个性的，也增添了许多魅力！不过，人家是大明星，我是凡间丑小鸭一个，没法比的，不是吗？"

缪琴见打开了对方的话匣子，于是开玩笑道："大学里，男生最爱追有小虎牙的女生，我们班四个女生有小虎牙，十几个男生在追，为了小虎牙都发生过决斗！"

"真的呀！"苗文书似乎被决斗吓着了，仍追着问，"大记者，决斗之后呢？有人受伤吗？"

"有，当然有人受伤！"缪琴故意拖长了声调，"外伤没有，心灵的伤痛是有的，哈哈！”

文书小苗也跟着笑了，知道是这个大记者逗自己玩。

缪琴抓住机会又拍了几张苗文书的照片，放下相机说：“我们干记者的和你们交通警察一样有责任，你们交警同志出的是汗水和辛劳，我们作为记者就应该把你们的辛劳和汗水报道出来，不然怎么对得起交警同志呢？”

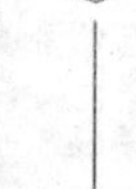

“苦脏累！”苗文书也是快人快语，“还有不被人理解！没有完全属于自己支配的时间，任务是随时就到，个人的手机就是组织的通信号令，不管黑天半夜，刮风下雨，命令一到，随时出发！这就是交通警察。还有狂风暴雪，冰天雪地，站在路边指挥交通的还是我们交通警。大雨滂沱，烈日艳阳，站在能把肉烤焦的酷暑下，依然是我们交通警。我们交通警察才是最可爱的人，可现实交通警少有人爱，多有人怪罪！堵在路上骂交警，犯规处罚恨交警。交警只有一样能做榜样！”

“榜样？”缪琴试着说，“吃苦耐劳应该算是榜样的一种吧！”

“吃苦耐劳？小菜一碟！”苗文书继续说，“吃苦耐劳是做交通警察的基本条件，我们交通警察唯一的榜样就是每时每刻都处在危及生命的环境中工作，说白了等同于一线战争的枪林弹雨，随时有伤残的可能。正常环境下交通警的岗位都处在道路的中央指挥交通，这就面临随时被汽车撞残的危险。大雨中，浓雾里，还有酒驾逃逸，更有恶性故意用车撞向我们交警逃避处罚的，这些都是时时刻刻有可能发生的危险，我们的交通警察就是在这样的环境中付出汗水和辛劳，我们无怨无悔，只求一样，大家出行的安全得到保障，快捷高效地到达目的地，我们的心愿就达到了！”

说到这儿苗文书的情绪在激动，她习惯性地抿起了嘴，她知道自己需要安静。

缪琴的笔飞快地记录着，她的内心也感受到了交通警察的伟大和不平凡，她决定不打破苗文书现在的心境，在缪琴的内心她悄悄地将刚见面的那种世故收了起来，她知道面前这个和自己年龄相差不大的姑娘，她的内心是纯洁的，交通警察这棵奉献绿色和氧气的枝叶根系里，流淌的是一份纯洁、为人民服务的热血。

这时苗文书又开口了，她的情绪稍稍稳定了，脸上泛起的歉意和羞涩告诉缪琴，苗文书在为自己的情绪激动而不好意思。

只听苗文书说："其实苦脏累和冒着生命危险工作，这些都是交通警能面对的。还有常年在一线道路交通执勤，吸进人体的灰尘和汽车有毒尾气，这一点才是我们交通警察流血又流泪的。记者同志，你想想，我们交通警察面对的不是生与死的问题，更不是苦脏累的问题，让我说的话，交通警察面对的是主义和思想问题，这里面没有个人因素，他们心中装的只有人民和党，他们之所以选择交通警察这个职业，他们的信念和佛家对修行中的苦行僧的注解应该是相通的，都是一个主题：为人民大众服务！"

缪琴惊讶地在内心里感叹，面前这个刚刚走上工作岗位的小姑娘，她的思想里表现出来的高度和对人生的感悟，让缪琴自己都感到了自己的渺小和钝实，她不由得想到那些为信念和主义而献身的先烈。缪琴感到面对的不是弱小的苗文书，她面对的是一批有着为人民和党而献身工作思想的交通警察，她的内心受到了震撼，灵魂深处也在接受着这种洗礼和撞击。

缪琴停下笔，伸手握住苗文书那双纤弱的手，内心充满了敬意和思想上差距产生的愧疚，缪琴紧紧地握着，她的脸上洋溢着笑。

苗文书被缪琴望得不知所云也笑了，对缪琴说：“大记者，我的话可不能写的，都是我胡乱说的！”

缪琴脸上挂着笑容：“是真情流露！你是说出了干交通警察的不容易，他们是为信念和主义而工作，这应该才是最可爱的人的标准，你说是吗？”

“不谦虚的话，当之无愧！”苗文书还是那样心直口快。

缪琴点头，伸出大拇指道：“谦虚的话也是当之无愧！”

苗文书笑了，笑得真诚而开心，那颗小虎牙也露了出来，明星的魅力霎时间金光四射。

缪琴拍下这张照片后问道：“你们房高交警有照片吗？我们聊了半天连主角长什么样都不知道，回去要被总编笑死！”

“房高交警的照片？”苗文书扭头一指墙上二大队工作交警人员公示榜，“那儿，第二排，中间第六个，很清瘦的！”

缪琴的眼光落在房高交警的照片上，细细地打量着，心里不由得说了声“好俊的交通警察啊”！一旁的苗文书插话道：“英俊吧！比我大八岁，但看不出来比我大那么多，对吧！”

缪琴的注意力在房高的眼睛上，苗文书的话她没听进去，只是嗯嗯呀呀地应付着。

一边的苗文书有点急了，看到缪琴心不在焉的样子，于是说：“怎么？这么英俊的交通警吓着你了？”

缪琴扭过头说了句：“这是工作照，一般都修饰过的，英俊得有点过了头。”

“你是说化妆吧！”苗文书一撇嘴自豪说，“说你们干记

者的见多识广，这回你可冤枉房警察了，天生纯原生态的，如假包换！”

这回轮到缪琴张大了嘴巴，眨了眨眼睛又望了望墙上房高的工作照片，仍是不敢相信：“原生态的？没有加过工？”

“跟我来！”苗文书一拉缪琴，她把缪琴带到了一间办公室，指了指靠窗口的那张办公桌说，“那儿，房交警的办公桌上有张生活照，让你开开眼，看看房交警的帅气，见识一下交通警察真男人是什么样！”

缪琴的好奇心驱使她来到办公桌前，在办公桌的右角上，放了一张带框的军人照片，照片是在训练场拍的，照片里房高一身军装，高挽着袖口飞奔在平衡木上。照片里的房高头发短短的，显得更加英武。这张照片一定是在正前方最低位拍的，拍出了房高的健步如飞和虎虎生气，照片的角度拍得很好，刚毅英俊的脸部线条拍得一清二楚。

缪琴慢慢地欣赏着，嘴唇慢慢地抿了起来。

苗文书在旁看了很是奇怪，斜歪着脑袋望着缪琴抿起的嘴唇。苗文书开口说：“大记者，你也……抿嘴吗？”

一阵慌乱中缪琴恢复了神态，狡辩道：“女孩子都有抿嘴的习惯吧！我也在其中啊！”

“哦！我以为就我们小女孩才抿嘴的！”苗文书不觉也欣赏起桌上的房高照片，她不由得将赞誉说出了口，“真是太帅了！”

缪琴在心里承认了，这个房高交警是帅气，这种帅不是阴柔的小男孩的帅，而是一种大男人的阳刚之帅，这种帅里透着安静和智慧，一双大海一样的眼睛里透着遥远和向往。眉头上宽宽的天庭，那是一望无际沙漠后的绿洲，在绿洲里有着梦一般的神往。

缪琴打断了苗文书的欣赏：“房交警来二大队多长时间了？”

苗文书一拉缪琴，一边出办公室，一边回答道：“房交警到二大队干交警的第一天，破的那件碎尸案在整个公安系统里都传神了，连网络上也在写他，更有好事的找上我们二大队来，非要见见房交警。”

苗文书知道自己说远了，缪琴记者的问题还没有回答，于是继续说：“房交警一共干了有两个多月的交通警察，立了个三等功，现在又去省厅参加 0038 高速抢险表彰大会，说不定又能立个二等功。”

缪琴听了，在心里竖起了大拇指。

苗文书继续说：“还告诉你一件事，市局刑侦处盯上房交警了，他们那儿也缺人才，昨天刑侦处来人找房交警，在办公室里一谈好半天。”

缪琴对这些情况不感兴趣，她现在的心情有点矛盾，不由自主地问了一句：“苗文书，你们二大队和你一样的女同志有几个？女同志干交警能吃得下苦吗？”

“当然能！”苗文书不假思索地说开了，“只要工作需要，我是保证随叫随到，不管突击加岗，还是晚间集中检查，我们二大队每个同志都能上！只是二大队就我一个女同志，通常都是安排我在队部留守，我知道这是他们对我的爱护和关照。”

“房交警有家庭了吗？”缪琴这个问题转得有点快，话出口后自己也感觉到问得太突然，于是连忙又掩饰道，“房交警的家属支持他工作吗？”

这句话听上去明显多余，连有没家属都没搞清，哪来的家属支持不支持的问题呢？

苗文书停了会儿没有回答缪琴的问题，脸上划过一丝甜甜的笑意。见缪琴看着自己等答案，一时笑出了声说：“说也奇怪，房交警三十出头了也没成家，处没处对象我不知道，有一点我可以肯定的，这么长时间里是没有过女同志找房交警的。”

说这句话的时候，苗文书的声调里显示着兴奋和自信。好像是自言自语，又像是问缪琴记者：“这么优秀帅气的人，为什么就没成家呢？”

苗文书说话的工夫掏出了手机，翻出一张房高伏案写文字的照片，对缪琴说：“缪琴记者，这张照片里的房交警像是三十出头的人吗？”她不等缪琴回答，自己回答说，“我看顶多比我大两三岁吧！你看呢？缪琴记者！”

缪琴接过她的手机，知道这张照片一定不是在被拍人知情的情况下拍的，因为缪琴的记者职业对拍照片的技术是有发言权的。这张照片一定是在办公室窗外拍的，照片中的房交警正在写执勤记录，一脸认真严肃的神情。看到这里缪琴也不点破，点点头说：“苗文书，你说得还真对，房交警就是不像三十出头的人，这张照片距离上拍得有点远了，再近一点角度效果会更好，房交警伏案的神情就更帅气了！”

“你也这么看！”苗文书近乎叫了起来，兴奋道，“我爸也是这么说，不但帅气，还有大将之风！”

“是吗？”缪琴听出了惊讶，“你爸也看了？”

苗文书知道自己说失了口，脸红了解释道：“是我爸问起交通警察破案的事提出来的，我就让老爸看了照片……就这么回事！”

苗文书发觉缪琴紧盯着自己看，不由得问道：“干吗？这么看我？”

“没事，发觉你苗文书真的很漂亮！”缪琴心口不一地说，“你没发现？房交警或其他交警就没夸过你？”

“夸我漂亮？谁……夸我？”苗文书有点惊讶，睁大的双眼透着不相信，“夸是夸了，不过是夸我工作认真，女孩子能吃苦一类的话。”

缪琴有点惊讶了：“……”

“是我们大队长夸的！”苗文书的话语里透着失望。

“苗文书，你去过执勤点吗？”缪琴有计划地转移了话题，她不想让苗文书的情绪低落下来，因为只有人的情绪在持续高涨的时候，才能知道更具体的事实。

“当然了，上执勤点是必修课！”苗文书热情满满地说，“夏天为一线交警送消暑降温的大麦茶，就几分钟的时间里，衣服全部湿透，那种苦……唉！好几个交警同志都热昏在岗位上，真的不敢想象一线交警要天天面对。苦和累我们交警都能坚守，现实中有多少人能理解呢！”

缪琴又拍了点照片，知道面前的苗文书在心里对这个房交警有着特殊的好感，她不能点破，只能在心里祝福她。临走的时候，苗文书将缪琴送出队部大门，还不忘说了句：“缪记者，你要找房交警的话，去他的文昌执勤岗，在那里一准能见到他！”

第三回 用心插柳墙外花 锋芒初试天赋显

因为房高去参加省厅的表彰会，支队长倪福城替房高顶岗执勤。文昌岗的人流和拥堵是出了名的，再加上周围的商业集中，教场及东门大街都在文昌主干道一条中轴线上，好似十里长安大街，一直到东区文昌花园的运河大桥，这里的繁华自不必多说。教场有着一定的历史，起源于明清时期的驻军，后驻军迁移，民众和商家不断盖房建屋，逐渐形成商业、文化、游乐之地，历史上的扬城教场和上海的城隍庙、南京的夫子庙及北京的天桥相似，是三教九流最集中的场所。扬城的教场面积不算大，茶馆和书场最为典范，南来北往的商人只要来扬城，那是必来教场一观的。教场向南又是扬城另一处的繁华之地——南河下，又称南门街，这里是扬州最早的商业、文化信息交流的站点。沿运河而建的南门街码头就是扬城的繁华大门，当时流传着一句对扬城南门街的形象比喻：船进扬州城，茶肆沿河开，一河似银弯，富在南门街，南门金瓜地，紫禁高墙低。

以文昌岗为中心点，南北向还有一条汶河路，向南这里聚集着经销五金交电、电摩托车和电瓶车的大市场，还有几所学校，更有苏北人民医院坐落。再沿汶河北路，那里便是百年历史的冶春内河，这条内河直通瘦西湖和平山堂旅游景点。每逢扬城的烟花三月之时，光顾扬城美景的大小旅游团体，由此处向南便可进入扬城的繁华商业中心汶河路了。由此，文昌交通岗的交通压力就不言而喻了。不要说平时出行高峰的拥堵苦不堪言，如到了节假日，外埠的旅游大军蜂拥而来，交通警察的忙碌好比参加了一场诺曼底登陆大战，战舰已进至海岸，唯有向前登陆才是胜利，否则全线溃败瘫痪。而扬城交通警察面对蜂拥而来的旅游大军，他们也是唯有严阵以待，合理调配，中心只有一条：保安全！保畅通！嗓子哑了冒烟了，对待民众的仍是一张笑脸。优美而流畅的交通警的指挥形象，也成了广大游客瞩目的焦点。

今天支队长倪福城为房高顶岗执勤，正好是星期日，街面上的忙碌自不必说，倪支队长是位老交通警，在审视了交通繁忙的状况后，和另外三位交警同志一起工作起来。

记者缪琴今天也来到文昌岗进行采访，她好不容易提前在荷花池地段找到了停车位，将车停好后步行向文昌岗而来。缪琴记者知道今天要采访的主角房高交警不在现场，但她是按照自己设定的采访计划，提前了解一下文昌岗交通警察的一天工作状况。她到了文昌阁时代广场的北面，斜对着就是文昌路地段的标志性建筑文昌阁。缪琴站在街边绿化旁，这样自己非但安全，也不影响别人的交通。

倪支队的现场指挥无懈可击，审时而定，街面上汽车虽然排成了长龙，但都井然有序，缓而不堵。也是巧了，在排队等候通行车队的缝隙里，上一次出现的散发小广告黄毛少年小伙，也出现在街面上，他仍是那样穿梭在汽车的缝隙中，一边手不停地向车窗里塞着什么。

缪琴也把这一切看在眼里，她举起了相机，将塞广告的黄毛小伙子拍了下来。倪支队也看到汽车缝隙中这个小伙的不安全存在，他吹响了口哨，并示意道路中的少年离开。倪支队是老交通，知道马路中央散发小广告的少年在散违法代开发票的广告，按常规这属于公安权属，倪支队交通警只能向公安报警。现在首先要做的就是驱离这个少年，因为行人进入机动车道路的危害是极大的，一旦发生交通事故，交通瘫痪是小，少年的生命危险是大。倪支队用手势示意其他交警注意，他本人沿着行人道向少年走去。

在马路对面的行人道上，另一个肤色黑里发亮的小伙看到倪支队长在向黄毛同伙靠近，他向同伙发出了特有的警报口哨，黄毛少年听到同伙发来的警报提醒，立马转身在车流的缝隙里七转八绕到了对街，再一转眼和肤色黑里发亮的同伙消失在人流之中。

一辆被塞进小广告的黑色奥迪车窗摇了下来，将一张崭新的五十元人民币抛出了车窗，对倪支队长喊道："交警同志，请过来一下！这是刚才塞进我们车窗的钞票。"

倪支队长一听，立时警戒性提了上来，他绕到这辆黑色奥迪汽车车窗前，伸手接过那张面值五十元的人民币，他摸了摸钱币的表面，感觉上和真币一样，又举起这张钱币迎着阳光查看了钱币的防伪标志，发现所有真钞具备的防伪都有，而且看不出一点破绽。倪支队长不免皱起了眉头。

这时黑色奥迪车上的驾驶员开口说："交警同志，我们刚才也看了半天，看不出和真币不同的地方，也拿真币和这张塞进来的钱币比，没有什么区别！哦！还有一同塞进来的卡片。"这个驾驶员把那张卡片递给了倪支队长，嘴里玩笑道，"先前还以为这五十元人民币是发给我们的堵车损失费呢！再一看这张卡片，笑话！愚人节的笑话！”

倪支队长将这张卡片拿在手中，只见上面印着：亿万富翁的开始，二万兑换三十万。卡片的另一面印了一个二维码。反应敏捷的倪支队长立即顺着前面的车辆，挨个地敲开车窗将塞进去的卡片和五十元面值的假币收了过来。这时前方的绿灯亮了，车辆快速地驶离而去，倪支队只好回到人行道上，他掏出了手机拨打了110的电话，他知道这是非常恶劣的公开销售假币的犯罪，他必须向市局反映。

市刑警大队大队长韩龙接过倪支队长递过来的几张假币，韩龙左右看了又看，凭手感和视觉都无法看出这几张是假币，韩龙感觉到了严重性。这伙假币分子猖狂到了极点，居然大白天销售假币，而且选择众目睽睽之下进行犯罪活动，可以说是到了明目张胆、肆无忌惮的地步。另一点，犯罪分子的造假技术简直到了以假乱真的程度，市刑侦处立即将案情上报到省公安厅，希望由省厅牵头联合破案。因为现在发现的仅仅是假币销售的环节，而假币的制造和假币的流通渠道目前还未知，所以常规上分析源头在境外，这就需要联合协作破案。

刑警队汇报的同时，相关工作也没停留，他们调取了文昌路和汶河路沿路的监控，将相关监控中的嫌疑人资料做了整理，只是奇怪得很，红绿灯监控范围内的地方没有嫌疑人的身影和正面照片，只是在未超出监控范围外有嫌疑人的背影图片，也就是说在等候通行车辆缝隙里推销假币的黄毛少年，他是一直背对着红绿灯处的监控，一定程度上犯罪分子是有备而来。道路两旁商家安装的门前监控也进行了调查，店家的监控角度仅仅控制在人行道宽度的范围，根本无法监控到主干道的中心街面。还有，黄毛少年和肤色黑得发亮的同伙身影，居然在所有监控里没有留下一点影像资料。刑警队的工作一时陷入被动，原以为是一件轻而易举就能破获的案子，只要调看涉及的监控资料就能将嫌疑人抓获。

这件案子悬在了空中，成为一件无处下手的难案。

刑警队韩龙队长再次将电话打给当日在案发现场的交警支队倪支队长，他希望倪支队能尽量回忆起案发现场的黄毛少年。倪支队长接过电话，听完韩龙的话后，一时间半闭上眼睛尽力地回忆现场的情况。许久对韩龙说："我们交通警是站马路的兵，观察能力不容怀疑的，这个黄毛少年嫌疑人应该就是像你所查的结果一样，他是在红绿灯 60 米之外的地方犯罪，而且是一路脸朝东，背对监控镜头的。"

电话那头传来刑警队韩龙的叹息声。

交警支队倪支队长也为韩龙面对案件的棘手建议道："叹息干什么？撒网布控，犯罪分子不会就此收手的，他们还会选择容易拥堵的地段作案，耐心守候！需要我们交警支队配合的一定配合！"

"感谢！感谢倪支队长的建议！"电话那头韩龙的声音显得兴奋起来，"倪支队，如想起什么请立即提供给我们，手上的事情太多，搞得我有点晕头转向，不是支队长提醒，我差点犯了这个低级错误，感谢！"

"我建议你们和道路指挥中心联系一下，是不是考虑在红绿灯监控之外的距离装上监控探头，补足监控盲区。"

刑警队长韩龙在电话里回道："倪支队，这个想法和我想到一起了，改日一定请你！你们交警队有需要我们刑警队效力的，尽管开口！"

“别！”倪支队长玩笑道，“你们刑警队除了抓犯罪分子，上我们交警队来不是好事，还是谢了！”

倪支队笑着说完挂了电话，望望一直不言语的老搭档夏政委，对他说：“犯罪分子的猖狂到了极点，文昌岗是重要的岗，也是多事的岗，要对二大队提个醒，尤其是执勤定岗的房高，让他多留意这方面的安全，假币分子一般都是团伙作案，而且隐藏得很深，弄不好还涉及到境外的造假团伙。”

夏政委点点头，补充道：“近期就假币团伙的问题召开几个大队长和指导员的会议，把这件事通报到每个交警，早做预案准备，不能因这件事让我们交通的安全受到影响。”

“好！”倪支队赞成说，“下午发通知，明天开会传达。”

夏政委的一双眼睛在转动，他现在考虑的不是开会传达的事，他的内心不由得想到了市局刑侦处的汪处长，刑警队手上又多了一个棘手的案子，对汪处长来说是加了压，反过来这个加压会不会让汪处长再动挖房高的心思呢？还有二大队队长肖征臣说过，市局刑侦处姚副处找过房高，看来他们动房高的念头一直就没打消。

倪支队长见老搭档出神，他说了句：“想什么？放心！支队全体交警都是过得硬的！”

夏政委笑了笑，没有开口。

晚报记者缪琴那天在文昌阁体验交通警察的工作，顺便抓拍了许多文昌阁拥堵人流的照片。对那天发生的假币案是丝毫没有察觉，因为她的注意力全部在交通的拥堵和蜂拥的人流上，所以发生一擦而过的假币案现状她当然不能知晓了。

晚上回来后，缪琴在暗房里冲洗白天抓拍的照片。小小的

暗房里到处是挂着的胶卷底片，红色的灯光里，缪琴显得更加精干秀美。在查看所拍的照片中，她无意发现了一张奇特的照片，照片是一处立在街边绿化带旁的灯箱广告，在灯箱广告的左侧后面，躲着一张阴森森的脸和一双露出凶光的眼睛。看得出照片里躲在灯箱广告后面的这双眼睛在窥视，而且由于灯箱广告的反光作用，使这张阴森森的脸更暗淡，显得阴森怕人。缪琴用夹子将这张照片夹了出来，又仔细地看了看，她希望通过照片的背景情景，能回忆起这张照片在什么地方拍的，她咬住嘴唇若有所思，从中国人南北人种的区别上看，照片上这个躲在灯箱后面的人应该是南方人，这个人脸型瘦长，嘴巴拱凸，上牙床明显地凸出向前，这种特征是明显符合湖广一带地区人的长相特征。

这个人在干什么？为什么会躲在灯箱后面？还有这张阴森森的脸和一双露出凶光的眼睛，他在看什么呢？一连串的问号在缪琴大脑里堆积起来，她又翻看了一同在文昌阁拍摄的其他照片，其中一张正对着画面的黄头发少年，穿梭在马路中央的车流中。照片中这个黄毛少年的左前方绿化带边上，正好是一块灯箱广告。缪琴为自己的发现兴奋起来，她将两张照片平放在桌上比对照片中的背景。

难道眼露凶光的这个男子，他躲在灯箱后面就是为了窥视道路中央的黄毛少年？他目光所及的方向应该是这个黄毛少年的方向吗？缪琴一时捉摸不定，这二人之间有无联系呢？这个黄发少年又是谁呢？缪琴有点乱了，她理不出头绪，刚刚激发起的兴奋不见了，她又有点累了，关了灯转身出了暗房。

第二天，记者缪琴早早来到文昌岗，昨天洗照片洗出来的

烦心事让她一夜没睡好，她决定今天采访房高的时候，顺便找一下照片中那个躲人的灯箱广告的位置，也看一下顺着照片上人窥视的角度，能弄清那张阴森森脸的中年男子，如此令人毛骨悚然的眼睛里究竟看到了什么？

早晨六点半之前，马路上还是一般的正常。车辆和行人显得从容而稀少。房高也到了岗位，自从在省厅参加了0038高速抢险表彰会，房高的工作热情更高了，他从这次高速抢险看到了自身的价值，感觉到自己作为交通警察的作用和意义。表彰会的空隙里房高从一位专家嘴里得到一组数据：如果上次发生的高速抢险失败，意味着方圆数十公里范围内的环境和人的生命将受到威胁，死伤多少人无法预估，因为这种危险化学品极易挥发，而且毒性很强，对人和牲畜都有致命的危险，对环境生态的破坏将是无法估量的。

人行道上，记者缪琴手里拿着那两张照片，对比着照片中的背景，寻找出它的真正位置。她站在人行道上向前方望去，对街的商场两边各有一个和照片中一样的广告灯箱，她尝试着走向右边一个广告灯箱，又拿起照片比对了一下，用照片里中年人窥视的角度向外望去，出现在缪琴视野里的只有交警同志执勤的工作站台，工作站台旁一把遮阳伞立在那里，站台上交警房高正指挥交通。缪琴是第一次看到真实的真人版房高，他比照片中的样子更帅气，显得更清瘦了。而房高也发现了在自己左前方，广告灯箱的后面躲着一个人，这个人正朝自己这个方向窥视，房高不动声色，他要继续观察这个人想干什么。

此时的缪琴对有窥视男子的照片中皱起了眉头，如果说这个男子窥视的是交警执勤站台，那么也就是说这个人在窥视执勤的交警了，如此阴森森和一双露出凶光的眼睛，盯着的目标是交警，是和交警结了仇恨？还是别有所图？缪琴在心里不安起来，她收起照片，决定采访的时候能问一问。想到这里缪琴离开了广告灯箱，向过街斑马线走去。

全神贯注关注道路情况的房高，也在注视缪琴的一举一动。从缪琴走出广告灯箱背后时，房高的眼前一亮，这个女孩太有气质了，高挺的鼻梁，轮郭清新自然，高挑的个子，脑后一把马尾巴辫子随着她的脚步左右摆动着，房高看走了神，第一次不能自己，他的心里不由得想到刚才躲在广告灯箱后面窥视自己的一幕。房高不由得皱了皱眉头，支队传达的假币案闪过房高的脑子，他在心中摇摇头，这个姑娘绝不会和假币案犯联系上，她是谁呢？窥视我干吗？她是干什么的？一连串的问题快速地在脑子里转了一圈，房高没有得到答案，他的目光随着街边走上斑马线的缪琴移动，现在道路交通不在他的视野里，脑子里全是有关缪琴的问号。

房高突然紧张起来，因为他发觉这个缪琴是向自己的执勤点走来。房高紧张之余，心里想着这姑娘是不是过来问路的？她也有可能是外地的游客，是迷路了？房高胡思乱想一通，既怕姑娘靠近，又希望姑娘快点走过来。

缪琴走过了斑马线，顺着人行道向执勤点而来。此时的缪琴心里不知怎的怦怦直跳，她的脚步放慢了，她想让自己平静下来，因为隔得不是太远，她能看到的是房高执勤的侧面，她感觉自己的脸好烫，下意识地用手捋了捋额前的头发，她站住了，她心里有种感觉，这个交通警察会掉过头来朝自己的方向寻觅，不知为什么现在的缪琴心里有这种感觉，又像是一种渴望。

房高是侦察兵出身，他知道从斑马线到自己执勤的站台有多远，他在心里默默地数着数，当房高数得超过三十时，他心里有点茫然和失望，他不敢转动身子，直直地站在那儿，脑子里空空的，过了五秒后房高再也不能等了，他猛然转动了身体，一双眼睛急切地搜寻着。房高怔住了，因为他看到了一张微笑的脸在望着自己，房高有点乱，眼光躲避着，忽而他扬起了脸，对着缪琴就是一个憨憨的笑容，笑容里有着大男人的羞涩和不安。缪琴也笑了，她想尽量控制着笑的度，嘴角笑得有点歪歪的。

房高走下了站台，迎了过去，脸上一脸的精彩。

缪琴大方地伸出了手并说："我是晚报记者，缪琴！"

房高有点乱，两只手一起上握住对方道："你好！我是交通警房高！二大队的，能帮助我吗……不，是我能为你提供……"缪琴一双惊讶的眼神和不敢相信的神色，打断了房高的语无伦次。缪琴面对房高结结巴巴的神态，她不敢相信这就是干交警第一天破获碎尸案的房高，也不敢认同在面临高速危险品翻车的时候，他能果断想出那么安全实用的办法，及时避免了一场灾难。

她想笑，笑这个大男人面对危险都能从容而对，却面对自己这个弱女子如此慌乱结舌。

很快房高调整过来，结束了语无伦次的状态，他预感到自己慌乱的神情让对方一定在心里想笑。他再次握了缪琴的手，语气平静地说："交警房高！只有面对记者，我的智商就会短路，刚才的情况你领教了，现在是短路修正后发出的正常信号！"

房高说得直接而幽默，缪琴听了脸更热更红了，她微笑着低下了头，躲避着房高热烈而神采的目光。

"现在就是短路后恢复的情况？"缪琴有点不甘示弱，"这种短路情况会经常发生吗？"

房高被逼到了墙脚，他微笑着向缪琴敬了个礼说："领教了，大记者，给你敬个礼，我服输！"

缪琴嘴角又被憋笑憋歪了，这时她掏出记者证递给房高："想采访你，高速抢险的事，最好在你不短路的情况下！"

缪琴自己的话没说完，她忍不住自己先笑了。

房高想到刚才自己的语无伦次，知道现在自己不是进攻的状态，他需要调整方略，首先要弄清这个记者的年龄，还有是否结婚或者有没有男朋友，他决定稳打稳扎，不能再出现短路后的语无伦次。况且对方是有任务来的，采访不完成这个缪记者不会消失的，说实在一点，房高从小到现在的三十岁，这是人生当中第一次面对姑娘语无伦次的窘象，这种令自己慌乱到语无伦次的感觉是平生的第一次，三十岁的房高知道这是什么原因，他决定好好利用采访的机会"假公济私"一趟。

房高在瞬间想定了主意，于是决定变被动为主动："缪记者，你好！采访我，那是小题大做了，这些都是我们交通警察的职责，如果说交通警察的工作相对辛苦一点，说了是没有感受的！你们记者写文章不是倡导体验生活吗？如果感兴趣，现在就可以体验一下交通警察一天的工作内容！"

房高说完，一双微笑的眼睛紧紧地望着缪琴，他的心里是希望缪琴不要拒绝，因为这个姑娘是敏感而聪明的，自己的这点小伎俩一定瞒不过她，如果她能装作不知，不知道这是我设下的开始，那么我就要结束单身的生活了。房高又想到整天在耳旁唠叨找对象话题的爸妈，如果面前的缪记者以儿媳妇的身份，出现在他们二老眼前那会是什么景象……房高不敢往下想，他在等待缪记者的回答。

也许这是命中注定，缪琴没有丝毫考虑，她答应得很爽快，而且是愉快地说："是吗？能体验一下交警的工作那是再好不过，这一点我可事先没想到！不影响你工作吗？"

房高在心里笑了，啊！老天你真的帮助了我！房高真想喊出来，他努力地克制着，面上仍是微微的笑容："不影响，本身让市民参加到交通管理和体验道路交通的情况，是我们二大队就要开展的一项活动，你看每天的交通状况都是在维持当中，市民遵循出行中的交通规则和文明出行是个课题，这就需要我们做交通工作的进行引导和宣传，使维护城市交通便捷成为每个人的共同义务，这样我们交通警察的任务和今后的工作就会更简单轻松。"

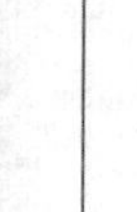

房高一口气表达了一番，这是自己的看家事，既有对交通管理的认识，又有让缪琴记者留下来体验交警工作的理由。

缪琴倒是听得很认真，她在心里也赞成房高的一番交通管理的思想，是啊！交通拥堵和道路交通的关键是人的因素，如果每个人都遵循交通规则和文明出行，自觉地加入到交通管理的行列，大家都文明出行了，交通出行的困难一定会得到解决。

缪琴微笑着问："我该做什么？"

房高站上交通指挥台："我做，你看！"

"……？"缪琴有点不知所云。

房高的眼睛注视着街面，一边回答："和你们记者一起体验，也是不断提高我们交通警察职业水准，你观察街面的车辆运行和行人动态，就能有和我们一样迫切期盼文明出行的心理了。"

缪琴点点头，同时也想起了自己今天的采访任务。于是缪琴开口问道："房交警，转业之前是什么兵种？"

“你能猜到！”房高故意引申话题，他需要面前姑娘的详细情况。

缪琴知道房高是侦察兵转业，之所以这么问就是想听房高亲口说出来。

“火头兵？”缪琴有点故意地说。

房高知道遇到了文化精髓，他决定还是自己说：“我干了五年侦察兵，我的文化不高，考军校没考上！刚转业到地方四个月，干交警三个半月吧！家里爸妈都支持我干交警，唯一不满意我三十岁年龄还没有找上对象，也罢！像我们交通警察苦脏累，个人时间几乎没有。我们交警的个人问题，如果需要你们记者从中帮忙，你一定会笑话的！”

房高回答得坦白、直接，直接得让他自己都有点害怕，害怕把这个让自己人生第一次会慌乱的姑娘吓跑。说这话的时候，房高干脆把脸扭到了另一边，此时他怕看见缪记者的眼睛，因为现在的房高内心里极其的紧张和不安。

房高的直接让缪琴有点措手不及，她也没想到面前的这个人还没结婚，连对象都没有，在二大队苗文书那里得到的信息看来是正确的。缪琴从房高刚刚的话里听得出来，这个交通警察是故意这么说的，缪琴对自己提出的问题没了答案，她心里不禁又问：难道老天真的这么优待我？把这个优秀的男人送到我眼前，这是梦吗？缪琴心里矛盾极了，太快了，幸福降临得太快了！往往来得太快的幸福，会让人不敢相信。而且面对突如其来的幸福，女人的智商会降低。果然，此时的缪琴不知道怎么办，平时能侃的嘴巴有点失灵，心里一阵小鹿乱撞。她知道房高这是在“假公济私”，于是故意装作不知回答道：“我们记者可以替你们交通警察的个人问题呼吁一下，要上报纸上说吗？题目就这样写——‘记者做红娘帮交通警找对象’，你看这样行吗？”

房高听了在心里吓了一跳，这缪记者不好对付，脸上不动声色，于是接了缪记者的话题说：“题目改一下！”

“怎么改？”缪琴期待着。

“题目就改成……”房高准备豁出去了，这时候来点赵本山说小品的艺术一定管用，于是大声说，“帮交警找对象，记者成新娘！”

“……”

“……”

沉默，瞬间的沉默。

这回轮到缪琴慌乱不堪了，她通红着脸，低着头，咬着下嘴唇。

房高在豁出去的那一刻，心里一个劲地念着菩萨，看到缪琴一直不开口，他心里也沉了下去，从交警指挥站台上走了下来，他真怕自己的直接吓跑了姑娘，他极其不安地说：“这个题目要是不对，要不，你再改一改？”

缪琴扬起脸，秀气的瓜子脸蛋涨得通红：“交通规则说改就能改吗？要是那样你就不是一个合格的交通警察！”语气里透着泼辣和姑娘的骄横。

房高这回听了开心了，不好意思地摸了摸裤口袋，心里决定继续刚才赵本山说小品艺术的思路，想定主意后兴奋地说：“报告记者领导，我本来就不敢改，你们是大记者，是民众意见的代表，我哪敢不考虑媒体的意见，为等你的这个意见，我等了三十年，我能错过吗？”

缪琴被房高的表白说得脸更红了。

“不改了！听大记者的！”房高决定一锤定音，巩固战果。于是试探性地问道，“定下了？……不是记者做红娘了，而是记者成新娘了！”

缪琴的脸红得像苹果，半天点了点头。

房高高兴地蹦了起来，他忘了这是在扬城最繁华的闹市中心。

有经过的汽车发现了刚才的一幕，他们不知道情况的真实，只看到一个交通警察对着一个美丽的姑娘蹦了起来，驾驶员们鸣了笛，驾驶的速度都慢了下来。

还是房高敏捷，他立时转身上了交通指挥站台，向着所有经过此处的机动车驾驶员深深地敬了一个礼。

一秒，五秒，三十秒，五十秒……房高依然保持着敬礼的姿态，他心里在对缪琴说：一辈子！我的敬礼对你永远是一辈子！

房高又下了指挥站台，他有话对缪琴说。

房高压低了声音问缪琴：“缪记者，你在对街的广告灯箱后面干什么？是采访前的观察？还是对交通警察的我有所图？”

缪琴很惊讶，房高不愧是侦察兵出身，她在心里发笑，房高的这句话说明了一个问题：自己在街对面的一切行动都在他的观察范围，可见他是一直注意自己的，想到这一点她心里美美的，对房高说：“你这个侦察兵也有侦察失灵的时候，你的评估系统要升级了！”她说着话的工夫从皮包里掏出那两张照片递给了房高。

房高将照片接了过来，一张是躲在广告灯箱后面窥视的中年男子的照片，照片中中年男子阴森森的脸和露出凶光的眼睛，让房高心里一惊，他皱了皱眉头没有开口。另一张照片是一条停满汽车的大街中央，一个黄头发的少年在车流的缝隙中穿行。

房高将两张照片又看了一遍，抬起头向对街望去，他若有所思地又将头扭向第二张照片中的大街，他没有开口说话，他的脑海里快速地回忆着，这第二张照片中的黄发少年，在车流中穿行的一幕房高是有记忆的，他好像还记得这个黄头发少年还向汽车车窗里塞过小广告卡片。自己从省厅表彰会回来后，支队传达过假币团伙在闹市中心，利用汽车等候通行的时间里向汽车车窗塞假币和推销卡片的事。现在缪琴拍的这张黄发少年正好是黄发少年的正面，这给一直无从下手的案件提供了线索。那么另一张躲在广告灯箱后面的这个中年男子是谁？他在干什么？这双露出凶光的眼睛他究竟看到了什么？

房高想到这儿便问缪琴道："这两张照片是什么时间拍的？你怎么拍到的？当时拍的时候是计划什么样的需要？"

缪琴见房高表情严肃，一时不适应，反问了一句："为什么？这照片……"

"如果我的推测是正确的话，这两个人和假币集团有关。"房高打断了缪琴的话，"我们交警支队已向市刑侦部门汇报了，省公安厅都下发了协作破案的文件，这起假币案不是一般的案件，与境外的假币犯罪集团有直接的关系，搞不好就是国际性的大案。"

缪琴听了房高的话一时也惊讶得很，毕竟自己只是个刚参加工作的实习记者，一听说涉及到国际大案，她心里一时没了主张，知道这件事的严肃性了。过了一会儿见房高的注意力仍在两张照片上，她对房高说："上次报社安排我来采访你，你去参加省厅表彰会了，那天应该是星期三。当时拍的时候没注意，也不是特意要拍的，洗照片的时候看到这两张觉得有点奇怪，

今天来的目的之一，就是要弄清那双目露凶光的眼睛他看到了什么。”

“哦！”房高听到这里明白了，“难怪刚才见你躲在广告灯箱后面偷看，原来是这么回事，看到了什么？”

缪琴回答道：“从那个广告灯箱后面，用照片上这个中年男人窥视的角度，看到的就是你现在的执勤点，遮阳伞和你脚下的站台！”

房高顺着执勤的方向，用眼睛瞄了瞄对街那个广告灯箱的位置，他审视般望了望缪琴，没有开口说话。

缪琴被他望得有点不自在，问道：“干吗？不会怀疑我是假币……”

“你立功了！”房高打断了缪琴的胡乱揣疑，“想不到这个案件的关键竟被你——一个无心的记者拍到，不可思议！”

缪琴听得有点乱，她隐约听说自己立功了，有点不相信，便对房高说：“立什么功？你不是在笑我吧！”

房高第一次见到越是漂亮的女人智商越低的范例，于是他简洁地说：“一、假币犯罪分子利用汽车等红绿灯的间隙，向汽车的车窗里塞假币推销卡片，还有面值不等的假币，相关证据就在这个执勤岗的监控录像里，而且是交警支队倪支队长发现并报的案；二、假币通过送检，确认是从境外流入中国市场的高仿假币；三、这个执勤点的监控没有拍到假币分子的正面面貌，而且没有你这张灯箱广告后面躲着一个目露凶光人的照片。这就是说，刑警队知道这是起假币大案，但他们没有犯罪分子的证据和相貌照片，所以你的这两张照片就是破案的关键所在。”

“真的？这么巧？！”缪琴有点兴奋。

房高继续说：“巧！不是吗？”

“你们公安开表彰会会通知我参加吗？”缪琴的心思有点远了。

房高决定调侃一下她，于是说：“公安家属可以参加，你是吗？”

缪琴的脸红了，忽而一扬头，神情有点夸张对房高说：“就是公安家属也和你没关系！”说完这一句她忍不住先笑了出来。

还是房高脑子转得快答道：“这件案子的表彰会应该是你的家属——我！可以参加，因为是我发现了你拍的照片和假币犯罪分子有关。”

缪琴被房高的狡辩搞得没话说，她在心里也感到巧合的成分，比如今天和房高第一次见面，仅仅是第一次见面自己就在心里认定了他，这不是巧合吗？这个男人是可以托付终身的吗？

就在缪琴自个想的时候，房高接通了刑警队的电话，他把发生的情况一一作了简要汇报，电话那头的刑警队长吃惊的声音传了过来：“你说的是真的？”

房高望着缪琴，对着话筒回答：“韩队长，开你的警车过来，这些照片是我女朋友，晚报的记者小缪拍的，所以你必须亲自开车来接！”

“女朋友？你的？好好！我就过来接！”韩队长嘴里嘟囔着一百个不相信，但突然说有假币案嫌疑人在现场的照片了，韩队长也顾不得其他了，拿了车钥匙就出了办公室门。

房高之所以这么说，是有他的道理的，刑警一帮家伙要是见到缪琴这个美丽的姑娘，不想办法献殷勤才怪呢！房高在电话里对刑警队长明说是自己的女朋友，意思就是向你们刑警说

清楚了，别献殷勤。

私心！是每个人最弱的地方，也是最幸福的初衷。

在等刑警队的空隙时间里，房高借机向缪琴介绍了自己的情况。房高的叙说让缪琴在心里不住地点头：这个男人不虚伪，直接而带点幽默，这应该是修养和学识的体现。缪琴一双眼睛里表现出的赞许和肯定，都被房高侦察在眼里，他说着话的时候突然变换了话题，问缪琴道：“你刚才说了你来这里的目的之一，是好奇那张照片中凶恶的目光。那么还有来此的目的之二呢？”

缪琴正在心里对房高进行分析，对房高话题的转变她感到突然，稍作停顿后她决定自己要聪明起来，不能让自己表现得像小女孩，于是回答道：“目的之二等破了假币案再说，我倒有个疑问想请教你，你所表现出来的能力和对事情的敏感，更应该在刑警队的岗位上，而不是现在的交警岗位上，你不这样认为吗？”

房高继续关注着道路的情况，对缪琴提的这个问题他在心里犹豫过，但参加了省公安厅和省高速指挥部举办的培训班学习，房高的思想得到了改观，尤其是每年发生在交通道路中的死伤数字，让房高的内心受到震撼，原以为交通警察就是站马路而已，是没有深度和挑战性的工作。但现在的房高不这么看了，他明白一个道理，交通管理是个世界性极其复杂的课题，就好比世界在你面前就是一张白纸，交通警察就是拿着笔在上面设计的指挥者，这个指挥者担负的责任是亿万万人的生命和每一个与之相连的家庭幸福。通过培训班的学习，交通警察不再是单一的站马路，而是一项极其崇高的神圣的事业。

所以面对缪琴的这个问题，房高冲缪琴一笑没有回答。

缪琴张大了眼睛望着他，用疑问的眼神等待他的答案，房高知道常规人的思维就是这样，一件不能再正常的事，其结果没有被弄懂之前，好奇心永远存在并会发酵。

房高决定幽默一回，故意地说：“回答你的问题可以，但你必须不能怀疑，而且要虔诚地相信！”

缪琴搞不懂他又要说什么，疑惑地点点头算是答应。

房高极其神秘地说：“你对做梦怎么看？我在梦里见过你，而且梦中你对我说只有在这个执勤岗才能与你相见，你怎么看我们今天的相遇？还有为什么偏偏报社会安排你采访我？”

“……”缪琴听得也皱了眉头。

“如果我不是交通警察？如果报社采访安排了其他记者？如果没有这个假币案？还有一个如果，如果你的眼里没有我，而是有了别人，如果我把这个梦当作是一个梦幻，你我会一见而定终身吗？”

缪琴被房高说醉了，她在心里来不及消化，只是半醉半醒地疑问道：“胡侃吧！哪有这神奇的梦？”

缪琴的一句话，让房高知道缪琴心里面愿意相信这份美好神奇。

“你今天来的目的之二我也知道！”房高决定继续幽默。

缪琴这回睁大了眼睛，好奇而怀疑。

房高装作一脸严肃地说：“一个三十岁还没有结婚的男人，一定有许多问号？你心中带来的问号解决了吗？”

缪琴的脸红到了耳根，她今天来的目的之二确实是这样的，一个很优秀的男人，三十岁还没有结婚，有无对象仅仅停留在二大队苗文书提供的单一的思想里，现在房高把自己心里的秘密说了出来，缪琴不好意思地低头笑了，脸更红了。

就在这时，刑警队韩龙的警车开了过来，一下车急解释道：“前面道路堵车，我绕了一段路，来迟了！”

房高将两张照片交给韩龙，为韩龙介绍道：“这是晚报的记者，缪琴！”又一指韩龙道，“刑警队韩队长！”

韩龙的注意力在两张照片上，和缪琴握过手后一双眼睛就仔细地看起照片来，尤其是黄头发少年这一张照片，拍得清清楚楚，照片中他的手正向车窗里塞什么。看到这里韩龙的一双眼睛渐渐地出现了笑意，抬起头给缪琴敬了个礼，说道：“自古多行不义必自毙，大海捞针忙了个昏天黑地，原来真正的关键在你大记者手里，感谢！我代表刑警队全体干警向您致敬！”韩龙说着又向缪琴敬了个礼，刚想放下敬礼的姿势，忽而想到这件大线索离不开房高的发现，于是一客不烦二主，略转身子对房高继续敬礼并说，“也一样感谢房交警，向你敬礼！”

房高冲韩龙眨了一下眼睛，用嘴势做了个动作，韩龙先是一愣继而领会过来补充说道：“反正敬来敬去，你们是一家子，先后都好说！”

韩龙的话让缪琴羞红了脸，她抿着嘴没开口。韩龙见到缪琴的第一眼也是由衷地赞叹，这姑娘太美了，美得真大气。他心里也嘀咕房高，这小子不但个人能力突出，连对象也是超凡突出，好事尽让他一人占了。韩龙见线索拿到，案件还有许多事要办忙告辞，一边暗暗地对房高示意了一下大拇指，一边故意说：“好，我先回去向刑侦处汇报案情的发现，有需要的话还请缪记者到刑警队做客。不过房交警上班假公济私的事我是没意见，什么时候喝你们的喜酒可第一个通知我！好！再见！”

韩龙开车刚要走，缪琴说话了：“韩队长，案件的进展我是要跟踪采访的！”

韩龙大声地说：“那是一定，不过必须请我做你和房交警结婚的证婚人！”

韩龙说着笑哈哈地开车走了。

缪琴的表情有点尴尬，幸福和害羞交替着，房高的脸上一脸的笑意。

房高对缪琴说：“待会儿就是出行的高峰期了，我不能让韩龙老说假公济私，你看采访是不是换个地方？”

缪琴今天一直是昏乱的，这时也一样抿了嘴一脸红晕。

“要不星期天去你家！”房高一本正经地说，“你采访的深度不够，让你爸妈也采访采访我，行吗？”

“臭美！”缪琴就说了这一句，害羞和喜悦挂满了脸上。

房高掏出了手机递给缪琴：“帮我的微信加一下你，这样便于你对我的采访！”

缪琴脸红地接了手机，此时的房高在心里一万个的美啊！

由于缪琴记者直接提供了假币案的嫌疑人照片，市局刑侦处全线出动，在公安联网办案的协作下，很快查明照片中眼露凶光的中年男子的详细资料，那个黄发少年也在一网吧找到，少年头上的黄发是假发，就连眉毛也做了处理，难怪要大海捞针一般地寻找。通过仔细地摸底，掌握了假币案的一个窝点，公安严密布控终于查抄了大量假币并抓获了假币犯罪分子，捣毁了假币集团在扬城的销售假币渠道。为感谢和表彰在假币案件过程中，提供破案线索的晚报记者缪琴和直接发现破案线索的交警房高，市局和刑侦处向他们二人的单位赠送了锦旗，并为房高记了三等功一次。

交警支队支队长倪福城和政委夏邑两人对房高的立功受奖，是既开心又忧愁。房高现在表现出来的刑侦天赋，让支队两个领导有了难题，夏政委还记得刑侦处汪处长来送锦旗时说的一语双关的话，说什么交警支队是最锻炼人的地方，房高同志的表现就是证明，天下公安是一家，刑警交警都是一样，为工作为社会的需要等一席话。

不言而喻，刑侦处汪处长是有备而来，他的目标就是挖人充实他们刑警队。交警支队两个当家人知道汪处长的心思，这二人正在研究对策。夏政委提了一个大胆的建议，把本来计划用半年锻炼房高的时间缩短，就房高同志在破获假币案件中的表现和作用，决定将房高提升为交警二大队指导员，这样做的目的就是锻炼发挥房高同志的才能，激发房高同志对交通管理的工作热情，为交警队伍培养后继管理骨干。

倪支队长也提了一个建议，在全支队发起一个向房高同志学习的活动，并在支队简报上作出宣传。号召全体交警同志在干好本责工作的同时，为社会治安管理尽一份力量。夏政委当然是全力赞成，并对这次活动提出了口号：尽心尽责服务交通，全心全意保一方平安。

第四回　恶犬弄胆撩虎须　培公落子布闲棋

一张报道假币案的报纸被重重地摔在办公桌上，这个微胖的背对着低头垂手站立的秃顶男子，他脸朝着窗外，沙哑的声音从他的喉咙里发出："不管用什么方法，让那个执勤点的交通警付出代价，让其他的交通警看看多管闲事的下场。"声音里透着咬牙切齿和不容商量。

一直垂手站立的手下毕恭毕敬地问："是让他消失？还是？"

"消失！越快越好！"他不耐烦地打断了手下的话，"如果我们不反击，我们精心建立起来的发财渠道就不能行之有效。反过来讲，公安的力量是有限的，如果让交通警和公安联手防我们，我们的市场渠道就无法存在。你看哪条街面上没有交通警？所以交通警的多管闲事才是对我们真正的威胁。"

说到这里沙哑的声音停了下来，忽而这个沙哑声音变得声嘶力竭一般："去！快去！让那个交通警消失！"

夏政委一直把房高的个人问题放在心上，后来听了整个事情的经过，知道有这么一个缪记者事情的存在，他决定去拜会一下晚报的总编，为房高的个人问题做做推手。下午还没到点，夏政委已进了晚报的大楼，晚报的总编和夏政委认识，于是夏政委直接找到了报社总编的办公室，正准备抬手敲门，却发现走廊的另一头走过来一个气质不一般的姑娘，这个姑娘就是实习记者缪琴，夏政委不认识缪琴，但听房高提过多次。

缪琴见夏政委抬手敲门忙问道：“同志，你找谁？有什么事？”

夏政委穿的是便装，缪琴自不会想到面前的这个老同志是谁。夏政委见缪琴问，他笑着停下敲门的手，上下打量起眼前不一般的姑娘。夏政委在心里相信，这姑娘一定就是缪琴记者，要不报社哪来这样标致的姑娘。

夏政委决定开口问：“同志，你就是缪记者吧？”

缪琴见对方叫出了自己的姓名，一愣神后还未说话，夏政委又自我介绍说：“你不认识我，我认识你们王洪总编！”

缪琴有点摸不着头脑，和王总编认识未必就认识我呀！尽管疑问在心中，缪琴还是微笑着对夏政委说：“王总编在休息，现在还是休息时间，我能为你做点什么吗？”

夏政委决定单刀直入，微笑着说：“房高同志你熟悉吗？”

这下缪琴的脸蛋腾地一下红了，她以为面前的这个老同志是房高的父亲，她红着脸蛋问道：“您是房高的父亲？”

夏政委笑了，风趣地说：“是房高这么讲的吗？政委就是父亲？”

缪琴的脸更红了，知道自己闹糊涂了，忙解释说：“啊！您是夏政委吧！不好意思，把您当成……”

“没事！没事！”夏政委自我检讨说，“怪我，怪我忘了说，我说一见你就觉得你应该是缪记者，不错，我这也当了一回房高他爸！”说到这儿夏政委自己先笑了起来，刚笑一半发觉不妥怕笑声会吵了王总编的休息，忙捂了嘴小声对缪琴说，“吵了王总编的休息不好，去你们会议室坐坐！”

“行！行！”缪琴答应着用手指了指会议室，她和夏政委一同向会议室走去。

夏政委能感觉到面前缪琴对房高的在意，心里顿时轻松了许多，他原以为人家姑娘对交通警察的职业有看法，现在一见面夏政委测出了房高在姑娘心中的分量，看来这小子和缪记者的接触不是一般，要不然自己一提政委两字，人家姑娘就能知道自己的姓，可见房高成家的攻坚战早就打响了，看来我这个政委的帮忙是迟了点。夏政委想到这儿又转念一想，我既来了，不如替房高的成家战略增援一下，要不然今后他们小夫妻时间一长，就把我这老头子给忘了，再有，坚定房高在交警支队的思想工作，这个缪记者一定会起到不小的作用。夏政委在会议室里坐定，缪琴泡了茶放在夏政委面前。

夏政委道了声谢，对缪琴说：“缪记者，其实今天我不是来找王总编的，是来找你缪记者的！”

“找我？”缪琴有点意外。

夏政委点点头示意缪琴也坐下，脑子里摆好了方略，他对缪琴说：“夏记者，我们刚才谈到二大队交警房高，知道吗？房交警因为从缪记者抓拍的照片中，及时发现了假币案的直接嫌疑罪犯，房交警立了功，而且我们支队为他报请担任交警二大队指导员职务的报告，已上报市公安局了。”

说到这里夏政委故意停了下来，一双眼睛注视着缪琴。

缪琴正听得入神，突然夏政委收住了话题，缪琴向夏政委投去疑惑的眼光。

夏政委的表情似乎显得很为难，有点欲言又止，见缪记者等自己的下文，他极其为难地说：“是这样的，缪记者，市局里有个研究生，年龄二十六岁，她看上了房高，找了我们支队的倪支队长当介绍人……”

夏政委说到这里停了下来，因为缪琴的脸色告诉他不能再往下说了，再说这个姑娘的眼泪就下来了，他也知道自己的几句话只要能把姑娘的心吊在半空就行，夏政委虽然收住了口，心里一阵内疚，为稳定房高在交警队的思想，不得已让人家姑娘都跟着受到委屈，唉！夏政委在心里自责了一番，没有办法，我是支队政委，我不下地狱谁下呢？

一边的缪琴听了夏政委对这个姑娘条件的介绍，她自己在心里无形中就暗自失落。不知为什么眼泪在眼眶里打转了，她强忍着不让眼泪掉出来。是啊！缪琴对房高是一见倾心，也是缪琴的初恋情感，现在听到自己心中的白马王子要飞了，她心中的悲伤和委屈可想而知。

夏政委在旁知道缪琴现在的感受，这也是他设定的目标和效果。他在心里一横继续对缪琴说：“是这样的，我听说了房高和你的事情，房高是个好同志，有才能而且有统筹大局的能力。但是个人感情上的事情，我们作为他的领导只能建议不能包办，我现在来找你缪记者是代表我个人，就想当面问你一句话，房高在你心中的位置？你对房高的职业有没有其他想法？因为我们交通警察的苦脏累是出了名的，我们交通警察要的是共同战斗的伴侣，这一点你是知道的。如果说你对房高同志情真意切，愿意加入我们交通警察的家属行列，我代表支队全体交警欢迎你！”

夏政委说到这里又故意留了个缺口，他需要让缪琴在这个缺口上再受煎熬，没有办法，为了这个全市人民出行安危的交警支队，只有让缪琴受煎熬了。

缪琴听夏政委说了许多，她最想听到有关房高在个人问题上的态度，可是夏政委就是不说，现在的缪琴确实在经受着煎熬，这种煎熬是感情上最难过的煎熬。自从在文昌岗和房高相互挑明了心境，姑娘心里对爱情的憧憬那是最甜蜜的，现在猛然间冒出个姑娘对房高的追求，缪琴心里除了难过还有慌乱，她在心里有过对房高的揣疑，若房高对自己真心真爱，那么夏政委刚才说的这个对房高的追求者事情，他房高应该亲口告诉我才对呀！还有这个夏政委说了许多，就是不提房高对这件事的态度，可见这件事……缪琴想到这里她不愿再想了，泪水止不住夺眶而出。

姑娘感情上受到了伤害，夏政委一看是时候了，于是连忙安慰说：“其实，房高的态度我想一定是很坚定的，我了解这个小伙子，他对你一定是情真意切，这一点你不用怀疑！这样，今天由我当你的面打电话给房高，要他表明态度，这样做目的就是对缪记者你负责，也是让房高同志在个人问题上严肃对待。”

夏政委拨通了房高的电话，一边又小声对缪琴说：“手机开在免提上，你只管听就是了！”

房高接到政委的电话，他在电话里问：“夏政委，你好！有什么指示？”

夏政委把手机向缪琴这边靠了靠，对着手机说：“房高，有件事情需要你表态，你一定要如实对待！”

“……”房高在电话里丈二和尚摸不到头，“只要是政委交代的，我一定认真对待！”

“好，你的态度很好！”夏政委在心里选择着词语，希望不要再让缪琴在情感上受到煎熬，刚才面对姑娘的眼泪，夏政

委在心里不知说了多少声歉意，于是他对房高说，“这样，你对晚报记者缪琴的感情是真的吗？要实事求是。”

电话那头的房高不是丈二和尚了，他进了夏政委政治工作的迷魂阵，一时也想不出自己与缪琴之间的感情之事，夏政委他是如何知道的呢？是不是刑警队韩龙背后做的文章呢？这时候容不得房高多想，他立马回答说：“夏政委，要说真话吗？”

夏政委和缪琴都被房高的这句话吓了一跳，夏政委回道：“感情问题能假吗？”

“是！夏政委！我是你的兵，我说了你要帮我保守秘密！”

“秘密？什么秘密？为什么？……”

“我怕让缪琴知道笑话我！”房高老实得像个孩子，“我对缪琴是真实的，这一辈子能让我遇见她，是老天在帮助我！说实话，不怕政委你笑话我，我长到现在的三十岁，从来没有为哪个姑娘彻夜难眠，自从见到缪琴后我整整两夜都失眠了，心里真正感谢她能看上我，看上我们交通警，同时也感谢政委你，不是你把我要进交警队伍，就没有机会和缪琴相遇相见相知，谢谢你，夏政委！能做你和倪支队的部下，是我房高的运气。这一辈子干交通警，还要让我和缪琴的儿子也干交警，因为是交通警察这个职业把缪琴送到了我的身边，我感谢这个职业，永远感谢！”

一旁的缪琴听了电话那头房高杂七杂八的表述，满心的是幸福和激动，当房高说到未来和缪琴的儿子时，缪琴羞红了脸，也不知是激动还是害羞，眼泪禁不住还是流了出来。

一旁的夏政委把这一切看在眼里，不失时机地说了一句：“什么？儿子？今天你说话怎么不流畅？”

房高解释道：“是未来的儿子！”

“啊！你吓我一跳！”夏政委继续调侃道，“我说哪有那么快的事呢！”

“在我心里，政委就是父亲，我感受到政委你和倪支队对全体交警的爱护，我真是幸运儿，遇到了你和倪支队长，又有幸遇到了缪琴这个好姑娘！”

“别幸福啦！什么时候上门见人家父母？不要被动，要主动！我们交通警历来都是主动出击的！”

“安排了，就等同缪琴约时间了！”

“约什么时间？今天晚上就去，给人家父母见见面，让缪琴的父母给我们交通警打打分，顺便也做做文明交通的宣传工作嘛！”

“是！今天晚上就去！”

“好了！不打扰你工作了！”夏政委临时决定让缪琴再紧张一回，“房高，说了这么多，马上都要去上门拜见人家父母了，问一下，人家缪琴姑娘对你的态度怎样？你有把握吗？”电话那头没了声音。

期待是最吊人心境的。

五秒，艰难的五秒钟后传来房高的声音：“我对缪琴有信心！”

缪琴提着的心放下了，咬着下嘴唇羞态百般。

夏政委收起手机，习惯地向缪琴竖起大拇指道：“房高这小子有福气！好了，我也走了，房高待会儿会给你来电话，我这老头子在这儿就不合适了！”

夏政委边走边说：“王总编就不打扰他了，一会儿房高来电话你不要难为他，另外不要跟房高提我们见过面的事，我不想让别的姑娘作为题外话干扰你们的感情，你说是吗？缪记者！”

在情感上，人是最自私的，缪琴也不例外。正是基于人性的这一点，夏政委才得以把他的计划施展得滴水不漏。缪琴就是再聪明的人，在情感面前她也是晕了菜一般。

这时晚报王总编出现在会议室的门口，他微笑着走向夏政委，一边对缪琴说："缪琴，夏政委来了怎么不告诉我，知道吗，夏政委可是我的老领导，在部队他可是我的连长！"

夏政委也站了起来，两双大手握在了一起。王总编笑眯眯地说："怎么？大政委到我们报社来挖人啊！老实告诉你缪记者可是晚报的台柱子，这个心思不能动的！"

这时缪琴的手机响了，缪琴一看果然是房高打进来的，她的脸上洋溢着幸福。

夏政委冲缪琴摆摆手说："我和王总编是老战友了，你去接电话，我们战友之间有话要说的。"

缪琴向王总编和夏政委点头表示歉意后走出了会议室，她的心思自然在房高的这个电话上。

夏政委知道这个电话一定是房高打来的，他借机把缪琴支走，不想让以机敏而著称的王总编察觉到什么。他拉着老战友的手说："我的老战友，说我挖人可就冤枉人了，缪琴记者现在可是我们交警二大队指导员——房高同志的未婚妻，说白了缪记者就是我们交警队的队属，只不过仪式还没有进行，怎么说我来挖你老战友的人呢？应该说是我们老战友部属的大联姻才对嘛！"

王总编也被搞糊涂了，望着面前有"夏培公"美誉的老战友，他嘀咕道："这个缪琴秘密工作做得不错嘛！"

夏政委笑了，又对王总编说："怎么样？为他们一对俊男美女做个现成的证婚人，如何？"

夏政委继续迷魂阵的攻势，他知道自己老战友是聪明人，不能把问题简单化，要进一步把问题做真，让老战友不存一点疑虑。

果然，王总编相信了，对做现成的证婚人他是满意的。他望望一脸疲惫的老战友感慨地说：“你们交通警察真是苦脏累，瞧瞧你老连长一脸的疲惫，还有你脸上的气色，唉！交通警工作不好做啊！”

“没办法！这就是命啊！”

夏政委乘胜追击道：“哪像老战友你，审审稿子，到处体验生活，顺便看看景色，你是福将福将啊！”

说到这里夏政委停顿了一下，好像想起了什么接着说：“不过，还是要感谢你老战友，你知道交通警察是苦脏累，所以小伙子们对象问题让我头疼，好在你们报社好姑娘多，这一点我们交警队可是要谢谢你的！不如你们晚报和……”

“我说老连长，你这是做红娘来了！”王总编打断了夏政委的话说，“要我们晚报和你们交警队联姻？没问题，说吧！怎么谢我？”

夏政委反问道：“你要怎么谢？怎么谢都行！”

王总编哈哈一笑：“唉！我的老连长，我每天上班要提前一个多小时出发，为的就是怕堵在路上，要是堵上了只有绕很长的一段路才能赶到报社，你要是真感谢我，就给我开个特别通行证，那样我就可以多睡一小时的，行吗？”

“哈哈哈！”夏政委笑了说，“这简单，老战友你放心，特别通行证开给你也没有用，我给你申请直升飞机，保你一路无阻！”

这回轮到王总编不开口了，他也在感慨：“城市发展得太快了，交通拥堵是个国际性的难题，知道老连长你难，不过市

政府的规划就要出来了，到时等轻轨、高铁、高架公路，还有地铁一一建成，到那时这个交通出行难的问题就好多了，老连长你也就了却心愿了，不是吗？”

这时缪琴走进会议室，王总编见了忙对她说：“缪琴，你可紧盯住夏政委，他们交警队的新闻最多，他们的部下要是不配合，你就只管找他，夏政委可是我的老连长！”

缪琴感受到面前两位老战友的战友之情，她微笑着点点头。

这时夏政委对缪琴说：“缪记者，我和老战友说定了，我俩做你和房高的结婚证婚人！”夏政委想得明白，不如现在就把房高和缪琴的事，当王总编的面挑明了，省得自己前脚走后脚再被王总编问出事来。

缪琴听了夏政委的话，她只是羞红了脸笑着没开口说话。

王总编从缪琴的神色里得到了验证，他的内心这时才真正相信。于是他对缪琴说：“祝福你，缪记者，这个证婚人我一定当好！”

王总编说着把话题转向夏政委对他说：“老连长，你这挖的可是我们报社的社花，告诉你们交警队那小子，便宜他了！不过他必须来报社接受我的考核，我这证婚人可不是随便好糊弄的！”

夏政委在心里发笑，说道：“我说老战友，我那交警小子可是个人才，你忘啦！是你安排缪琴去采访他的，不记得了？算下来缪琴和我们交警房高的结合，你老战友才是真正的红娘呀！”

王总编这才恍然大悟：“哦！是这样的！怪我安排失策，我一早就应该想到老连长教出来的兵，那可真得防着点！”

王总编的说笑让缪琴的脸更红了，王总编转向夏政委继续玩笑道：“你不要偷着乐！你的兵拐跑了我们晚报的社花，这账得跟你政委算！”

夏政委听了哈哈一笑，王总编也笑，缪琴在一旁也偷偷地抿嘴笑。

出了晚报大楼，夏政委坐在车上如释重负，坚定了房高干交通警的思想，又在房高的身边加了个缪琴这样的保险，交警支队管理工作的骨干培养不会再出问题了。也不知什么原因，夏政委想到了刑侦处的汪处长，他在心里一阵阵得意，挖人挖到交警队的门里，夏培公和倪迟恭两尊门神的虚名不就白得了。夏政委在自得的同时，想到了刚才让缪琴受到的煎熬，他心里深深地自责着，没办法，不行常人之规，何能请动真神呢？

刑侦处姚宁副处长将车停在路边，对下车的房高说：“这个案子的卷宗你先看，如有其他需要随时跟我说。这件案子拖了很久，对受害人至今没有说法，刑侦处很被动。”

姚副处边说边把案件卷宗递给房高。房高接了过来说：“我只能看看，有想法会向姚副处长汇报！”

房高说完下了车，姚副处关上车窗开车走了。

早上时针刚过五点半，夏政委就起床了，老伴还在睡意之中，但感觉到夏政委起床了，她闭着眼睛问道：“干吗？今天又起早？”

夏政委已下了床，正在穿衣服，见把老伴惊醒了，只好回答说：“替一个小伙子顶个岗，三十岁了还没对象，今天约好了去见女方父母，我这个当政委的后勤工作没做好，替他们顶个岗执勤，也算是对自己的处罚吧！”

老伴也起床了，一只眼睛仍迷糊着，一边嘴里埋怨道：“唉！你倒成交通警的爹了，也让我跟着瞎帮忙，我去给你做个早饭，站一天的岗，回头你那腰病又犯了，看你那样，唉！不是回头等那帮交通警生了孩子，你大半夜的再把我叫起来给他们哄孩子去。”

夏政委打了个哈欠，扣上纽扣，见老伴唠叨，他开玩笑道：“老伴，你这说的也是，支队这么多小伙子，都搞上对象结了婚，你说我俩开个幼儿园给他们带孩子多好。”

老伴知道是丈夫说笑，白了他一眼，穿上衣服去忙早饭去了。

交通警察要求六点半到岗，一般离家路程远的，早上六点就必须出门，在路上三下五除二把早饭吃了。到岗后一站就是一天，回到家里浑身散了架似的，什么也不想吃倒头便睡。一觉醒来下不了床，一双腿直得弯不了弯，腰跟断轴似的酸胀得厉害，所以交通警察的辛苦是无法用语言来描述的。这还不算最糟糕的，最糟糕的经历是在盛夏和寒冬，夏天热得要死要活，衣服湿透贴在身上捂了一身的鲜红痱子，既痒又难受，一天站岗下来浑身上下的衣服沾满了白花花的盐霜，家里的妻子在洗衣服的时候常常戏语，两天的衣服洗下来，家里一个月的盐钱省了下来。冬天站在那儿，冷得直跺脚，倒是出行高峰的时间能忙得出汗，只不过高峰时间一过，北风一吹，出了汗的内衣就变得冰凉冰凉的，让很多刚上岗执勤的交警受了凉以致感冒发烧，有经验的老交警知道其中的利害，在出行高峰之前提前脱了厚厚的棉衣，这样在指挥出行高峰时间段里，就是再忙也不会大汗淋漓，反倒是忙得浑身热烘烘的。

房高和缪琴约好了今天中午去她家拜见未来的老泰山，房高知道自己不在岗请假的空岗，由于交通警警力的不足，一定是夏政委替自己顶岗。房高一大早就早早起来，他知道夏政委毕竟不是年轻人的年龄了，让他起大早替自己顶岗执勤，房高心里是过意不去。他知道一天站岗执勤后的滋味，何况夏政委还要负责全交警支队的工作，房高怕夏政委早饭吃得少，他顺便买了早点用饭盒装上一路向文昌执勤点而来。

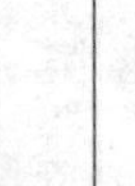

房高到岗的时候，夏政委早到了一步，房高见状递过去刚买的早点说："夏政委，给你带了点早饭！"

夏政委一见房高，一边往腰上扎皮带一边对房高说："怎么？怕我这个老交警不能胜任？"

房高也忙着往腰上扎皮带，一边对夏政委说："夏政委，中午才到小缪家见她父母，现在时间还早，我先上岗站会儿，你吃了早饭换我不迟！"

夏政委听了房高的几句话，心里热烘烘的，他知道房高是怕自己站岗受累，以送早饭为由他自己先上岗执勤，这样做就是让自己缩短站岗的时间，夏政委知道站岗一天的滋味，这个房高小伙子能有心到这个地步，看来我和倪支队长二人没有看错人，做一个合格的领导不是要精通领导业务，最关键的是心里要有大家和民众，这个房高仅仅几句话就能触动一个人的灵魂，这就具备了一个成功领导者应有的要素。

夏政委手里捧着房高带来的早点，他心里在暗暗庆幸，交警支队是个分分秒秒都在战斗中的机构，有房高这样的好苗子做交通警察的后继者，夏政委心里是满意的。

房高已上岗执勤了，夏政委看看房高又看看手中的早点，他笑了，开心地笑了，他也不再多说拿起早点就吃了起来。

此时，距离文昌岗300米南段的汶河路上，靠左边的商场门口停了一辆金杯面包车，面包车上坐了三个中年的男子，坐在后排的这个肤色黑而亮的男子，正是在假币案中用口哨通知同伙撤离的那个疑犯。此时肤色黑而亮的男子一双眼睛紧盯着岗亭方向，一边低低地吩咐说：“看清了，就前面岗亭执勤的警察，三十分钟后动手，不论用什么方法让他消失就行，得手后开车向北左拐，下车后进胡同，第一个胡同口再左拐上另一辆轿车，钥匙在车上，撤退的路径全都在车上导航里，打开导航跟着走就行。”

坐在前排的胖子悄声问：“岗亭有两个交通警，办老的还是办年轻的？”

“年轻的！就他多管闲事！”肤色黑而亮的家伙话语里透着杀气，“制造成车祸最好，如若不行你们见机行事，一定让他消失！”

“现在车辆行人都少，为什么等三十分钟后才动手？”还是前排的胖子问，“现在动手不是更容易撤退？”

“三十分钟后就是交通最忙的开始了！交警的注意力在道路交通上，便于你们的行动。”肤色黑而亮的家伙解释道，“这些交通警都是当兵退伍的，身手不见得就差，只有出其不意地行动，才能保证成功。”

说完这些，肤色黑而亮的家伙推开车门准备下车，临了还丢下一句：“行动时不要忘了遮住脸！”随后车门关上，肤色黑而亮的家伙拐进巷口不见了。

岗亭执勤点，夏政委接了几个电话，见房高忙碌起来，他也戴上警帽出了执勤站点。此时八点刚过二十，路上是行人满满，车辆是密密麻麻，一天的出行早高峰开始了。

夏政委走近房高示意了一下手腕，意思就是提醒房高今天去拜见小缪的父母，早点回去做准备，房高点头表示知道，用手指做了个数字 9 朝夏政委示意，意思 9 点高峰过后，自己就离开。

夏政委知道这是房高担心自己身体的因素，一定是要把 9 点之前的这个上班高峰坚持下去才离开，夏政委在心里是感动的，这个年轻人表现出来的能量，和自己年轻时候不是很像吗？！想到这里他也没再坚持让房高离开，自己选择了文昌岗的北面路段关注起来。

那辆金杯面包车发动起来，由南向北行驶而来。文昌岗十字路口中央是扬州标志性的历史建筑——文昌阁，由南向北行驶就必须围着文昌阁绕半个圆圈，而现在房高正站在文昌阁东面半个圆圈的腰眼上，指挥行人和车辆分段通行。

这辆金杯面包车在提速，发动机轰鸣声让人刺耳，来不及燃烧的汽油从汽车的排气管里冒出浓浓的蓝烟。房高是侦察兵出身，耳听情况有异，他随即就警觉起来，一双眼睛盯住飞速向自己冲过来的面包车，同时一个箭步迎上去并大声制止：“靠边停车，接受检查！”

这辆面包车非但没有减速靠边，反而直接撞向房高，房高在心里早有提防，他急中生智尽力以相对的方向向左略偏，一个猛身向前带滚地躲过了面包车的撞击，再看面包车发疯似的一路向北冲去。

夏政委在文昌阁的北面执勤指挥交通，刚才房高这边发生的一切，夏政委丝毫没有看到，因为一到早高峰时间，道路上人声鼎沸，车声隆隆，隔有七八十米之外的情况是很难发现的。

这辆金杯面包车发疯地向北而来，正好夏政委就站在红绿灯口，眼看着这辆面包车向夏政委撞去，翻滚躲过撞击的房高见状大声叫道："夏政委，快闪！"

面包车距离夏政委也就三秒钟的时间，夏政委听到房高声嘶力竭的一喊，心知情况不妙，来不及细想连回头查看的动作都省了，毕竟是干了一辈子的老交通，他立马奋身向自己右手边的绿化带里一个飞跃，他想得很清楚，马路上的危险只有汽车失控撞人，除此没有其他，刚才听到房高高喊一声，他的第一反应就是有汽车向自己撞来，所以他选择飞跃进绿化带来躲避危险。

就在夏政委飞跃进绿化带的一瞬间里，这辆面包车飞一般地擦了过去，一路向北逃去。

房高飞快地跑了过来，他跳进绿化带里，一把将昏迷的夏政委抱了起来。房高见夏政委额头流血不止，再看绿化带中那个观光石头上有血迹，知道是夏政委情急之下飞跃进绿化带时头部撞在了观光石头上，他立时掏出对讲机，一边报警要求所有关卡追捕一辆苏 K35485 金杯面包车，一边将夏政委抱出绿化带。此时另外两位交通警察都赶了过来，其中一位交通警拨打了 120 电话，房高见此时是上班高峰时间，就是 120 车也未必能及时进得来，于是抱起还在昏迷之中的夏政委对另外一名交警叫道："去，快去开警车，救政委要紧！"又对另一个交警吩咐道，“你向支队汇报情况，要求附近二大队的警员增派两人过来维持交通畅通，记住，保证道路安全畅通！”

那个交警反应过来，飞奔向警车而去，房高抱起夏政委一路跟着向警车跑去，他需要和时间赛跑，头部撞在石头上的后果最难意料，尤其是情急之中飞一般地撞过去，房高急在心里，抱着夏政委上了警车并说：“动作要快！附近的苏北医院！”

原来策划这一次恶性撞交通警察执勤点的策划人就是假币团伙，因为房高通过缪琴无意拍得假币犯罪分子的照片，从而给市刑警队提供了破案的关键线索。案子是破了并一举捣毁了假币犯罪分子建立起来的销售渠道，在犯罪分子中转假币的窝点查获了大量的假币和作案工具。由于媒体报道破案后的新闻不规范，导致将提供破获假币案关键线索的文昌岗执勤点也暴露出来，再加上上一次由于房高去省厅参加表彰会，交警支队倪支队长在替房高顶岗的过程中，发现过并将假币分子驱离文昌主干道的事情，从而就给假币犯罪团伙报复文昌岗交通警察提供了报复的目标，而最终的事实是倪支队发现并驱离犯罪分子和今天被犯罪分子撞昏迷的夏政委，仅仅是文昌岗交通警察的顶岗人员，房高才是文昌交警执勤岗的真实人员。假币犯罪团伙认定了文昌交警多管闲事，这就为房高今后的生命安全埋下了隐患。

公安和各道路关卡全部出动，开金杯面包车撞击夏政委的两个犯罪分子，就像泥牛入海再无踪影。只是在文昌岗向北不远的巷口，发现了被犯罪分子遗弃的作案金杯面包车。后来经过检查，这是一部报废的面包车，这部面包车的牌照

是假的，发动机的钢印和车身编号都被人为地破坏，面包车上所有能查到的犯罪分子遗留的身份信息，除了与案件无关的十几个指纹外，在汽车前排副驾驶座位下有一个女人用的金属发夹，通过检验在发夹上检查出一种化学品，这种化学品只用在治疗皮肤疾病上。所有能查获的信息和线索到了此处，一时就陷入僵局。

夏政委的额头伤通过检查并无大碍，只是有轻微的脑震荡，需要静养和观察。市局领导亲自指派两名刑警，在病房负责夏政委的安全警卫，从昏迷中醒过来的夏政委心里清楚，这起假币团伙的报复对象不是自己，而是文昌岗执勤点交通警房高，自己不过是替房高顶缸而已，看来文昌岗执勤交通警随时还会有犯罪分子的报复行动，再加上这假币团伙报复的手段是极其恶劣，处处是以要人性命为目的，现在这两个犯罪分子还未抓获，可见文昌岗执勤点交通警的危险仍未解除，想到这里，夏政委在床上再也躺不住了，对老搭档倪支队长说："倪支队，我这里不会有危险，把市局安排的这两个刑警警卫调到文昌岗执勤点，另外再向市刑侦处提出要求，加派便衣在文昌岗周围布控，一旦有情况好随时控制局面。"

倪支队听了点点头回道："你放心，市局对文昌岗周围的布控已有布置，我现在考虑的是媒体对案件的涉密问题，发生政委你被撞以及文昌岗执勤点交警成假币团伙的报复对象，这都是我们公安保密工作的失误，这方面我们交警支队要向市局刑侦处提出来，今后涉及公安范围的报道应该送市局政治处审核才行，把这些补救措施应用到位，我们的工作就不被动了，也不会给犯罪分子留下任何报复打击的线索，不然就是你我的

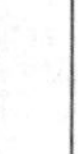

失职，每一个交通警察的安危就是你我工作的底线！”

夏政委听了倪支队的话急答道：“倪支队，你想得太全面了，就以支队的名义向市局建议，我们不能让交通警察流汗再留泪，这一点一定是你我工作的底线和职责，还要确保晚报记者缪琴同志的安全，她是拍到假币犯罪分子线索的关键人员，又是我们交通警房高的未婚妻，所以这个工作也一并向市刑侦处提出来，我们不能疏忽，也疏忽不起！”

缪琴得到房高打来的电话，知道夏政委被假币团伙犯罪分子撞伤进了医院，缪琴心里不由得担心房高的安危，她急急忙忙拿了件外套出了报社，她要去医院看望夏政委。临上车，缪琴又给父母打了个电话，向父母说明中午有事不回来吃中午饭了，挂了电话后缪琴的心里不知为什么变得不踏实起来。她心思重重发动起车子，向夏政委所住的医院而来。

缪琴到了医院，正逢夏政委和医生闹着要出院。夏政委已换上自己的衣服，对前来劝说的医院主治医生说：“刘大夫，你放心就是了，我躺在你这里是静养观察，我回支队躺着也是静养观察，这一点不矛盾的，我现在的感觉很好，头是有点晕而已，不过不会妨碍我什么！我保证一定躺着静养！”

主治刘大夫坚决回道：“夏政委，我是医生，我的职责就是对你的病情负责，虽然是轻微脑震荡，进一步的观察是必须的，你的这个出院要求我是不能签字的，我的态度是对你必须负责，不然就是失职！我现在的心情就和你要回到工作岗位一样，负责任是你我的底线！”

这时缪琴也进了病房，看到夏政委坚持出院的一幕，缪琴说话了：“夏政委，你不能出院！主治医生的职责我们大家要

尊重，夏政委你是管理道路交通安全的，如果我们大家都不遵守交通法规，你会怎样想？夏政委！”

夏政委的头仍有点晕，他对缪琴的一番话没有理睬，他心里只有支队的工作，还有仍未抓获归案的两个犯罪分子，他苦笑道：“大记者，你说得都对，问题是我躺在这里仅仅是静养观察，我回支队也是躺在那儿静养观察，这不矛盾嘛！要不这样，我每天中午前回医院接受你们的检查，晚上我也回病房，白天让我到支队办公室静养，行吗？刘大夫！”

刘大夫对夏政委的软磨硬泡没有办法，最后只好折中说：“最迟到今天下午再做个检查，如果各项指标都没有异常，允许你每天下午回单位静养观察，但是每天下午四点钟必须回医院做检查，晚上也同样要留在医院休息，夏政委，这是我最后的意见，行也是这样不行也是这样！”

夏政委见主治大夫做了退步，虽然只有一个下午回支队他也心满意足了，于是一边连声称谢一边将主治大夫送出病房。

缪琴将夏政委扶上病床，一边对夏政委说：“夏政委，主治医生的话应该是最大的宽容了，你就安心地休息！”

夏政委半躺着对缪琴说：“缪记者，你现在帮我打个电话给房高，跟房高讲，假币团伙报复的目的没有达到，要他提高警惕，注意周围的环境，一有情况只能在保证自身安全的情况下实施行动，千万不能意气用事，再有，市局在文昌岗周围都布置了便衣刑警，他们会配合的，一定不能让他单独面对这些犯罪分子，告诉房高这些假币团伙很有可能和境外假币团伙有联系，所以防止他们为达目的不择手段，这次他们选择是用车辆行凶作案，下次他们会不会选择用枪械或其他方法作案呢？所以要房高时刻警惕，就是下班也要提高警惕！”

说到这里，夏政委望望缪琴，表情迟疑了一下还是对缪琴说：“缪记者，你的安全意识也要提高，一些小报和网络不负责任地把这起假币案件全盘报道，对你的人身安全是极不负责任的，所以你这个提供破案关键的人也一定是他们报复的目标，我们交警支队已向市局刑侦处提了对你和房高安全保护的建议，这一点你要放心，但是你自己的警惕性不能放松！”

缪琴听了对夏政委说：“夏政委，你放心！你这次在文昌岗执勤点被犯罪分子报复撞伤后，房高就发了提示信息给我，要我对外面打进来的电话进行甄别，上下班路上要多方注意，房高的提醒和分析同夏政委你的提醒是一样的，假币团伙一定还会再进行报复行动。”

说到这里，缪琴拨通了房高的手机对房高说：“房高，我现在在医院看望夏政委，他一切都好！夏政委对假币团伙的报复分析和你是一致的，他让我再次提醒你，这些假币团伙有境外的背景，一旦发现情况你不要单独行动，文昌岗执勤点周围都有刑警队的便衣，你要配合大家行动，保证自身安全！”

下午，夏政委在司机的陪同下上了轿车，驾驶员知道夏政委的心思开口问：“夏政委，是去文昌岗？还是回支队？”

坐在后排的夏政委头脑仍是晕晕乎乎的，他眯着眼睛回道：“还是你们年轻人好啊！我这头轻轻地碰了一下就晕乎了，你看房高这个小伙子，一个翻滚起来什么事也没有，老了就是老了！还有你这个驾驶员也了不得，就能知道我要去文昌岗，你也不容易的，年轻就是好啊！”

驾驶员见夏政委感慨，他一边发动汽车，一边对夏政委说：“我就知道夏政委你的心思在文昌岗那儿，毕竟凶犯还没有抓获，

你怎会放下心呢！”

文昌岗。房高在执勤，见到夏政委的汽车，房高先是一惊，继而迎了上去，还好现在不是出行高峰的时间，马路上车辆行人都各行其道。

夏政委没有下车，车窗半开着。房高来到车窗前对夏政委说：“夏政委，缪琴的电话我接了，发现问题我会和刑侦处联系的。”

夏政委坐在车的后排，对房高问道：“房高，你说这帮作案的家伙能躲到哪儿去？出城的关卡查得死死的，城里的公安和地方同志都协助排查，他们会躲在什么样的地方？一天不把这帮亡命徒抓获归案，潜在的危险就没有解除，尤其是房高你这个文昌执勤点，他们报复的目标首先就是你这儿！”

房高听了接着说：“这几天我也在想这个问题，刚有点头绪，从哪里下手还没突破。”

“他们刑警队有进展吗？”

房高没有直接回答夏政委的话，他要把自己的想法说出来：“我有个想法，刑警队手头案子多人手少，要全力放在一件案子上很难，我的意思把所有出城的检查全撤了，采取明松暗紧，这帮作案的凶犯他们现在最想的就是出城离开作案地点，如果我们一味地盘查并将出城关卡查死，他们就不会轻易离开藏身的地方，只要他们窝在藏身处不挪窝，我们也就无法下手，城市这么大，藏几个人是很容易的，再说这次假币团伙的行凶作案一定是有预谋的作案，他们的藏身之处一定早就选择好，你不见他们遗弃的那辆金杯面包车吗？他们选择在几分钟后就遗弃了作案的汽车，那么一定还有另一辆作案汽车在等候他们，如此的话这次作案就不仅仅是两三个人作案了。”

夏政委听了，他在心里非常同意房高对案件的分析，内心不由得为房高天生具备刑侦头脑而高兴，忙对房高说："这样，你的想法应该及时和刑侦处他们交流，只要有利案件的进展都应该说出来，不然假币团伙对我们交警的报复就不会停止。"

"还有，我需要请一天假！"房高又对夏政委说，"检查各关卡和车站码头都停下来，加紧城市里面的搜查，一定搞得他们心惊胆战了他们才会挪窝，流动人口集中的地方一定重点查，反复地查，接连查个三天下来，他们一定会挪窝。"

"你请假干什么？"夏政委有点不放心问道，"不是手痒痒了，想独自调查？"

房高知道自己的这点心思瞒不住，只好如实说："目前来看，这帮凶犯的报复目标就是文昌执勤点，离了这个执勤点犯罪分子未必能认识我，因为倪支队长和夏政委你都是顶岗人员，他们照样都作为作案的目标，可见假币团伙他们认可的目标，仅仅是媒体和网络报道案件中的文昌岗执勤点，而对于认不认识具体提供破案线索的具体人，综合看这个问题他们并没有具体到哪个人的限度，所以对我们交警的危害程度不是过大，反而对晚报记者缪琴的危害是最大的，因为缪琴是提供犯罪嫌疑人照片的直接线索人，犯罪分子不可能不对缪琴动手，这一点是我最担心的，一天不把犯罪分子抓获，我的紧张就不会消除，缪记者是破获假币案的功臣，公安有责任去保护她的安全，但罪犯躲在暗处防不胜防，所以我想休息一天去干点事情。"

"你准备从哪儿下手？"夏政委被房高说动了，是啊！缪琴是提供破案线索的功臣，总不能让一个新闻记者去面对存在的危险。

"那辆犯罪分子遗弃的面包车！"房高回答道，"这辆车虽然是辆报废车，但是是目前犯罪分子唯一接触过的有价值线索，我想就从这辆面包车下手。”

夏政委思考了一会儿，掏出手机拨通了倪支队的电话：“倪支队，有件事情需要我们支队向市局请示，假币案的关键线索提供人是晚报的缪琴记者，也是我们交警房高的未婚妻，现在假币案团伙发生对文昌交警执勤点的报复，那么一定会对晚报记者进行报复，上次你提到要向市局建议对缪记者进行人身保护，我现在打电话要说明的是要向缪记者提供二十四小时人身保护，直到将这帮行凶的犯罪分子全部抓获为止，这件事你要以支队名义向市局建议，保护措施立刻行使！”

“好的！我马上再向市局建议！”倪支队长在电话里也感到事态的严重，一个女记者面对犯罪分子的报复，那种后果是无法想象的。倪支队想到这里他又对电话那头说，“夏政委，我也有个建议，请市局除了派精干力量对缪记者实施二十四小时保护，我们还应该和晚报领导进行沟通，这一段时间内对缪记者的工作进行调整，尽量不外出采访，多做室内文案工作，这样对缪记者的人身安全更有保障，你看呢！”

“我完全赞成！”夏政委回道，“这个工作我去做，我正好要回支队去，顺路去报社见见他们的领导。”

倪支队知道老搭档在医院待不住的事情，他也只好提醒道：“就是工作再多，也不能不顾自己的身体，你多保重！去了报社后就回支队来坐镇，外部的一切由我处理！”

第五回　灯下黑沉案昭雪
拜山岳缪母戏猴

房高围住这辆被犯罪分子遗弃的金杯面包车，仔细地转了几圈，想从外观上找到一些有价值的线索。一旁配合房高的刑警队员小李站在那里，他心里有着复杂的心思，这台嫌疑人遗弃的作案车辆不知被检查了多少遍，就连车上座椅下的固定螺丝都看了几遍了，现在这个交通警还要在这辆车上做文章，小李内心的想法一并在脸上显现出来。只是听刑警队的议论，说这个交通警不是一般的交通警，工作的第一天就能从马路上行驶的车辆里，辨别出一起碎尸案，所以这个交通警具备了别人不具备的刑侦天赋，再说文昌交通执勤点撞伤交警支队政委的案子也没有头绪，现在这个房高交警自愿来协助找破案线索，刑侦处汪处长的命令，全力配合，一切需要必须满足，所以现在小李的心思是复杂的，他对房高围着面包车转了又转的行动，在心里一万个不赞成，甚至他对房高围车打转的行动有点发笑，不是刑侦处汪处长的命令在先的话，小李肯定会来上几句带意思的话的。

发动机和车架编号是被犯罪分子破坏了，房高决定就从这里下手。他打开面包车的前机舱盖，人也站在面包车的前保险杠上，他的一双眼睛紧紧地盯着被打磨掉的发动机编号，掏出放大镜仔细地在发动机钢号印处看了又看，又用手在上面摸了摸，他似乎在感觉什么。过了好久他从汽车保险杠上下来，转身打开汽车车门上了汽车。他半蹲在驾驶室座椅的后面，透过座椅的缝隙朝驾驶室望去，他的眼光从主驾驶位置转移到副驾驶位置，又从副驾驶位置转移到主驾驶位置，细细地筛看每一个地方。他又调换了一下自己的方向，把目光转向汽车后排的空间里，大约停顿了几分钟后房高又下了车，他又站在汽车前保险杠上，掏出放大镜再次仔细地观察发动机钢印号地段，又用手在已削平钢印号的地段仔细地摸摸，他在心里印证一种答案：钢印削去的地方纹路成螺旋状，也就是说将发动机钢印削平的工具不是手工锉刀作业，而是一种电动砂轮，在发动机这个狭小空间里能用的电动砂轮机,只有角向手动砂轮机好操作，如果确定当时作案人是用手动角向砂轮机将发动机钢印号磨平，那么这个作案人就必须站上发动机下面的基座钢梁上，同时一只手把持角向砂轮机操作打磨。那么作案人的另一只脚只能放在发动机机舱前面的散热器片上，房高在心里细细地将作案人打磨钢印的过程做了假设和演练，他感觉到自己的假设应该是成立的，这就难了，这种电动角向砂轮机非常普遍，无论什么行业都有可能用到这种设备。因为这种手动砂轮机体积小，既可打磨平面，也可以用于切割，房高想到这里他一时陷入思路的死胡同。

也许是侦察兵养成的习惯，房高准备用复原的办法，恢复作案人手持作案工具打磨发动机钢印号的过程。房高再次站上面包车的前保险杠，又手脚并用将一只脚站在发动机基座的大梁上，就在房高将脚试探性放在基座大梁上的时候，这时房高的上身是侧斜着的，他的目光就发现在固定发动机底座的螺丝靠壁上有一个烟屁股，他没有立刻伸手去捡，而是尝试着将另一只脚放在散热片上，伸右手在发动机钢印号地段做打磨动作。

做完这些，房高才侧斜着身子向那个烟屁股望去，这里不光有一个烟头，在发动机基座的大梁上还有一口很黄的浓痰，此时的房高脑海里不由得浮现作案人嘴里叼着烟，用手动角向砂轮机打磨发动机钢印号的情景，这个作案人边干边吸烟，到了烟屁股时，烟头从作案人嘴里吐了出来，随后作案人又吐出一口黄痰。

“证据袋！”这是房高今天说的第一句话。

一旁的刑警小李似乎没听到。

“还有工具铲！”房高又说了一遍。

这时刑警小李听见了，他连忙将证据袋和一把精致小铲递给房高，此时这个刑警小李脸上一脸的严肃，不以为然的脸色荡然无存。

房高将两个证据收集好，在递给刑警小李时说：“将这两份证据以最快时间送检，在数据库比对嫌疑人的信息，一旦有具体目标必须尽快将嫌疑人控制起来。”

说着话的时候，房高已从发动机前舱上下来。他绕到面包车驾驶室的另一边，将副驾驶的座椅向后一掀，驾驶座椅下面露出汽车修理工具，在众多工具中果然有一把角向手动砂轮机。房高对身后的刑警小李说：“今天的收获不小，再拿一个大一点的证据袋来！”

房高用小李递过来的证据袋将这把手动角向砂轮机装好，递给小李时再次关照道：“告诉你们韩队长，这个手动砂轮机上有犯罪嫌疑人的指纹，只要烟头和浓痰的DNA和砂轮机嫌疑人指纹是同一个人，就立即申请批捕抓人！动作要快！”

说完这些，房高转身向自己的普桑走去，此时他心中最放心不下的是晚报记者缪琴，他心里有种预感，自己的未婚妻缪琴会有危险，他需要刑警队尽快行动，在假币团伙对缪琴实施伤害之前将犯罪分子一网打尽。

刑侦处姚副处长将两份鉴定放在汪处长面前，他一边说一边又将手中的另一份档案袋放在桌上，只听他对汪处长说：“从房高在面包车上查到的证据来看，砂轮机上的指纹和烟头浓痰检验DNA得出的结论，这是同一个人的，而且在砂轮机的砂轮上提取的铝合金属颗粒，就是发动机箱体的铝合金属材料，这就说明这部手动砂轮机就是打磨这辆车发动机的作案工具，留在作案工具上面的指纹就是作案人的。”

说着将那个档案袋向汪处长面前推了推，继续说：“这个嫌疑人是河南人，做过几起大案，被判十五年劳改。技术部门做了调查，目前这个嫌疑人的下落不清楚，河南警方传过来的信息也是这样，刑满释放后嫌疑人就没有回去过，他们能提供情况就是出监狱之前，之后的情况河南警方提供不了。”

汪处长听了姚副处长的汇报一时没有开口，他心里想的是另外一件事，这件事让汪处长割舍不下。

姚副处长知道汪处长的心思，他不便多说，他只能就目前的案子提一下自己的看法，于是他对汪处长说：“这个嫌疑人就在扬城，撞伤交警支队政委的就是他们一伙，现在我们有河南警方传过来的嫌疑人照片，根据照片我们可以在全城大搜查，并将嫌疑人列为网上抓捕对象，我们只要抓到这个嫌疑人，其他的事情就好办了。”

汪处长面无表情道："同意，尽快抓捕到位，不要说我们刑警队连个人都抓不了，那样的话人就丢大了！"

姚副处长应道："好，我马上让韩队长去办！"

姚副处长准备转身离开，汪处长将他叫住。

汪处长开始说话："你说，通过眼前这件事，同样的条件里一个交通警察就能找到破案的线索，这说明什么？这不是什么具备刑侦天赋，而是我们刑警队员的个人能力问题，我们面对案子是束手无策，别人是手到擒来，刑警队要找原因，我们也要找原因，说实话我丢不起那个人。"

姚副处长知道这件事传出去对刑侦处很被动，他也知道这件事刑警队也太说不过去，这么重要的证据居然没有搜查到，人家交通警一来就能迎刃而解，可见我们刑警队的业务水平。

汪处长刚想说，姚副处决定先说，于是抢先说："这样，等这件案子的嫌疑人归案，我一定再同房高谈一次，汪处长你也要和市局领导说说，做做交警支队的工作，最好是能将房高同志调过来，再说有这种刑侦天赋不发挥不培养也是对人才的浪费。"

"关键是这个交通警本人！"汪处长的见解很坚定，"只要这个交通警打报告要求调入刑警队，我在市局领导面前的话就有说法了,你姚副处也是一位干才,只要你说动他打申请报告，你的任务就完成了，怎么样？"

姚副处长提了自己的看法说："我们刑侦处是不是设立个刑侦业务培训处，先想办法将房高借过来做培训处的教官，一来对我们现在的所有刑警队员进行案件侦破培训和学习，二来借此机会也能感化房高，让房高任教官再给他兼个培训处副处长的职位，我想到时即便交警队要人，只要房高本人的意愿在刑侦处，那就好办！”

汪处长听了不住地点头，其实他自己心里只有一条：借房高一人来提高刑警队整体的业务水平，只有这样才能给扬城人民一个交代。

正在这时姚副处的手机响了，电话是房高打进来的。

姚副处接通了电话并打开了免提，话筒传来房高的声音：“姚副处长，韩队长把查获的情况跟我说了一下，我有个建议，你们在抓捕嫌疑人行动中应该注意有一位女性，我看了韩队长给我的资料，在面包车副驾驶座位下搜查到的那个发夹就是我提这个建议的依据，刑警队不妨从女性这条线索上作突破口，如果犯罪嫌疑人躲藏不现身，一定是这个女性嫌疑人为他们出外张罗一切。另外，已通过DNA查获的犯罪嫌疑人的一切资料我都想看一看，因为这样的罪犯往往是最有利案件侦破的，也有可能嫌疑人身上还连着其他案件。”

房高在说的时候，汪处长不住地点头向姚副处长示意。姚副处长当然心领神会对房高说：“房指导员，你放心，我们刑侦处汪处长有过指示，只要是房指导员需要的必须全力满足，这样二十分钟后我会给你送到文昌岗，我亲自送！”

“好！再见！”房高挂了电话。

姚副处长将电话收起，一双眼睛望住汪处长没有开口。

汪处长一只手指敲了敲桌面，感触地说：“这就是我们刑警队的差距，他能从一个女性发夹推算犯罪嫌疑人中有一个女性，这么长时间犯罪嫌疑人消失得无影无踪，很可能就是这个女性嫌疑人在外面张罗一切，而我们要抓捕的罪犯却躲藏在暗处，所以这就是至今我们抓不到犯罪嫌疑人的原因。这个房高是位好同志，在刑侦上确实是有天赋，你一定想办法把他请来给刑警队做个培训，哪怕是星期天的时间讲几节课也行，我们太需要这样的新鲜血液了。”

“只怕星期天的时间也抽不出来！”姚副处长解释道，“交通警察是没有休息天的，他们交警支队两位当家人就是那样不休息的，带了一帮玩命工作不要休息天的兵！”

“那好办！”汪处长下了死命令，“刑警队每个队员轮流去干半天交警工作，目的就是学习交警的工作态度，还有要把房高对刑警破案的思想思维学回来，这件事立刻就办，你负责布置和查验刑警队学习后的效果。”

“这样做……”姚副处长左右而言他，似乎有话不便说。

“我知道你要讲什么，这一点我也想到了！”汪处长当面将姚副处长要说的话说了出来，“姚副处长，这个脸面我们刑侦处不能顾了，只有让刑警队的业务水平得到提高，破案的效率得到提高，人民对我们刑警队的期待和赞许有了提高，那才是我们刑侦处需要的脸面。让刑警队队员感受交通警察的艰辛，有利于他们今后的工作，我们刑警队也要向交警队一样，刑警能干，交警也能干，这样锻炼队伍是个好方法，人家一个交警就能在马路的车流里识别出一件碎尸案和一件带有境外性质的假币大案，凭什么？凭的是工作态度，凭的是对工作对人民的热爱，我们不要为脸面而自保，我们要让每个刑警队员明白，向交警同志学习就是我们刑警队的政治任务。”

“那，对房高的思想工作做还是不……”姚副处长有点弄不明白汪处长在下盘什么样的棋。

“做！房高的工作一定要做！这个工作还是由你一个人去做！”汪处长的思维很清晰，他一边大张旗鼓，目的很明确提高刑警队的业务水平，同时也要在声誉上占主动，最起码让外

界知道刑侦处是有短处必补的，是一个愿意虚心向先进学习的整体。

房高和缪琴相处的时间很少，上次本来约好去拜见缪琴的父母,结果让假币团伙报复文昌岗交警执勤点的事情给耽误了，接下来夏政委被报复分子撞成脑震荡，房高也是从被撞中侥幸躲过，明天又是星期天，缪琴接到房高的电话说明天一定登门接受她父母的审核。由于假币团伙这伙罪犯还未抓获，房高的一双眼睛虽然盯住路面，实际上他的思维还纠结在这伙罪犯的藏身之处。

还有半小时就下岗回家了，房高的心思突然冒出了一个奇怪的想法：人常说最危险的地方就是最安全的地方，那么这伙犯罪分子弃车后就无影无踪，是不是说这伙犯罪分子压根就躲在弃车的附近？因为弃车的地方是一个老城区,里面巷道交错，四通八达，就像是棋盘中的中军，可进可退。尤其是向北就进入旅游地区，那里人流更猛，既易逃跑又易藏身，还有随便搭上一部旅游大巴就能逃离城市。

房高这样想的又一个依据是：根据犯罪嫌疑人弃车后可能逃跑的四个方向，查看了沿街所有的监控，居然连犯罪嫌疑人的影子都没查到，这是不是灯下黑呢？房高想到这里心中兴奋起来，他在心里排除了一种可能，就是犯罪嫌疑人弃车后直接穿过两个巷道，向北穿过盐阜路直接上外省旅游大巴离开了扬城，因为盐阜路是文昌市中心进入旅游地区的必经之路，这里的道路监控相当先进，不管行人和车辆都不可能逃避监控，所以既然盐阜路所有监控没有犯罪嫌疑人出现的身影，这帮假币团伙报复分子最有可能就是藏身在这个老街区里。

想到这里，房高决定把自己的想法通知姚副处长，希望他们能在调兵围捕之前，确定犯罪嫌疑人藏身的位置。

接到房高的电话，姚副处长先是大吃一惊，而后立即向汪处长作了汇报，汪处长立即向市局上报请求调特警抓捕的计划。为防止犯罪嫌疑人惊觉，市局决定半夜时分动手最好。又根据社区提供的外来人口登记及明察暗访，不但确定了两个犯罪嫌疑人租住的地方，而且通过和房东的联系，在犯罪嫌疑人租住的房子隔壁还有间空屋未出租，这间空屋一直是房主留着自己住的，因为要帮儿女接送小孩上学，所以不常回来居住。另外，社区和房东都证实了一件事，犯罪嫌疑人里没有女性，就是两个外地男性。

后来市局为防老区人口稠密，派了一男一女两个武警战士化装成创业青年，租住进了房东的空屋里，就在这两个犯罪嫌疑人开始怀疑隔壁一对年轻人身份时，半夜时间，公安和武警来了个里应外合，一举将两个假币团伙报复案的作案人抓获归案。

经过审讯，两个案犯承认了在文昌交警执勤点，开车撞击交警的事实，只是无法供出假币团伙的指使人，他们只知道雇用他们二人的这个人肤色黑而亮，个头中等，说一口湖南话，其他情况一问三不知。直到查问这间租住房时，他们二人才又说出了另一段情况。原来他们二人开车撞击房高不成，就借势开车撞向在北面的夏政委，夏政委飞跃进绿化带躲过一劫，他们将车开到事先指定的巷口，弃车后跑进巷道转了个半圆又回到原来的汶河北路，上了一辆事先为他们准备逃跑的普桑轿车，按照导航的指示在城区转了几圈，后在淮海北路地下停车场停了下来。他们又根据普桑轿车上一只黑包里的纸条和开租住屋

的进门钥匙，找到租住屋藏身后就再也没露过面。租住屋里面吃喝全有，特别是方便面和矿泉水放了十几箱。

房高见假币报复案件的嫌疑犯已抓获归案了，他手头的有关犯罪分子的资料也要归还给刑警队，因为和缪琴约好了下午去拜见她父母，房高决定顺路去趟刑警队将犯罪分子的档案资料归还。

房高刚进刑侦处大院，就听见两个老人的哭声，房高也是惊奇，于是顺着哭声走了过来。

在一间刑警办公室里，刑警队长正对着两个老夫妻说着话，这时房高推门进来了。这对老夫妻一见房高误将房高认作为刑警队的领导，因为房高手里拿着假币报复案犯的档案资料，在两个老年人看来就是领导的模样，这两个老年夫妻一起朝房高下跪并哭诉道："领导啊！我们的姑娘命苦啊！被坏人强奸抢劫而后被害一年多，至今凶手还没抓住，你们要为我姑娘报仇啊！"

房高先是一怔，继而想到姚副处长跟自己提及的那件强奸抢劫杀人案子，再看看面前的两个老人，房高知道这一定是被害人的父母,想到唯一的女儿被害,这对老夫妻痛苦的哭泣情景，房高连忙扶起两位老人，就在房高去搀扶的同时，他手中假币案犯的档案袋和副驾驶座位下搜出来的一枚发夹证据塑料袋掉在了地上,房高刚想去捡,就见老夫妇二人发疯一般去抢塑料袋，他们二人嘴里还发出同样的叫喊："姑娘！姑娘啊！你死得好惨啊！"

也许是太过悲伤，老太叫喊中昏厥过去，但她的手中还死死地抓住那个装有金属发夹的塑料袋。

通过刑警队韩队长的帮忙，房高和韩龙将老人抬到沙发上，经过轻微的掐人中，老人慢慢地醒了过来。醒了之后就是放声痛哭，将假币案中搜到的一枚金属发夹抱在怀里哭泣道："姑娘啊！你死得惨啊！爸妈没有用，至今没有将凶手抓住千刀万剐，姑娘啊，爸妈对不起你啊！"

哭泣声一声比一声凄惨，撕人心扉。

一旁的老伴已哭不出声，张着一张嘴巴任眼泪流淌。

房高一时受不了，他的眼泪也在眼睛眶里打转，是啊！失去唯一的姑娘，这对老夫妻的痛不欲生怎能不让人垂泪呢？

韩龙去倒了杯开水，对老人家说："对不起！老人家！是我们没有及时破案，你放心，我们一定会抓住杀害你姑娘的罪犯，你不要再悲伤了，喝口水。"

房高渐渐地冷静下来，他观察到老妇紧紧将那个金属发夹塑料袋抱在怀里，他心里猛然一惊，决定试一试，于是突然问正悲伤痛哭的老妇道："老人家，你的姑娘可是有慢性皮肤疾病的？"

老妇听了房高的问话，突然中止了哭声，一双惊讶的眼睛望着房高，半天突然发疯一样站起身抓住房高的衣服叫喊道："你是谁？你怎么知道我姑娘有皮肤病的？你是凶手！快，警察快抓他，他是凶手！"

韩龙在一旁也蒙了，还是房高冷静，他从老妇的反应中得到证实，证据袋里的那枚金属发夹是死者生前的，而这一枚金属发夹却是另一假币案件中，在被犯罪分子遗弃的作案面包车里发现的，两件不相干的案子，两案之间相隔一年多的时间，为何房高就认定这一枚金属发夹是受害人的呢？

房高对老夫妻说："老人家，我是公安战士，会为你姑娘报仇并抓住杀害你姑娘的凶手，你不要激动，要认真地回答我的问话，行吗？”

老妇听了房高的话，她静了下来，她现在唯一的希望就是为姑娘报仇，将杀害姑娘的凶手绳之以法，等了一年多终于等到有人说可以抓到杀害姑娘的凶手了，她绝望的心又活了过来，她期望地望着房高，希望这个同志不要再让自己失望。

房高见老妇静了下来，他问老妇道：“老人家，塑料袋里的发夹是你姑娘的吗？”

“是的啊！”老人家一提到姑娘禁不住张嘴又哭。

房高又问：“为什么你就能认定这个发夹就是你姑娘的呢？”

老妇哇的一声又哭了起来，旁边的老丈替她回答说：“这个发夹的正面金属的颜色掉过，是我用红黄两种漆为姑娘重新刷过的，所以我们当然能一眼就认出这是我姑娘的发夹。”

房高又问：“姑娘出事后你们二老见过姑娘最后一面吗？”

“见过！”还是老丈回答道，“公安通知我们去见最后一面的，当时就发现姑娘头上的这一枚发夹不见了，因为姑娘的离去让我和老伴痛不欲生，一些事就那样过去了。现在再一次见到这一枚发夹，我和老伴……唉！”

房高从老妇手中拿过证据袋，望望那一枚用红黄漆刷过的发夹，房高没说什么将发夹证据袋递给韩队长，并对韩队长说：“假币案的两个案犯当中，有一个一定是杀害他们女儿的凶手，你现在就准备提审工作，还这对老人家一个交代。”

韩龙一时转不过弯，他便问房高：“受害人有慢性皮肤病你是如何知道的？还有这一枚发夹仅仅是在一年后，是在作为作案工具汽车副驾驶座位下发现的，怎么就能认定现在的两位假币团伙报复犯罪人，就是杀害他们姑娘的凶手呢？”

房高又将装有发夹的证据袋拿了过来，对韩龙说："这一枚发夹上有个技术分析报告，发夹上粘有治疗慢性皮肤病的化学成分，由于这一枚发夹是金属的，表面是处理成磨砂工艺，所以使用这一枚发夹的人，在生前擦治疗皮肤药膏时，将一些药膏粘在了这一枚发夹上，由于发夹的表面是磨砂工艺，药膏一旦粘上就很难清理掉，正是这个原因治疗皮肤病的药膏才能留到现在。这种发夹都是批量生产，为了确定这一枚发夹就是受害人生前使用的，刚才他们的父母都说出了这一枚发夹上的特点，就是用红黄两种油漆刷过，而现实这一枚发夹的表面确实用红黄两种油漆刷过，基于以上两点，这一枚发夹是受害人生前的东西应该可以确认。第二个问题，为什么就能认定两个假币案犯当中，有一人是杀害这个姑娘的凶手？这里有一份鉴定，面包车上搜查到的三份证据是同一个人，烟头，浓痰，还有手动角向砂轮机上的指纹和留在这一枚金属发夹的指纹是同一个人的，如果这一枚发夹在假币案犯作案之前就在这辆车上的话，那么金属发夹上的指纹就不可能和假币案犯留在手动角向砂轮机的指纹一样了。所以说审讯他们之前，去检查一下他们两个案犯的衣服口袋有无残存的治疗皮肤病的药膏成分，一切就真相大白了。"

这时，办公室门口响起了鼓掌声，汪处长和姚副处长二人站在门口鼓掌。

还是韩队长先开了口："汪处……"

"精彩！"汪处长打断了韩龙的话说，"房指导员分析得精彩！"

汪处长说着来到两位老人家面前说："老人家，让你们等得太久了，还好，现在终于为你姑娘报了仇，放心，我们一定让凶手受到惩罚！另外我要向你们二老表示歉意，案子拖得太久了，给你们造成新的伤害，我向你们表示歉意！”

姚副处长始终能掌握事情的发展，这时他叫来两个女刑警队队员搀扶着二位老人，一边对老人说：“老人家，您放心吧，我们用车先送你们回家，公审杀害姑娘的犯罪分子那一天，一定让你们二老参加，您放心，我们全体刑警队就是你们二老的亲人，有事只管找我们！”

姚副处长和另两位女性刑警扶着两位老人出去了，办公室里汪处长拉着房高的手问道：“房指导员，你可是帮了我们刑侦处的大忙，不瞒你说，本身姚副处长提议向市局申请开一个培训处，请你过来任培训处副处长兼培训教官，我当时还有点顾虑，现在听了你对案件的分析，我算服了，那么这个培训处就等你到任了！”

房高没有准备，对汪处长的突袭他是没有想到的，他笑了笑，决定转移话题，他想到了刚才的强奸抢劫杀人案，于是房高开口说：“就刚才那个杀人案，我也是有疏忽的，既然烟头、浓痰、手动砂轮机和发夹确定是同一个人，为什么就不能联想到这个发夹是谁的？假币案犯是男人，为什么会有这个女人用的发夹？如果我能多问几个为什么，也许这二老的悲痛会少些。”

这时房高好像想起了什么，对汪处长说：“还有件事，如果来得及的话，假币案犯所有穿的衣服要进行检验，只要在他们穿的衣服口袋里，检验出含有治疗皮肤病用药的化学成分，那就更能说明问题了。假币案犯抵赖这一枚发夹不是他们的话，那么这一枚发夹如何跑进他们的口袋里，留下治疗皮肤病药膏的成分呢？还有案犯留在金属发夹上的指纹，这几点证据足够说明一切了！”

汪处长听得出房高的话外之音，同时他在心里对房高分析案情的精明，暗暗地竖起大拇指。这个房高不是几句话就能说动的，看来自己还得慢慢来，于是汪处长换了思维对房高说：“这样，房指导员的工作也比较紧，我们不求你天天能来刑警队指导，只要有时间，每半个月抽两小时来为刑警队讲一课，一来提高刑警队队员的业务水平，二来加强破案的速度，这样做就是让民众满意我们的工作，让犯罪分子不逍遥法外，保障民众的安全。”

房高听了，知道汪处长是在绕弯子，他没有接他的话题，只是说自己今天还有事，先告辞了。

房高出了刑侦处大院，心里特别开心，一是为失去女儿的两位老人了了心愿，抓获了行凶作案的凶手；二来自己马上要去拜见缪琴的父母，说不定接下来自己的父母就能见到缪琴这个儿媳了，所以房高的心里甜甜的。

房高去拜见缪琴的父母，还闹了个笑话，这个笑话差点将房高和缪琴的婚姻搅黄了。缪琴居住的是个老小区，小区里没有多余的停车位，房高就将车停在了小区外面。小区外面有一条街道，平常时间不算多忙，只是每天下午 4 点后，小商小贩就会在街两边摆摊设点做起买卖，还有拉来鸡鸭鱼蔬菜放在路边叫卖的，一时间这条街道就拥堵得厉害了。房高不知道这个情况，把车停下后就进小区见缪琴父母去了。不一会儿街面上堵得水泄不通，人声怨气哄成一片。房高在小区里面不知道外面的情况，有人打了交警热线反映了东花园小区有机动车占道的事，并将房高开的这辆普桑车牌照号码向热线反映了。

热线一查牌照号码的车主，竟然是交警二大队指导员房高的车辆，随即东花园附近的交警前往处理。前来处理拥堵的王交警自然认识房高，到了拥堵现场一边疏散交通，一边给房高打电话，问清了房高所在的楼栋号后，这位交警直奔缪琴家而来。他也不说为什么要找房高，更没有提房高的轿车堵了交通的事。

不一会儿，这位交警敲开了缪琴家的门，进门后的第一句话就开了个大玩笑，他说：“我说房指导员，你家小舅爷今天犯了交规，我可是开了绿灯的！不看你房指导员的面子，今天就把小舅爷的驾本给收了！”

开门的正是缪琴的妈妈，老人家一听就急了，敢情这个房高结过婚，还有个小舅爷呢！缪琴和她爸爸也听见了，一屋子的人都怔住了。缪琴一双眼睛睁得大大地望着房高，他老爸的眉头皱得像个佛手挂在那儿。

房高知道这是同事在开玩笑，但看到缪琴爸妈听后的反应，房高知道这个玩笑开得不是时候，也不知房高当时怎么想的，你倒是解释一下也好啊！怪了，房高跟没事人一样，还对这个交警哥们说了句：“那就谢谢你了，我小舅爷就没有请你撮一顿？”

缪琴爸妈听了房高的话，这回当真了，你房高真是结过婚的呀！两位老人家立马把脸拉了下来，你房高再优秀也不行，离过婚的男人，说不定真有问题。自己的姑娘可是正儿八经的黄花大闺女，就是嫁人也不能嫁个二婚啊！

缪琴的妈妈一拉缪琴进了房间，进去后妈妈望着乖女儿一言不发。缪琴心里急死了，她能不急吗？这个房高搞什么飞机，搞了半天搞出了一个小舅爷出来，缪琴急得满脸通红，眼泪在打转。

屋外，缪琴的爸爸也不开口，坐在沙发上一言不发。

房高好像一点事情没有发生，他坐在那儿也不开口。

沉默，一时间死一般地沉默。

倒是这个进门的王交警慌了神，他知道自己的玩笑开大了，人家父母当真了，他正要开口解释，缪琴推开房门出来了，她的表情极其复杂，一双眼睛望着房高，眼里的泪水无声地滴了出来。这一下房高慌了，冲着同事就来了一句："你说，这事能这样开玩笑吗？还不说清楚！"

这位同事王交警知道闯祸了，立马说："大叔，阿姨！这都是我想和你们开个玩笑，房高真没结婚，小舅爷的话题是我编的，就想开个玩笑！"

"这玩笑能开？"缪琴的爸爸开口了，"好小子，你这玩笑让我一下子衰老了十岁，看我能饶你！"

缪琴的爸爸作势要打，缪琴的妈妈给说住了："打是轻饶了他，坐下来老实把话说清楚了，没结婚哪来的小舅爷？"

这位同事王交警也许是嘻哈惯了，连忙搀扶着缪琴她妈坐下，对故意绷着脸的缪琴解释说："嫂子，大记者嫂子！房高真没结过婚，是我的小舅爷，不是房高的！"

缪琴妈故意不依不饶地插话道："房高婚没结成，那姑娘是被你小子插了一脚娶回家了，但肚子里怀的孩子可是房高的？"

缪琴妈这一搅和，把缪琴都说糊涂了，刚松弛下来的心又提了起来，一脸的问号望着房高。

倒是房高的同事急了，他自己的老婆怎么成了房高的对象了？而且孩子还是怀的房高的！这位领教了缪琴妈的厉害，立马求饶道："阿姨！求你了，我错了不行吗？事情是这样的，小舅爷是我的，也是房高的！不不！又说错了！我的小舅爷不听我的话，我说什么这小子都是东耳进西耳出，但听房高的话，我是他真姐夫他从没叫过一声，但对房高只要一见面就满嘴的姐夫乱叫，你说这小子哪根筋短路了！就这么着，交警队没有不知道的，房高是我小舅爷的姐夫，没我这个真姐夫的事！”

“你这猴精还乱说！”房高开口了指着同事对缪琴爸妈说，“这小子猴精一个，他小舅子是开出租的，犯交规那是难免的，按理说他这个交警姐夫得正理教育他小舅子，可他猴精一个在背后唆使他小舅子叫我们姐夫，好让我们一帮交警处理时手下留情。你们问他，交警队哪个没被他小舅子叫过姐夫？”

缪琴爸妈心里早明白事情的缘由，就刚才一进门说小舅爷的话题时，见房高跟没事人一样，他们二老心里就明白，姑娘的眼光不错，房高这孩子有定性。现在见房高把同事说得表情尴尬，忙安慰道：“我说大侄子，小舅爷不叫你姐夫你也不亏，老婆不是都让你娶回家了吗？房高是亏大了，老婆没娶成还担了个姐夫的名，你说你亏还是他亏啊？”

老太太的几句话把这房高同事戏耍得够呛，连忙表态认错说：“阿姨，我知道我这玩笑开大了，您二老就饶了我吧！”

缪琴妈起身倒了杯水递给房高同事：“喝杯水，今后可别吓阿姨了，你们交警可是一家亲的，可别连小舅子都不分彼此啊！

缪琴妈估摸着也治了这小子差不多了，忙转了话题问道：“你这来不光是专为开玩笑来吧，找房高有事吗？”

房高同事这才想起正事，忙放下茶杯对房高说：“快，你的车挡道了，外面道路堵得水泄不通，电话都打到交通热线了，快去挪车！”

房高一听，头就大了，立马和同事出了门，连门都没顾得上关，楼梯下面传来房高的埋怨声："车都堵成一条街了，你小子进门后不能先言语一声？

缪琴和缪琴妈在屋内听了，两人一捂嘴偷着笑了。

第六回　桥南借道救危急　一波未平暗潮涌

眼看冬天快到了，今年的天气特别寒冷，气象台做了有暴风雪的专题预报，希望全市各部门做好应急备案。

夜深人静，一场大雪如约而至，把个扬城掩映在雪的世界里，扬城亭台楼阁的秀美和现代化都市的摩天大厦无不因雪而美。美的是美景，苦的是交通警，本来正常的出行拥堵都是艰难的，何况一场暴风雪后的出行困难和出行的安全呢！好在市政府对这场大雪早有应急预案，全市各机关各部门六点之前，必须按预案的划分清扫路面的积雪，保证道路的畅通。雪仍在下，道路上、小区里、老街的巷道中，处处是清扫拖运积雪忙碌的人们。

交通的现场指挥在大雪天里变得尤为重要，由于雪还在下着，气温还在下降，前脚的积雪被车辆压板了，冻上了，后脚的积雪又覆盖上来，地面的柏油马路被冻得发脆，车子开在上面就像走在冰面上，不能刹车，不能轻易转方向，要不就是开车一出门就后悔了，早知道雪后开车的滋味是这样，公交车再挤还得去挤。

这时候八点多了，马路上的车排得满满的，一眼望去一溜烟的全是慢腾腾爬行的汽车，有开车经验不足的，两车相互撞在一起的，没办法处理，只好将车推在路边，清理出道路保证主干道的畅通。市政府领导、公安局领导、交警支队倪支队长及支队夏政委，他们徒步在环城大交通线上，市领导的要求是确实保证环城道路的安全畅通，进出扬城的高速已限行限速，市政府根据天气的变化又紧急下发了通知，由于大雪阻路，不能按时到达工作岗位的不算迟到，建议市民出行少开车、不开车，距离近的采取步行，距离远的请选择公交车上班，已经开车出门上路感觉力不从心驾驶车辆的，就近把你的机动车停进停车场或附近空地，也可沿城市主干道两侧停放，采取步行或其他出行方式，有特殊情况的请及时向交警求援，所有以上行动必须服从道路交警指挥。

雪仍在下，市政府和市交警支队紧急下发应急通知后，城市道路发生了巨大改变，本来道路上堵塞得满满当当的汽车，机动车道路一下子变得稀松了，主干道两侧依次排列着一眼望不到头的汽车，人们为了安全自觉地放弃了开车，将自己的汽车依次沿道路两侧停放。市委领导在交通指挥中心大屏幕上看到这一改观，他们都对市公安交警的这个应急措施大加赞赏，尤其是分管公安交通工作的市委丁副书记，对公安交通警的工作给予了肯定，并强调说，要把这次应对暴雪天气的工作经验加以总结，进行归纳，写入到城市应急方案里，为今后应对突发天气做好预案。

房高正忙着将一辆车轮打滑的汽车推出来，后面向道路撒盐的后勤人员车辆就开了过来，由于大部分车主放弃了驾车，所以市区各主干道上车辆显得稀少，这样就便于道路的化雪和除雪工作的进行，道路清扫人员正在打扫，化成雪水后的马路上更显清洁，只是大雪还在下，飘落的雪花不一会儿就将马路盖住了，好在有道路清扫工作人员不定时地向马路撒盐化雪，主干道上还没有一起因路滑而发生的交通事故。

倪支队长主抓西区新城的交通出行安全，支队夏政委坐镇老城区。天气的突变，气温的骤然下降，给一些年老的心血管病人带来了危险，道路上不时有120救护车急驶而过。

正在文昌岗执勤点执勤的房高接到指令，要求文昌岗沿途几个岗的执勤点，抽调四名交通警增援文昌花园一线道路的指挥，因为文昌花园西线十字路口发生四车相撞，将东西和南北的道路堵塞了。

文昌东路是东区进出的主干道，也是进出东区高速的道路之一，高速下来的车辆陆续堵塞了道路，一时间将本来畅通的文昌东路堵死了，更要命的是有一辆心血管突发性病人的120救护车被堵塞在半路上，时间就是生命，坐镇老城区的支队夏政委向附近交警发出增援命令，当房高以急行军速度跑到事发地点时，他也无计可施。因为四部车撞在一起，有两部车前轮部分撞变形了，无法将它推出路中心，只有用大型吊车才能吊走，而现在道路完全堵塞，吊车是开不进来的。那么这个事故现场不清理掉，道路就无法恢复畅通。房高将现场情况及时向夏政委作了汇报，并建议请消防队带特殊工具进场，将事故车部分切除分离后，用人工将事故车抬离道路中心，然后才能指挥堵塞车辆通行。

夏政委听了房高的建议，立时和消防队取得联系，同时又对房高发出新的指令，必须为堵塞在路上的120救护车病人开一条路，因为120救护车上的救护医生报告说，这个救护的病人有心肌梗死病史，现在很可能是再次发作，所以必须用最短的时间让救护车通行，不然病人就有生命危险。

房高接到夏政委的电话，带了三名增援交警一路跑到救护车附近，看看道路前后被堵得满满当当，救护车的顶灯在闪烁，刺耳的救急声嘶鸣着，房高急切地四下张望，突然他发现离前面不远有座桥，桥是东西向的，桥向南靠河有条风光小道，沿这条风光小道走 1000 米左右，就可直达南面的另一条主干道，只要将病人抬下车沿河边风光道向南走 1000 米的路，到了另一条主干道上就可以上另一辆事先安排的车，只有这样才能将病人及时送往医院抢救。

房高想定主意，立时向夏政委求救。

房高说了自己的方案，最后对夏政委说："夏政委，需要借你的指挥车用一下，因为病人需要平躺，担架的尺寸一般汽车放不下，只有你的指挥车依维柯可以放下病人的担架，曲江商城中间南北向有条河，你就把车开到那边马路边等待，我这就去抬人！"

房高挂了电话，一招手三个增援的交通警都跑了过来，房高来不及细说，一路来到救护车上，简明地说了自己的救护方案，并强调说："道路前后堵塞了，现在只有将病人抬下车，只要抬到南面的另一条公路上，交警支队政委已把转移病人需要的车，开在南面的另一条道路上等待了，所以时间就是生命，现在我们四位交警负责抬担架，你们医生负责病人的急救工作，如果没有问题现在我们就动手了！"

救护医生当然知道时间对病人的重要性，他二话没说，嘴里只吐了一个字："抬！"

几位交警一听立时动手工作，房高和另外一个交警在担架前，后面两个交警断后，医生小心护着氧气包，一路将病人抬了向南面的风光小道而去。

沿河小道路不宽，但平坦无障碍，只是小道上积雪很厚。众人小心翼翼注意脚下，一路向南面的马路而来。

夏政委接了房高的汇报和建议，立时又调了四名交警上了交通指挥车，夏政委想得很明白，抬担架并不难，关键现在是大雪满天，沿河的风光小道上积雪更不会少，一旦有人脚下一滑，担架上的病人就会面临危险，所以夏政委的车一到预定地点，立时和四名交警下车由南向北沿河迎了过来。

房高他们正艰难地抬着，由于雪地路滑，前进的行动和速度都极其地慢。但远远看到支队夏政委带来了增援，房高和队员们更加有了信心，随夏政委一同而来的四名交警加入到抬担架的救援中，很快1000米的沿河道路走完了，病人的担架被送上了交通警察指挥车，一路向附近的武警医院开去。

一路上交通管理早作了安排，救护道路一路畅通。

大雪仍在下，丝毫没有减弱的迹象。

房高处理完东区道路的堵塞，回到文昌岗执勤点时已是下午三点多钟，或许是由于抢救病人过程中过度紧张，房高感到有点累，但雪仍在下，全市应对这次暴雪的工作仍在进行，房高深吸了一口冰凉的空气，浑身上下立马一个精神，他一双眼睛巡视着道路情况，一边心里还在想刚才救援的那个病人，也不知道现在怎么样了？这个让人困扰的大雪还在下，如果再连着下一夜大雪，明天的交通状况就更复杂了。

在离房高执勤点不远的公交站台边上，一个戴着墨镜的男子打了把黑伞站在那儿，他的目光似有目标地盯住执勤点的房高。

公交站台的汽车走了一辆又一辆，这个戴墨镜的男子却不动身，他站在站台的一角，一动不动。

缪琴心里记挂房高，知道今天这样的暴风雪交通警的任务是最繁重的，她也是公私兼用，一边完成暴风雪中城市面临雪天困境拍新闻照片的任务,一边带了盒热乎乎的雪菜牛肉粉丝，她知道也许房高今天的午饭还没有吃，大多数交警在遇到这样恶劣的天气时，是没有时间吃饭的。

缪琴是乘公交车来的，公交车上的拥挤那是不用说的，缪琴为护住那盒雪菜牛肉粉丝不被挤扁了，她挤到了靠车窗的一边，她努力用身体护着那盒热乎乎的雪菜牛肉粉丝，期望能让房高吃个热饭。车还未停稳，站在站台一角那个戴墨镜的男子从缪琴眼前晃过。缪琴起先没有注意，等人挨人排着队下了公交车，缪琴下意识地朝那个男子望了望，也许经历过了假币团伙的报复案件，缪琴的警觉神经变得敏感了，她回过头又看了一眼那个男子，她在心里断定这个男子目光所看的目标，一定是房高站立的方向，她有意放慢了脚步，思考着怎么办？她决定用自己记者的身份试探一下，于是转过身准备向这个男子走去。

缪琴掏出了采访话筒，并把挂在胸前的记者工作采访证反过来放，她不希望对方看到有关自己的个人信息。缪琴的心里有点紧张，她在心里给自己鼓气，即便这个男子是假币团伙派来的，现在是光天化日的，他也不会对自己下手从而暴露他自己。

缪琴走到戴墨镜男子面前，将采访话筒递了过去，一边问道："同志，你好！能打扰你一下吗？"

戴墨镜男子对缪琴的突然出现和问话显得有些慌乱，他皱了眉头，直视着缪琴片刻，转过身子头也不回地走了。

看到这个男子转身离去，缪琴有点不知所从，心里有种怪怪的感觉，她注视着那个男子的背影，一直愣在那儿，她心里在想，是不是自己太过敏感了呢？拒绝采访是常有的事，可是这个男子刚才有过的一丝惊慌又说明了什么呢？

缪琴带着心里的问号转过身，她举起相机远距离地为房高拍了几张照片，又选择性地对准白雪覆盖中的文昌阁拍了几张。她做完这些准备去和房高说话，她希望房高能当着自己的面将自己带来的雪菜牛肉粉丝吃完。于是她收起相机准备过去和房高说话，就在她要转身时，不知为什么她又下意识地用眼睛朝后面的公交站台瞄了瞄，这一瞄让缪琴浑身打了个颤抖，在她的视角里，公交站台的另一边，那个戴墨镜男子正用一双眼睛盯着自己，缪琴慌了，她感受到了危险，背后那双躲在墨镜后面的眼睛一定是阴森森的。缪琴不知哪来的勇气，猛然地一转身，她希望自己迎着这双阴森森的眼睛，再说房高就在离自己十几米的地方执勤，就在缪琴猛然转过身后，那个戴墨镜的男子在缪琴的一双眼睛里消失了，吃惊地望着这一切的缪琴这时真的害怕了，她知道这双戴墨镜的眼睛一定是极其危险的，这个危险是冲着房高而来的。

缪琴不再犹豫了，她需要把刚才发生的一切都告诉房高，她知道假币团伙报复的目标是文昌岗的交通警察，房高和夏政委上次在这里被他们行凶而撞，可见这些假币团伙是残忍的，不择手段的。

房高对缪琴的到来是惊喜的，当他看到缪琴的眼光里充满慌乱时，房高接过缪琴递过来的那盒牛肉粉丝时问道：“是有事？怎么了？你这么慌乱。”

缪琴一边说一边扭头看了看公交站台方向，房高听了皱起了眉头，他掏出手机拨通了刑警队韩队长的电话，房高对韩队长说：“韩队长，我需要你帮个忙，让你的队员去道路监控中心和公安治安监控室调今天下午 1 点至 3 点，文昌岗执勤点所有的监控，尤其是万家福商场向西一段的监控，要快，录下来后传到我手机里。”

电话那头韩队长又问了些情况，房高回答说：“现在只是怀疑，应该是跟上次假币团伙案有关。另外，你们公安对晚报记者缪琴实施的二十四小时保护有没有解除？”

电话那头传来韩队长的回答：“解除了，因为案件一旦抓获犯罪嫌疑人，案子审讯后就结案了，随之对保护人的保护措施就解除了。”

房高继续对韩队长说：“这样，你派一名刑警开车来将缪琴记者接离文昌岗，再后你向姚副处长为缪琴记者申请二十四小时保护，你对刑侦处说，假币团伙报复案还没有结案，他们派来的杀手已到扬城，缪琴记者的生命安全受到危险，需要你们公安提供二十四小时保护。”

“……”刑警队韩队长听了这个情况非常吃惊，他愣了一会儿忙说，“好的，我立刻就办，你让缪记者在文昌岗等候！”

房高收起手机，他打开缪琴送来的雪菜牛肉粉丝，故作轻松地对缪琴说：“这雪菜牛肉粉丝是我最爱吃的，谢谢你，我真是饿了，啊！有人关心真不一样！”

缪琴也被房高的轻松迷惑了，想问又怕房高笑话自己。房高看在眼里，边说边吃：“你神经太紧张了，漂亮姑娘让人盯着看是正常的，偷偷地看也算是正常的，不是吗？”

缪琴被房高说红了脸，小声地回道：“小心烫了你的嘴，就你嘴最贫！”

房高望着羞红了脸的缪琴，心里是最幸福的，嘴上继续发挥他的幽默：“不是吗？见你第一眼那是我一辈子忘不了的，那个紧张和慌乱比见你爸妈可紧张多了，当时你要过人行道，从人行道到我站的地方不会超过三十米，我在心里数数，计算你朝我走过来的时间，我在心里数到第二十八下时，我就不敢往下数了，那时候的紧张真好像你没朝我而来，而是去了万家福商场。我的计算不应该出问题的，三十米，一步一米，需要三十秒的时间，我数了二十八下为什么不敢数了？缪琴你想知道吗？”

这段经历是缪琴第一次听房高讲，她当然想知道为什么，于是突口而出道：“你说，我当然想知道！”

“唉！”房高故意叹了口气增加事情的真实性，"听过掩耳盗铃吧！当时的我就和掩耳盗铃中的小偷一样，就想着我只数二十八秒，好把你永远留在那儿，那样你就不会从我身边走开了！”

缪琴心里甜甜的，她望着面前的这个交通警，心里一万个喜欢和崇拜这样的男子。缪琴笑了，声音不大，笑声中含着幸福和开心，她对房高说：“还有两秒钟呢！”

“还有两秒让我转身，看看老天送给我的大记者！”

“贫！就会贫！”

这时刑警队韩队长派来的刑警队员开车来到了文昌岗，这个队员就是陪着房高在作案面包车上查获破案线索的刑警小李，小李下了车悄悄地对房高说："房指导员，韩队长让我带话给你，汪处长批示为缪琴记者提供二十四小时保护，我是执行保护人之一！"

房高对刑警小李笑了笑，一边把缪琴让上轿车，关上车门后对小李说："小李，考验你一下，你现在驾车在城区转二十分钟，然后将车开进你们刑侦处大院，请缪记者去你们刑警队办公室采访，采访的时间要等我下班后到你们刑侦处为止，能不能完成就看你的能力了！"

小李经历过上次房高搜查作案面包车线索的事，他从心里佩服房高的刑侦本事，现在听到房高对自己的交代，知道房高这样安排必有用意，于是坚决答道："房指导员请放心，我一定完成任务！"

房高又转过脸对缪琴说了一句："在刑侦处实地好好采访一下，等我接你下班，下班后有兴趣的话去看场电影如何？"

缪琴从被动地被房高请上车，到现在安排刑警小李带自己去刑侦处，还要自己去刑警队做一次实地采访，再等房高来接自己回家，这一切的一切都说明自己看到的那个戴墨镜男子，一定是和假币团伙行凶报复有关。缪琴尽管心里紧张，但看到房高对自己这样的安排，她心里稍微轻松了一下。

房高望着刑警小李驾车而去，他收回了目光，他知道假币团伙派来行凶报复的凶手就在附近，他们也在观察自己的行动，刚才房高这样安排缪琴是有说法的，不让刑警小李直接送缪琴回家，而要求将缪琴送到刑警队，就是让在附近观察自己和缪琴的凶手明白，你们的行动已引起警方的注意，目击人已被公安刑警带去刑警队了解情况，房高这样做的目的就是先镇住对方，好为自己争取时间，因为事发突然，房高不知道具体情况，况且这个假币团伙有境外的背景，万一他们持枪作案，缪琴和自己都有生命危险，更重要的一点是毕竟凶犯在暗处。另外房高已向刑警队韩队长提了调看今天下午 1 点到 3 点文昌岗周围的监控，他希望能从自己工作点监控上找出凶犯，然后突击行动将案犯一举抓获，这就是为什么让缪琴去刑警队等候的原因，也是为自己去刑警队查看监控录像留个伏笔，房高知道现在自己周围一定有凶犯在观察，就在刚才刑警小李开车来接缪琴的时候，内心高度紧张的房高才把心放了下来，直到缪琴坐上了小李的车，房高对缪琴的安危才松了口气，因为房高一直担心假币团伙借大雪天，躲在车上远距离地开枪射击，就是刚才等候刑警来接缪琴的时间里，房高也是利用玩笑和幽默来放松缪琴紧张的神情，其实当时房高的内心是极度紧张的。

第七回　鼓舌簧论古说今 白无常祸从口出

房高同事王交警的小舅子姓陆，家里排行第三，人们便称呼他为陆三。因为做生意头脑活，开出租车开出了名堂，不但自己开一辆出租车，另外还雇了四个驾驶员开属于他的其他两辆出租车。小伙子不但生意做得好，人也精神得很，见到人不是大哥大嫂地满口喊，就是师傅老板老总地捧，尤其是见到交警更是嘴上亲得不得了，再加上他姐夫王交警本身就是一名交通警察，这下好了，整整一个交警支队都成了他姐夫，只要被他一搭上眼包你被这小子喊三声姐夫，所以在整个交警支队陆三就成了大家的小舅子。

陆三今天早早地驾车向东区长途汽车站而来，他知道大雪天正是做出租的关键时候，一般赶早班车出门的客人，大都是算好时间的生意人，他们的时间就是金钱，所以一到站后就分秒不停地上出租车，赶往要去的单位或部门。干出租这么多年，陆三是有生意经的，所以他都早早赶到东区长途汽车站，都能弄到来扬城办事的生意人的生意。

今天也是如此，陆三刚停稳车子，就有三个刚出站的客人敲车窗，陆三见生意上门，立时下车迎了上去，替客人打开车门的同时，一嘴恭维话就出口了："三位老总请上车，告诉我要去的地点就行，如果时间空余带三位老总尝一下扬城的一绝——皮包水！先请三位上车，我为三位老总边走边说！”

三位客人当中，那个戴墨镜一脸雪白肤色的中年人，就是缪琴在文昌岗公交站台看见的那位，只是今天他的脸部肤色不是黑而亮了。他的身旁两人都精精瘦瘦，一双眼睛都不停地左右观察。

这三位老总还真被陆三的热情打动，三人一起坐进了出租车的后排。陆三也是第一次见客人不选择坐前排，而是三人一起挤在后排座位上。陆三不愧是生意场上闯出来的，知道一般不愿坐汽车前排的大都是做大生意的或者是有相当身份的官员，只有那些小官或小生意人抢着坐汽车的前排，目的就是显耀自己。陆三心里暗暗庆幸今天遇上了笔大生意，他心中的小九九算计开了：上车的三位客人都是外省的口音，一大早赶来扬城一定是办大事的，再看这个坐在后排中间座位上戴墨镜的中年人，这个派头一看就不是一般的人物，看来自己要交好运了，只要自己眼疾手快，让他们包车的话这个赚头就大了，再说自己还刚刚贷款买了新房，陆三在心里想定了主意，开始旁敲侧击地问道：“三位老总是第一次来扬城，还是我们扬城的老客呢？我是老扬城人，干出租二十几年了，扬城的每一个角落都在我的脑子里，所以今天有缘为三位老总服务，也是缘分！”

陆三这个开头话是在投石问路，他要弄清楚客人来扬城的目的，只要知道三位来扬城的目的，陆三就会根据客人在扬城的时间长短算个小账了，如果客人在扬城能待上几天的时间，那么自己被包车后的几天收入就大赚了。陆三前言说了后，他在等客人的回音，察言观色是陆三的看家本领。

车上三位客人当中那个戴墨镜的中年男子开口了，声音很

轻显得是个文化人，他似在提问般地对陆三说："教场！你们扬城是个很有历史的城市，扬城的教场在外名声很大，这个老地方据说要进行市场化运作，我们是过来看看的，今天你就带我们在教场周围转转！"

陆三一听，心中乐开了花，知道这三位的确是个大老板，他们是来扬城考察投资的。陆三一边启动车子，一边说开来了："老总！就你的眼光放在扬城的教场这一块上，你绝对是李嘉诚第二，扬城大大小小街巷不计其数，都有一定的历史说法，但要真正能转化成财富的就是这个教场，老总，你们看，北京有王府井大街和天桥，上海有城隍庙，南京有夫子庙，这说明了什么？这就应了一句古语，山不在高，有仙才有名，水不在深，有龙才是块聚宝之地，我们扬城这个教场一直没有得到开发和重视，是一个大大的浪费，话也说回来了，我们这个教场说不定就等你老总来开发呢！不是有句老话嘛，财富是和有缘人相遇的，三位老总一看面相就不是一般的人物，看来我们扬城人要沾你们的光了！"

陆三一张嘴能把死人说活，你不要说，就他刚才对扬城教场的一份见解，理论上确实是站得住的，再说扬城的历史精髓能发掘展现的、创造财富和市场效应的，这个教场可就是一个很好的财富抓手。戴墨镜中年男子在心里一阵感慨，他也对陆三的话比较赞同，不由得从心里对陆三有了另眼相看，如果不是自己现在有上家交代的任务，他真想找个地方好好地跟这个出租车驾驶员喝上一杯，于是这个戴墨镜的中年男子对陆三说："开出租委屈你了，师傅是个人才，只是一直没有遇到伯乐吧！你们扬城也是藏龙卧虎的地方，历史上大盐商可都是富可敌国，扬城是个出人才的宝地！"

陆三是个说胖马上就能喘的角色，听到客人的夸赞，更是眉飞色舞，一张嘴开始跑马了。只听他吹说：“人才谈不上，不过让我管理个把城市绝对多多有余，不说教场这一块聚宝地，教场向南就是历史上扬城财富的源头——南门街运河大码头，扬城是因为运河而兴旺的，就是后来的盐商也是依靠这条运河而发达起来的。老总，你们也许不知道，历史上的扬城南门街大码头，以前是沿运河都是商家字号，南来北往的商货都在此交易起运。那个时候扬城有钱人和外来的客商几乎都聚集在南门街一带，早上茶肆遍地都是，招待商客迎来送往都在南门街，南门街大码头就是进出扬城的关键，所以现在的扬城头儿们，失策啊！这么好的有利条件，别的城市把肠子想断了也不会有这样的天时地利，可惜得很，南门街依旧破落不堪，教场成了脏乱差的菜市场，唉！”

戴墨镜的中年男子被陆三一番言论说得痒痒的，是啊！得天独厚的条件是可惜了！

陆三在后视镜看到三位客人的脸色，知道自己的一番言论打动了他们，于是继续说：“我们小市民只能说说而已，养家糊口忙得起早贪黑，但是在出租车这一块，我还是干得蛮自信的，二十几年不要说顺风顺水，只要我想得到的就能办到，你们三位老总都是成功人士，赚的是大钱，一定知道玩出租的窍门，玩出租第一个就要和交警关系要铁，要不然光罚单就把你罚昏了头，还有将你车子扣下来几天，那就冲了家，出租车不上路跑就等于一个人割脉自杀。其二开出租车就是脑子灵光，知道几大场所——车站、码头、机场所有航班到站的时间，如果能做到以上两点，再加一条勤劳不怕苦，这样开出租养家就没有问题了。”

戴墨镜的中年男子在听到陆三讲到和交警关系很铁的时候，他的眉毛自然地动了几动，他在心里盘算着，准备试探地问点问题，于是对陆三说：“师傅看来跟交通警察不是一般的关系了！看你说得这样自信，一辆车一年光省违章罚款就是个不小的数字吧！”

陆三嘿嘿笑了起来回道：“老总你真是个明白人，干出租顺路带客玩的就是要快，大街上处处都是出租车，眼不尖手不快的话，看到有人招手叫车就算迟了，因为最少有四辆车都会过来抢这个招手示意的客人。”

“嗯？”戴墨镜的中年男子有点惊讶。

陆三继续发表他的演说：“这时候不违规就抢不到生意，紧急违章掉头、逆向靠边，反正就是一条——抢到客人才有钱赚，要不然就是贴钱烧汽油。其实玩出租最关键的是要观察，大街上人来人往，你要在客人没有招手之前将车停在他身边，那绝对是个合格的出租车驾驶员了。反过来观察能力不够的话，就得准备违规抢客，违规抢客没有和交警铁的关系，你就等着一家老小跟你吃咸菜泡饭了。”

汽车转了个弯，戴墨镜中年男子又问道：“听你说了半天，你和交警如何如何好，这里面是有金钱的原因吧？”

陆三哈哈哈笑了起来回答道：“老总，你是聪明人，但这个问题上就聪明过了头，花钱办事谁不会办？就像拿钱买东西三岁儿童都会！”

说到这个时候，陆三故意卖起了关子，一副欲言又止的样子。

戴墨镜中年男子在等陆三的下文，见陆三止住了话头，他便说了一句：“这样，扬城是我们第一次过来，师傅你又是我们第一次接触的扬城人，我们在这里可能待的时间长一点，你帮我们找个安静高雅的宾馆，另外如果师傅同意的话，我们想让师傅你连车带人跟我们跑几天，你看如何？”

陆三听得心花怒放，一连说了几个好好好，又开始吹了起来：“不瞒三位老总说，真要勤勤恳恳地开出租的话，那个钱赚得就难了，出租车铁定的几项费用不说，光汽油费和修理费外加车辆保险费就是一大笔开销，再加上弄个几张罚单，一个星期你就白忙了,如果再不小心弄个交通事故的话,那就玩完了,小碰擦好说三五百元了事。说白了出租车赚的就是罚单的钱，违章和扣分动一下就是几百元，出租车一天的流水才多少钱？所以干出租难，开出租更难，不把扬城大街小巷摸透了，光道路拥堵就把你堵昏了。现在的城市道路不是开车，而是排龙玩游戏，城东到城西，城南到城北，你要是呆子开车两小时未必能通过，我们二十分钟就穿城而过，不但省了油钱，而且上客又勤，外加客人满意给点小费，那就更爽了！”

说到这里，陆三咽了口吐沫继续说：“有次客人赶时间，我是从西区火车站接的客，半小时赶到杨泰机场，客人二话没说下车后给了五张老人头，你说这趟生意爽不爽！”

戴墨镜中年男子点了点头算是回答，陆三说到兴奋点了，他自己不由自主地摇起了脑袋说：“不是吹的，市区不管哪个红绿灯岗亭，没有我不认识的，就是大意闯了红灯，也用不到我掏腰包，牛不牛！”

戴墨镜中年男子将了他一军说道:“你们市中心那里也敢闯？那什么岗的交警都把面子给你，难不成你是他们的大舅子？”

戴墨镜中年男子话中带着挖苦和讥讽。

陆三听了这话笑了起来：“哈哈哈！老总你真风趣，给你说准了，市区几个大队的交警都是我姐夫，他们见我都喊我一声舅太爷，我呢见交警就称呼姐夫，所以我干出租这么多年，没有被罚过一次，也没有被扣过一分，凭的就两个字——姐夫！”

坐在出租车后排的三个男子听了都笑了起来，戴墨镜的中年男子笑说道：“是不是你姐夫真干交警？”

“是的！我有个姐夫还真是交警！”陆三自我得意道，“我这个姐夫就是个大头兵，只晓得站马路，苦得像个猴子，不是脑子进了水就是天生苦命，早出晚归不算，夏天晒死了，冬天冻死了，遇到大风大雪灾害天气，那就跟倒了霉差不多，苦死累死没人问，从来没有节假日，我那个姐姐也跟着倒霉，家里的事情都是她在问，男人女人事情都是她一人做，唉！想想真可怜！”

陆三又转了个弯，一边替姐姐的辛苦叹息摇头，一边通过后视镜望了望后排的三个客人，转了话题说：“三位老总，既是第一次来扬城，扬城的美食文化和沐浴文化可是名声在外，等你们住下来，我一一替你们安排，扬城早上是皮包水的美食享受，下午和晚上就是水包皮的养生之道，还有足浴足疗养生，保健去火拔火罐的疗法，总之我们扬城是个小巧玲珑、雾里看花式的城市，不但景色美，美食更是天下闻名。”

“出美女也是你们扬城的一大特色吧！”戴墨镜的中年男子插了句话，“是不是这样的！还有个皇帝为来扬城看美女，把个好端端的江山都弄丢了，有这回事吧？”

陆三一双眼睛笑眯起来，一边笑一边不住地点头道：“的确不假，我们扬城出美女，隋炀帝扬广为看扬城美女，兴修水利开凿了大运河，看美女也罢，江山丢了也罢，有一样造福了扬城，那就是流传至今的大运河，所以三位老总来扬城考察，

扬城的重中之重还是这条大运河上，教场也好，南门街也好，瘦西湖何园等园，加上几所佛教寺院，哪一个不跟运河有关联呢？所以说老总们来扬城考察教场，这才是真正有眼光的大生意人的头脑，如果三位老总今后需要招兵买马，我出租车就不干了，跟着你们三位老总拎包，鞍前马后跑跑腿，说不定三年五载的我就成马云第二了！”

“好说！好说！”戴墨镜中年男子被陆三说得云里雾里也笑了起来，好像他们真是来扬城开发教场文化的一般。

“我成马云第二的话，你们三位就是李嘉诚第二的国际大亨了！”陆三开心之余不忘添些笑料。

“是不是走市中心转一转，看看扬城的繁华也是考察的关键事情！”戴墨镜中年男子在心里做了安排，他希望看一看这个能吹能侃的出租车司机有几分料，说不定还有一点利用价值，再说自己这番杀进扬城的目的，就是让文昌岗执勤点的交通警彻底消失，如果这个出租车司机的姐夫是交通警察的话，说不定还能帮点小忙。

陆三听了转方向向市区而来，陆三边开边说：“三位老总，待会儿到扬城的中心文昌阁转一转，文昌阁是扬城的标志性历史建筑之一，那里的交通是最拥堵的，不过再拥堵也拦不住我陆三的车。这样到了文昌阁红绿灯岗的话露一手让三位瞧瞧！”

戴墨镜的中年男子正想利用这个机会，再次观察一下文昌岗执勤交警周围的情况，于是笑说道：“也好，让我们见识见识！”

陆三是个猴精一样的角色，把握火候一向很准，见三位老总开心想见识一下，于是不失时机地说：“出丑的话三位老总不要笑话我，我们就是一帮小市民讨生活，只要老总们开心，回去后提到在扬城有我陆三这个朋友，我就不遗憾了！挣钱多少无关，关键是要个开心，三位老总开心就是我的心愿！”

戴墨镜中年男子从包里抽出一沓钞票，朝驾驶室台面上一扔说：“师傅你要挣钱养家是天经地义的，先拿一万元替我们定宾馆，安排你说的美食皮包水和景点门票，不够跟我们说！”

陆三是个见钱眼开的主，他整天人前人后地叫人家姐夫，目的就是钱作怪，钱的心思重。现在看到一万元就在眼前，陆三的眼睛花了，他咽了口口水，笑说道：“老总就是老总，知道我们干出租不容易，这样桥归桥，路归路，三位老总的事情我来安排，主要目的是考察扬城的教场，其次是看扬城投资的大环境，再其次就是欣赏和了解扬城的多元化生活以及历史上有代表性盐商文化的再开发情况，三位老总看我归纳得如何？有需要调整的随时告诉我！”

好个急才！陆三的几句话让三位客人不由得在心里佩服，这个出租车驾驶员还真是个人物，脑子精明，嘴巴会说，一辆出租车能做到这个份上也算是成功的，要是放在自己身上干这个出租车活，恐怕只有像陆三说的，一家人只能吃咸菜泡饭了。

文昌路东起文昌大桥，连接江都县区，西至京华城火车站，连接仪征县区，中间十字路口交警执勤岗不下几十处，陆三驾驶着出租车从文汇岗插了过来，向北右转到了文昌路石塔岗，前面是红灯，陆三插队带超车一路到了文昌岗，文昌岗的繁忙是出了名的，陆三到红绿灯时，直行的话正好是红灯，而往右行驶却是绿灯放行。陆三车不停顿亮右转信号灯，就在汽车右转到向南停车线时，陆三突然左转方向将汽车变成直行向东的

路线，也是巧了房高正站在东段执勤指挥交通，陆三边开车边打开左手车窗，将上身探出车窗外朝房高挥手喊道："姐夫，辛苦了！"

正指挥交通的房高掉头看见同事王交警的大舅子，他知道这个陆三是个滑头驴子，挥挥手示意他赶快通过不要影响交通。

刚才的一幕被坐在车里戴墨镜的中年男子看在眼里，镜片后的一双眼睛慢慢地眯成了一条线，他在心里盘算着下一步的计划，一丝凶光在他的眼角流露出来。这个挡我们财路的交警原来是你姐夫，好的，先拿你小舅子开刀，看你还管不管闲事，查抄了我的老窝，这笔损失就由你小舅子来还了。

这个戴墨镜男子收起眼中的凶光，换了宽松的口气对陆三说："不错，刚才你是合理躲避红绿灯对你右转后又左转直行的违章拍片，如果现场有交警你就逃脱不了，被交警抓现行除了罚款还要扣分，开出租车还真是门学问。"

陆三笑了："怎么能被交警抓现行呢！一般情况下改变行驶路线都是为抢时间，眼睛要管四方，监控是有死角的，只能直向拍取违章的录像，而一旦改变了路线后是由绿灯放行方向的车它是监控不到的，所以电子眼抓拍违章的缺陷太多了。"

还是戴墨镜的中年男子开口说话："这样，现在正是早饭时间，我们想感受一下扬城皮包水的特色，顺便就在靠近师傅你住的地方替我们安排一家宾馆，这样每天师傅你接送我们也方便，想要找你晚上看看夜景的话，你也能为我们带带路！"

陆三听了，接了话题说道："来扬城不感受一下皮包水的享受，就好比到北京没有爬长城一样，不要说三位老总，就是国外友人来扬城，他们第一选的就是感受皮包水的美食享受。扬城的早点和扬城的饮食文化是出了名的，开国国宴上扬城的菜就占了一半，可见我们扬城历史上盐商繁荣时期的饮食造诣。现在我就带你们去扬城百年老店富春茶社去领教皮包水，享受一下皮包水的饮食文化。”

戴墨镜中年男子在心里发笑，嘴上却回答道：“一切交给你安排！我们只等享受一下皮包水！”

陆三听了转了方向，一路奔新区而来。

不一会儿，陆三向三位客人一指路边的富春茶社大广告牌说：“前面拐弯就是富春茶社了，我的家就住在富春茶社的对街小区，这样，我先将你们三位送到茶社，选好早点内容你们先吃杯茶休息一下，我去隔壁不远的金陵大酒店为你们把客房开下来，这样既节约了时间又不误事，点好了早点后是要耐心地等的，一般没有半小时工夫是吃不上富春的早点的。”

说话的工夫，陆三将汽车停好，一行四人进了富春茶社。富春茶社的名声大，牌子老，再加上做的早点精致，口味要求高，所以生意兴隆。大厅里三十几张桌子满满的客，想吃就得等前客让后客。陆三是个路路通的角色，他进里间一会儿跟富春茶社的经理出来了，经理在前面带路将陆三和另外三位客人带上了楼，楼上有接待外宾的雅间，经理打开雅间让众人进来，就听陆三给众人介绍道：“三位老总，这位是富春茶社的庞经理，也是富春茶社百年早点的技术传人。”后又给庞经理介绍三位客人，说实话陆三到现在都不知道人家姓什么，只顾称呼人家老总，也算他精明机灵，他满嘴跑火车说道，“这三位是南方东亚公司的老总，是来扬城搞开发投资的，这位是马总，另两位都一个姓，洪总！他们三位老总今天是特别赶过来光顾你们富春茶社的，庞经理，你可要亲自露一手，不然兄弟我失面子事小，三位老总见了市长面说富春茶社不过如此，那就把扬城的金字招牌砸掉啦！”

庞经理知道陆三是玩笑话，和众人握了握手就退了出来。

戴墨镜中年男子和另外二人也算是配合，见茶社经理出去后，他们三人在心底都有共同的一句话，这个陆三是个活雀子，到什么地方都能吃到活食。

不一会儿，有服务员进来上了茶，随即小笼包子和四冷八碟端了上来。待服务员下去后，戴墨镜的中年男子对陆三说道：“师傅开出租委屈了，按你的才能这座茶楼装不下你，以茶代酒先敬！”

陆三受宠若惊般地站起了身，不好意思地抓了抓头问道：“三位老总，光顾说话了，还没有请教贵姓？”

“姓马！”戴墨镜的中年男子喝了口茶回说道，“刚才师傅你不是介绍过了吗？他们两位姓洪，一个姓！”

陆三尴尬地笑了起来，他心里清楚刚才是自己应急胡侃说的话，三位老总没有当场说穿帮，说明人家还是场面上人，大气得很。

陆三这时站起了身说道：“三位老总慢慢品尝，我去把客房定好再来陪你们！客房是开两间还是开一间大套房？”

戴墨镜中年男子竖了两个手指，嘴里塞得满满的早点不便说话，陆三心领神会说了声：“知道了，两间标房！”

戴墨镜中年男子点点头表示认可，陆三笑着离席出去办了。

陆三忙着替他们去定客房，其实他心里是有小九九的，扬城是个旅游性城市，各宾馆酒店都跟出租车驾驶员有个不成文的规矩，凡是出租车驾驶员为酒店宾馆带来的客人，酒店宾馆都会返利给出租车驾驶员，说白了就是有回扣可以拿，对方给了陆三一万元让他安排一切，这对见钱就开眼的陆三来说简直就是天大的喜事，再说宾馆酒店里的住宿还有个说法，一个是挂牌价，另一个是优惠价，还有个团队价，陆三是猴精，这些关门过节他是一肚子数，所以他才选择一个人来替他们开客房，这里的油水都会进入陆三的口袋。

也许是油水来得太快了，在服务台需要出示客人身份证时，陆三毫不犹豫地将自己的身份证递了过去，并在客人登记一栏签了自己的名字。发票按挂牌价开，实际付的钞票是按团队价格支付，就这一项客房的油水让陆三心里沸腾了，看来自己要交好运了，陪他们玩几天下来弄个大几千元是不成问题了。

陆三手摸钞票美在心里，而茶楼上三位在干什么呢？

这时候还是戴墨镜的中年男子在说话，只听他在安排："先养着他，晚上动手把他做了，让管闲事的交警清醒清醒，跟我们斗没有好果子吃，做了他交警的大舅子，让他先害怕几天。"说到这里他又冲右边的男子说，"晚上你借口坐得太挤，你坐前排，只要后排一动手，你负责将车在路边停稳。"

两个男子点头答应，三人分配好了任务，又大口地吃了起来。

不长时间，陆三上了茶楼，自是一番劝吃劝喝，富春茶社庞经理真亲自下厨，烫了一大份什锦干丝，一时间大家吃得是欢欢喜喜，赞美美味之时仍不忘感谢陆三的帮忙。

就在大家准备起身离开之时，戴墨镜中年男子对陆三说话了："这样，师傅，如果时间安排得过来，我想下午去趟镇江，

镇江也是历史典故中有名的旅游之地，我们想去看看，师傅你对镇江是否熟悉？”

“太熟悉了！”陆三有赚钱的利益在心里，他怎么会放过赚钱的机会呢！陆三说道，“镇江和扬城我是一年跑到头，再远南京，包括苏锡常三处，没有我不熟悉的。”

“那就好说了！我们今天能遇到师傅你，看来是命中注定，有缘啊！”戴墨镜的中年男子说得一语双关，而陆三却丝毫没有感觉到死神已向他发了请帖。

陆三嘴里塞了根牙签，一边客气一边说：“是的，我和三位老总是有缘的，也是命中注定的，哈哈！”

“这样，你先和家里人通个电话，告诉他们今天要晚一点回去！”戴墨镜的中年男子做事滴水不漏，他在按计划进行，“你们开出租也不容易，不按时回家的话，家里人会牵挂的！”

“老总这样说，真是体谅我们出租车司机！”陆三这句话说的是实在话，他是被对方的关心感动了，于是他对戴墨镜男子说道，“难怪老总你能发大财，你是个能体谅别人的人！和你们认识真是缘分！放心，我发个信息给家里就行了！干出租风险大，现在交通事故又比较厉害，到时间不回家，家里人肯定会不安心的。我刚干出租那会儿，家里人听见警车的鸣叫都紧张得不得了，唉！生怕出车祸什么的！”

陆三说完掏出手机发起了信息，告诉老婆今天发大了，自己的车子要被几个老板包几天，晚上回来会晚一点，让家里放心就是了。

陆三的信息发完了，戴墨镜的男子又说话：“出租车辛苦，家里的妻子更辛苦，师傅你是男人中的榜样啊！”

陆三谦虚地笑了笑说：“我是没大用的男人，只能多辛苦一点才行的嘛！跟三位老总比我是荧光一点，不值一比的！”四人说笑着出了富春茶社，上了陆三的出租车远去了。

第八回　人自欺归路不古
下淫威恶犬狂吠

今天是缪琴到房高家拜见房高父母的日期，这个日子等了好几天。由于房高是交通警察，工作是随时随地地听候指令，所以好不容易约好了今天去见房高父母。

缪琴提前下了班，她要去商场为房高父母买点礼物，她和房高约定在商场等房高一起归家见他父母。缪琴进入时代商场，买好了礼物，看看时间差不多了，就给房高打了个电话，告诉房高自己就在文昌岗执勤点西面的时代商场，礼物已买好了，自己就在商场门口等候房高来接。离缪琴不远的地方，站着刑警队小李，他是负责二十四小时保护缪琴人身安全的。

缪琴和房高通了电话后，她就朝商场门口走去，也是无巧不成书，陆三带那三位客人也出现在商场门口，陆三眼睛尖瞧见缪琴立马一脸笑容迎了上去对缪琴说："嫂子，你好，一个人来逛商场？姐夫怎么没有一道陪你呀！"

缪琴不认识陆三，对陆三的热情缪琴是有警惕的，而陆三是在开水锅里出生的，不但块块熟，而且都熟透了，市区大大小小所有交警岗执勤点的交通警家里的情况，尤其是妻子父母他都一一记得清清楚楚，所以陆三是个猴精，他能称呼所有交警为姐夫，可见陆三的圆滑和世故的老到了。

缪琴对陆三的热情只能警惕地敷衍着，她心里也弄不清陆三是什么人，因为房高在背后跟缪琴说过，对眼生的人要警惕，因为假币案件看似了结了，但假币团伙的报复行动未必就了结，所以现在缪琴表现得有点紧张。陆三是手疾眼快的主，缪琴的脸部表情告诉他对方对自己没有印象，于是立马又对缪琴说："我姐夫王兼和房指导员是同事，我是他小舅子，开出租的陆三！"

缪琴一听小舅子三个字，她不由得想起在自己家中，房高第一次去见自己父母发生的那个笑话，想到这里缪琴不由得注目打量面前的陆三了。

陆三细而高的个头，精精瘦瘦，一张脸始终是在笑，黝黑的皮肤布满了皱纹，一双眼睛因为长时间的笑容需要，变得细细的，常年眯着，让人看不清他的眼睛里在想什么。

在陆三和缪琴打招呼的时候，那三位客人就站在陆三的附近。缪琴的注意力在陆三身上，再加上这三位客人并没有和陆三一起过来说话，缪琴的思维里就不会除陆三外还有其他人了。

陆三介绍完自己，知道是自己应该走人的时候了，忙笑说道："晓得了，嫂子一定是在等姐夫逛商场，我就不做灯泡了，再见，再见！"

陆三一脸笑容地转过身和另三位客人离去了，就在陆三和三位客人转身离去的一刹那，那个戴墨镜的中年男子的身影从缪琴眼中闪过。缪琴先是一愣，继而自己对自己笑了，尽管这个戴墨镜的男子似有印象，但自己在公交站台发现的那个可疑男子，却是一脸的黑而发亮的皮肤，而这个男子尽管也戴墨镜，脸上的皮肤肤色却是雪白得很，这完全是两个人嘛！缪琴在心里笑了，她笑自己太过敏感了。

而在离缪琴不远的刑警小李，看到刚才陆三和缪琴说话以及和另外三个男子一同离开，小李走到了商场拐角处，向刑警队汇报了刚才的情况，并要求刑警队尽快调监控查看刚才离开的四个男子。

房高下班了，来时代商场门口接了缪琴一同向家里开去。

房高驾驶着他那辆二手普桑，缪琴坐在后排的座位上，虽然今天去见房高的父母自己有点紧张，但此时的缪琴心思却在刚才商场门口发生的一幕上。房高见缪琴不开口，他以为缪琴是心里紧张，于是决定帮她放松一下心情，房高边驾驶边说："缪琴，今天去见我父母我有点担心。"

房高是要岔开缪琴紧张的心情，他先故意把问题复杂化。

果然，缪琴听了房高的话后思绪一下子被吸引过来，脱口便问："担心什么？你爸妈会不满意我？"

房高决定继续把这根弦拉紧一点，于是一脸忧色地说："他们二老对挑媳妇有保守的思想！"

房高故意一副欲言又止的样子。

缪琴还没见过房高在他们俩关系上有过犹豫，她心里有点急，红了脸说："要是你爸妈不满意我，你……你会……"

房高看到缪琴的担忧窘象，就像一个得不到三好学生奖状的小女孩一样，一脸的失落和忧伤。房高决定松开拉紧的弓弦了，只听房高慢声说道："老人家的思想保守，他们认为儿媳妇不能太漂亮，太漂亮会……"

"扑哧"一声，房高说着的时候忍不住笑出声来。

缪琴一见，知道是被房高恶作剧了，她在后排站了起来，使劲地用两个小拳头敲打着房高的肩膀，嘴里充满幸福和快乐地说："你这个大坏人，大坏人，大坏人！"

房高还在笑，缪琴也在笑。

不知为什么缪琴问了一句："房高，你爸妈好相处吗？"

"一对善良的老人！"房高回答的声音里充满了对父母的敬意。

"我要做错了什么，你要提醒我！"缪琴对自己有点不自信。

房高笑了，一本正经地回答："态度不错！"

放松了片刻，缪琴的思维转移到了马上见房高父母的事情上。不一会儿到了房高家住的小区，房高将车停顿好，缪琴拎了礼物下了车，一双眼睛注视着小区的环境，脑子里考虑着自己将要成为这个小区的一员，她抿起了嘴，把幸福和笑容抑制在心里。

房高锁了车，一拉缪琴就准备走，这时候的缪琴才真正感到了紧张，她有点迟疑地望着房高，想说什么又不知道该怎么说。

房高一拉缪琴的手，接过缪琴的礼物拎袋说了句："回家！"这句回家让缪琴立刻变得安静，心里也不紧张了，她大方地点点头说了一句："对，回家！"

第二天，天色离亮还早得很，环卫工人扫街已接近尾声。文昌岗四周静悄悄的，偶尔有出早市的商贩开着三轮卡从街面一闪而过，路灯的光亮下，洁净的大街上没了天亮后的喧哗，一眼看下去，大街上空空的，让人内心猛然有了一种期待，期待天亮后熟悉的喧闹和拥挤的街面，哪怕是为一不小心相互碰撞了发生的争吵，那一幕也比这空空可怕的街面来得安全和自在。

在离文昌岗执勤点向东不远的非机动车道上，停了一辆出租车。这一块的路灯被绿化带的树枝叶挡住了光线，不注意看的话，来往行驶的车辆很难发现。由于光线的原因从车窗外很难看清车内的情况，环卫工人每天起早扫街，见惯了这些情况，常有喝酒过了头不能驾驶的人，糊里糊涂将车停在非机动车道上，他们倒躺在车里呼呼大睡。

一个环卫工人也是出于关心，靠近车窗透过车窗玻璃朝里瞧，因为不长时间天就亮了，等到交通警察来上班，这个将车停在非机动车道上的驾驶员就要被处罚，如果是醉酒驾驶的话，那个后果就更严重了。这个环卫工人望了半天，感觉是有个人伏在驾驶方向盘上，轻轻地敲了几下车窗玻璃作提醒，里面的驾驶员就是不动身，也没有一点声音。

旁边另一个环卫工人正在做收工准备，见状插嘴说："看来喝得不少，睡死过去了！"

刚才敲车窗提醒的环卫工人仍在敲车窗，一边自语道："少喝点不就没事啦，看，马上天就亮了，再不醒来将车开走，交警一来就倒大霉了，不但要拘留，连驾驶本都收得了，醒醒哦……醒醒啦……"

这个善良的环卫工人提高了嗓门，叫喊了几声仍不见车里动静。旁边的另一个环卫工人拖起垃圾车要走，在一旁出了个主意说："可能喝得太多了，你这样喊他也没有用，用手拍车顶，用点劲使劲拍，那样子里面才能有打雷的声，看他醒不醒？"

"哎！这些酒鬼嗜酒如命，万一我用劲把他拍醒了，他要酒疯打我怎么办？我本意好心提醒他的，再给酒疯子打了去，把人要笑死呢！”

拖垃圾车的环卫工人放下车子，边走边说：“你是胆小鬼，又要行善，又怕酒疯子打，我来！站过来离远一点，万一是酒醉没有醒，被他打了那才冤枉呢！”

听了同伴的提醒，这个环卫工人果然离开了，走得远远的。

“砰砰”环卫工人朝车顶使劲地拍了几巴掌，还不甘心地吓唬道：“还不走呢，交警上班了！”

车里死一般地寂静，一点声响也没有。

这一刻反倒让这位拍车顶的环卫工心里不安了，心里不由得抖了一下，心想：不好，难不成喝酒喝过了头，喝死人啦！

想到这里，这个环卫工人拔腿就跑，到了垃圾车边拉起车子就走。另一个环卫工人不知什么情况，看见同事不声不响拉起车子就走，他一边嘀咕一边说：“你能！喊醒了没有啊？你慢一点拖，怕鬼啊？”

拖车的同事一听跑得更快，向车后的同事丢了句话：“快跑！说不定这个车里面的驾驶员喝酒喝死了！”

“啊……”垃圾车后面的环卫工人听后脊梁骨发凉，一路小跑超过垃圾车，边跑边问，“真的假的？喝酒喝死啦！你不要吓我，我胆子小！”

“别光顾一个人跑，帮我推一把！”拉垃圾车的环卫工人一边拼命拉车，一边对跑在前面的同事说，“八九不离十，一定死在车子里了，敲那么大的声音都不动一下子，不是死人是什么呢？快推快推，一大早上遇到晦气事，不顺心！”

同事没有到车后去推车，而是用右手拉住垃圾车的车把帮助拉车。

拖车的同事一见，挖苦道：“你就这么怕死，叫你到车后去推车，你非要到前面来拉，怕鬼拖你呀！”

“别废话了，快拉车，我胆小！”帮助拉车的同事打断了同事的话，二人不再说话，只是拼了命地拉着垃圾车，飞快地消失在马路的拐弯处。

第九回　布迷障门神受困
运河水漏网之鱼

早上六点三十分，房高到了文昌岗，他的车还没有停稳，就看见文昌阁向东靠南的人行道上，停了一辆普桑出租车。房高皱起了眉头，按常规出租车驾驶员不会这么大意，现在是早上六点半，就是昨晚停车也该挪走了，看来一定有情况。房高在心里这么分析，他来不及换警服就脚不停步来到这辆出租车旁，他需要尽快将这辆停在人行道上的出租车弄走，要不然马上就是早高峰的上班时间了，这辆车堵在非机动车道上会造成道路的瘫痪。

房高围着出租车转了一圈，从窗外能明显地看到驾驶员趴在方向盘上。房高来不及细想，伸手一拉驾驶室左门，趴在方向盘上的驾驶员突然倒了出来，正好倒在房高的腿上。房高用手一推并喊道："醒醒啦！"

房高再一看这个人的脸，心里吃了一惊，这个人不是同事王交警的小舅爷陆三吗？房高用手一摸陆三的鼻息，毫无进出气。房高又将手放在陆三颈项摸了摸大动脉，也是脉息全无。房高心里有点慌，他将死者重新扶正趴在方向盘上，又关上出租车车门。做完这些房高掏出了对讲机，向110汇报了这里发现出租车驾驶员死亡的情况，又给同事王交警打了手机，告诉他尽快来文昌岗一趟，是有关你妻弟陆三的事情，然后房高拿来警示标志放在车后，又站在离出租车不远的分道口处，指挥非机动车和行人绕行。

房高是第一次直接接触死者尸体，他站在现场指挥，心里仍在想着死者。这个陆三前一天还在自己眼前出现过的，一夜的时间现在却死在自己岗亭周围，房高心里不是滋味，他的眉头皱得很深。

110 和刑警队几乎是同时到达，他们勘查完现场后立即做了清理现场的工作，一时间道路畅通了，出行的车流人流如潮水般流动着，喧闹的场景又恢复了，刚才那一幕抬尸的惨淡瘆人的情景被冲得淡淡的，很快被汽车声、人流的嘈杂声所淹没了。

刑警队韩队长没有离开，他想听房高对这起案子的看法。

韩队长问道："房指导员，这起案子你怎么看？能提点建议吗？"

房高没有开口，他在想另一个问题，也许是自己担心过了头，他心里始终想到缪琴的安危，于是对韩队长说："这个案子我暂时提不了建议，但我有个要求，跟这件案子没有关系，跟晚报记者缪琴有关系！"

韩队长听了一时摸不着头脑，点了下头没有开口。

房高继续说："对晚报缪琴记者采取二十四小时的保护，用了几个人？"

"两个人，一个白天保护，另一个晚上！而且要求在缪记者所住的小区楼下全晚守护。"

房高听了感觉刑警队的保护没有漏洞，他刚想说什么时，韩队长想起了一件事，于是对房高说："昨天下午四点半左右，负责保护缪琴的刑警队员报告了一件事情，要求我们查看时代商场下午四点后商场门口监控，他说在时代商场门口，缪琴和另外四个人中的一个人说过话，其他三个人不像是本地人。”

房高听到这里，眼睛里射出了一道寒光，他心里吃了一惊，因为昨天房高是和缪琴约好的去见房高父母，房高接缪琴的地点就是时代商场，而今天这个出租车驾驶员，就死在靠近时代商场周围，这里面有什么事呢？房高掏出了手机拨通了缪琴的电话。

房高问道：“缪琴，有件事想了解一下，昨天下午在时代商场你见过什么人？有几个人？”

缪琴从房高的语气里感到问题不一般，她想了想回答道：“昨天我买好礼物后，在商场门口等你的时候遇到你同事的小舅子，是个开出租车的。起先他跟我打招呼，我并不认识他，但他叫出了你的名字，并说他姐夫和你是同事，噢！想起来了，你第一次来我家时说他是全交警队人的小舅子，应该就是他，他的名字好像叫陆三。”

房高感到了问题的严重性，他怕让缪琴紧张，又问了句：“就他一个人？还有没有其他人？”

“跟我打招呼时就他一个人！”缪琴又想到了陆三临走时和戴墨镜男子三人离开的情景，于是缪琴又对房高说，“这个人临走时好像不止他一个人，他和另外三个男子一起离开的，其中一个男子戴着墨镜。”

房高的神情在高度紧张，他感觉到了危险在向缪琴靠近。房高又问：“戴墨镜的男子？是不是下雪那天，在公交站台你发现的那个戴墨镜的人？”

“不是！”缪琴明显感到房高的声音中含着不安，缪琴急切地说，“你不要乱紧张，下雪天在公交站台，那个戴墨镜的男子是黑得发亮的面孔。而在时代商场见到的男子是脸部雪白的皮肤，不是一个人！”

房高的头脑在高度思考当中，他知道自己刚才是太紧张了，于是想办法先让缪琴不受到影响，他对缪琴说：“告诉你一件事，你不要紧张，昨天在时代商场门口，和你说话的出租车驾驶员他今天出事了，他死在他的出租车里，在文昌岗一早发现的。”

电话那头的缪琴惊讶得说不出话。

房高继续说道：“死的原因还没有出来，所以你不要乱想，告诉你就是想让你早点知道，有警惕地准备，懂吗？”

缪琴还是不能接受这个突如其来的变故，那个叫陆三的出租车驾驶员，昨天还一脸笑容的，今天就没了？缪琴一时陷入慌乱。

电话那头传来房高的声音：“你不用紧张，你的周围二十四小时都有公安保护，你放心就是，下班等我去接你！”

“好的，我等你接我！”

房高挂了电话，望着韩队长说道：“去查昨天下午四点后时代商场的监控，查到死者和他身边的人，另外再去查文昌岗周围的停车场，死者是出租车司机，他既来商场，车子一定停在附近的停车场，看一下他出租车拉的客人，要单独录下来拷成照片，拿着照片资料去死者家中查看，问他的家人，照片上的人可曾来过他们家？总之一句话，不放过一个线索，一个细节。”

韩队长听完房高对案件的分析和办案的入手，他在心里佩服得五体投地，只对房高说了一句：“房指导员，刑警队队长这个位置更适合你！”

房高没搭理这个话题，对韩队长又说了一句：“缪琴的保护工作晚上最难防，你最好安排两个人在缪琴楼下守候。”

“你放心！我回去就办！”韩队长转身走了。

经过尸检，死者是被人用绳索从背后勒死的。在驾驶台上还发现了一张字条，字条上留了一句话；“管闲事的下场，下一个让你去陪他。”再从死者胃里的东西分析，死者生前去过茶楼和酒楼，而且时间应在十八小时之内，后经过调查，死者生前在金陵大酒店开了两间标房，另据酒店客房部服务员反映，客人的房间是开了，昨晚就是一直没入住。两张客房的进门磁卡也在死者身上找到，只是死者身上没有金陵大酒店客房部开出的客房定金收据。

市刑警队通过调看时代商场里外的监控查看，发现死者并未进过时代商场，只是在时代商场门口经过。在死者的前后都没有发现可疑的人物出现。在时代商场的附近几个停车场查了监控，根本就没发现死者的出租车。于是刑警队将目标扩大到整个市区，追踪死者出租车的行驶轨迹。在市区几处监控提供的画面上，死者的出租车后备厢被压得低低的，由此可以推定，死者的出租车上是有乘客的，根据出租车后备厢被压的现状来看，当时的出租车上最少有三名乘客，而且这三名乘客都是选择坐在了汽车的后排，这就让沿途的道路监控无法拍摄到出租车上乘客的面孔。唯一在加油站出口处，拍摄到了一张一双黑面黄底的皮鞋，从死者出租车打开的车门里伸了出来，站落在地面的画面。

针对这双黑面黄底的皮鞋，刑警队又作了调查。这是一双外销的皮鞋，一般国内市场不作销售。就是有销售的话，也是在产品检验时挑选出来的瑕疵产品，这些带有瑕疵的皮鞋往往很受欢迎，因为产品数量有限，往往不走市面就被一定范围的人群给消费了，所以想通过这双外销的黑面黄底的特色皮鞋，来作为追查案情的突破口是不可能的了。

刑警队又去死者家中作了调查，死者当天是正常出门跑出租，只是在早上九点左右给家里老婆发过一条信息，说是接了个大生意，是几个老板包车服务，晚上回来得晚一点。后来到晚上十点多时，死者的电话就打不通了，家里的老婆认为是老公的手机可能没电了，因为之前若干年中也多次发生过手机没电联系不上的情况，所以当时死者的家属就没有警觉起来。

案件调查到这里，暂时告一段落，其他情况对案件进展没有直接的作用，也就是说案件暂时陷入僵局。

唯一值得思考的是在死者的口袋里，发现了三张面值100元的高仿假币，这些高仿假币几乎是毫无破绽，即便是验钞机也检验不出这些假币的真伪，只有银行的钱币专业技术人员，才能辨别这三张面值100元的钞票是假币。

这个情况立即引起了市公安局的关注，这些假币和前一段破获查抄的假币是一个版本，市公安局领导立即向市政府和省公安厅作了汇报。

房高和缪琴是前次破获假币案的关键人，省公安厅接到这个案子的报告，立即做了批示，成立针对这些假币案的专案组，要求尽一切所能抓紧破案。市政府和市公安局按照省厅指示成立了专案组，刑侦处汪处长点名要暂借交警支队二大队指导员房高，市公安局局长龚少鹏亲自给交警支队政委夏邑打了电话，并对夏政委说，等破了假币案，一定将房高交还交警支队。

交警支队夏政委给房高打了个电话，对市刑侦处借用房高只说了两句话：“房高，你被借用参加假币案专案组破案，是我们交警支队全体交警的光荣！其次，去了就要努力工作，注意安全，你的岗位由我和倪支队长轮流顶岗，等你破案后回来接岗。”

房高听了心里一阵热流满身，他知道支队两个领导对自己的期冀，房高遏制住自己的激动回答道：“我这次去参加破案仅仅是一次临时拉练，我的终点一定是在交警支队，因为交通警察天天面临的是临战状态。”

夏政委把电话放在免提上，房高的回答让倪支队长和夏政委二人会心地笑了，这个房高真是个好苗子啊！

房高到了刑警队假币专案组，他查看了收集上来的所有线索和资料，最后将目光放在那张字条上。字条上的字是水笔写的，字写得不算好，最起码写这个字条的人没有用心练过字。房高在心里重复字条上的每一个字，从字条上房高能感受到写字条人的心理和威胁别人时的眼神。房高拿起了电话给韩队长，他在心里推算了多次，感觉假币团伙行凶杀死出租车驾驶员，是不可能与假币案有直接关系的，为了证实这一点，他需要银行提供死者的存取款状况。如果银行方面提供死者存取正常的情况，那么就直接排除死者参与假币销售或与假币案有牵连的可能。也就是说死者不是因为知道假币团伙的内幕，被假币团伙灭口的疑点了。那么为什么单单就杀死了出租车驾驶员呢？如果这个字条内容是针对我和缪琴的，那么应该向我和缪琴动手才对，是不是假币团伙的一些事情被死者发现，假币团伙才对他灭口的呢？这个死者陆三是个江湖气息比较重的，又加上他为人圆滑精明，会不会被假币分子看上，要他参加到假币的销售渠道里来，而这个死者陆三知道贩卖销售假币不是一般的罪行，以死者陆三的精明，他也许就会拒绝假币团伙的拉拢，这才招来杀身之祸。

银行提供的死者存取表打消了房高的揣疑，死者陆三银行存取正常，除了购买房屋在银行里贷了不少钱，其他情况都是正常存取。

房高的思路又拐了个弯，死者是不是被抢劫而致死的呢？

作案现场搜出来的零碎钱加在一起不过二百元，还有三张面值100元的假币，另外就是死者为出租车加油的200元发票，可见死者生前身上是遭受过搜身，如果是抢劫，为什么死者的这辆出租车没有被抢？如此说来出租车遭抢劫遇害的可能性就极其的小了，被假币团伙拉拢不成反遭灭口的疑点目前成为突破口，但在房高心里还是不踏实。因为他的思想里这个暂时性的推断还有许多疑点。他在心里告诫自己不能单一地看待这起出租车司机被杀案，他必须找到案件的共性，于是他将思绪向后推了推，想到支队政委替自己顶岗被恶性撞伤的情况，被抓获后的两个凶犯的交代也是受人委托拿钱买凶，至于买凶的目的一直没有明确的说法，当时根据之前假币案被侦破的联系分析，得出的结论是：买凶撞伤交警支队夏政委的案件是假币团伙的行凶报复。那么假币团伙买凶作案与目前这起出租车被杀案有没有联系呢？房高感到联系得很牵强，理论上是无法成立的，没有直接的因果关系和间接的伏笔存在。

房高在刑警队把一桌收集的资料作了研究，他的第六感官告诉他，杀死出租车驾驶员的凶手不是一般的角色，他能从坐出租车后排躲避道路监控这一点上看，杀死出租车驾驶员的案件最起码是有预谋的，另外，追踪出租车在市区所有的行驶痕迹，作案人都刻意规避了自己被监控到的可能，唯一留下来的线索就是作案嫌疑人下出租车时，穿着一双黑面黄底的皮鞋落地的画面。房高离开办公桌站了起来，他望着窗外下个不停的雨，心里一种焦急和不安涌了上来。

他又把思绪放远一点，想到死者姐夫的身份，王交警是死者的姐夫，这个死者姐夫的身份和死者被杀有没有联系？会不会是假币团伙雇用的杀手，知道了出租车驾驶员的姐夫是交通警察，而假币团伙报复的对象就是冲着交通警察的，在没有对交通警察动手之前，找一个交警的亲属下手，起一个威震恐吓的作用，正好这个出租车驾驶员陆三也是个满嘴跑火车的角色，他满世界地称呼交警为姐夫，说不定死者的被杀起因就应了那句老话——祸从口出！

这样分析的话，那个作案人留在死者出租车上的字条，就与自己的分析不谋而合了。这就是为什么杀死出租车驾驶员后，要将出租车连同死者一起放在交警执勤点的文昌岗了，因为假币团伙要报复的对象就是文昌岗的交警，正是文昌岗执勤点的交通警察，发现并提供了侦破假币案的关键线索，这就找到了假币团伙疯狂报复文昌岗交警的原因。

房高想到这里他有点兴奋，他连忙又坐到办公桌前，在一堆案件资料里寻找，他要找到死者当天驾驶出租车经过文昌岗的监控画面照片，因为房高记得很清楚，那天死者经过文昌岗时还向自己打了招呼，并老油条地喊自己为姐夫。房高需要当时的监控画面，他要看一看死者喊自己姐夫时，他的出租车载客重量情况，如果当时出租车后备厢仍是被压得较低的话，那么杀死出租车驾驶员的凶手就一定在出租车上，这就证明自己以上的推断，假币团伙一直是围着文昌交通执勤点为作案目标的，缪琴发现的戴墨镜男子也在文昌交通执勤点，支队夏政委被撞伤也是文昌交通执勤点。

房高将自己的思绪又作了延伸，他大胆地作了假设，如果当时出租车驾驶员在文昌岗向自己打招呼是被动的话，那么这就更能说明作案凶手的胆大，因为这是行凶作案人最直接的示威，示威的对象当然是文昌岗交通执勤点的警察。

既然行凶的对象是文昌岗交通警察，那么也就是直接冲我而来，房高想到这里大吃一惊，因为自己暂时借调到刑警队，文昌岗的执勤今天是由倪支队长替自己顶岗，房高感觉到了倪支队可能存在的危险，他立马拨了交警支队倪支队长的电话，电话未接通时他人已离开办公桌，又迅速打开办公室门喊了一声："韩队长，带两个人迅速随我出发！"

韩队长的办公室就在隔壁，听了后立即跑了出来，他的身后紧跟着两名刑警队员。倪支队的电话仍未接，房高一边打电话，一边向刑警队大院跑去。

外面的雨下得更大，比倾盆大雨有过之而无不及。刑警队韩队长是个老公安，一看房高的神情就知道是十万火急的事情，他顾不得大雨冲到警车前将车发动，房高和另外两名刑警都冲了过来上了车。

房高仍在拨倪支队长的电话，可是仍是无人接听。

房高对韩龙说了几个字："文昌岗，要飞快！"

房高的话音未落，韩龙驾驶的警车就冲出了刑侦处大院。车上人人都神情紧张，雨水在几个人的脸上直往下滴，房高终于与夏政委接通了电话，房高的第一句就问："文昌岗是政委你还是倪支队执勤？”

“是倪支队！”夏政委一听房高的声调，就感觉问题的不一般，他回答得简单直接。

房高继续说：“我打倪支队的电话显示无人接听，你现在紧急用对讲机向倪支队长发出危险警告，同时要向他身边的交警提出，危险就在文昌岗，要他们保护好倪支队长的安全！”

房高说完挂了电话，一脸紧张地注视着前方，他的心里十万火急，他知道这个大雨天正是假币案犯作案需要的，他现在最担心倪支队长的安全。

“能再快一点吗？”房高给韩龙的第一次催促。

韩龙脚下用劲，警车明显地向前一冲。

大雨下得起了烟，对面七八米处看不见人。

好在现在是大雨滂沱，道路上的车辆为了安全都停在了路边。韩队长虽然加快了车速，但由于大雨下得太猛，好像起了一层雨雾，能见度只有七八米，韩龙将车速提到了极限。

现在的文昌岗交警执勤点。房高临时被借用到刑侦处，参加出租车驾驶员被害一案和假币案的侦破工作。由于交通警察的警力不足，房高的执勤岗空缺就由支队两个当家领导轮流顶岗。

昨晚两个领导安排工作时，倪支队知道明天是暴雨的天气，于是抢先对老搭档夏政委说：“明天支队这一块我没有具体的任务，房高的执勤岗我去，支队的一切就交由你坐镇。”

夏政委与倪支队长是多年的老搭档，他听了倪支队的话后也没细想，就说了一句：“就这样安排！”

夏政委没有想到第二天就是暴雨滂沱的天气，他现在坐在

办公室时才知道，倪支队长是为自己刚被犯罪凶手撞伤，抢先去顶岗执勤的。

倪支队长穿着雨衣站在文昌岗东面的执勤点，今天暴雨的天气，让街面上的行人和车辆少了许多。尽管是这样，倪支队长仍是不放心，多年的交警经验在提醒自己，越是恶劣的天气，突发的情况就越多，表面上看车辆和行人稀少了，但在恶劣的天气里这一切都是表面现象。雨水顺着雨衣的帽檐直往下流淌，流进了他的双眼，倪支队不时地用手抹着脸上的雨水，一双眼睛注视着街面的情况。

文昌阁东北面的万家福商场四楼的咖啡厅，靠窗临街的座位上坐着戴墨镜的中年男子，这次这个男子的脸部肤色却是标准的黄皮肤。他端坐在桌子西边，脸朝东南方向，这个角度正好可以将文昌阁的全部场景看得清清楚楚。倪支队站在雨中指挥交通的一幕也在这个男子的眼里，他面无表情地喝着咖啡，躲在墨镜后面的一双眼睛闪出一丝凶光。

文昌阁以东的这一条路，由东向西行驶的单向道路上，出现了一定的拥堵，而相对应由西向东行驶的道路却不拥堵。这个情况让倪支队觉得奇怪，于是向前紧走了几步，希望能弄清道路是发生了什么情况，当时在倪支队的思想里第一反应可能性最大的，就是路面行驶的车辆发生了碰撞，道路畅通受到了影响。

倪支队长眼见前面一辆车缓慢地向道口开了过来，由于是暴雨天色又暗，这辆车开着大灯，在雨中更显眼。倪支队望不清这辆车的车牌号，他半眯着眼睛侧过脸想看得更清楚一点，朦胧间他发现这辆车的刮雨器没有刮动，他心里闪过一丝惊讶，雨天中刮雨器不工作，交通事故是随时会发生，后面的汽车如发现不及时，追尾相撞是难免的，好在这辆车驾驶员打开了汽车的双跳灯，这样也为后面行驶的车辆作了警示。倪支队对这辆车挥了挥手中变光指挥棒，示意这辆车靠边接受检查。

汽车的刮雨器不工作，尤其是在下雨的天气，就好比闭着眼睛走路，况且今天是暴雨的天气，这辆车行驶得缓慢就不足为奇了。倪支队在心里松了一口气，只要不是道路上发生了交通事故，一切都没有大问题。倪支队挥舞着变光指挥棒，示意这辆车靠边的目的很简单，就是要求这辆车靠边修理好雨刮器后才能上路行驶，这样既保证不影响道路交通的畅通，又避免引起交通事故的发生。

倪支队站在这辆车的正前方，引导着这辆汽车过了分道口，这辆车很是配合地行驶着准备靠边。

房高和韩龙带着两名刑警队员，驾驶着警车向文昌岗赶，也许是心急，再加上暴雨的雨雾，能见度又低，就在离文昌岗有一站红绿灯距离的拐弯处和直行的车辆发生了碰擦。房高等不及了，第一个跳下车向文昌岗跑去，房高心里清楚，现在时间就是生命，假币团伙的报复行凶一定就在今天。所以他一见汽车发生了交通事故，顾不了许多，弃车冒着暴雨就向文昌岗冲去，他心里只有一个信念，支队领导是替自己顶岗的，假币团伙行凶的目标是自己，他一定要保护好倪支队长，决不能让假币团伙的犯罪目的得逞。

韩龙一见房高弃车冲进暴雨向文昌岗跑去，他一边下车一

边对其中一个刑警队员说："你留下处理，我们先跑了！"

韩龙话没有说完就冲进了暴雨里，另一个刑警队员也紧跟着冲进暴雨向文昌岗而来。

文昌岗交警执勤点通常分配四名交通警察，分别负责文昌阁四面的路口交通指挥，现在在倪支队长南面负责交通指挥的交警听到了对讲机的呼叫，由于下着大雨，他奔跑几步跑到了五六米外靠东路边的遮阳伞下，接听了对讲机，对讲机里是夏政委的声音，他的声音很大，几乎是叫喊着说："快，保护倪支队长，他有危险！文昌岗所有交警都注意，文昌岗周围有潜在的犯罪分子，一定收缩所有交警，到安全地带等待公安巡警的到来！"

接听对讲机的交警现在距离倪支队有十米远，听了支队政委的命令后，他转过脸朝倪支队站的方向望去。就见倪支队挥舞着变光交通指挥棒示意一辆车靠边停车，但在接对讲机的交警眼中看到了另一幕情况，这辆车看似缓慢靠边，但这辆汽车的排气管却在轰鸣，喷出的尾气在雨中尤其明显，这个交警感到了蹊跷，夏政委刚传达的危险警告就在耳边，他来不及细想冲着倪支队长大喊的同时，他扔了手中的对讲机向倪支队长的方向跑去。

暴雨太大，哗哗的雨水声音将这名交警的叫喊淹没了。再加上雨帽遮挡住了一半的声音传递，倪支队长什么也没听到。

此时的倪支队长一门心思在指挥这辆车靠边，他知道汽车驾驶员在雨刮器坏了后的困难，就在他指挥的一瞬间，这辆车的雨刮器突然开动起来，汽车的远光灯也瞬间打开了，远光灯

照得倪支队眼前一闪，他本能地躲避着刺眼的灯光，就在倪支队长躲避刺眼灯光的一刹那，倪支队透过面前这辆汽车刮动的雨刮器空隙里，他看到了坐在驾驶室里面一张蒙了面的面孔，也许是交通警察练就的敏感本能，倪支队在心里喊了声不好的同时，他的身体自然地就倒向了对面这辆车的左面。与此同时这辆车猛然地撞了过来，由于这辆车是全力一撞，油门踩到了底，汽车发动机轰鸣着冲出了老远。

这辆车见倪支队长躲过刚才猛烈的一撞，仍是不甘心，挂了倒车挡急速向倒在雨水中的倪支队长冲了过来，倪支队长刚才死里逃生地向前一倒，虽然躲过了致命的一撞，但他也跌得很重。此时，他跌倒在雨水里见这辆车飞快地倒向自己，他一咬牙就地一滚又躲过了再次的撞击。

就在那辆车猛烈倒撞向倪支队长时，向倪支队长奔跑过来的那名交警，本能地冲了过去，他要救他们的支队长。倪支队长就地一滚躲过去了，而这名玩命要救倪支队长的交警，却被重重地撞飞了出去，躺在雨水地里一动不动。

也许这行凶的犯罪分子在车中，感觉到了汽车重重的这一撞，一定会将被撞人撞个半死，他还要确认被撞的情况，他伸手打开了汽车的车门，伸出脑袋来向躺在雨水中一动不动的交警身体望了一眼，随后车门关上，一加油门向西逃去。

房高和韩龙也从南面跑了过来，大声呼喊的同时冲向倒在雨水中的倪支队长和那名被撞的交通警察。

雨水里房高扶起倪支队长，文昌岗三面的交警都赶了过来。

巡警的车也赶到了，房高和韩龙跳上巡警的车，指挥着向行凶逃跑的汽车追去。

夏政委也开车冒雨赶到了，一见老搭档倪支队长一手捂着左臂，又见被撞得不省人事的交警躺在队员的怀里，他手一挥亲自把这个交警抬上了警车，吩咐道："快速送去抢救！"

倪支队长临上车时对夏政委说道："提醒房高要注意安全，不可冒险不顾安全！"

"你放心就是！"夏政委一挥手，警车向医院急驶而去。

公安武警一起行动，出城区各关卡都接到指令，严查逃跑的行凶车辆。

万家福商场的四楼咖啡厅，原来靠窗而坐的戴墨镜男子不见了身影，桌上喝了一半的咖啡仍在冒着热气，小半支香烟搁在烟灰缸上，袅袅地冒着烟雾。

经过紧急的追捕，房高和韩龙在巡警的车上失去了凶犯的踪迹，这辆行凶的汽车跟消失了一般再无踪影，全城各关卡也没有一点凶犯的信息。后来调看了凶犯逃离的监控，发现凶犯开始逃跑时是向城西，后来在石塔岗就改变了逃跑的方向，一路左转通过医学院北面的一条路向东逃去了，在最后监控画面出现这辆凶犯的汽车时，这辆汽车已在扬城东区大桥，监控画面进一步显示这辆车开进了大桥东的批发市场。

刑警队和房高及武警一路扑到大桥批发市场，经过搜查发现了作案行凶的汽车，只是搜查不到犯罪嫌疑人的身影，在附近的几个监控查看，也没有发现异常的人进出批发市场。这就怪了，难道这个行凶的罪犯能上天？

运河中行驶着长龙一般的船队，在一个船舱里坐着戴墨镜的男子和另外两个手下。只听其中一个手下说："应该报销了！

这一撞就把他撞出六七米外，不报销也会成废人，另一个算他命大，估计断胳膊断腿吧！”

戴墨镜男子没有说话，只是点了点头。

他起身走出了船舱，站在甲板上拨通了电话，只听他说道：“挂了一个，另一个翅膀断了！”

说完这几句话戴墨镜男子又走进船舱，对手下二人说道：“等船队出了闸口就安全了，他们这些公安就是再聪明，也不会想到我们会从水路离开。”

两个手下点点头，其中一个得意地说：“东南亚跑遍了从未失过手，几个小小的交通警，不值一玩！”

“等几天再杀他个回马枪，让这些管闲事的交通警知道，得罪我们的下场就是死路一条！”戴墨镜的男子显然也忘乎所以。

为救倪支队长被撞的交警仍处昏迷状态，胸部一排肋骨被撞断，有一根肋骨插进了肺部，经过及时手术抢救，病人暂时稳定下来，只是一直昏迷不醒。倪支队长左膀跌成骨裂，经过医生处理回到支队仍坚持工作。

房高和刑警队长韩龙，一直盯住案犯当天逃离的路径进行细查，由于当天是下暴雨，监控的画面清晰度不是很高，他们从现场监控和案犯逃离的监控中，一直没有找到有价值的线索，只是在行凶案犯消失的批发市场外面，一处商家门前的监控里，发现了穿着一双黑面黄底皮鞋的双脚，飞快地从门前人行道跑过去的画面。

房高和韩龙经过和之前在加油站出口处，监控拍摄到的照片对比，照片中的黑面黄底皮鞋是一模一样的，就连这双皮鞋本身生产制作时带有的一处瑕疵，都是一模一样，所以现在就可以肯定，这两张照片中的人应该是同一个人。

城市里的搜查还在继续，房高从来没有怀疑过，案犯会从运河水路逃离了扬城，由于案犯作案是蒙了面，所有的监控都不能提供一张嫌疑犯的照片，所以这件案子又悬了起来。

房高的思想压力在增大,出租车驾驶员被杀案还没有眉目，文昌岗又发生交通警被撞昏迷不醒，还有倪支队长的左膀被跌成骨裂等情况，这一切让房高感受到了凶犯的猖狂。市委书记和市长都对这几起案件表示了关切，市公安局龚局长亲自到刑警队，听取了案件的发生经过和目前对破案的几种分析。龚局长听到房高分析并准确预感到凶犯要再次在文昌岗行凶的时候，他对房高掌握案情的准确性进行了肯定，并鼓励房高和全体刑警队队员，邪不压正，希望大家群策群力，尽快将这帮假币团伙一网打尽。

第十回 淫雨泛滥内河急 平行桥安道门神

雨还在下，丝毫没有停的迹象。

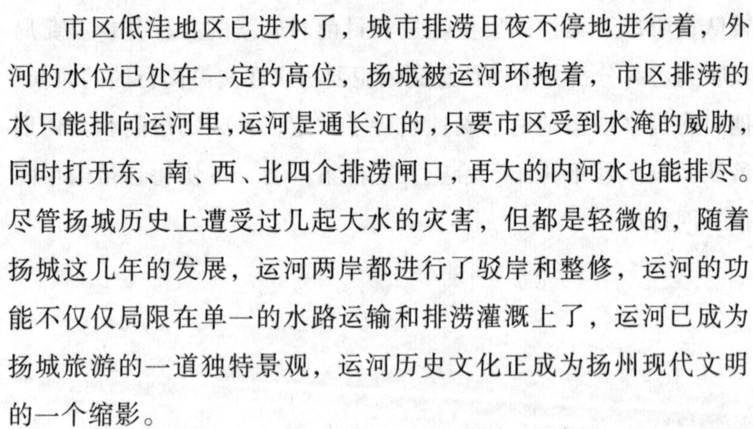

市区低洼地区已进水了，城市排涝日夜不停地进行着，外河的水位已处在一定的高位，扬城被运河环抱着，市区排涝的水只能排向运河里，运河是通长江的，只要市区受到水淹的威胁，同时打开东、南、西、北四个排涝闸口，再大的内河水也能排尽。尽管扬城历史上遭受过几起大水的灾害，但都是轻微的，随着扬城这几年的发展，运河两岸都进行了驳岸和整修，运河的功能不仅仅局限在单一的水路运输和排涝灌溉上了，运河已成为扬城旅游的一道独特景观，运河历史文化正成为扬州现代文明的一个缩影。

大雨一连下了八九天，运河水位大涨，扬城的低洼处积水严重，虽然开通了向运河排涝的管闸，但运河水位太高，沿运河的几处城市都在告急，长江水位也告急，一时间围绕扬城的运河成了悬在扬城头顶的一湖水，只要运河堤坝有一处瘫痪或被湍急的运河水溃堤，扬城将遭受从未有过的劫难。

所以全市上下紧急动员，各条战线以保运河堤坝为第一要务，各部门领导的现场办公都在一线阵地，一旦出现险情，即便是用人墙也要坚决保证运河堤坝不溃堤。

公安交警支队接到的命令是确保道路桥梁的安全畅通，把险情提前消灭在萌芽之中。支队政委和支队长接到命令后，在全线动员的同时，制定了针对性的预案。由于内河水位超出了最高点，一些区间道路和桥梁被水淹没，尤其是国道328蒋王一线，道路上有一座平行桥，上游的河水超出了河岸，淹没了农田和道路，河水四处泛滥，局部的河岸出现了大缺口，河水一起向地势较低的328蒋王一线这座平行桥压了过来，由于平行桥设计时，仅仅是以保证农田灌溉河水流量为设计标准，对现在这样超负荷的水势毫无招架的能力，一时间险情四起，河水漫上了328国道高速，更为危险的是从上游河水冲过来的水草杂物，在平行桥桥边越积越多，形成了堵塞河水从平行桥下流过的趋势。328国道是扬城进出西接京、沪、宁的主要高速干道，一旦出现中断或险情，直接的损失和后果是无法计算的。险情就是战斗的号角，交警支队倪支队长第一个巡查到这个险情，立即向抗洪救灾指挥部作了通报。此时从上游冲下来的河草已堆上了桥面，桥面道路已被水淹没，如果不急时将挡住河水的水草处理掉，328国道上这座平行桥即将有被冲毁的紧急险情。倪支队长用对讲机下达了局部并道平行桥北面单行道路的命令，又给抢险指挥部拨了紧急调用机械扒机和运输车辆的电话，随后和一同前来的三个交警战士冲上桥面。他们要用手将堆在桥面大半人高的水草扒开一道缺口，让堵塞的河水尽快流走，从而为即将被冲毁的平行桥减压。

倪支队长左胳膊骨裂还未伤愈，他顾不了许多，只有一个信念，保证大动脉328国道安全畅通，这是自己和全体交警的职责和荣誉！他两手并用，由于左膀骨裂左手使不上劲，一使劲钻心的疼痛让他不能自制，他就用一只手拼命地抓水草，随

车同来的三个交警玩了命，他们顾不了许多，他们知道只有在堆积厚实的水草墙上打开一个洞，给高悬在桥面的强大水压减压，这样才能保证平行桥不被河水冲毁，平行桥的冲毁意味着328国道的中断，意味着进出扬城西接京、沪、宁高速的中断，也意味扬城公安交警同志工作荣誉的蒙羞。

三位交警终于合力掏通了水草堆接成的水草墙，一股强大的水柱冲了出来，立时桥面被洪水和水草占据，巨大的水压冲击力将毫无准备的三位交警冲倒在地上，有一个交警被冲到了道路的中央，他们迅速地又爬了起来冲向缺水口，他们知道必须要继续扒开水草的缺口，不然上游继续冲下来的水草会重新将缺口堵上。

夏政委也接到328国道蒋王平行桥险情的情况，他在赶来之前迅速做了布置，临时就近从仪征车辆扣押场调来了清障车，凭夏政委多年的经验，他知道现在扒开堆积的水草墙，给上游水减压泄洪是唯一的重中之重，所以他就近调来清障车的目的，就是利用清障车的牵引工具拉住水草墙，将水草墙分段拉倒，从而达到给水泄洪的目的。如果等抢险指挥部调运挖机，一时间上等不起，二路途距离太远。

夏政委临出门时将支队最后留守的五个同志带上三个，其中还有支队门岗上值班的两个保安，他知道此时在机械作业没到现场之前，人力是保证抢险的最后保障。

夏政委的决定是及时的，仪征清障车在夏政委到达现场前已进行了抢险工作，随着一块块水草墙被清障车的牵引工具拉倒，巨大的水柱像水帘般冲了出来，好在倪支队长提前做了预案，用清障车带来的绳索将每个交警队员都扣在了清障车上，这样做的目的就是即使大水将人冲跑，但只要每个队员腰间的绳索不断，也就有了一定的保险作用。

市委书记谢凤池和市长章成文及市公安局局长龚少鹏和分管交警工作的副局长基兴国接到328国道的险情后，立即随同抢险专家赶到了现场。

这时候抢险救援的挖机和运输车辆也到了，倪支队望着夏政委带来的及时人马，立时作了安排，在道路上作了延伸安全提示，并将作业区做了安全警戒区域预警。

挖机和运输车的到来，正好加入清理道路上堆积如山的水草和杂物，一时间抢险工作有条不紊地继续着。抢险指挥部的桥梁专家也赶到了现场，听了现场抢险经过的汇报，桥梁专家竖起了大拇指说："也许这是你们的侥幸，按科学常规，这座道路上的平行桥是不可能抵挡这么强大的压力，如果需要解释只有一种可能，是你们及时地不断地给水墙减压泄洪，造成外河压强时时达不到冲垮桥面的临界点，再加上这些堆积在桥面的水草和清障车的重量，一定程度上给不堪一击的桥面增加了定力，所以现在外河水的流量还没有减弱，桥面的负重压力还不能减，这些压在桥面的所有车辆不能轻易撤离，只能在桥面两端设置运输车辆，将水草杂物运出去。"

在现场抢险的每一个人听了桥梁专家的解说，个个惊出了一身冷汗，好险啊！要不然也许眨眼之间什么都没有了。

和倪支队长先前到达抢险现场的三名交警在相互说："怪不得呢，时时感觉脚下的桥面在抖动，我先以为是对面道路通过的汽车引发的震动，现在一听才知道，那种震动是桥面经受不住外力压强的抖动，好危险！"

"也许我们再慢一秒，倪支队长和我们三人连这座桥就没有了……"

另一个交警抹了一下浑身湿透的衣服说道：“水鬼没做成，我们仍是扬城的一名交警！”

“对！”市委谢书记听了接话说，“阎王爷请不动我们，不然就是下去了也不给他干交警了，知道为什么吗？”

大家面面相觑等市委谢书记的解答，谢书记笑说道：“有我们支队倪迟恭门神支队长在，看哪个阎王请得动！大家说是不是这个理！”

大家哄然一笑，还是那个交警调侃道：“我说就是嘛！玉皇大帝亲封的门神，阎王爷是没办法请的！”

大家都轻松地笑了起来，倪支队长和夏政委也在笑，桥梁专家眨巴眨巴眼睛也笑了，并附和了一句：“早知道有倪迟恭门神在，我就不紧张了，害得我一颗心啊，一路悬着！”

大家又笑了起来，倪支队长也在笑，但左膀的骨裂疼痛让他面部极不自然，夏政委知道老搭档刚才抢险一定是用力过猛，左膀的骨裂一定在加剧，想到这里对倪支队长说：“你先回去，一、去医院做个检查接受治疗；二、现在支队在唱空城计，家里留了两个文员，大雨还在下，灾情不会是一时的事情；三、支队需要有人坐镇指挥，你坐镇支队边休养边指挥，这里的情况基本控制住了，你放心回去！说不定别处险情随时会发生，还需要你这个倪门神到现场镇压的，快走！”

市长章成文抚摸了一下倪支队长浑身湿透的衣服，说道：“倪支队长，这是工作需要的命令，先回医院接受治疗！不要忘了，灾情还在继续，你这门神要是倒了，我们大家可就提心吊胆了！”

“服从命令，先回去治疗身体！”市公安局分管交通工作的副局长基兴国正色道，“记住！命令你回去治疗肩膀，不是命令你回家睡觉，交警支队由你坐镇，全市所有道路的安全畅通你要保证，别说你是玉皇大帝亲封的倪门神，出了差错一样拿你试问！”

夏政委在旁对驾驶员使了一个眼色，然后不由分说将倪支队长推上了车，关上门后一挥手，驾驶员心领神会一松离合器驾车而去。

抢险还在继续，上游冲刷下来的水草杂物还在向桥边漂过来。河水的水位仍在警戒线以上，站在抢险第一线的市领导望着白茫茫的一片水面，他们的心情是万分焦急的，市委书记谢凤池问桥梁专家：“你是桥梁专家，你有发言权，这座桥的安危你有什么话要说！”

桥梁专家回答道：“现在这座桥面不能再经受一次强大的洪水冲击，上一次的洪水压力对桥梁内部构造已有伤害，决不能再有一次冲击，所以要安排专人二十四小时看护，同时负责清理从上游冲刷下来的杂草杂物，保证洪水的畅通不受阻碍。现在压在桥面的作业机械车辆不能撤离，要等到洪水水位下降，流经桥下的水流对桥造不成危害时，这些压负在桥面的重量才能依次撤离。为安全需要，等洪水过后对这座交通大动脉上的平行桥要进行安全评估，根据评估的结果再做进一步的工作。”

副局长基兴国接过话题对一旁的交警支队政委说：“现在的关键就是需要你们确保这座桥，一定要确保这座桥完整到洪水退后！我知道你们交通警力紧张，这里留下所有的抢险机械和车辆，我马上调集抢险工作人员到现场接替你们。一、继续打捞上游冲过来的杂草杂物，不能堵塞洪水从桥下流过的渠道；二、你们交警支队要负责这段并道后高速路段的安全警戒，不能出任何高速交通事故，要保证这条大动脉的畅通；三、所有抢险队队员的人身安全要注意，不出险情，不出事故，更不能出人身事故，这是工作的前提！”

夏政委刚要说话，桥梁专家又提建议：“现场的挖机的驾驶员必须准备两班人员，这样做的目的就是保证二十四小时抢险的质量。为增加桥身的稳定，建议用大货车装满石头或黄沙压在桥面，把清障车撤下去，保证路面的整洁。我做了个计算，一辆装满石头或黄沙的重量在十二吨左右，这座平行桥最高接受的安全负荷是三十吨，我们算上挖机和人员的重量加在一起不会超过十五吨的，所以这个压在桥面的压力是安全压力，不会对桥的自身造成破坏。另外桥面的工作场地得到扩大，有利抢险人员人身安全的保障。”

“好，很好！”市委谢书记感到这位桥梁专家的专业，于是对大家说，“工作就这样安排，按专家的建议办！”

和抢险指挥部联系后，随着清障车和装满石头的卡车交替互换，清障车的撤离，抢险场地扩大了。随后在安全地带为抢险人员支起了帐篷。

市委领导见一切安置就绪，全市抗洪抢险的工作还在紧要关头，对留守的交警支队夏政委关照了几句，他们一行人又扑向另一处险情地区。

桥梁专家临走时将测量监控桥面变化的设备，安置在桥路面的中央，告诉留守的人员，要不定时地查看监控数据的变化，发现数据指针达到红线时，人员必须全部撤离桥面，

桥梁专家也赶往另一处抢险区域，夏政委坚持要在现场观察到晚。到傍晚时老天终于停了雨，一切变得好转起来。抢险现场的照明灯打开了，帐篷里第一批抢险人员在休息。夏政委

和他的几名交通警察仍在注视着，从桥下哗哗流淌的洪水。

夜深了，328 国道高速路上车辆安全通畅。

天空出现了几颗星星，夏政委身边的队员发现了，对同事说："老一辈人说过，晚上天空出现星星，第二天一定是个大晴天。"

夏政委抬头注视着天空，脸上露出疲惫的笑容。

第十一回 船不下海人寻梦 暗度陈仓用凶险

房高现在瞪着一双眼睛出神地望着天花板，缪琴今天要赶稿，下班的时间早过去了，但缪琴手头临时要替别的版面顶一篇文章，房高说好来接缪琴，见缪琴低头写稿件他就没说话，只是远远地朝缪琴点了点头算是打了招呼。

房高的心里不轻松，不是担心缪琴的安危也许他现在还在刑警队办公室。他对着天花板出神，一时案件中的那双黑面黄底皮鞋又进入自己的脑海里，房高想不出个所以然的答案，他把身子转了一个角度，这个角度正好可以看到缪琴伏案写稿的半侧面，房高看到缪琴清秀的面庞，一阵幸福的暖意涌在心头，他欣赏着面前缪琴的美丽面孔，一时间从案件的纠结中解放出来，也许是太疲劳了，也许是太紧张的原因，房高的眼睛慢慢地合了起来，他伏在桌上睡着了。

缪琴写好了稿件，来到房高的近前，望着疲劳睡着了的房高她在心里一阵感叹，她小心地将自己的外衣披在房高的肩头，又在房高的对面坐了下来，静静地望着面前的这个男人，要说自己对这个男人有多了解，缪琴心里给不出正确的答案。她自己在心里问过自己多遍，这个男人身上有什么优点？自己被他哪一点吸引？缪琴有答案，只是用语言无法给出完整的答案。

她只是在第一次去米访房咼的时候，没有见到房咼本人，只是见到房高的工作照片，那一瞬间缪琴就被照片上的男人吸引住了，不知为什么，缪琴感受到自己的灵魂深处有过这样的男子，这个男子好熟悉，在记忆里？还是在所谓的前世？缪琴心里荡漾起来，当时还莫名地吃了二大队内勤小苗的醋，二大队内勤小苗在叙说房高时表现出的表情，让同是女人的缪琴清楚，这个内勤小苗心里装着这个男人。

现在想起这一切，缪琴在心里不觉笑了，自己当时莫名的醋意就是一种潜在的好感和一种只有女人面对威胁时才会表现出来的微妙心理变化，缪琴就这样望着熟睡的房高，她不忍心叫醒他，他太累了。

房高从睡意中惊醒，他忽地一下子站了起来，眼睛向前搜索着缪琴的身影，直到发现缪琴就在自己面前坐着，他的心才安静下来，他太紧张了，因为房高的心里有种预感，缪琴是假币案团伙动手报复的目标，支撑这个结论的依据很多，其中一条就是小报和网络，泄露了破获假币案的所有侦破过程和细节，连提供拍摄到假币案嫌疑人照片的记者缪琴所在单位都一清二楚，这是房高心里最害怕的。

看到缪琴就在自己身边，房高脸上闪过一丝歉意对缪琴说："等我多久了？我睡了多长时间？"

缪琴依旧坐着，一边笑一边问道："醒来之后四下找什么？没见过你这样慌乱过！"

房高的睡意还在，他眯了一会儿眼睛回道："在梦里丢了一个人，找遍了没找到。"

缪琴笑了说："不会是我吧？"

房高的眼睛仍没有睁开，他实在是太困了。

这时办公大厅的那头，一个男子伸进来脑袋望了望，不一会儿又缩了回去。缪琴发现了，心里一惊，用手一推闭着眼睛的房高，紧张而小声地说：“有一个人，脑袋伸进来看了一会儿又不见了！”

“知道！”房高仍闭着眼睛说，“那是刑警给你二十四小时保护派的公安人员！”

“是吗？”缪琴不吃惊了，她把话题转到案件上来了说道，“案子有进展吗？”

房高没有说话，他的眼睛睁开了。

缪琴继续说话：“出租车司机被害和刚发生的文昌岗撞昏交警的案件，你认为这两起案子有联系吗？”

房高的睡意没有了，反问道：“你认为出租车司机被害的原因是什么？”

房高知道缪琴是动笔写文章的，她的思绪有一定的连续性和逻辑性，他想听听她的看法。

缪琴想了一会儿说：“不会是抢劫杀人，贩卖假币被灭口的可能性不是没有，最有可能的他是被自己害死！”

“被他自己害死？”房高睁大眼睛，他觉得面前的缪琴不简单，自己有点小看她了。

缪琴继续说：“如果是贩卖假币被灭口，就没有必要将死者杀死后放在交警执勤地点，因为在作案时移动作案现场或转移被害人尸体是要冒风险的，对作案后要迅速离开的作案人来说，就是多此一举，画蛇添足而已。另外，夜晚道路上巡警和地方派出所的巡查，还有安保人员，所以作案后再移尸的可能性几乎没有，当然除非作案人另有目的。本案的可能目的就一个，移尸文昌交警执勤点是向你们交警示威！”

“示威？”房高重复了一句，又问道，“要示威的对象应该是交警才是，为什么拿一个出租车司机做目标？”

缪琴笑了：“这就是我刚才说的，这个出租车司机是被他自己害死的！”

“说得清楚一点！”房高对缪琴的分析是赞成的，他怎么也没有想到，这些案件的见解是从面前这个漂亮女子嘴中说出来的，他要对缪琴刮目相看了。

“他自己害死了自己的原因就在他那张嘴上！”缪琴分析说，“他生前见到交警就喊人家姐夫，你想，他能不对别人吹嘘自己有多能耐吗？之前吹嘘不要命，遇上要报复你们交通警察的假币团伙，他们会怎么想？不拿你们交通警察的亲属下手才怪呢？杀死后将尸体放在你们交通警察的执勤点上，就是威吓你们交通警察，也是向你们警察示威！所以这个出租车司机虽说是他自己吹嘘吹死了，也是替你们交通警察而死的，他死得不冤。接下来发生在文昌岗亭，撞昏交警并把支队长胳膊撞骨裂的案件就是证明，假币团伙的报复行动还在继续，他们不会就此罢手。”

房高在心里不再吃惊了，他想听听缪琴对案件的下一步动作，于是问道：“如果你是作案凶犯，你的下一步是什么行动？”

缪琴抿起了嘴巴，一双眼睛眨了眨。

房高知道这个问题也许还没有进入缪琴的脑袋。

房高又问：“如果你是侦破案件的公安，你现在怎么办？从什么地方做突破口？”

缪琴还是抿了嘴巴，只是这次抿得更紧了，不一会儿她松开了抿着的嘴巴，脸上带着笑说：“你先告诉我刚才在梦里丢的那个人，她是谁？”

房高望着缪琴，心里有点吃惊，这个人的思维居然会转弯，明明是谈论这个问题，她却能跳跃着跑到毫不相干的问题上去。也许这就是女人的思维方式吧。

房高在心里想笑，面子上不带一点笑意回答说：“丢的那个人是你！我急得要命，好像你被一艘大船带走了，只是很奇怪，这艘大船不在水里，而是在陆地上。”

缪琴又继续问：“你对这个梦怎么看？”

“……”房高一时语塞，对于梦境的解释房高从不相信，他认为那是一种江湖谋生的手段，梦就是梦，不在现实里。

缪琴却笑了说：“是好梦！想听听吗？”

房高尽管有自己的思想，但他需要了解缪琴的思想，因为今天的谈话接触让房高对缪琴有了新的认识，这个缪琴的思想和能力不是单一的，在她身上具备的闪光点，也许不仅仅是自己看到的这一点点，房高不禁点点头表示愿意想听听这梦的见解。

缪琴的表情有点严肃，她似乎看透了房高思想上对解梦一说，缪琴用反向思维问房高道：“船不管大小应该是在水里，这样才是船的含义，这一点你不会反对吧。”

房高点点头道：“不反对，船应该是在水里航行。”

“那么，你梦境中的船却不再水里，而是在陆地上，是不是？”

房高继续点头道：“是这样的，船在陆地上，你好像就在这艘船上！”

缪琴不再问了，望着房高笑。

房高被望得有点蒙，对缪琴说：“继续解梦吗？怎么不

说话？”

缪琴一边笑一边摇摇头对房高回道：“梦已经解完了，怎么你还不能领会呢！这不像你房高的智商吧？”

房高被缪琴的回答搞得更蒙，他思考了一下还是不能理解，反问缪琴道：“这就是你认可的解梦学术，我越听越糊涂了！”

缪琴决定揭开梦境的谜底，她说道：“在你的梦中你把我弄丢了，你是在找我，后来看到了我，我却在一艘不在水中的船上，是不是这样？”

“是！”房高回答得干脆。

“那，不在水中的船会开走吗？一定不会！那你还担心找不到我？这梦境的解释就解开了，对要找的人是好梦，被找的人也是好梦，不过找人的差事一定辛苦！”

房高听了缪琴的解释梦境，他这次睁大了眼睛望着缪琴，心里有话，这姑娘的学问不能小瞧，听她这么一解梦，还真是有道理，船不下水是永远开不走的，结果当然要找的人就能找到，因为我已看到要找的人就在船上。船不走，人当然走不了，走不了自然人就不会丢失了。

缪琴知道房高的思想变化，她转了话题说：“假币团伙行凶的目的就是报复，报复的目标就是交通警察和破坏他们利用假币发财的人，这个人就是晚报的记者——我，为什么我没有受到假币团伙的伤害，因为我的目标太小，容易被疏忽，对付起来不容易，而你们交通警察的目标遍地都是，随时都会成为他们攻击的目标，再有，假币团伙挑战的是公权，他把出租车司机的尸体放在交警执勤点就是这个意思。公安是假币犯罪团伙的死对头，就是警察和小偷的对比一个意思，小偷不偷的话，警察也没权力抓，所以小偷总躲着警察在偷，如果警察能预感到小偷在什么地方下手偷，提前在那里守候，就像你预感到文昌岗会出事是一个道理。”

房高的思路发生了变化，他从缪琴的解梦学术里得到了启示，他对缪琴说：“假币团伙的报复行凶不会停止，市区搜遍了没有他们的藏身之地，应该说他们逃离了扬城。如果他们再有报复行动，我建议在汽车站、码头、火车站、飞机场、高速进出口，以及长途省道等关卡设立安检，这样做的目的就是先造声势，不能让他们肆意妄为，就像抓小偷，到处是警察和警车时小偷敢偷吗？”

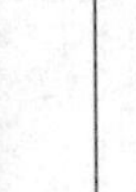

“然后呢？下一步怎么办？”缪琴问。

“设计一个拳头和一个圈套，拳头就是文昌岗交警执勤点，因为假币犯罪分子的目标就是以文昌岗为目标的。圈套就在文昌岗附近的四面道路口，假币犯罪分子在文昌岗预谋作案，作案后就会逃离文昌岗，我们在文昌岗四条或多条路口设置堵塞车辆，形成合围的态势，假币犯罪分子就不可能再被逃脱了。另外这个文昌岗作为拳头来说，就要有拳头的厉害和反击能力，在交警站岗执勤的地方设立混凝土块挡墙，尺寸五十公分高，能够阻挡汽车的撞击就行，这一点在反恐怖分子的行动中是首选的安全屏障，再在文昌阁亭子里设立巡警警戒区，巡警的车和器械要准备充分，当假币犯罪分子行动时，在文昌阁亭子里的武装力量要发挥歼灭作用，如果不能歼灭还有外围准备的圈套在等他们。”

“如果假币犯罪分子不钻你的拳头和圈套呢？”缪琴提出了新的可能，“还有，假币犯罪分子是隐性的，我们这个拳头和圈套是不是一直要严阵以待？万一假币团伙不选择以文昌岗执勤点为报复行凶的目标，我们怎么办？出租车司机被害案就是一例。”

房高摆了摆手继续说他的完整思路：“围城打援！让设计的拳头和圈套成为吸引对方的一个点，这样做的目的就是让对方在决断上产生错误，使他们认为我们是以文昌岗执勤点为重点的，实际上这个拳头和圈套是双重性的，逼对方放弃以文昌岗为目标，也是向他们示威和挑战，这是计划中的计划，因为假币分子的思维会产生一种好战、期战的心理，你这里严阵以待，他就会冲你的严阵而来，他会认为在你的严阵以待里作案成功的话，他们行凶、恐吓、报复的目的才能达到。作案杀人不是他们的最终目的，他们要的是让假币在这个市场站住脚。所以拳头和圈套以及围城打援是一整套计划，就好比高速路上前方有两条岔道供你逃跑，其中一条道路我们将它提前设计为道路清障全部封闭，逼逃跑的你无法选择只能向另一条，也是唯一的一条道路上逃跑，这就是我将要向上汇报的破案计划。”

缪琴听完房高对案情的分析，以及房高应对破案的计划，她在心里犹豫，嘴上没有说出来，因为她总有一种感觉，这个计划是被动的，就像挂在墙上的一幅画，没有人来欣赏的话就没有文章可做，即便有人来欣赏，你又怎么分辨欣赏人的欣赏能力好坏呢？

房高像是看透了缪琴的心思，他轻轻地吐出四个字：“一双皮鞋！”

“一双皮鞋？”缪琴重复了一下，一脸的茫然。

房高脸上闪过狡黠的表情说：“这个假币团伙的中心人物有个特点，每次行凶计划他都会在现场，或许他都站在现场周围看着行凶的整个过程，所有的监控都无法拍摄到他的面孔，因为他的反侦破能力很强，他唯一不小心留下来的只有两个镜头，一双黑面黄底的皮鞋和一双脚。这双黑面黄底的皮鞋比较有特殊的地方，这是广东厂家为外贸生产的一批外销产品，市场上的量很少，而且这批流入内部市场的外销皮鞋，都是有一定瑕疵的，在监控拍摄的两张照片里我做了比对，照片中的两双脚所穿的皮鞋是同一双皮鞋，因为照片中的这两双皮鞋的瑕疵都在同一个地方，而且瑕疵的类别一模一样。所以在城市的进出关卡检查的重点，就是这双黑面黄底的皮鞋，只要这双皮鞋的主人进入扬城，一切就在掌控之中了。”

听到这里，缪琴的脸部表情告诉房高，缪琴对自己的分析和安排是赞成的。

缪琴歪着头向大厅的那头看了看，对房高说：“你的同事等我们太久了吧！”

房高站起了身，脑袋里他是清楚的，刚才自己所说的分析和方案，完全是在缪琴解梦后的启发中而来，他望着这个一脸秀气的缪琴，心里有的不是一点点震撼，这是个才女子，干记者浪费了。他想把自己的想法告诉缪琴，话到嘴边又咽了回去，不知为什么房高存了私心，他不愿这个女子加入到面临生死的刑警队伍里来，他希望面前的缪琴享受生活，平安开心每一天。

缪琴不知道房高的心理活动，她站起了身和房高一同出了办公室。

洪峰安全地从扬城境内通过了，328 国道安全畅通，全市抗洪抢险的工作进入后期的总结和完善之中。市公安局长龚少鹏在抢险抗洪总结会议上，提到了前期发生的两起大案，并就两起案件作了对假币团伙决不手软的指示，并表示案件的侦破工作不受其他事情的干扰，要在最短的时间内破案，给嚣张的假币犯罪分子予以打击，保障国家金融市场的稳定。

房高报送的案件应对计划和方案得到批准，文昌岗和其他交警执勤点都使用了混凝土障碍块，使站岗执勤的交警同志人身安全进一步得到了保障。

扬城的运河是水上运输的大动脉，运河里经常会看到许多船只首尾相连，排列成像龙一样很长的运输船队，排在船队最前面的是一艘动力较大的拖船，它是整个船队前进的动力，这样做的目的既能节约运输的成本，又能提高水运船队的安全，在抗击突发的灾害天气里，排成一排是一般的水面风浪无法掀得动的。

码头上又一艘船队要靠岸泊船下货，船舱里走出戴墨镜的男子和另外两个一胖一瘦的男子，他们下了船走上了码头，码头堆积木材的地方停了一辆黑色轿车，瘦高个打开了车门，三人一起上了车，离开了码头。

就在戴墨镜男子他们驾车离开码头之后，那艘船队的另一艘船上走下来两个精瘦的男子，他们对码头的周围望了望，一前一后向堆积如山的货场走去。

缪琴所住的小区是个老小区，进出小区的道路常年被小商小贩占用，城管的工作由每天早上六点改为五点到岗执勤，目的就是清理占道经营，保证道路交通的安全畅通。经过城管的努力，一时间东花园小区的环境有了很大的提高，但小区的居民生活有了不方便。之前小区门口就是马路市场，要买什么都方便，现在通过城管的管理，马路市场没有了，买什么都不方便了。缪琴的妈妈今天出门去给姑娘买早点，她知道早点要跑一段路，于是便早早地下楼向小区大门口走去。

在走向小区出口处的时候，迎面走来一胖一瘦两个陌生的中年人，也许是缪琴母亲的敏感，她感觉这两个人不是住在小区的住户，也不像租住在小区的，因为大凡年老的同志，他们平常的事情并不多，时间上就很空闲，对小区的一些事情和常住人就有印象，现在这个一胖一瘦两个男子和缪琴母亲迎面而过，缪琴的母亲感觉这两个人不是本小区的，缪琴的母亲不由得掉过了头想看一看。奇怪了，这两个大活人不见了踪影。缪琴的母亲停住了脚步，四下张望，还是没有刚才两人的身影。

缪琴母亲心里有点不安，变得忐忑起来，心里不住地嘀咕：大清早上，难不成真有活见鬼的说法，自己活了六十多岁了只听别人说，自己是从未遇见过，况且活见鬼这句话还不是件好事，老人的说法是要倒大霉的。

缪琴的母亲加快了步伐，她要尽快将早点买回去，姑娘吃过后还要上班呢，她走了几步又停了下来，她不死心两个迎面而过的大活人怎么会一转身就不见了呢？她做了一个决定要在小区里转一转，再回到刚才自己来的路上看看，究竟有没有这两个人？

缪琴母亲想定主意随即转身向回路而去，她一边走一边四下张望，不但把自家楼栋前的道路走了一遍，还绕到另一条小区路上看了看，奇怪了，在自家这栋楼的前绿化带后面还停了一辆黑色轿车，缪琴母亲朝车窗凑了过去，希望能看清轿车里面的情况，不要弄不好再有什么人命案子。缪琴母亲当然看不清轿车里面的情况，因为这辆轿车是刑警队派来二十四小时保护缪琴安全的，这辆车的车窗玻璃作了特殊处理，外面看不清里面，但里面能清楚地看清外面的情况。

缪琴母亲当然毫无收获，转了大半个小区，丝毫也没再见到那两个人的身影，缪琴的母亲这时心里发毛了，真是活见鬼了，明明走过的两个人，却消失得无影无踪。缪琴母亲不敢往下想，她快步向小区大门走去，她想得很简单，是祸躲不过，阎王叫你三更去，不会让你拖到五更天。此时的缪琴母亲索性放下了思想包袱，她加快步伐要赶去买早点，姑娘还等着吃呢！

早点铺子面前排了很长的队伍，他们都是起早来买早点的，缪琴母亲站进去排队，思想还在刚才的活见鬼的事情上，虽然自己嘴上说是祸躲不过，心里还是一阵焦急和不安，真要是自己活见鬼命不长久，自己的姑娘还未结婚，虽然和房高小伙子婚事定了下来，但还没有举行婚礼呢，再说自己活了六十多岁，连小外孙都没见着就先去了，想想自己都不甘心，还有自己的老伴，自己一旦去了，他的生活怎么办？他会不会再找一个老伴……

缪琴的母亲越想越悲观，一时间她的情绪低到了极点。

正在缪琴母亲胡思乱想的时候，排在她身后的一位同龄人见缪琴母亲发呆，在后面提醒了一句："下一个就排到你了，发什么呆呢。"

这一句提醒把缪琴的母亲惊醒了，就在她一回头的瞬间，无意之中看到那两个男子的眼神正注视着自己，缪琴的母亲吓了一跳，等她回过神来再张望时，那两个人的身影全无，缪琴的母亲也顾不得买早点了，她几步冲了过去，在人群队伍里一阵寻找，还是没有刚才看见的那两个人。

这时候缪琴的母亲真正地紧张起来，她正不知所措时，排在她身后的老大姐在喊她："轮到你买早点了，你待在那里干什么？不买的话我先买喽！"

听到这话，缪琴的母亲才回过神来，紧走几步买了早点快步向家里走去。

在早点铺不远的茶楼门口，一辆黑色轿车里，一个戴墨镜的男子注视着缪琴母亲的背影，后排车门打开了，那两个一胖一瘦的男子坐进了汽车。

缪琴的母亲惊魂未定地回了家，老伴一看妻子的脸色，他急忙问道："这样慌慌张张的，发生了什么事情？"

缪琴这时从房间里走了出来，也问道："慢慢说，什么事？"

缪琴的母亲就将自己大早上出门后发生的奇怪事情一一讲了一遍，说到最后，她发表了自己的看法："这两个一定不是好人，姑娘你出门要当心啊！听说一个出租车驾驶员早上出门，一夜没有归家，第二天发现时却被人害死了，你说现在外面怕不怕人呢？噢！在我们楼前面绿化带的后面还停了一辆轿车，你说奇怪不奇怪，有车位不停，偏停绿化带后面，姑娘，这辆轿车里不会弄出个杀人案吧？出租车里……"

"老妈！你说得太玄了吧！"缪琴打断了母亲的话，没有听母亲再叨唠，她走到客厅的窗前，向窗外的小区里望去，这时候的缪琴预感到，这一定是假币团伙报复自己的行动开始，她要先让父母稳定下来，一切事情等房高听了后再说。

于是，缪琴想定了方案后从窗前转过身对爸妈说："老妈是不是太敏感了，把简单的事情搞复杂了，你大早上一路匆匆赶时间，人家也是连走带跑地赶时间，一转身望不到人很正常的，到你眼里就成了活见鬼了。妈！你不要自己吓自己，搞得大家紧张兮兮的！最后在早点铺不是看到人家了吗？一转身又说不见了人影，你以为大早上人家是无所事事，能站在早点铺排队的人一定都是小区周围的人，不要胡思乱想了，吃早饭吧！”

“这两个人不像排队买早点的人。”缪琴母亲仍在思考，她认为自己不会弄错的。

缪琴笑了，故意轻松地说道：“不是买早点的，一大早去排队？”

缪琴母亲一时回答不出，嘟哝了一会儿又说：“怎么一转身就不见他人呢？既是买早点怎么突然不买了呢？”

缪琴回道：“也许人家等不及，时间不够了吧！哪有为买早点上班迟到的呢？”

这时缪琴父亲说话了：“老太婆，你不是说还买点排骨红烧的嘛！怎么把这件事忘记了？还一个劲地跟姑娘较劲，你是年纪不大，事情不少，该买的不买，中午还等你的红烧排骨吃呢！”

“是我不好，怎么就把这件事给忘了呢！都是这两个活见鬼闹的，你们先吃了早饭去上班，我现在就去买排骨去。”

缪琴母亲说着就转身出门去了，缪琴老爸追出了门，不依不饶地说了句：“哎！老太婆，我还没转身呢，你到出了门了，我不要和你一样大惊小怪嘛！”

缪琴母亲翻了老伴一眼，没有理睬他下楼买排骨去了。

缪琴父亲进门时见女儿拿了手机站在自己面前，刚想开口问，就听缪琴对自己说：“老爸，你拿了这个手机，跟在老妈身后，如果真有什么陌生人或别的情况，你就用这部手机将他拍下来，不要惊动对方，离老妈远一点，不要让老妈发现你！”

“姑娘，什么情况？”缪琴父亲有点摸不着头脑问道，“是不是有什么不对劲的地方？”

缪琴不愿让父亲紧张，仍是掩饰道：“老妈被弄得神经兮兮的，你不给她找到答案，恐怕她会有几天紧张呢！你去悄悄地跟在她后面，螳螂捕蝉，黄雀在后，说不定就能帮她找到答案，老妈不就醒悟了吗？”

父亲被缪琴的几句话糊弄了，接过手机出了门，嘴里还嘀咕了一句：“等我找到答案，看你老太婆还有什么话可讲的！”

缪琴站在窗口，望着父母两个人一前一后向小区外走去，她拨通了房高的电话。缪琴一边注视着窗外，一边将母亲一早发生的事情向房高说了一遍。

房高在接缪琴电话前，负责二十四小时保护缪琴安全的刑警队员，给房高反映了缪琴母亲发现保护小组轿车所隐藏的地方了，现在听缪琴说了这些情况，房高对保护小组的轿车作了说明，对缪琴母亲所说的两个神秘人的出现，房高对缪琴只说了四个字：“在家等我！”就挂了电话。

缪琴也挂了电话，透过玻璃看着小区前方的情况。

房高居住的小区门口，进出小区的保安室隔壁就是一家小区超市，房高将车开出小区时，送牛奶的汽车靠在了超市门口，车上下来两个搬运牛奶箱的搬运工。其中一位年纪稍长的候师傅对年轻的说：“全部下，这个小区的订奶量是最高的，我和超市对接一下下个月的鲜奶定量！”

年轻的小伙子没有说话，打开厢式货车的后门开始搬运起来。

超市的员工是位大姐，年龄三十多了还没成家，仅仅是因为她偏胖的身段，让她的姻缘迟迟没有到来，眼见今天送鲜奶的小伙子是个新面孔，她朝小伙子瞧了几眼，一边递给老师傅订牛奶的数量订单，一边说："候师傅，这是下月订鲜奶订户订单，下一张是订酸奶的订户订单，都是复印件，准确无误的！"

老师傅接过来看了一会儿，对订单上一处有修改的地方问道："这户改了订户的名字，对老订户发放的礼品给老户还是新户？"

这个大龄女子从搬运牛奶的小伙子身上收回目光，歪过头看了看说："什么老户新户的，是一家人，儿子是交警孝顺父母的，儿子在单位有工资卡，时间上比较忙，交现金怕给忘了，所以每月订牛奶的钱就在他儿子卡上扣，名子就由母亲的改成儿子的了！"

"现在为父母亲订牛奶的孩子可不多！"老师傅用笔加了三字——一家人。随后将订单放在驾驶台面上，一同和年轻小伙子搬运起牛奶来。

超市大姐对搬运小伙感起了兴趣，一双眼睛不离小伙身上。她下了超市台阶来到老师傅近前问了一句："候师傅，怎么又换了一个小伙子了？老牛师傅呢？不干啦？"

候师傅搬起一箱牛奶回答说："这老牛不知什么原因，昨天晚上拉了一夜的肚子，你说这体力活他还能来嘛！这小子是新来的，能驾驶汽车又年轻，比老牛强多了！"

超市大姐脸上闪过一丝笑容，这时超市里有人叫她，她不甘心地回超市了。

搬完奶后，候师傅去超市拿牛奶签单，小伙子上了驾驶室，他的一双眼睛飞快地在订户名单上游览，当看到九栋303时，小伙子把牛奶订户订单表放了回去，擦了擦额头的汗水准备开车。候师傅拿了超市牛奶的签单回到了车上，他一脸笑着地问身边的年轻小伙子：“小陈，谈对象了没有？”

年轻小陈发动了汽车，将车掉了头行驶着回答：“没呢！家里经济差，又没个好工作，哪个姑娘能看上我？”

候师傅听了更笑了：“放心，你交桃花运了，我给你做个媒！”

“那得谢谢你，候师傅！”

不一会儿送牛奶的汽车消失在街的拐弯处。

缪琴的父亲远远地尾随着老伴，菜场的人多，也许是自己第一次跟踪别人，缪琴的父亲既紧张又别扭，他怕被老伴发现，又怕自己不能完成女儿交代的任务，一只手紧张地拿着手机，不住地左顾右盼，生怕自己的老伴真会发生什么意外。

二十分钟后，房高和三名便衣刑警进入缪琴所住的小区，也是巧了，在小区进口不远的地方看见了尾随缪琴母亲的缪琴父亲，房高自然地向缪琴父亲问好，并一同和缪琴父亲进入家中来。

缪琴打开门，见到一同进来的另三位刑警便衣，她招呼着将他们带进靠窗的房间里。

外间客厅里，缪琴母亲发现丈夫也从外面回来，有点惊讶地问：“你怎么出去啦？”

丈夫笑了：“做了一回保镖，但不收保费！”

“就你？”缪琴母亲怀疑地上下望了望老伴，想笑但没笑出来。

丈夫知道老伴不会相信，只得实话实说："女儿怕你再紧张过敏，让我远远地跟着，真要遇上坏人，我会保护你的！"

缪琴母亲拎起刚买回来的猪排骨，对着老伴示意了一下，神情里透着轻视，她把要说的话咽了回去。

缪琴父亲摸了摸自己瘦弱的排骨身体，他有点急了对老伴说："你不要小瞧了我这几根瘦排骨身架，真要遇上坏人，我一定……"

缪琴出现在他们面前，父亲将话咽了回去，笑着对女儿说："姑娘，你老妈瞧不上我这教书匠的身子，拿那猪排骨跟老爸瘦弱的身子比，你看这，秀才就怕遇见兵喽！"

缪琴向自己的二老笑了笑，知道父母两个就是斗嘴玩，其实父母两人之间的感情真好，有时候缪琴真愿在一旁站着，看父母他们俩，用他们那个年龄段的思维在斗嘴，常常看到一半自己就笑了起来，她为父母亲两人之间的斗嘴感情交流方式而笑，这种笑是羡慕的幸福的流露，也是憧憬欣慰的开心一笑。

缪琴不便插嘴父母亲的斗嘴交流，她只是笑，笑后对两位亲人说："来的三位是房高的同事，他们需要借我们家工作，作为支持公安警方的工作，老爸，我们是不是要给他们做好后勤保障！"

"那是当然！"父亲一向支持女儿，"放心，女婿在老丈人家再吃不好，那丈母娘就不合格！"

缪琴的母亲一笑，将菜刀递给老伴说："对，你这老丈人今天就亲自上锅，在女婿面前露一手，怎么样？"

"好，好，好！"老伴的将军让缪琴父亲举手投降，他自找台阶下笑说道，"唉！就是皇帝也得对做饭的厨子敬三分，要不就得生吃肉，嚼生米的，没办法，吃人嘴软嘛！”

“你呀！就是八斤重的鸭子，七斤半的嘴！”缪琴母亲奚落着说，“快去问问，你女婿早饭吃了没有？”

“对，这是正事！我去！”缪琴父亲转身出了厨房。

第十二回　澳洲狐通灵示警
两门神夜临庇护

房间里，房高和他的同事架起了电脑和观察镜。

房高在问缪琴："你妈几点出的家门？"

"应该是六点左右！"缪琴肯定地回答。

房高对同事说："跟小区的监控联网了吗？调看今早六点之前出现在小区的陌生的面孔，尤其是左顾右看，目光有所目标的。

不一会儿跟小区的监控联网成功了，电脑上出现了今早的监控画面。

五点四十分左右，监控画面上有两个陌生的年轻人进入小区，其中一个很胖，一脸的青春痘留下来的斑，显得不友善，另一个个子高高的，体形偏瘦，一只眼睛成吊三角，明显是受过伤看上去很凶恶。

刑警队韩队长打来电话，房高一边听一边思考。

韩队长在电话里说："四组人员全部就位，你们要把观察的情况及时通报给每个小组，嫌疑人的照片圈定后尽快传过来，我们要掌握他们的具体情况。"

房高还在接韩龙的电话，一边示意缪琴将她的母亲叫过来。

缪琴母亲过来后，一看房间里的阵势，她有点惊讶。这时房高指着电脑上的画面对缪琴母亲说：“这两个人，是你买早点见过的吗？”

缪琴母亲盯着画面里的一胖一瘦两个男子，眼神中透着吃惊说：“对，就这两个人，跟活见鬼一样，一转身就不见了人影。”

缪琴仍是不放心说了一句：“妈，看清楚了吗？这可关系到抓错人的事！”

“不会错！就这两个人，一胖一瘦，折腾了我一大早上，我还真以为是遇上了活见鬼的事！”

缪琴将母亲带出房间，悄声地对母亲说：“知道了，房高他们还没吃早饭，你给准备得怎么样了？”

缪琴母亲对着女儿一笑：“放心，交给老妈！”

嫌疑人的照片很快传到了刑警队总部，韩龙对部下提了要求：“尽快查出这两个人的一切资料，必须将这两人进出扬城所乘的交通工具及到扬城的时间找出来，越详细越好。”

刑警队里严阵以待，队员们紧锣密鼓地搜索着。

洪水过后，街面和城市的每个角落要进行清扫和消毒，工作量大，如果这些工作进展缓慢的话，洪水冲进城市带来的细菌对环境影响那是无法估量的，所以必须进行全市各区域的杀菌防疫。交警支队做了全支队的动员，各主要街道分段进行清扫和清运工作，由于考虑白天城市交通的繁忙，支队领导带队在凌晨 12 点后展开了这项工作。一时间城市的夜晚增添了一种景象，忙碌在街头巷尾的全是交警和环卫工人。

很快，刑警队的调查出来了，监控画面中的两个嫌疑人是东北人，有抢劫杀人未遂的犯罪记录，坐了十五年的牢，出狱后一直不在东北本地。所有进出扬城的车站、高速、飞机场，进出城市的每一个关卡，包括城区的每个宾馆酒店，都没有这两个人进出的监控记录。

现在在城市的每个社区和道路关卡，都将嫌疑人的照片发了下去，希望能有进一步的发现。

戴墨镜的男子和他的两个手下的汽车停在一个角落里，这个角落的正对门是海关大楼，交警和环卫工人对城市的大清扫，让躲在轿车里的三个犯罪分子感到了不安，尤其是戴墨镜的男子，他对交警和环卫工一起清扫街面的情况发生了怀疑，他认为这是交警的一种伪装，这是围剿他们的开始。

戴墨镜男子将车停在政府机关对面的安排，就是他多次作案狡猾的经验，因为即便有检查，这些检查人员也不会对停在机关大门对面的一辆轿车产生怀疑。

每一次在城市里的作案，戴墨镜男子都不会选择在宾馆酒店过夜，因为他知道宾馆酒店的安保系统和公安是联通的。所以这一次来扬城犯罪行动，他把过夜选择在海关大门对面的一个角落里，轿车就是免费而安全的宾馆酒店，尽管睡在汽车里不如宾馆里舒服，但总比关进警方的看守所强多了。

只是眼前交警和环卫工人的联合清扫街面，让戴墨镜的男子和两个手下感到了不安，如果这是警方对他们围剿抓捕的开始，他们感到无路可逃，恐惧让轿车内的三个人睡意全无，脊梁骨都在冒冷汗。坐在驾驶员位置上的瘦高个，汽车钥匙已插进电门，一只手紧张地握住汽车的钥匙，他只等戴墨镜老大的

一声命令，汽车就会瞬间发动冲向街面。

戴墨镜男子一声不动，他注视着窗外的一切行动，他用手势告诉两个手下，冷静，冷静。

房高在缪琴的家中，他高度紧张地通过警用望远镜搜索着窗外小区的情况，三名刑警队员持枪等待。

客厅里缪琴父母也没有睡意，他们紧张地等待着，他们知道了事情的整个经过，知道这些假币犯罪分子是前来对姑娘行凶的，他们心里只有一个念头，尽快将这些犯罪凶手抓获，这样自己女儿的安全才有保障。

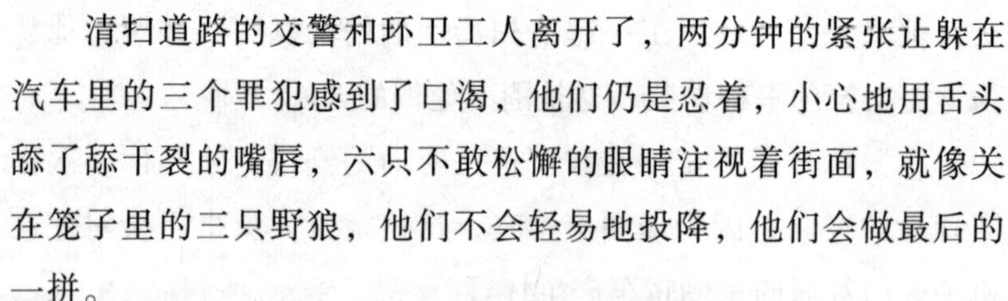

清扫道路的交警和环卫工人离开了，两分钟的紧张让躲在汽车里的三个罪犯感到了口渴，他们仍是忍着，小心地用舌头舔了舔干裂的嘴唇，六只不敢松懈的眼睛注视着街面，就像关在笼子里的三只野狼，他们不会轻易地投降，他们会做最后的一拼。

随着交警和环卫工人的走远，街面是慢慢静了下来，轿车里的三人才轻轻地松了一口气，他们不约而同地都把手伸向了座位旁的矿泉水，极度紧张之后他们需要湿润一下喉咙。

伏在缪琴小区和楼栋周围的公安刑警，揉了揉熬了一夜的眼睛。缪琴家中守候了一夜的房高和三位刑警同事，他们的脸上都显出了疲惫。

一夜的守候，假币犯罪团伙没有动手，房高和刑警队长韩龙通了电话，建议继续高度对待，说不定这就是假币犯罪分子的心理战，他们知道我们会发现他们将要下手的目标，所以他们在一旁静静地等待，他们需要在打垮警方耐心的那一刻，搞个突然袭击，达到报复行凶的目的。

房高和韩龙的意见统一后，所有参加行动的公安刑警继续保持警备，随时准备抓捕假币犯罪行凶分子。

第二天的傍晚，已经坚守岗位一天一夜的公安眼睛都熬红了，小区外的道路边，埋伏的便衣仍睁大一双眼睛注视着小区进出口。

缪琴的家中，房高和三名刑警严阵以待，但疲劳正侵蚀着他们的身体。一夜的高度紧张让大家都很疲惫不堪，房高先让两名刑警队员休息，采取轮流警戒的方法跟对手耗着。

缪琴和她的父母也是一夜未睡，缪琴让父母在沙发上靠一会儿，她进厨房为房高他们做起了早饭。

沙发上缪琴的父母都睡着了，房高轻手轻脚将毛毯给他们盖上。缪琴望在眼里，她心里充满一丝欣慰，这个男人是有爱心和孝心的。

房高转过身时见缪琴端着早饭站在那儿看着自己，他用手示意缪琴不要说话，将端着早饭的缪琴让进了里间。

其他两名刑警队员倒在房间的沙发上很快睡着了，房间里就他们二人和一名刑警队员，缪琴将早饭放下，示意大家先吃饱肚子。一切都在无声地进行着，生怕惊醒了其他人。

一夜的守候，面对假币团伙的较量，房高心里发生了变化。他一直在考虑一个问题，所有进出扬城的渠道都没有发现行凶嫌疑人，那么犯罪嫌疑人是从什么渠道进的扬城呢？房高还在想这个问题，脑子里细细地过滤着可能进城的每一个细节。

这时刑警队韩龙发来短信，短信上也是这样的问题，犯罪嫌疑人如何进的城市？为何所有监控就不能捕捉到嫌疑人进城的画面？

房高看了两遍韩龙的短信，他心里唯一的答案就是：犯罪嫌疑人根本就没有从以上我们能想到或监控到的地方进入市区，要不然监控不可能拍不到他们进来后留下的踪迹。这一点房高在昨天夜里就在心里肯定的，只是想不出除以上进出城市渠道以外的进出通道来。

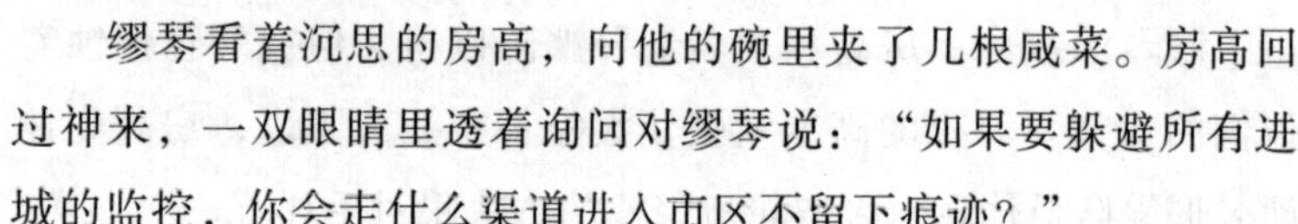

缪琴看着沉思的房高，向他的碗里夹了几根咸菜。房高回过神来，一双眼睛里透着询问对缪琴说：“如果要躲避所有进城的监控，你会走什么渠道进入市区不留下痕迹？”

“不留下痕迹的只有水路嘛！”不知什么时候缪琴的父亲推门进来，他继续对房高说，“只有在水上不会留下痕迹，我看过一部间谍小说，间谍的逃离退路都会选择水路，因为躲避在船舱里是没办法被发现的，而且船会在任何地方靠岸，这是躲避监控检查的最佳办法！”

房高听了后一拍脑袋，眼睛睁得大大的，他不敢相信困扰自己一夜的问题，会在缪琴父亲这个瘦弱的老人嘴里得到答案。他不由得联想到上次追踪到东区大桥批发市场，犯罪嫌疑人消失得无影无踪的原因了。原来就在东区大桥批发市场的东面，过一条马路就是水运货物的码头。房高在心里对对手的狡猾打了个高分，对自己分析案情的疏忽暗暗自责。

缪琴也是吃惊地望着父亲，脸上由惊讶到露出笑容。

缪琴的父亲谦虚地笑说着：“这是书上说的，我是教书的，当然看的书多一点！”

房高拨通了韩龙的电话有点兴奋地说："韩队长，我刚被一位老师上了一课，水路是犯罪分子进出市区的通道，你不要惊动他们，派人悄悄地守候在东区大桥水运码头周围，在他们逃离时下手。"

房高和韩龙通了电话，韩龙自会调兵打埋伏。这时的房高在心里对自己刚才的分析作了评估，他相信在水运码头围捕罪犯是最佳方案，什么事情都有两种可能，水运有利于逃离也有利于抓捕，因为只要堵住岸上，其他就只剩水面可逃，水面安排好水上警察等候，一切就完美了。

房高在心里对行动评估作了打分，他暗暗地在下决心，这一次一定让犯罪嫌疑人无处可逃。

因为现在已是深秋，天色很快黑了下来，道路两旁的路灯都亮了起来。在离房高居住的小区不远的体育场东大门处，那辆黑色轿车悄然地停了下来，体育场东大门门口亮着一点微弱的灯光，车上戴墨镜的男子将一张字条递给坐在身旁的胖手下，胖子伸手接过来看了一下，字条上写了一排字：九栋303。

胖手下将字条还给戴墨镜的男子后，将衣领竖了起来推开车门准备下车，戴墨镜男子又说了一句："下去把体育场门前的灯给搞熄了。"

胖手下悄声地下去了，不一会儿体育场东门口的那张微弱灯也不亮了。胖犯罪嫌疑人过了马路，他一路顺着街面商家靠墙的地面走着，这样做的原因就是躲避街面监控的拍摄，他的头自然地向商家门口方向倾斜着，对街的监控也无法拍摄到他的面部。

坐在对街轿车里的戴墨镜男子看到胖手下进了小区大门，

他闭上了眼睛，他们也熬了一天一夜，现在也疲困得很，他需要暂短地休息片刻。

交警支队办公室，倪支队长的左肩膀还需要休养，夏政委和他今晚都值了班。夏政委似乎想起了破案的房高，心里为发生的两起案子没有结案而纠结，于是问正准备下班的老搭档倪支队长：“倪支队长，你说前段发生的两起案子怎么卡壳了，房高这小子在忙什么呢？不用说，压力一定不小！”

倪支队长回道：“怎么？想你的千里马了？这么长时间也没见你给他打过一次电话，你是真想他还是假想他？”

夏政委闭上眼睛，挠了挠累了一天的脑袋，有点发困地说：“也对，一直没给房高打过电话，关键是怕给他增加压力，两件案子还没破，你说这小子的日子能好过吗？”

倪支队长点头表示同意，于是接着夏政委的话说：“也未必，帮他分析分析案情，再怎么说你我可都是老公安了，看问题总会有一定的依据的！你说呢？”

“是这个道理！”夏政委伸手准备拿桌上的电话。

“等等！”倪支队长的一句话让夏政委伸出去的手又收了回来，倪支队长继续对夏政委说，“这小子为破案，不知道什么时候回过家里的了，哪天我俩抽时间去他家看看，别叫房高父母对我们做领导的有意见，你说怎样？”

夏政委感到倪支队长的想法很好，于是建议道：“干吗抽时间，现在不就要回去吗！今天就去房高家里看看他父母亲，你说如何？反正现在回去也是晚了，多晚一点回去还不一样？”

“那肯定行，走，先去房高家看看！”倪支队长拎起了包

就要出发，一边还说，“房高这小伙子来支队不少时间了，他家我还真没有去过，现在去替他问候他父母亲，也让他父母亲感到我们做领导的还是关心他们孩子的！”

“那，给房高的电话还打不打？”夏政委征求老搭档的意见。

“今天就不用给他添乱了！走吧！去晚了的话人家父母亲休息了就不礼貌了！”

夏政委也拎了包跟了出来，对老搭档说：“我说老伙计，你是说风就是风，也没有见你提过去看房高父母亲的事，怎么跟年轻人一样，心血来潮似的！”

倪支队边走边说：“你这个大政委，房高家住哪个小区？具体楼栋号你不会不知道吧！”

夏政委坐上了车，回答道：“靠迎宾馆马路对面，秦淮小区九栋303室，不是明天我要去市局开会，我俩就合坐一辆车去了！你跟着我车后面走就行！”

倪支队长已发动汽车，对老伙计开玩笑道：“看完房高父母亲，你请我吃一回晚饭如何？”

“行啊！”夏政委准备开车走了，不忘调侃了一句，“去我家楼下，有家开了许多年头的老店，回卤干子下粉丝，外加几片猪肉香肠，那个美味包你天天想吃！”

夏政委说完一抬离合器汽车出了支队大门，后面汽车上的倪支队长，听了老搭档说的回卤干子下粉丝，外加几片猪肉香肠的美味，他咽了口口水驾车跟在夏政委车后出了支队大院。是啊，现在都快八点半了，这两人的晚饭还没有吃过，现在听到有这样诱人美味的回卤干子小吃，饥肠辘辘的倪支队长不流口水才怪呢！

夏政委的车和倪支队长的车一前一后进了房高居住的小区大门，由于他们二人的汽车是公安部门配置，汽车的牌照自然就是公安牌照。停在房高居住小区对面，不远处的体育场门口那辆黑色轿车里，戴墨镜的男子看到了这个情况，他有点吃惊，心里便不安起来：这两辆公安牌照的汽车究竟是小区里的住户？还是自己马上要下手的行动计划被公安发现了？如果是那样的话，现在这一块应该被警方包围，便衣和武警就应该出现了。想到这里，戴眼镜男子把目光向对街仔细地扫了一遍，没有发现新的异常情况。坐在他身边的胖手下，刚才下车进小区做过侦察，九栋楼周围一切正常，就连小区中央绿化广场跳舞的大妈们，也都是正常在跳着舞，小区周围的孩子们在追逐着，宠物狗在悠闲地享受主人提供的放风时刻。

这一切正常情况就说明，小区里没有警方的警戒，反过来这些本应出现的小区正常情况没有了，就意味着反常了。跳舞的不见了，追逐玩耍的孩子们不见了。就连到了给宠物狗放风的时间也改变了，这就是黎明前的静悄悄，一张大网正等着鱼儿来投呢！戴墨镜的手下不是一般的货色，这些常规他们不用再去强调。

现在戴墨镜男子还没有下最后的决定，他要等等再看。一旁的胖子有点沉不住气，他也生怕他们行动意图被警方掌握了，他想再下车进小区观察一下。

戴墨镜男子用手势制止了胖手下的愚蠢想法，他一双眼睛观察着街面的情况。自己好不容易实施了一回声东击西的妙计，让两个手下在晚报记者所住的小区露面，就是故意给警方丢的一个诱饵，他算到警方一定会在晚报记者所住的小区布下圈套，等自己自投罗网。但警方万万不会想到，这只是自己实施的一个计划而已，他的计划就是对房高交警的家庭下手，让多管闲事的交通警察尝尝管闲事的后果，本来计划自己就等坐在车上看被自己耍了一回的警方，明天如何回应媒体和民众的责问了。想不到刚才进小区的两辆警方轿车的出现，要打破自己好不容易布下的计策，戴墨镜的男子有点不甘心，他要再往下看看。

赌钱的赌徒望着桌上一堆筹码，他在没有看清庄家的底牌前是不会认输的，眼前这个高智商的假币团伙犯罪分子，就具备赌徒一样的心理，他在等最后的一张牌。

缪琴的父母亲听了姑娘的安排，两人为房高和三位刑警队员做完饭菜后，自己就和平时一样，该干什么就干什么。缪琴的父母亲表面上听从了姑娘的劝说，实际上二人的心思一直没有平息下来。

公安守候了一天一夜，看看现在时钟将要九点，他们二人虽然坐在沙发上看电视，心里面怎么也集中不起来，电视上正播出的是动物世界节目，内容是澳洲沙漠中的狐狸生存和捕猎。

缪琴的母亲心中挂念得比较多，她担心的问题往往是她自己办不了的事情，姑娘缪琴给她说了多遍，警方对案情的判断不要去打扰，我们只要做好配合就行，一脸忧色的母亲让缪琴也放不下心来，她更关注房高和房间里的三位刑警。

沙发上的父亲倒能静下心来，电视里画面上澳洲狐狸的生存习性吸引住了他，他看得入了神。

房高和三名刑警面对黑夜的到来，他们的神经自然绷得紧紧的。房高眼睛放在监视望远镜上，他的心里却空荡荡的，他想过今夜如果仍是空守，自己的计划就必须改变，他感受到对手的狡黠和凶残，他在心里重新考虑着案情，一定程度上他开始怀疑自己的方案，这种怀疑只是在心里有过，他没有说出口，因为即便是怀疑自己的围捕方案，那假币犯罪分子的真实目标又会是什么呢？房高对这个问题提了几次，自己都没有找到答案。

缪琴的父亲因对电视节目中澳洲狐狸的智商而笑出了声，一旁的老伴见怪地白了他一眼，这时缪琴的父亲像发现了什么，他迅速地站起了身，推开了房高和三名刑警队员的房门，急不可待地说："澳洲狐狸有和人一样的智商，某种程度上甚至超过人的智商，为了救被猎人捕获的小狐狸，它能玩了个声东击西的把戏，硬是将猎人从看护的地方调了出来，和猎人兜起了圈子，然后直奔关押小狐狸的地方，非常从容地将自己的子女救出。这说明了什么？"

缪琴父亲进门后的一段话，和最后的一个问话让房高惊得站了起来，但这时候的房高脑子里的头绪还没摆清楚，他还在拼命地思考着。

缪琴的父亲又说："如果，来我们小区的两个犯罪嫌疑人，是狐狸故意放出来的声东击西，那狐狸的真正目标会是什么？这个声东击西的西是哪里？"

房高的脑袋发涨了，他迅速地拨通了家里的电话。

房高家里，交警支队两个领导正和两位老人聊得开心，茶几上的电话响了，房高的父亲接的电话，一听是儿子房高，他刚想说什么却被电话那头的房高打断了。电话里房高急切地对父亲说："你不用说话，把所有门窗都关好，我不回来敲门的话，坚决不能开门，听清楚了没有？"

一旁的倪支队长和夏政委先是见老房接了儿子的电话，刚开口说就止住了话语，脸上的神色又慌乱起来。倪支队长感到问题的不一般，走了过去接过电话说：“房高吗？我是倪福城，出了什么事？”

电话那头的房高听了先是一惊，忙问道：“倪支队长，你怎么在我家中？”

房高心里还真怕家中父母亲，已经中了澳洲狐狸的声东击西的西。

“我和夏政委来看看你父母亲，知道你忙案子，替你看望父母亲的事还是能干的吧！”

房高听了倪支队长的解说，他心里安定下来，他把案件的现状和犯罪分子可能实施的声东击西对倪支队长一一作了解说，最后他对倪支队长说道：“如果我们的揣测没有出错的话，假币犯罪分子已经潜伏在我住的小区或小区附近，你现在帮我稳定两位老人的情绪，进户门不要开，我会和韩队长及时向这边赶！”

倪支队长觉得问题不是一般的严重，对房高只说了一句：“他玩声东击西，你何不回敬个将计就计，你放心干，家里有我和夏政委呢！”

倪支队放下电话，迅速地来到进户门前，伸手将进户门反保险上，然后将房高在电话里所说的情况告诉了夏政委，同时还幽默地说了一句：“我说夏政委，今晚看来吃不成你说的回卤干子了，白白让我咽了几口口水！”

夏政委听了，一边走近窗口向外张望，一边回道：“等破了案子，让房高请客！你看你我两个门神替他保护父母，他不请客就不像话了！”

房高父母从儿子两位领导口中得知他们还未吃饭，心里一阵感动，是啊！今天不是这两位交警支队领导上门看望我们，现在面临将要发生的一切，自己和老伴还真不知道怎么办呢！

房高父亲安排老伴去给他们两人弄吃的，他自己也站在窗前向外张望，夏政委一伸手将老房拉至窗的一边，对房高父亲说："只能站在窗的左右，这些假币犯罪分子有境外的背景，防止他们用枪作案。"

听到夏政委的一说，老房真吃了一惊，忙将身子往后缩了缩。

倪支队长将房子里所有窗户都关上，并细细地查看了一遍，然后走到客厅对紧张的老房说："老房你过来坐下，不要紧张，有我们支队夏培公在，几个毛贼怕什么？请过来坐！"

房高的父亲在倪支队长身旁坐了下来，站在窗口观察的夏政委换了一个角度继续观察。

倪支队长继续宽房高父亲紧张的心情，他一指站在窗边的夏政委，轻松地对老房说："没什么事，外面早就布置了公安武警，就等犯罪分子自投罗网，老房你别看夏政委个头不高，他可是个厉害的人物，历史上有个周培公，用三千人打败对方三十万人，我们的夏政委就是这样的周培公，所以你放心就是了！要不然我和老夏二人怎么会突然光顾你们家里来呢？其实就是房高怕你们二老紧张，让我们二人来陪陪你们的。"

这时房高的母亲煮好了面条端了出来，夏政委和倪支队长二人确实饿了，两人也不谦虚端起面条吃了起来，他二人明白，外面的围歼行动还没开始，先吃饱肚子再说。

房高离开缪琴家中的时候，已和刑警队韩队长通了电话，

并把围歼假币犯罪分子的计划说了一遍，韩龙听了先是吃了一大惊，对呀！守候了快一天两夜，原来假币犯罪分子玩了把声东击西，好在犯罪分子对房高父母亲还没有做出伤害行动，要是真让假币犯罪分子的阴谋得逞，那种后果是无法面对的，韩龙不敢耽搁，按照和房高计划的将计就计实施起来。

坐在黑色轿车里面的戴墨镜男子看了看手表，进入小区的两辆公安牌照的汽车还没有出来。按照常规，两辆挂公安牌照的轿车，进小区的时间是晚间饭后时间，即便是串门也不会待上两个多小时，还有戴墨镜男子发现进小区的车子多了起来，隐约间发现小区保安室窗口伸出个人头，向街面上左右看了看又缩了回去，还有自己停车的体育场东门口新停了三辆车，车上下来八九个人消失在四周了。

戴墨镜男子看到这些情况，他说了声："弃车，顺着没有灯光的体育场院墙进东门，跟着我就行！"

体育场里漆黑一遍，空荡荡的场地里矗立着一个场馆，显得荒凉可怕，戴墨镜男子和车上的两个手下悄然消失在体育场馆的西边了。

第十三回　龙断水另起风云　落船帆进港隐身

澳洲狐狸遇到了草原野狼，一个五公里范围内危险都能被它的嗅觉所察觉到的，另一个发现猎物时它会紧追不舍，即便是跟在猎物后面几天几夜，它也会在猎物疲劳打盹的瞬间，口扑上去将猎物的喉管咬断。

当房高和韩队长准备收紧口袋时，搜遍了小区的每一个角落，连小区的监控都查了几遍，愣是没有疑犯的影子。只是在搜查到停在小区对面，体育场东门口的这辆轿车时，在轿车的后排座位上发现了那张写着九栋303的字条，轿车的后备厢里发现了一枚土制炸弹，这一枚土制炸弹是用市场上化学品制作的简易炸弹，外观是一个礼品拎袋，在拎袋里还有个铁皮盒子，不拆开看的话决不会知道铁盒里装的是一枚炸弹。据武器专家说，这一枚土制炸弹看似简单，但威力很大，在100平方米的住房内爆炸的话，其破坏力相当的大，住房内人生存的可能性为零。

看着这张字条，房高的头发都竖了起来，秦淮小区九栋303室是房高家的住址，自家的住址在这辆装有炸弹的车上出现，不言而喻，这辆车就是假币团伙准备对自己和家人行凶的证据，昨晚犯罪分子一定待在这车上，等待动手时机的时候，也许是倪支队长和夏政委两辆挂公安牌照的汽车巧合地进入小区，让犯罪分子推迟了动手的时间，要不然自己的父母会在被叫开门的一瞬间，不是倒在凶手的利刃下，就是被罪犯送进来的礼品炸弹炸死，房高不敢再往下想，他庆幸缪琴父亲因澳洲狐狸带来的灵感，一向对狐狸这个动物不友善的房高，改变了他对狐狸的看法，尤其是对澳洲狐狸的看法。

房高在案件空隙里打电话给夏政委，他问他们为什么会在有凶险的那晚出现在自己家中？

夏政委听了哈哈一笑道："这就是你为什么不在刑警队而在交警队工作的原因，如果……懂吗？就不会有我和倪支队长出现在你父母的面前，这个答案满意吗？"

房高先是沉默，夏政委又说："还有一种可能，倪支队长可是出了名的倪门神，有他在一切邪恶就不可怕！"

房高还在沉默思考，夏政委又说，这回是玩笑带幽默："房高，我欠倪支队长一顿回卤干子下粉丝小吃，这个客你负责请，不过要等你破案之后！我和倪支队长等你的好消息！"

夏政委挂了电话，房高陷入沉思之中，他的思想里有一半在父母亲和缪琴一家的安危上，他在写报告，他需要把亲人的安危先解决好，然后再和对手单打独斗。

一处建筑工地上，四天前在大桥南运河码头上，尾随在戴墨镜男子和一胖一瘦三人身后，单独下船的两位精瘦男子出现在工地上，他们二人一身的工作服，头带安全帽在工地吊机上忙碌着。

工地的大门口走进来一直跟在戴墨镜男子身边的一胖一瘦

两个手下，这两个胖瘦凶犯身边没了戴墨镜的男子的身影。

进入工地后胖子拨了一个电话，楼顶上头戴安全帽的精瘦男子接了手机，其实他站在工地运货机上也看到了下面站着的两人，他按动电门按钮，运货机向下而来。

根据戴墨镜男子的安排，后下船的两人是行动的备用人员，因为昨晚在秦淮小区的行动失败，戴墨镜男子知道接下来警方会全城大搜捕，于是他联系上了先前布下的两个备用手下，交给的任务就是替一胖一瘦二人找个藏身的地方，因为戴墨镜男子清楚，建筑工地是外来人最集中的地方，也是最能藏身的处所，只要混迹在工地建筑工人当中，别说藏两个人，就是藏一支行动队警方也未必能察觉。

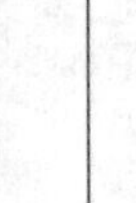

戴墨镜男子还留了一手，在把一胖一瘦两个手下领到建筑工地前，对他们二人所说的就只有一句话："这个工地上有我的一位老乡，你二人先干几天建筑工，等我通知！"

戴墨镜男子这样的安排用意，就是最保险的行动方案，万一行动中一胖一瘦二人被警方抓获，对其他行动备用人员没有危险，这样就能避免被警方一锅端的可能了。况且戴墨镜男子对先前布局的手下交代，对任何人不暴露自己的身份，就是对你们自己最好的安全保护，你们的身份只有我本人知道。

这两个人也是老江湖，知道同外界接触面越小，安全保险就越高，对戴墨镜老板的交代他们更是心领神会。

所以一下了运货电梯，第一句话就让人感到了他的江湖老道："是我老乡介绍来的吧，二位！不好意思！工地上暂时不缺人手，我接到老乡的电话后就跟工地老板说了，现在工地不缺人手，但是你二位是我老乡介绍来的，我再想想办法，对面工地老板和我们工地老板是朋友，中午就会有消息，这样马上就到吃饭时间了，先跟我们去吃饭，找个工作混碗饭吃还是有办法的。我姓郭，家里排行老幺，都叫我老幺！”

说着这话他自己先笑了起来，让人感觉到他为人的豪爽和朴实，这与他工地打工的身份极其相似，可见看人不能仅仅是看他的表面，任何伪装都可能蒙蔽了你的眼睛，左右你的判断。

这位一通江湖混世哲学的开场白，就把自己和对方老板的关系断开了，摆明一条，我们和你老板仅仅是老乡关系，我们仅仅是建筑工地外来打工仔的身份。

一胖一瘦二人被面前的老幺糊弄了，朴实的伪装让他们二人信以为真，面前这个老幺仅仅是帮自己找工作藏身的一个打工人而已。

工地上所说的吃饭，就是在露天随便往哪儿一坐，一盒白米饭，外加蔬菜见荤，菜汤管够，边吃边休息。

眼前老幺举动打消了一胖一瘦二人还存在的一点怀疑，他们彻底相信了面前这个人，就是老板的一个老乡而已，就在他们三人吃过饭后，一个戴安全帽的工人过来说：“老幺，对面工地上要人呢，叫你吃过饭就把人带过去，找黄老板就行了。”

老幺在站起身时，香烟已递在了对方的面前，并笑说：“感谢，到底是老乡感情，谢谢你，有时间请你喝一杯！住宿不成问题吧！”

来人接了香烟，点上火深吸了一口说：“都住工棚，工地大呢,吃住都管！都是出门在外,老乡不相互照应,那成什么了?不成狗日的了吗？你忙，我还有事。”

说完来人走了。

秦淮小区门口超市，每天准时来送牛奶的汽车，靠在超市门口停了下来。

超市里的那位胖姑娘飞快地跑了出来，对推开车门走下来的候师傅叫了声：“候师傅，你早！早饭吃过了吗？我带的雪里红裹粢饭，请你吃一个！”

超市胖姑娘突发的热情，让候师傅有点左右为难，他知道这位胖姑娘对自己热情的原因，就是看上了前一天临时顶闹肚子不能上班的老黄的那个小伙子，她就想要候师傅从中做个媒，可是这个顶班的小伙子干了一天就走了，说是找到了更好的工作。

现在候师傅面对胖姑娘的热情真是左右为难，不知道如何向这位胖姑娘讲清楚，因为胖姑娘这个超市订的鲜奶量还真大，所以候师傅就怕因这件事让胖姑娘不开心。

候师傅见胖姑娘跟自己打招呼，尽管自己左右为难，但话还是要说的，于是一脸笑容地回答说：“谢谢！吃过了！”

胖姑娘跟老候说话的时候，一双眼睛就看着另一边从车上下来的人，这个人还没有看到，说出的话胖姑娘听到了：“雪里红裹粢饭，请老候吃就不请我吃？”

听了这个声音，胖姑娘心里一沉，胖乎乎的笑脸上笑容消失了。

搬运鲜奶工老黄从车的另一边走了过来，嘴里还在说：“小老板小气，不开口了吧！雪里红裹粢饭味道真是香啊！”搬运工老黄说到最后带出了京剧唱腔，“真是香啊啊啊啊！”

老候怕坏事，忙对胖姑娘说：“别理他，整天京剧不离口的！”

老候话没说完，胖姑娘转身进超市了。

老候没办法，朝老黄翻了翻眼睛，没好声地对老黄说：“拉

肚子没把你拉过去，还有精神头唱京剧，快下货！

紧急在全市进行的大搜捕，同样没有查到任何对案件有用的线索，对土制炸弹化学品来源进行调查，又分别对几个化学品仓库进行突击检查，在工业园区的一家对外出租的仓库里，发现了类似的炸弹化学品，经过对所有进出这家厂房车辆和人员监控的检查，让人哭笑不得的是，厂区所有监控都是摆设，根本就没有监控的相关设备，仅仅是在厂区的四角和过道墙上安装了摄像头而已，警方又对进入该地段的车辆进行间接怀疑调查，发现了被作案嫌疑人遗弃在体育场东门处的黑色轿车的监控记录，通过技术处理，可以看到嫌疑案犯戴着大号口罩开车的画面，而且将驾驶员面前的遮阳板放了下来，明显地针对道路监控而采取的手段，整个面孔上只露出一双眼睛，对车内案犯作案的人数还无法搞清，案犯是翻墙进入仓库偷盗有关炸弹化学品原料的，在外墙的泥地上清晰地留下了一双脚印，根据脚印做了分析，案犯体重偏瘦，身高1.85左右，走路后跟拖地，有明显身体前倾的迹象。根据这些数据，与出现在缪琴居住的东花园小区监控中查获的嫌疑人进行核对，这些数据和进入缪琴所住小区的其中一个疑犯相当吻合，立时刑警将该嫌疑人列为重点捕获的对象，各县区都发了嫌疑人的照片。

后来经市局研究，认为先确保被报复人的家人安全是第一要素，选择了把缪琴和房高一家秘密转移，转移的安置地点放在石塔宾馆。空下来的两家房子里安排警方人员，假扮成缪琴和房高的家人住在里面，等候假币团伙犯罪分子。

房高和缪琴本来就是情侣，再给他们配了两名刑警队员，这样他们一行四人就组成了一个特别的家庭。房高和缪琴正常上下班，两名刑警队员留在屋中等候并监视，一有情况随时联系汇报。

秦淮小区房高家中，住进了三名刑警，他们正常情况下不出门，每晚必须将屋内灯光打开，营造成一个正常家的情况。

忙碌了一天，眼看就要冬天了，案件还是没有进展，自从上次在体育场东门围剿犯罪嫌疑人失败后，两个多月的时间里，假币犯罪分子的报复行动偃旗息鼓了，就像人间蒸发了一样。

现在再看建筑工地上的两个作案人，一身的工作服上脏不拉叽的，脸上满是灰尘和油泥，头戴一个半旧的安全帽，两人一前一后抬了四根钢管在竖外墙的脚手架。干了两个多月的工地搭架手工作，胖子瘦了，瘦子还是那副身板，走起路来后脚跟拖地，上身明显地向前倾着，后背稍有前凸的样子。

天气预报说明后就会下雪，雪量偏大，工地老板要在大雪未下之前将外墙脚手架搭好，所以尽管现在已经过了晚饭的时间，架子工还在加班。

这时候，胖子的手机响了起来，也是他们二人进工地后第一次手机响，胖子朝墙背面转了身，他心里知道一定是老板有事安排了，接通了手机，他仔细地听着，最后他重复了一句道：“搞一辆档次高一点的车，最好是商务车，明晚用！”

接完电话他对同伴耳语了几句，二人继续忙着干了起来。

交通警察最关心天气预报，倪支队长听了明后两天有大雪的预报，他心里紧张起来，今年的天气变化太大，先是大雨下了有二十几天，长江流域的城市忙着抗洪救灾，现在进入冬天雨雪更是频繁，而且气温极低。南方气温几十年都未有过低于零下 10 摄氏度的严寒了，水电系统报修的数量激增，电话都打到了政府热线，一时间抢修水电的工作人员奇缺了起来，水电工程技术人员和水电工成了香饽饽，家里自来水更是无法使用，就连卫生间也没办法使用。突发的严寒天气，让生活在南方的人们领教了一回北方寒冷的生活空间，于是去宾馆和酒店小住几天成了人们唯一的选择。

倪支队长正准备和夏政委碰个面，研究一下这样极寒天气，对道路交通带来的不安全隐患，这时候电话铃声响了，倪支队长接后一听是夏政委，他笑说道："你我是心有灵犀啊！我刚想给你挂个电话，研究一下对这个突发寒冷天气的应对工作，你的电话就来了！"

电话那头夏政委也笑了说："没办法，老天不心疼我们交警！刚才事故科报进来情况，交通事故激增，处理事故的警员人手告急，我打电话给你的目的，就是想向市政府汇报应对方案，去年大雪天我们实行的应对方案，得到了实践的认可和省交通厅的推广，针对现在这种极寒大雪天气，我想是实施去年有效应对方案的时候了。报告已打好了，马上拿过来请你签字后盖章，时间不等人啊！晚一分钟也许就多一次交通事故！"

倪支队长听了说："我也是这样想的，尽快向市局和市政府报告，争取今天下午实施。"

休息的工棚内，建筑工地上的老幺收拾着工具包，旁边的一位工友见了便问："怎么？休息了还干什么去？"

老幺将工具包往肩膀上一挎回了句："搞点现钱去，这天气冻得都停了水，我老乡上午出去忙活了几家自来水管道的修理，三百元现钞就到手了，我这儿手艺和工具都有，在这儿耗着也耗不出一分钱来！”

老幺边说边走出了工地的工棚。

房高和缪琴进入东花园小区，自一个月前围歼假币案犯失败，房高和缪琴及两个刑警队员就住进了缪琴家中。白天房高和缪琴正常上下班，晚上就和留守的公安刑警一起守候，房高相信这帮假币案犯不会就此罢手的。

今天一天对小区监控的检查，一切正常，没有异常人员进出小区，只有抢修水电人员进出得相当频繁。

房高坐在监控视频前查看，缪琴去厨房做晚饭。

缪琴家住二层，由于东花园小区是最早建设的小区，小区内最高层就六层，清一色砖混结构，由于建筑年代老，水电管道都是铁铸件多，遇到这样严寒的大雪天，小区内处处告急，家家忙着出小区拎水。在小区的南面是郊区农庄，一般家里都打了水井，尽管自来水都通进了每一户，但用惯了井水的农村同志依旧对井水情有独钟。

小区供水主管道多处被冻破裂了，只有将进水总阀关闭，这样一来小区内所有住户就无水可用。住户们没有办法，只好大桶小桶出小区进农庄拎井水用，食用水就买超市大桶瓶装水。

区政府做了保证，尽管冰天雪地，保证在十天内将小区自来水管道更换到位，并同时为住户自来水进户。

缪琴做晚饭用的是桶装水，想到一会儿天色就晚，于是拎起水桶就要出门，房高早已想到这件事，于是接过水桶说：“我陪你一起去！”

缪琴和房高一起出了门，正好和对门邻居碰在一起，邻居

也拎了水桶准备下楼，一见缪琴和房高，他玩笑道："缪记者，什么时候吃你的结婚喜糖啊！小两口都一个锅里吃饭了，喜糖还不准备发吗？"

缪琴被弄了个大红脸，只有笑笑没有多说。邻居先走了，缪琴和房高也向小区大门走去。

小区的拐角处停了一辆林肯汽车，房高用余光瞄了瞄，他没有说话仍是和缪琴拎着水桶出了小区。其实房高的心里重实实地，从出租车司机被害案到倪支队长和一名交警被撞成重伤，还有目前假币案犯在秦淮小区实施未得逞的爆炸案件，这几起案件压得房高喘不过气来。房高的闷闷不乐，缪琴是心知肚明的，缪琴决定找点话题聊聊，来打破两人之间的沉默。

缪琴对房高说："刚才的那辆林肯，停在我们这样的小区有点不伦不类，暴发户的膨胀在我们贫民窟的民众眼里就是犯罪，反过来，财富的积累就存在着两面性，正当的生意人和辛苦打拼的创业者，这两种人是服务社会对社会国家都是有益的，然而在前者无可非议的后面就会形成不平衡的对立面，比如假币的犯罪团伙，他们要一本万利，他们羡慕别人成功后的生活，所以假币犯罪分子会不择手段，行凶杀人是他们对利益保障的唯一手段，因为社会的大环境是不能容许这种不劳而获的存在，受雇于人行凶只有一种人，亡命分子，他们眼里没有未来，为利他们会铤而走险，这种铤而走险的人不达目的不会罢休，所以只要我们耐住性子，他们一定会再次动手，我们要做的就是准备充分，不给案犯逃跑的机会。"

房高知道缪琴一番话的意思，他点点头没有开口，他俩继续走着。

还是缪琴在说话："刚才林肯轿车上的人看清了吗？"

房高轻微地一怔，在脑子里快速地回放着记忆，回道："轿车里面没有人！"

缪琴再问道："你肯定？"

房高："没有，应该轿车上没有人！"

缪琴没有再坚持，于是两人又陷入沉默。

短暂的沉默后，房高突然对缪琴说："林肯轿车的牌照你看清了吗？"

缪琴一笑道："你是侦察兵出身，我是新闻记者，新闻记者别的本领不突出，观察情况应该有发言权的，挂的是本地牌照，号码苏 K22536！"

缪琴说完正为自己观察的结果沾沾自喜，但看到房高听了之后的反应，缪琴也紧张起来。因为她看到房高立时就皱起了眉头，一双眼睛睁得大大的，作为交通警察的房高，本能告诉他这辆林肯轿车是有问题的，苏 K22 开头的汽车多数是 1980 年前后的车，即便是 1990 年后的车牌号都是 5 字头了，更何况现在已近 9 字头的牌照了，不是在汽车牌照加入英文或中文字母分类的话，现在汽车牌照就不会是五位数了。房高想到这里，掏出了手机拨了个号码说："帮我查一下苏 K22536，情况要具体点！"

几秒钟后，电话里传来回音："苏 K22536，是辆德系车，1982 年上牌，属普桑新秀，这辆车目前已强制报废状态。"很明显，林肯车的车牌是假的。

"好的！谢谢！"房高边说边收了手机，眼光警戒地在四周转了一圈，他一拉缪琴的肩膀转了脸对她说，"回去，不用拎水了！"

缪琴也感到有问题，随着房高迅速地转了身向小区里

走去。

在离房高和缪琴不远的地方，一身工作服的老幺和他的一个同伙，正盯着转身离去的房高和缪琴的背影，看着突然转身离去的房高和缪记者，老幺的第一反应就是绑架缪记者的行动，被被绑架者察觉了，老幺和同伙头上的安全帽很显眼，在人群中闪着，接近农庄的道路上都是小区拎水的居民，这两人挎着工具包转身离开了。

房高拉着缪琴进入小区，他的一双眼睛注视着左右，缪琴显得很紧张，虽然她不清楚会发生什么，但有一点可以肯定，危险就在附近，要不然房高不会表现得这样紧张。

房高的眼睛落在那辆林肯轿车上，他知道这是辆有问题的车，现在他要把缪琴安全地送回二楼屋内，然后自己再来寻找躲在暗处的目标。

房高和缪琴一路安全地上了二楼，看见缪琴进门后，房高叫了一名在里屋的刑警队员，他们急速地下了楼向那辆林肯走去。

房高在路上就向韩龙打了电话，把发现的情况大概地说了一下，房高现在需要韩龙的支援，他知道案犯就在附近，只要韩龙在小区外张网等待，今天就有机会将案犯抓获。

房高和穿着便衣的一名刑警队员，在林肯汽车不远的地方停了下来，他们需要观察这辆汽车，这辆车就是案犯逃离或作案的工具，守着这辆林肯汽车应该更能辨别案犯。

小区外韩龙指挥的人马都已到位，进出小区拎水的居民仍是吵吵嚷嚷，说怨气话的，怨天气的等等不一。韩龙也是一身

便衣，他坐在小区街对面的皮卡汽车上，他今天开一辆皮卡的原因，就是准备随时用皮卡堵小区大门的，这样做才能防止疑犯再次逃脱。

半个小时时间过去了，小区内一切正常，天色渐渐地暗了下来，小区内的路灯开始亮了，守候在林肯汽车周围的房高有点心急，眼光不安地搜寻着可能出现的情况。

就在警方撒下大网等候案犯进网的时候，在小区的西大门左面一处停车的地方，一胖一瘦两个案犯出现在一辆别克商务车旁，胖子老练地打开了别克商务车的车门，坐进去后拨出方向盘下面的两根点火线，一点火汽车被发动起来，瘦子在车外听到汽车发动成功，他拉开车门进了车的后排。

胖子挂了倒挡，汽车缓慢地倒了出来并向西面的小区大门开去。

东花园小区就没有正常小区的保安门岗，别克汽车就这样轻易地开了出去，在小区出口处和街对面张网守候的韩龙及刑警队员都没有发现这个情况，别克汽车出了小区出口右拐向北而去。

胖瘦两名凶犯之所以放弃林肯汽车，另偷盗了一辆别克商务车逃离了东花园小区，就是因为在小区外要实施绑架缪琴行动的老幺,发现了房高的异常行动,老幺和同伙及时撤离的同时，把这个情况用信息发给了戴墨镜的老板，因为案犯四人都是两人一组单线行动，戴墨镜案犯主谋接到老幺发来的信息暗示，立即向胖瘦二人发出了放弃行动撤离的信息。胖瘦二犯本来的任务，就是为老幺绑架缪琴记者提供交通工具，后来行动被警方发现了，在接到撤离警报的时候，发现警方已盯上了他们偷来的林肯汽车，于是这才改变了逃跑的计划，又偷盗了一辆别克商务车一路无险地逃出了警方的包围圈。

时间又过去半小时，房高嗅到情况的不对劲，通过便衣刑警在小区内的暗查，小区内一切正常，并没有发现有可疑人在缪琴居住的楼周围活动。小区外也是情况正常，没有其他车辆靠停在小区附近的街面，更没有发生其他可疑人员在小区出口处进出。房高和刑警队韩队长联系后，决定让辖区派出所派人来，所有公安便衣一概不露面暴露身份，只在案犯现场周围管控。

不一会儿，派出所来了辆警车，爆破专家也到了现场，通过仪器对这辆林肯汽车的检测，不存在危险爆炸品，于是刑侦处技术人员进行现场取证后，将这辆林肯汽车拖出了东花园小区。

房高和韩龙的思维都无法理解，案犯是如何发现被警方围困的？还有案犯又是如何逃离的？最关键的一点，案犯下功夫搞来一辆报废的林肯汽车，他们的真实目的是什么？如果仅仅是实施报复行凶的话，根本没有必要搞一辆这么显眼的林肯汽车来，这说明了什么呢？这种低级错误发生在对手身上，房高是无论如何都接受不了，这更加说明，案犯这次对东花园小区的行动，绝非是行凶杀人，一定另有阴谋。

韩龙和房高交换了对案件的分析，两人一时对案犯的犯罪目的感到疑惑和捉摸不透。房高和韩龙怎么也不会想到，作案对手安排了两组案犯进入小区，他们的这次目的就是绑架晚报缪记者，因为就是晚报缪记者向警方提供了他们同伙作案的照片，从而造成假币团伙的销售渠道和一批案值过亿的假币被警方查获。另外他们掌握了一个新的信息，晚报缪记者是交通警察的未婚妻，所以这次假币团伙将行凶目标对准缪琴，是房高和韩龙万万想不到的。案犯的逃脱,就说明案犯的报复还会继续。市局领导给刑警队提了建议和鼓励，希望大家不要泄气，邪恶永远不能战胜正义。

第十四回　扮水工狐狸露尾　说石塔罗汉动兵

这场大雪连续下了五天，气温到了零下10摄氏度，一年一度的春运工作进入前期动员和准备阶段。从进入春运的第一天开始，交警支队夏政委和倪支队长俩人，一天工作中就没有多余的时间喝过一口水，就连小便的次数也缩减到了一次，由于大雪气温巨降，给城市道路交通带来了巨大隐患，高速道路大动脉和火车动车高铁是春运工作的重要工具，尤其是高速道路大动脉，不但要引导车辆，还要及时做好高速道路上的道路救援工作，雨水天气还好，尤其是冰雪天，道路结冰，虽然有不间断地除雪撒盐，但道路的行车艰难和行驶安全问题就成了大问题。雨雪天为了及时帮助将抛锚的汽车推出道路中央，高速交警都不知摔了多少跤，跌了多少跟头。往往只要是雨雪天，就是高速交警最惊心动魄的日子。

市区道路更是不堪重负，过境车辆和中转车辆，再加上年关岁末年货的大采购大运输，市区道路就没有早晚高峰的区别了，道路是全天高峰运作，拥堵和拥挤成了人们对迎接新年的最大感触。早上六点，夏政委和倪支队都出现在支队办公室，也许是昨晚回去得太晚了，夏政委使劲揉了揉酸痛的腰，又猛地吸了口冰冷的空气，他感到疲劳立时消退了许多。一旁的倪支队长见了对他说："老了就是老了，体能一过度就体现出来了，我也是一样，再坚持几天春运的小高峰过去了，那时好好地休息几天，是我每年过春节最大的愿望。"

夏政委昨晚就安排了今天上高速检查的事情，他对这样严寒的天气不放心，他要上高速亲自看一看，让忙着回家的旅客安全到家，是这个老交通的最大心愿。

下楼时驾驶员小周从塑料袋里，拿出两个热乎乎的馒头递了过来对夏政委说："夏政委，我家小钟让我给你带两个馒头，她说肠胃不好的人多吃点面食。"

夏政委接了过来，感慨地说："你家钟医生真是太好了，你娶了个好妻子，我跟着你也沾光啊！替我谢谢她！开车吧！从南面高速上，争取把扬城外围的高速段都跑一遍，查一下，松懈不得呀！"

驾驶员小周轻缓地将车开出了交警支队大院。

缪琴在报社赶稿件，这篇稿件还差几张市民购买年货的配图，报纸新辟了一个年货板块，为市民挑选年货提供购买的去处和为厂家产品做宣传，所以缪琴写采访的计划和提纲，向总编报审后和同事小徐一同出了报社大门。扬城大卖场有好几家，东西区都有的大润发超市尤为出名，还有万家福、时代、金鹰、京华城等十几家大型购物中心。缪琴计划的第一家就是西区大润发超市，然后再向市中心及东区进行采风。

缪琴开了辆雪铁龙 C2 汽车，这辆车跟随缪琴有三年了，车子虽然小，但驾驶灵活，占用道路空间也有优势，一些街边巷道它都能直开直进，既方便而又生态。此时天上的雪还在不停地飘着，街面上虽然撒了化雪的盐，但终究气温太低，路面上积雪成冰，车辆开在路面上小心翼翼，道路两旁都一溜烟地停靠着望不到尽头的汽车。同事小徐年纪比缪琴小两岁，路面的打滑让她坐在车的后排心也悬着，生怕车辆发生碰撞。

也许是紧张的缘故，同事小徐对缪琴说："缪姐，我们是不是把车靠边，我和你步行或坐公交车，你看街两边车都停得满满的，交警实行的下雪天都可将汽车停在道路两边的方案，真是科学实用。就像现在我们这辆行驶在雪地上的车，开得多艰难危险啊！这时候向街边一停靠，改乘其他交通工具或步行，这减少了多少交通事故的发生啊！扬城交警这种应对大雪恶劣天气的方法很好，难怪被其他城市也借鉴了。"

"你说得对！"现在开车的缪琴感到驾驶上有点力不从心，张望着路边有无停车的空当，一边对同事说，"我现在就体会到交警部门出这套应对恶劣天气方案的正确性了，真羡慕轻松走在大街上的那些人，我现在就想把车扔在路边了！"

还好，在前面不远路边有几个可停车的空当，缪琴将车停好后，关掉电门拔出车钥匙的那一刻，她才如释重负地出了一口气："啊！终于解放了，提心吊胆开了这么一会儿，我都要崩溃了，下车步行！"

下了车，比缪琴更开心的是坐在后排的同事小徐，她在下车后走了几步的时候对缪琴说："步行真是爽啊！在车上感觉到车在打滑的时候，真吓得我半死！"

缪琴摸了摸自己的额头，也说："瞧！我都出汗了，这大雪天开车开出汗来，这不是个新闻吗？"

"对，是新闻！那是给吓得！"同事小徐发了感慨，"得写篇稿子发在网上让大家讨论，交警出的应对恶劣天气的好方案，是不是得鼓鼓掌！加个赞！"

缪琴和同事小徐边说边聊向前走去，在她们停车的地方，一辆面包车紧随其后也停在道路的一边。驾驶面包车的是建筑工地上的那个老幺，他没有下车只是在车上坐着，车窗关着，他头上的安全帽变成了黑灰色的棒球帽，他的一双眼睛注视着远去的缪琴。过了好久，老幺推开车门下了车，他弯下腰似乎在检查车的车轮，一只脚还在车的轮胎上踢了踢，他转到了面包车的车尾，经过缪琴车的车头时，他的一只手做了个小动作，将一个跟踪器吸在了缪琴车牌照的下面，他又打开面包车的后车门，在工具包里拿了一把套筒工具，装模作样紧了几下车轮的螺丝，然后上了汽车。老幺今天是奉了假币团伙主犯的命令跟踪缪琴，任务就一个，找到她们家人居住的地点，找到后就算完成任务了。老幺对老板的这道命令很是明白，另外一组行动人员露过面了，公安已将他们二人的照片挂在网上追捕，一些公共场合都贴了通缉令，所以跟踪查线索的事只有老幺他们干了。

高速上，夏政委在高速道路调度监控室查看。每年的春运，最忙的就是高速大动脉，虽然动车、火车及飞机场也是人头攒动，但高速通道的快捷和直达让出行的人们选择高速，高速路上平时即便有交通事故的发生，那也是偶然的事情属个案，而春运一但有事故，即便是小事故也会酿出大的事情来，好几十辆追尾相撞在一起，死伤除外，还会造成高速路的瘫痪，及时救援和疏通高速大通道是高速交警的必修课，所以夏政委和倪支队长二人对春运这个考题是最重视的。春运前后、春运期间对高速安全的检查工作，一直是紧抓不放，有时候一上高速就是三四天，吃住都在高速上，除非城区道路有情况发生，不然常规情况下，他和倪支队长二人必有一人专项负责高速公路春运期间的安全工作。

今天是春运工作的开始，所以夏政委和倪支队长二人协调好了，夏政委上高速检查，倪支队长坐镇指挥。夏政委望着道路监控屏幕上流动的车流，这些每年都带着迫切回家过年看望家人心愿的回乡大军，是一年一度高速道路上重复出演亲情的一幕。今年由于天气恶劣，还下着大雪，冒雪回乡看望家人和家人团聚的一幕幕在夏政委心里翻腾着，亲情让他既感慨万分又让他无限担忧，他在心里一万个祝愿远行的人们，一路平安。

时间过得飞快，眼看就是下午三点多了。缪琴和同事小徐完成了需要的年货照片，将收集来的各厂家年货资料一一整理好，厂家对报社这项为企业服务的举措非常感动，临行时都向缪琴她们送了一些各自的年货产品。缪琴望着这一堆年货，她临时有了去看望自己父母和房高父母的想法，尽管房高向她说过，父母的住处一定要保密，这样做的目的缪琴也知道，是为父母亲人们的人身安全着想。但人都是心存侥幸的，何况几个月下来了，又临近年关岁尾的，假币团伙也是要过年的嘛!

缪琴搬着年货上了车,她开得小心翼翼向石塔寺宾馆而来，同事小徐不跟缪琴同路，她打了的士自己回单位了。

自从将房高父母和自己父母转移到石塔宾馆，缪琴今天是第一次来看望父母亲。石塔宾馆是一所区属直营的宾馆，在扬城是有一定年头的，石塔宾馆的前身是一座寺院，后来在解放后随城市道路修建的需要，这座有历史的寺院就不复存在了。当时在石塔寺部分原址上开了市直招待所，后来才改成现在的石塔宾馆，石塔宾馆内仅存寺院的一座大殿和矗立在文昌大道中的那座石塔。缪琴将汽车开进石塔寺招待所大院，她记得父母亲所住的房号，拎着东西直奔他们的房间而去。

石塔宾馆的大院开进了那辆一直跟随缪琴的面包车，驾驶面包车的老幺将车停在院内，他拎着工具包向宾馆总台而来。

宾馆的马路对面，停了一部黑色轿车，轿车上除了驾车的刑警队小李，还有另一名刑警队员。他们的任务是二十四小时保护缪琴的安全，刚才看见缪琴开车进了石塔宾馆，刑警小李知道缪琴是要去看她的父母，尽管小李知道缪琴这样的举动不妥，但现在他只能在马路对面远远地观察着。

刚才除了那辆面包车进石塔宾馆，连续着有三辆奥迪车进出，刑警小李都在本子上做了记录。

石塔宾馆内，老幺肩挎维修工具包来到服务台，由于老幺一身油泥工作服的装扮，服务台人员立时对老幺说："请问，你有什么事？"

老幺一脸规矩老实本分的样子回答道："这是石塔宾馆吧？我是来修理水管的。"

"请稍等！"服务员接着拨了内部工程部电话问道，"工程部吗？修水管的工人来了，你们下来将他领去。"

"修水管的？我们没有要修的水管啊？"

服务人员再次对老幺说："是不是你搞错地方了？我替你问过了，我们没有不需要修水管！"

老幺的表情仍是老实本分，他自言自语般地掏出手机，装模作样地在打电话："喂！哪个叫我过来修水管的，我来了，人家说没有水管要修！我在石塔宾馆呢，什么？错了！在哪儿？石塔宾馆后面的小区，你不说清楚嘛！这天气生意忙得很，你看耽搁我多少活了！”

就在老幺自说自演的时候，缪琴从宾馆楼梯出来。老幺转过身背对着缪琴，缪琴出了宾馆大门，向自己的汽车走去。她什么也没感觉到，见到父母亲她很开心，放下年货的时候不忘关照他们将年货和房高父母共用。

缪琴坐进汽车，发动后将车开出宾馆大院。

停在街对面的刑警小李跟在她的车后，缪琴要赶快回报社去，她要将今天搜集的年货信息整理出来，争取明天见报。

宾馆内，老幺对电话那头一阵牢骚，关了手机边对服务台人员说：“弄错了，是在你们宾馆后面的小区，谢了！你们宾馆真要修水管的话我是随叫随到，不管什么时间。”

老幺边说边转了身子，他走出宾馆大门。

缪琴进入报社，刑警小李将车停在报社的大楼边，他熄了火，一边考虑着一件事，心里面在犹豫着。旁边的刑警同事见状问道：“怎么了？有事？”

刑警小李见同事问，于是回答道：“这样，你看缪记者回她父母亲那里的这件事，向不向房高汇报？”

“你说的什么意思？说明白一点！”

刑警小李讲道：“按常规，缪记者不能大白天地去宾馆看她父母亲，万一假币案犯跟着发现了他们家人住的地方，你说这件事的利害关系是不是不一般？如果把这件事告诉房高，缪记者一定会知道是我们两人汇报的，出问题便罢，不出问题我们就得罪了缪记者，你说……”

“你考虑得太多了！”刑警同事打断了小李的话说，“该汇报的坚决汇报，出不出问题不是你我能考虑的，我和你的责任就是保护缪记者，另外发生的事情也在我们的职责范围。”

刑警小李还在犹豫，旁边的同事又说了一句：“你要怕缪记者怪你，我来汇报！”

刑警小李下了决心，他掏出了手机拨通了房高的电话：“房指导员，有一件事要向你说，今天下午3点多，缪记者回石塔宾馆看望了她的家人，大概是送年货给她家人的。”

房高接了电话，本来正为案件一时无法突破而愁眉不展，他接了这个电话也没有多想，只是问了句：“还有其他问题吗？”

刑警小李对房高的问话就是一怔，心里后悔这个电话真不应该打。于是回道：“其他无事！”

房高挂了电话，脑子里又在分析假币案件，对刑警小李汇报的这个情况不以为意。

刑警小李收了手机，叹了口气，旁边的同事看了问道：“叹什么气？房指导员听了是认为我们多事？”

刑警小李仍在心里后悔打这个电话，他没再开口。

同事继续说：“该汇报的一定汇报，如果我们把该汇报的没有汇报，那样的话才是我们要后悔的！”

刑警小李醒悟过来点头道：“你说得有道理，这个电话打得一点都不后悔！如果真等出了问题后，就不是后悔这么简单的问题了！”

就在他们二人探讨的时候，房高的电话打了进来，刑警小李接后问：“房指导员，什么事？”

“缪记者进石塔宾馆后，你们观察了哪些情况？”

刑警小李打开了记事本，回道：“缪记者进石塔宾馆后，有四辆汽车进出，其中五分钟后进小宾馆大院的有两辆车，一

辆是面包车，另一辆是奥迪汽车。出石塔宾馆的都是别克汽车。”

“面包车是什么时间进宾馆大院的？”房高加问了一句，“缪记者进去几分钟后这辆面包车出现的？”

刑警队员小李感到了问题，他看着记录快速地回答：“五分钟后面包车进宾馆大院，又过十二分钟一部奥迪车进宾馆大院。”

“好！”房高说了一句话后就挂了电话。他又拨通了自己父亲的手机问道，“你们都好吗？”

房高父亲听到儿子声音，高兴地回答说：“都好，刚才缪琴父母两人还送过来过年的礼物，说是缪琴刚顺路送来的，让我们也一起尝尝！儿子，你怎么样？坏人抓住了没有？”

房高听到父亲所说的话，他心里悬着的心暂时放了下来，对父亲说：“你们安心生活，放心吧！一定会抓住他们的！”

房高的几句话，目的是了解一下石塔宾馆内四个老人的情况，现在知道他们一切都正常，他的心里疑问暂时停了下来。挂了电话后，房高将思路收了回来，就在考虑案犯对手现在在干什么？春运都开始了，离春节也就没几天了，这帮案犯下一步的动作是什么？他们是不是也回家过年呢？房高的脑子里不停地问自己，一时间找不到答案。

他站了起来到窗前，看了看窗外一片雪白，大雪仍在不停地飘着。几只小鸟在枝头跳跃着，也许是雪天盖住了它们的食物，它们正用尖尖的嘴儿啄着枝头的鲜润树叶充饥。看到这一幕，房高的心思不免一惊：我们在找案犯分子，案犯分子也会跟这雪天寻找食物的鸟儿一样，它们不会放过一线报复的机会，况且从经过几次较量的情况看，假币团伙的报复行动正在继续。

不知道为什么，房高想到了缪琴下午回石塔宾馆的事情，他心里除了预感到案犯和雪天找食充饥的鸟儿一样，房高感受到了案犯动手的危机，他将现有的情况在心里做了个分析，案犯向自己或缪琴动手的可能几乎没有，对各交警执勤点的危害也很难成功，因为各交警执勤点自使用了混凝土块组成的有效防卫体后，犯罪分子用汽车发起对执勤交警的突然袭击就无法成功，再说案犯也不会拿自己的生命危险来冒险的，除了想到的几点，只有住在石塔宾馆的自己和缪琴的父母是薄弱环节，而且假币团伙的直接目标就是自己和提供破案线索的缪琴，那么对自己和缪琴的家人下手也就顺理成章了，想到这里房高离开了窗口，他抓起桌上的电话拨了韩龙的号码："韩队长，随我出去一趟。"

放下电话，房高对进来的韩龙说："找一辆其他车辆，高档一点的，你我去趟石塔宾馆。"

刑警队长韩龙借了辆奥迪车，他二人上了车向石塔宾馆而来。

停车场，老幺的电话打进了戴墨镜男子的手机，此时的老幺换了服装，那辆偷来的面包车被他放弃了。他的同伙正在他身边偷另一辆白色现代汽车，这辆车上灰尘不少，一定很长时间没有用过了。

他的同伙打开了车门锁，坐进驾驶室后用手动打火启动了车子，老幺也坐进车里，汽车开动离开了地下停车场。

车上，老幺仍在对戴墨镜男子说："情况就是这样，他们的家人一定住在石塔宾馆内了，不需要我们俩人插手的话，我们俩人就该撤了，弄了辆现代汽车留给你们用，另外，事情完成之后的退路，你们自己安排好，我们二人工地是回不去了！"

电话那头，戴墨镜男子低低地说了句：“你把汽车停在北门洗浴中心门口就行，然后你们的任务就完成了！”说完就挂了电话。

身边驾驶车辆的同伙问了句：“现在去什么地方？”

“北门洗浴中心！”老幺有点得意地说，“也该去洗洗了，干了三个月的工地活，今晚任务完成后就离开，也算是在扬城洗最后一次澡了。”

同伙将车转了方向，一路向北门而来。

石塔宾馆内，房高和韩龙在服务台前问情况。

服务员在说话：“是有一辆面包车，是修水管的，我们宾馆水管好好的，是修水管的师傅弄错了地方！”

“弄错了地方？”房高的神情为之一振。

“是的，不是我们石塔宾馆水管出问题，是我们石塔宾馆后面小区里住户水管出问题了！”宾馆服务员说，“维修师傅打电话的时候，我听到的！”

房高和韩龙对视了一眼，他们二人什么话也没说，各自心里清楚，案犯要在石塔宾馆动手了。

他们二人回到车上，关上车门后房高对韩龙说：“这一次一定要抓住他们，这样你出宾馆大院打的回去，不要直接回刑警队，防止对手在附近监视。你们只要在夜晚发现宾馆对面停有车辆，这就是要抓捕的目标，关键是一定要等对手从车上下来一个人后，你们才能对那辆车包围并将车上的人抓获。有一点，防止对方发现了你们的抓捕行动驾车逃跑，你们用两辆车前后夹击，另一辆车并排靠紧他让他无法动弹。”

“你呢？里面你一个人应付得了吗？”韩龙有点担心地说，

“万一案犯带了枪，我们得有最坏的打算！”

房高听了点头赞成说：“这样，我先在宾馆开间房，然后将宾馆房间号发给你，你安排一名刑警队员进来就行，人不能多，一多就会引起对方的怀疑，就像在东区东花园的那场抓捕，到现在我还闹不清楚，案犯怎么就发现了我们的行动？所以，一定是出在人数太过多的事情上，这一点是我们的教训！”

“宾馆服务台要不要安排人进来？”韩龙想到案犯会不会提前进入宾馆，于是对房高说，“要不要对宾馆入住的人员进行甄别？防止案犯已进住宾馆。”

“服务台的服务人员不能换！”房高回答说，“对手不是一般的犯罪分子，如果有一点不正常就会惊动他们。我有个想法，以请我和缪琴的父母吃饭的名义，将他们四人带离石塔宾馆，另外将他们四人安排其他宾馆居住，空下来的房间由我和马上进来的刑警队员住进去，你看如何？韩队长！”

“这样做最好，保护他们的安全是第一位的！”韩龙点了头推开车门准备下去，房高阻止道：“你去请动静太大，我打电话让他们下来，通过服务台时把这个信息散发出去，这样做不是更全面吗？”

院内，车上房高在做必要的安排。他拨了父亲的电话，不一会儿电话通了，父亲在电话里问：“儿子，又打电话干什么？是有什么事情吗？”

房高坐在车里说：“爸，我和缪琴请你们和她父母两人一起吃个晚饭，和缪琴一家认识时间也不短了，一顿聚会都没有安排过，今天时间上有空，你们现在就下楼来，一起请一下缪琴父母，我在宾馆院里等你们！饭店定好了！”

房高父亲觉得儿子说得很在理，于是回答道：“儿子，你

这样做就对了，我让你妈马上去对门请缪琴父母，你放心，我们一会儿就到楼下！”

房高不想今晚的抓捕行动惊动父母，知道四位老人经不起周折。

他要在不经意间将四位老人转移出去，于是利用等缪琴父母的时间房高继续对父亲说话，他要给父母他们造成轻松安全的气氛。

“天气冷得厉害，晚上待在房间里，门要反锁上，安全是第一的！”

“好的，儿子！”房高的父亲对儿子的关心很是开心，继续对房高说，“这一点你放心，你妈的安全检查比我做得好，她每天睡觉前都检查一遍的，你放心就是！”

“不管什么人敲门都不要答应，更不要开门！这两点爸你要把关！你是个老兵，我妈经不住别人骗的！”房高千叮咛万嘱咐。

“那是自然！”房高老爸被儿子几句奉承话说得有点飘了，“行了，儿子你放心就是，有你爸这老兵在，你妈不敢不听，哦！缪琴父母过来了，儿子不跟你聊了，马上就下楼来！”

房高的老爸关了手机，和缪琴父母一同下楼来。走到服务台时，服务员知道这四人是长期居住在宾馆的，于是习惯上打招呼问道：“怎么？大雪天还出去？”

房高的父亲回答道：“儿子请我们吃饭，我们四人又是儿女亲家，一起聚聚！”

“你们四位老同志真幸福！慢点走！大雪天！”这个服务员也是热情，“还住多久啊？房子装修得差不多了吧！年前应该能住新房的吧！”

房高父亲知道这是他们四人住宾馆的借口，于是边走边说：“是的，快了！住新房请你们吃糖！”

四个老人出了宾馆大厅，房高将他们安排坐进汽车，对韩龙说：“好，交给你了！”

韩龙也不停顿将车开出宾馆，房高望着出门拐弯的汽车，他又将思路作了一遍检查，转身向宾馆服务台走去。

北门洗浴中心。北门洗浴中心是家有一定历史的老浴场，它的前身是北门街上最老的浴室，用的是地龙火炕式加温，浴室保温性和持续加热就像农户家中的锅灶台一样，火龙在浴池下面持续加温后，形似于现代的蒸桑拿一样，浴室内蒸气满满，在劳累了一天后进去蒸泡一下，浑身的毛孔都会舒展开来，一天的疲劳和寒凉也就得到平衡了。后来经过改造，增加了服务项目，生意一直很好，尤其是老扬城的人，对这家浴室很有感情，城市拆迁改造了，老住户都搬家很远了，他们仍不时光顾这家老浴室。

老幺和他的同伙刚将车停在洗浴中心门口，这时有辆电瓶车停在了老幺汽车的边上，驾驶电瓶车的是个男子，头上戴了个棒球帽，脸部戴了个大号口罩，只露了一双眼睛。此人将车靠在老幺汽车车门的一瞬间，他将一个手提拎袋递给在了老幺手中，动作极快，连老幺也是在一怔之后反应过来是怎么一回事，电瓶车又在一闪之间不见了身影，老幺将重实的手提袋放进车内，心里对刚才这个人的身手竖起了大拇指。

老幺知道自己的任务完成了，望望身后的洗浴中心，决定泡一把澡后再离开。他知道这里仅仅是交换作案汽车和炸弹的地方，这里应该是安全的，再说离动手的时间还早，现在最需要的就是找一个安全的地方，浴室就是安全中的安全了，只要付澡资，也不用出示身份证登记，更没有全方位监控，往澡池里一泡什么人也发现不了。但也有个不足之处，近年来光顾浴室的人员鱼龙混杂，在一定程度上已成犯罪分子混迹的场所之一，当然浴室也就成了警方重点检查的地方了。对老幺这样的案犯来说,他是最清楚这个道理的,但他的心里是反过来考虑的,靠近年关，安全的重头戏是防偷盗，况且这个北门洗浴中心是个老浴场，来光顾的人多数为中年向上的岁数，年轻人光顾的极少，所以发生偷盗或其他案件的可能性就很少。

老幺进入浴池后，就明白戴墨镜男子为他们选择来这家洗浴中心的缘故了，浴池里都是四十向上的男子在泡浴，众人一副放松享受的神态，浴池里蒸气袅袅，一米内几乎看不清对方的脸部表情。

老幺放下了戒心，对同伙递了个眼色就泡进了浴池。

刑警队韩龙布置好抓捕的人员，他给房高打了个电话。此时的房高已住进了石塔宾馆,他选了正对宾馆大院的一间客房,又将自己的房间号发给韩龙。

房高接了韩龙的电话，韩龙先告诉房高，四位老人已安排停当，并且安排了两名公安做保护。韩龙在电话里又提了个新的方案，他对房高讲述道：“房指导员，抓捕的行动布置已安排到位，石塔桥东西都布置了阻击的人员和车辆，阻击的人员和车辆都隐蔽在沿街的单位里，不会引起案犯的怀疑，另外石塔桥东路南的位置还有另一个通向桥下的岔道口，沿岔道口到了桥下,再向南就是一条通向南面的道路,出了这条向南的道路,就是荷花池的地段了，那里四通八达，我决定在这个岔道口向南的路中段设个口袋，万一行动有变的话，我怀疑案犯很可能将这个通桥下的岔道口作为逃跑的退路，因为从桥面的东西路上正常行走的话，这个岔道口极其的不显眼，一般人不熟悉的话很难发现这个通往桥下的岔道口。这个岔道不容易被发现，也是常常会被疏忽的，案犯作案前一定会勘察现场和预留逃生的退路，我料定这个通桥下的岔道出口，一定会被他们选择为逃跑的退路。"

房高听了刑警队长的分析和安排，他不住地点头赞成对韩龙说："韩队长不愧是个老刑警，你这样的分析安排最正确！不过布置口袋的时间不能太早，太早的话会给案犯留下怀疑的痕迹。"

"这一点我们也考虑到了！"韩龙继续对房高说，"也是巧得很，向南布置口袋的道路东面，是人防部门的几个单位，我们就把布置的人员和车辆开进人防大院隐蔽起来，一旦有变化及时出动，只要将一辆车横在通向南面的路上，这条路就被切断了，到时从北面追过来的伏击人员再从后面堵死，案犯就成了瓮中之鳖，无路可逃。"

房高听了很是高兴："好！好！好！"房高一连说了三个好，他不忘最后还说了一句，"安全第一，案犯不会束手就擒，防止他们有武器。"

"这次行动打的就是迅速，不能让案犯有考虑的机会！"刑警队长韩龙信心百倍，"给你派的队员马上进去，为防止给对方有疑惑的地方，我用出租车将队员送进去，我故意让进去的队员拖个行李箱，装扮成路过的旅客身份，这样做就是迷惑对手，这一次决不能再让案犯逃脱了。"

韩龙挂电话之前对房高又补充说了一句：“缪记者已有保护的刑警队员护送回家了，我们给她你不能来接的理由是你在开会，会议很重要，会开得很晚。”

房高挂了电话，看了看手表，知道这时候时间还早，他站在窗帘后将紧闭的窗帘掀开一条缝隙，眼睛向宾馆大门外面观察了一下，转过身坐在床边，他需要再将整个抓捕行动捋一遍。想到缪琴，于是又给缪琴发了在刑警队开会的借口信息，他不想让缪琴担心，只能善意地说了谎，如果缪琴是聪明而敏感的话，她就能知道房高没有说真话，今晚一定有行动。

石塔桥东靠北沿街有一条小石板路，这条路宽不过 1.5 米，最狭的巷道仅能骑一辆自行车或电瓶车通过。就在这条七绕八拐的巷道里。那个骑电瓶车在北门洗浴中心门口，将一个手提拎袋交给案犯老幺的人出现了。他还是那个装束，头上戴着棒球帽，大号口罩将脸部遮得严严实实，这个装束在现在的冰雪天里也不奇怪。他骑着电瓶车，一路沿着石塔寺桥向东而去，经过石塔宾馆大门时他有意无意之间下了电瓶车，装着检查电瓶车车轮情况的样子，一双露在外面的眼睛朝石塔宾馆里瞄了瞄，他又骑上了电瓶车，继续向东行驶而去。

这个案犯向东骑过红绿灯向北转弯，在一家汤包馆店面前停了下来，他锁上电瓶车，进入店里面，选了一个脸朝西背对店门的座位。他要了一笼汤包和馄饨，将大号口罩摘了下来，这时这个案犯的真正面容露了出来，这张清秀刚毅的脸上，一双机灵而聪慧的眼睛，浓而宽的眉毛，高挺的鼻梁，一张上嘴唇薄下嘴唇厚的阔口，下巴圆而见方。如果就这副脸面朝你面前一站，你绝对想不到，他是在扬城犯了几起撞击交警，杀死出租车司机和用土制炸弹行凶作案的主谋——假币犯罪团伙主要成员，此人姓焦，全名焦流，是个高智商犯案的人物，而且手段恶劣。此人学历较高，在境外留学回国，在留学期间受到境外假币团伙的拉拢，加入了假币团伙之中，奉假币团伙的安排回国内进行假币销售。在扬城销售假币的过程中被交通警察发现，由此被警方查抄了假币的窝点。正是由于这个原因，他把报复交通警察作为行凶的首选，这才在扬城做了几起针对交通警察的大案。现在他化装成附近居民形象，目的就是侦察石塔宾馆有无异常情况，他先前对这家汤包馆做过侦察，这家汤包馆店内未装监控，只是在门前有一个监控探头，汤包馆的对街是移动电信大厅，朝街面都安装了监控探头，所以焦流这个案犯放心进汤包馆吃东西，背对着店门就是因为对街移动营业大厅有监控探头的原因。

焦流不着忙地吃饱肚子，又买了三笼汤包打包带走。他在站起身转脸之前戴好了大号口罩，拎了店家打包好的拎袋向店外走去。

焦流骑上电瓶车，还是向来时的原路走去，电瓶车的车篮里多了一包汤包。

焦流车骑得很慢，他的一双眼睛不住地在搜索，还好，街面上一切正常，买年货和归家的人们行走在冰雪路上，车辆慢吞吞地行驶着，一切再正常不过了。焦流将电瓶车骑过对街，他要通过对街再观察一下路北的情况，也许真是天意，焦流的眼睛被石塔桥东路南桥头的岔道口吸引住了，他一拐方向向桥下而来。顺着桥下一路向南行驶到荷花池附近的街面，焦流在心里乐开了花，这条不起眼的路不正是逃生的退路吗？而且开在桥头的岔道口极其隐蔽，不是留意或熟悉的人是很难发现的。

焦流在心里对自己的选择感到高兴，他决定再顺原路走一遍，再观察一下，如果没有其他问题的话，就把这个逃生退路的地方告诉将要行动的手下了。

焦流又顺原路骑了回来，他一路小心观察，发觉这才是天助他成功的逃生退路，这条道路作为逃生退路简直是太好了。

他忘了一条，世上的事没有最完美的。

如果在他最满意选定的逃生退路上被抓获的话，他一定会想到这句话。

第十五回　后门不紧恶犬溜　道高一丈伏魔心

大雪还在飘，细细的，像片片飞舞的柳絮漫天漫地。交警支队倪支队长的电话打进了房高的手机里，房高接后说："倪支队长，您好！"

电话那头倪支队长关心地问："回家了没有？天气寒冷，破案不在一时，身体要保重，越是关键时候越要冷静，开始春运了，原本夏政委要把你带上高速感受一下春运的节奏，也不巧，争取年后有时间的话感受回城的春运大潮，这是我们作为交警的一个过程，也是一种洗礼，经历过了这种每年回乡春运的洗礼，才能算一个真正的交通警察。你不能光从电视或媒体的报道看春运，要能切身感受体会一次，就能明白为什么交通警察的工作是伟大的，别人不明白不理解是正常的，关键是我们自己怎么看，做一件事和一辈子做一件事是不同的，就像你现在忙的假币案件，假币关系到国家的金融体系，也是国家经济稳定的关键，扰乱国家的金融就是一种策略，也是对这个国家最严重的打击，所有你不要小看了手头的假币案，这关系到国家的命脉！这件假币案不仅仅是省公安厅在等你们的好消息，据我的看法，国家层面上也在等，等你们掀开境外势力的面纱掌握证据的时候，我们才能用证据打破对手的阴谋，知道这件假币案的重要性了吗？破了这个假币案，抓到境外势力的证据，就是对国家的忠诚奉献。”

倪支队长说到这里，停了停继续说：“这些话不是我说的，是章成文市长在会议上说的话，我感觉这些话应该让你知道，因为你是一名共产党员。”

倪支队长的电话挂了，房高在心里感悟着，是啊！我的思想里是保护家人和交警不受伤害，思想层面上还没有想到国家两个字，现在听了倪支队长的话，房高心里豁然明白了许多，假币案不仅仅是抓几个案犯和保护家人的安危，它的意义是国家层面的，这是无声的战斗，自己就必须站在这个高度去工作去努力。

一辆出租车停在了石塔宾馆门前，出租车上走下来装扮后的刑警队员，他拖着旅行箱进入宾馆。

石塔宾馆门前又停了一辆出租车，从车上走下来化了装的假币团伙主犯焦流。焦流也拖了个旅行箱，一只手拎着打包好的汤包提带。棒球帽和大号口罩不见了，只是鼻梁上架了一副宽边变色眼镜，脚上那双黑面黄底的皮鞋尤为显眼。焦流这个案犯主谋亲自出马，意味着什么呢？焦流之所以亲自化装进入石塔宾馆，他是想了一个万全之策，一但手下动手失败，警方的重点就在追捕上，等警方都忙着去追捕的空隙里，我悄然出手将这颗炸弹扔进交警家属的房间，等警方回身抓我的时候，或许我早就趁乱走了，所以这就是焦流冒险住进石塔宾馆的原因。

房高已潜伏在宾馆里了，焦流进宾馆房高暂时还不知道，房高事先和韩龙做了安排，只要石塔宾馆有旅客入住登记，立刻将旅客登记的个人信息发送到房高手机里。宾馆旅客登记是和公安联网的，只要旅客登记的身份信息一输入登记电脑，警方就会第一时间知道旅客的全部身份信息。

焦流也知道警方在宾馆实行的这套治安管理方案，他是假币案的主谋，他持有的假身份证就有好几张，有时连他自己也弄不清楚，自己属于哪张身份证。今天他的身份是船舶研究所的工作人员，身份证信息网上一查就有，唯一假的就是身份证持有人的照片。

焦流在服务台开好了房间，一路拖着行李箱上了楼，他从进石塔宾馆大院开始，就注意这栋楼上亮着灯的窗户了，由于到了年底，入住旅客是最少的，大家都忙着回家过年呢！就是有入住进宾馆的也是赶不上回家的交通工具了，临时住一晚而已。

焦流把亮着灯光的房间都记在心里，亮着灯光的客房总共六间，他计划着只要用点手段就能找到交警和晚报记者家人所住的房间。他不动声色，一副文人的派头，随着宾馆服务员的引导到了自己的客房前，在打开自己客房门时，焦流用无意间的一句话套出了一份情报。

焦流不经意地说："天寒地冻的，若不是我们赶不上车的话，你们也可以早点休息的！"

服务员道："休息不了的，就是没有你们这些往家赶的顾客，我们这儿也有包租的旅客，要是今年他们不回家过年的话，我们的年过得都不方便，总得有人值班烧水做饭什么的！"

"包租？就是包租过春节也得回家吧！"焦流有意识地套话。

果然这个服务员继续又说："两家儿女亲家，房子在装修，

只能出来住宾馆，这天寒地冻的装修一定停了，不在宾馆过年的话能去哪里呢！”

“也是！”焦流推开了客房门拖着行李箱进去了仍问了句，“你们宾馆有小饭堂？现在还有饭吃吗？”

“现在都快过年了，谁还会为几个顾客做饭！”服务员说，“平时有个小饭堂，只卖盒饭！”

“你不是说有包租客房的旅客吗？他们吃什么？总不会你们宾馆允许他们在客房里自己做饭吧！”

“客房做饭那是不可能的！”服务员有点不耐烦地说，“包租客房的住三楼，另外三楼有个小储藏间给他们自己做饭，烦死人了！都是宾馆经理说了算，我们服务员一个，只能听领导说了算！”

“什么地方都差不多！”焦流作势要关门仍对服务员敷衍道，“领导的话就是他说了算，我们只能敷衍着干，犯不着跟领导较劲，是不是？”他又晃了一下手中的塑料拎袋故意说，“幸亏我买了吃的，要不然得饿肚皮了！”

“好，你先休息，有什么需要叫我一声，二楼我值班，你们提不满意意见的话得扣我工资！”

服务员走了，关上门的焦流收回了脸上的笑容，他迅速将手中的拎袋放下，几步走到窗口将窗帘拉上，他在心里盘算着刚才服务员所说的信息，自己进宾馆大院看得很清楚，整个三楼就东面的客房亮着灯，这和刚才服务员所说的信息是一致的，看来自己要下手的目标在三楼是确定的了。他又抬手看了一下手表，现在九点刚过，离动手的时间还早，焦流掏出手机给手下发信息，告诉手下目标在三楼，最东面的两间客房，信息发完后，他打开了电视坐在床上休息。脑子里细细地考虑着，希望这次行动成功，让管闲事和阻碍他们假币发财的人见识见识，跟假币团伙作对是没有好下场的。

夜深了，冰冷的街面上行人和车辆都稀少了，偶尔有出租车从街面驶过，雪仍在下，飘飘扬扬的。

那辆在停车场偷来的北京现代汽车出现在石塔街面上，它行驶缓慢地在石塔宾馆斜对面的街边停了下来，车轮压在路边的冰雪上，吱吱的声音在寂静的夜晚传得很远。胖案犯和同伙瘦高个坐在车上，他们不着急动手，是想再观察一下周围的情况。

夜里的雪下得更大，路面上几乎没有车辆和行人了。胖案犯准备下车，老板发来的信息他收到了，知道目标在三楼，但他不清楚老板现在就在这家宾馆客房的窗帘后面，注视着自己刚停在街对面的汽车。

时间过去二十分钟了，按常规可以行动了。胖案犯拎了那个装有炸弹的拎袋下车了，他的脸被大号口罩捂得严严实实，头上的棒球帽拉得很低，压在眉毛下。

在宾馆的客房里，房高的客房灯关了，房高站在窗帘旁注视着向宾馆走来的胖案犯。房高的手里握着手机，眼睛紧盯着那个移动的身影。房高怎么也不会想到，在隔壁的客房里，和自己一样观察情况的还有另外一个人，这个人就是假币案犯行凶的主谋焦流，此时的案犯焦流也站在窗帘后面，一双眼睛注视着窗外的一切，他要观察自己手下进入宾馆后，宾馆的大院外和街面上有无异常情况出现。

同样，全神贯注的案犯焦流，他对隔壁客房里住着抓捕自己的房高也是一无所知。

胖案犯过了街，进了石塔宾馆大院。

焦流的客房里也关了灯，他站在窗帘旁同样注视着街对面。

街对面一切如常，只有漫天的大雪肆意飞舞。停在街对面的北京现代汽车静静的，由于车身是白色的，大雪很快覆盖了车身，在飞舞的雪天里显得若有若无，躲在客房窗帘后面的焦流收回了自己的目光，他转过了身来到行李箱前，他要准备干他自己动手前的工作了。

就在焦流转身离开客房窗前时，发生在街对面的抓捕行动开始了，公安刑警三辆车对北京现代车的前后夹击行动进展得很顺利，很快现代车上的案犯被公安抓获，一切都在无声中进行着。也许是老天在惩罚行凶的罪犯，漫天的大雪做了很好的掩护，当现代车上的凶犯发现情况时，黑洞洞的枪口顶住了他的脑袋，就在罪犯一愣神的瞬间，一个黑头套蒙在了凶犯的头上，随后就被行动的公安一把从驾驶座位上拎了出来，凶犯的一双脚几乎没落地就被塞进了另一辆车中，前后的行动只用了一分钟。

很快罪犯被押上另一辆车开走了，街面上静静的。那辆北京现代依旧停在那儿，只是坐在车里面的是刑警队韩龙和他的两个队员。他们在等待信号，一旦房高在宾馆里得手制伏了另一个案犯，房高的客房灯就会亮起来，这是房高和韩龙约定的计划。

街面上恢复了平静，大雪依旧在飘舞着。

焦流将装有炸弹的包装盒拿了出来，他对自己亲手做的炸弹很是放心，嘴角上闪过一丝冷笑，在漆黑的房间里他的脸变得狰狞可怕。他又站回了窗前，一双眼睛注视着街面，街面上一切如常，停在对街的北京现代仍在大雪中若有若无。焦流看到这一切，他放心了，抬起手腕看了看时间，他在等待手下得手后，在宾馆院内晃动手机屏幕的亮光信号。

房高和另一名刑警队员都不在客房里了，他和房高做了分工。从宾馆到客房有两条路，电梯是正常开的，但被房高有计划地弄停了，现在要上楼进客房的话只能走楼梯。房高和刑警队员各自埋伏在二楼和三楼的楼梯口，上下把控着。

澳洲狐狸在躲避对手追捕的时候，它给自己规定了一条，不能直线逃跑，要不受限制地曲线奔跑，这样逃生的机会就很大。

胖案犯是经验老道的作案高手，进入宾馆服务大厅后，他知道服务员都会趴在柜台上睡觉，他没有惊动她们。轻手轻脚自然地走到楼梯口，他放弃乘电梯的理由是怕电梯的响声惊醒睡觉的前台服务员。

这回澳洲狐狸遇到了个老猎手，他没有追赶着狐狸跑，只是放了一声空枪，狐狸的警觉是天生的，枪声就是逃命的信号。狐狸仍是奉行不能直线逃生的规定，在它依旧曲线奔跑的间隙，猎人的枪管随着逃跑的狐狸在移动，猎人在等一个机会，狐狸奔跑一段距离后，发觉背后并没有追赶的猎人，它就会停下来四下张望，它要确定追赶自己的危险来自哪个方向，一瞬间，狐狸等来的是猎人守候已久的子弹。

胖案犯摸上了二楼，二楼的过道灯又坏了，尽管会有一楼楼梯间隙的光亮，四周仍是漆黑的，房高就埋伏在拐角处，凶犯的一只脚踏进了房高的视线，就在凶犯抬脚向三楼的楼梯跨去的一瞬间，房高从拐角处冷不丁地扑了出来，一个搂头反锁，紧紧地将凶犯压在身下，胖案犯的喉管被房高锁死了，他叫不出声也喘不上气，一切就在一瞬间悄声无息地解决了，三楼的刑警队员及时过来，将一个随手拿来的毛巾塞进了凶犯的嘴，迅速地给凶犯带上黑色面罩并反手戴上手铐。

连同那个炸弹拎带一起，房高和另一名刑警架起凶犯顺着楼梯下了楼，出了宾馆服务大厅，一路不停地将凶犯架上了北京现代汽车，韩龙一挥手汽车开走了。

澳洲狐狸一旦躲进灌木丛，猎人的鼻子再敏感，哪怕狐狸就在你脚旁灌木丛藏着，此时的狐狸知道猎人失去了目标，只要自己不动就不会被发现。

宾馆客房内，假币案的主犯焦流，站在窗前等待手下得手后的信号，当他亲眼从窗外看见两个便衣架着蒙了头的一个人出了宾馆大院，又被塞进停在街对面北京现代汽车里，北京现代汽车在一刹那间消失在自己眼睛里时，这个假币案行凶主犯有点惊慌了，他怀疑自己进了警方的伏击圈，他一伸手将土制炸弹抓在手上，他准备鱼死网破。

夜还是那样静静的，焦流站在漆黑的客房中央，他知道警方一定会破门而入，他不会那么容易束手就擒，手里的炸弹抓得紧紧的，一双求生并不绝望的眼睛望着紧闭的客房门。

十分钟、十五分钟

焦流拼死的心在活动，他不相信警方会疏忽了自己这个主犯，他用耳头搜索着，四周一遍寂静没有异常。他向客房门快步走了过去，将耳头贴在客房门的背后，门外依旧寂静无声，焦流的一双眼睛闪过疑惑，就像狐狸面对猎人的枪口，它不会相信猎人忘了扣动扳机。

焦流又冲到了窗口，他在观察窗外的情况。窗外大雪依旧，街面上的雪堆得厚厚的，宾馆的大院内雪地上洁白一片，连个走动的脚印都没有。这时候的焦流心中闪过一丝兴奋，他知道自己是一条漏网之鱼，他必须尽快离开。

他将炸弹放进手提袋，扫视了一下客房里的东西，他需要不留痕迹地消失，不能给对手留一点致命的线索。那个汤包拎袋也被焦流拿了过来，他小心地打开客房门，伸出头向长长的过道望了一眼，过道上没有异常，他出了客房反手将客房门带上。他选择了电梯，伸手按了按钮电梯没有反应，他急转身向楼梯走去，他知道手下一定是在楼梯里被抓的，他不能停留必须尽快离开。

宾馆服务员不知道怎么醒了，看见从楼梯走下来的焦流，她揉了揉没睡醒的眼睛问道：“怎么？现在大半夜的要走……”

焦流被服务员的声音吓了一跳，他很快镇定下来对服务员说：“我刚在网上订了飞机票，现在要赶到飞机场，没办法，过年了回家是最重要的嘛！”

焦流在服务台办了退房手续，临走还不忘对服务员说了句：“提前给你拜个年，再见！”

焦流拖着行李箱出了宾馆大厅，紧张地四下张望了一下，

不一会儿消失在宾馆大院外。

随着猎人的脚步离去，狐狸不会轻易地挪窝，它生怕这是猎人的圈套，狐狸的耐心不是一般人能揣到的，它能蜷伏在藏身的灌木丛里一天一夜，直到危险真的解除了，它才会从藏身的地方走出来，并迅速地转移而去。

接下来就是审讯，审讯是连夜进行的。

审讯室里，房高审视着胖凶犯，他没有说话，只是将手中的卷宗细细地看了一会儿，起身又出了审讯室，过了一扇门来到另一间审讯室里，房高依旧没有开口，连看都没看凶犯瘦高个一眼。房高翻看着瘦高个的卷宗，仍是一言不发。房高心里也急，一个上午眼看就过去了，这一胖一瘦两个凶犯没交代过一句话。房高也知道这是惯犯的通病，他们心里清楚能拖就拖，少交代或不交代是他们心存的侥幸。再说这两个惯犯知道犯有命案的结果，所以被抓获后是一言不发，刑警队几拨人轮流审过，这两案犯仍是装疯卖傻或者就是一言不发，今天房高审了一上午情况依旧，房高感到很辣手，出了审讯室，一门心思要撬开两凶犯的嘴巴。

到了办公室，韩龙等候在那里，瞧见房高一脸的焦虑之色知道审讯还没有结果。韩龙沉默着没说一句话，房高站在窗前，一脸的忧色忡忡，院子里的枯萎花草被积雪完全覆盖了，白白的一片，一只鸟儿飞了一圈无处觅食，站在窗台前警戒地四下张望着，呼的一声展开翅膀飞走了。

房高看得有点出神，一旁的韩龙打破了沉默说："要不先吃午饭，吃饱了再审，这两个凶犯不是一般的犯人，他们有心

理准备，所以得动点脑筋。”

房高若有所思地问了一句：“这二人吃饭怎样？吃得多吗？”

“吃得正常！”韩龙回答道，“而且能吃，不挑食！”

“我需要看看他们吃饭的监控画面！”房高分析道，“一般人在吃饭的时候愿意说一些话，一些不能明说的话也在吃饭的当口交流。”

“好的！”刑警队长韩龙站起了身回道，“先吃饭，吃完了饭后我陪你一道去监控室查看。”

“不！还是先去监控室！”房高有点心急，说着话的时间人已走到了门边。

韩龙尽管肚子很饿，他还是跟着房高向监控室而来。

刑警队监控室，房高和韩龙注视着两个案犯审讯的画面，一胖一瘦两案犯分别关押在各自的关押室里。胖子的神情从每次被提审后到走回关押室的时候，都有一个相同的动作，在审讯完毕站起来的那一刻都会深深地深吸一口气，然后才走出审讯室。再看在审讯胖案犯之前，凶犯是脸部毫无表情地坐在那儿，一双眼睛一动不动，隐约间能听到案犯的呼吸声，这种声音又与常人有着不同，似与沉睡后人的呼吸一般。房高示意工作人员将声音调大，韩龙也听了出来，案犯的呼吸声有异。这种呼吸声来自于人体的肺部，像是从肺部挤压出来的空气和喉咙底部带有丝丝水汽混杂在一起传出的声音，这种呼吸应该是人睡熟之后的呼吸，房高戴上耳机又听了听，不会错，这是人睡熟之后的呼吸之声。房高摘了耳机，知道这个案犯居然在面对审讯时能安然睡熟，这是不可理喻，也是说明这个胖案犯的犯罪心理不是一般。再有胖案犯在睡熟之后，他的一双眼睛依旧睁开，只是眼珠不在闪动，定在那里一动不动。

房高对韩龙说了几句话，韩龙也点头表示认同，韩龙对身边队员说：“将监控画面调到夜里的时间段，看一下案犯在夜里十二点之后的情况。”

工作人员随即调动，一会儿屏幕显示胖案犯在夜里十二点之后的监控情况。胖案犯仍是坐在那儿，一双眼睛一动不动地睁开着，那种细微的呼吸声很重，不要戴耳机就能听见。

房高对韩龙说：“这是一个睁开眼睛能睡觉的人，你看现在是夜里十二点，现在看到的这个画面和案犯审讯时表面的画面似乎一样，但现在的这个画面呼吸声音偏重，而且没有从人体肺部挤压出来，带有喉咙底水汽的声音，而白天在审讯室传出的呼吸声才是人睡熟后发出来的呼吸声音，这个案犯体形偏胖，他的喉管通气量就狭小，所以只有在睡熟后，喉管呼吸道周围的肌肉松弛后，呼吸管道会变得更细小，通过的气量受阻挡，喉咙里自然就会有种水汽声传了出来，这才是人在睡熟后的正常呼吸。”

“我明白了，这家伙白天睡觉，晚上不睡！”韩龙听出了房高讲的这一番道理说，“而且这案犯睡觉还睁开眼。”

房高说：“所以，案犯知道我们审讯的习惯，一般都是晚上或夜里审讯，或者说这个案犯练过气功，我感觉他坐在那里睡觉就是练功，常人睡觉是平躺着，而他为什么要坐着睡觉，这跟佛家的相桩功很像。”

房高指着监控画面说：“你仔细看，只要审讯一结束，案犯站起来之前他都有一个相似的动作，他都会深深地吸一口气，然后徐徐地吐出来！你再看，当我们审讯了案犯一夜后，案犯进关押室的画面表现，就是案犯另一种进入睡眠的神态。你看他在坐下来之前也有一个深吸一口气的动作，这是相桩功的一种练法，究竟是不是相桩功，这个不重要，重要的是这个案犯作息时间是反的，所以我们要改变一下审讯的方法，打乱他的作息时间，这样也许对我们的审讯才有帮助。”

韩龙仔细地看了画面，佩服地对房高说：“你这一套在哪里学来的？怎么我们搞刑侦的没有这方面的知识？”

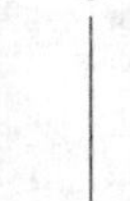

房高回道：“这些都是在部队当侦察兵时学到的，和我的教官有很大的关系，他交给我们作为侦察兵的唯一要求，就是观察要仔细，仔细，再仔细！观察一件事，只要你仔细了，用心了，再谨慎的人或事情都有漏洞。”

韩龙说笑道：“让你去干交警真是乱了谱，你天生是块干刑侦的料，为什么偏要去干交警呢？交警哪是……”

“你不会理解的！”房高站起身打断了韩龙的话，他对韩龙说了一个自己的看法，“从现在起不要把他们俩分开关押，把他们关在一起，只有这样我们才能观察到他们的漏洞。”

“但是，他们也会知道我们这样做的目的，会有效果吗？”韩龙说出了自己的担忧。

房高的眼睛一直没离开监控继续对韩龙说：“就是知道他们一定会这样想，所以让他们在一起后，一定会有新的线索表现出来。换句话说，把你和我关在一起，能不交谈吗？能没有面部的变化？或者让他们相互间出现点揣测？你不认为这是一种有效地寻找突破口的方法吗？”

韩龙被房高的话折服了，马上吩咐道：“把两个案犯关押在一个房间，监控要一秒不漏地记录，有变化的监控随时报告！”

房高没有出监控室，他要看到把两个案犯关在一起后的变化。韩龙的肚子饿，知道房高的肚子一定也饿，于是对另一个队员悄声地说了几句，这个队员转身出去了，不一会儿这个队员端了两盒饭菜进来，韩龙接了过来递给房高说：“先吃吧，不要饿坏了自己！”

房高是饿了，但他现在的心思全在这两个案犯身上，他没有说话，拿起筷子狼吞虎咽起来。

韩龙也当兵出身，吃饭一样风卷残云。这时监控画面上出现胖案犯进入瘦高个关押室的画面，胖案犯和瘦高个也不说话，两人谁也不看对方，就仿佛对方不存在，胖案犯还是坐在那儿，坐下之前深吸了一口气，然后就一言不发地静止了画面一样，两人各坐一边。

时间过去半小时，瘦高个的眼睛在动，房高看到这个画面知道瘦高个有想说话的念头了，他对韩龙示意了一下，眼睛继续盯着监控画面。

瘦高个心里是有计较的，他在心里有个小九九，出租车司机被杀死是胖同伙儿动的手，自己不过在副驾驶位子上扶住方向盘，用绳索勒死出租车司机完全是同伙一个人做的案，自己顶多就是个胁从，出租车司机的死自己一只手指都没碰过。预谋杀人是要死罪的，自己不够这一条，所以此时的瘦高个在心里盘算着，他想对同伙说话，也知道这关押室里有监控，他想到了自己的父母亲，还想到自己的两个弟弟，他的心里矛盾了，同时也暗自庆幸，出租车司机的死和自己没有关系。

胖案犯坐在那里，他的心里也在不停地活动。他知道将他们二人关押在一起的原因，他也想到同伙会庆幸没有动手杀死出租车司机，胖案犯的心静不下了，他的眼珠在动，眉头略有抖动。

房高和韩龙也看到了这个变化，他们谁也不说话，紧盯着监控的画面。又过了半小时，瘦高个睁开眼睛望着胖同伙，向同伙的面部吹了口气。胖案犯的一双眼睛本来就睁开着，对瘦高个的这个动作他是清楚的，但此时的胖案犯在想另外一个问题，只要自己的同伙不交代出租车司机的死，自己就不会被执行死刑，他自己也不会因胁从杀人而加刑期，如何让同伙明白这个道理，就是现在胖案犯心里在想的问题。

刚好同伙向自己的面部吹了口气，他知道同伙有话要说，但这关押室是布满监控的，自己又不能说，怎么办？胖案犯在心里发了急，必须稳住自己的同伙，隐瞒杀死出租车司机的这件事，这样自己就不会被处死。

正在房高和韩龙等待看胖案犯的反应时，画面上的瘦高个又向胖同伙的面部吹了口气。接着又向胖案犯眨了眨眼睛，嘴唇也在动，一张两合后又一张嘴。

胖案犯读懂了同伙传达的话语，他知道这是同伙告诉自己，对他们犯的案他不会说，胖案犯心里是高兴的，他要继续向瘦同伙传达一个意思，于是他朝关押室墙壁上吐了口吐沫，又向同伙摇了摇头，那意思很明显就是要同伙也朝墙壁上吐口吐沫。

瘦高个没有犹豫，他也朝关押室墙壁上吐了口吐沫，同时也摇了摇自己的头。他的嘴巴在动，向同伙传递着什么。

胖凶犯的神情有点激动，他伸手摸了摸自己的左眼角，好像在摸眼角里的眼屎，摸到了眼屎后向瘦高个面前一递，一双眼睛望着瘦高个，朝自己手中的那粒眼屎努努嘴。

韩龙看到这里，心里在想：难道这个胖案犯要瘦高个吃他的眼屎吗？这时候的瘦高个一双眼睛盯着胖案犯手中的那粒眼屎，伸手在自己的眼角里摸出了同样的一粒眼屎，递在胖案犯的手掌里，并朝胖案犯点了点头。脸上挂了点笑意。

此时的胖案犯将两粒眼屎握在手里，他又恢复了刚才的状态，深吸了一口气，静静地坐在那儿，一双眼睛依旧睁开着。

瘦高个也静了下来，他不再坐在那儿了，躺在那儿闭上了眼睛。

关押室里刚才发生的一幕，让监控室里的房高和韩龙看了个云里雾里，他们二人不发一言，陷入了沉思。

还是房高开口说了话，房高说："把刚才的监控画面再放一遍！"

工作人员又重新将刚才的监控放了起来，房高和韩龙紧盯着监控画面，他们的眉头都皱了起来，不能理解这两个案犯的动作，到底讲了些什么。

房高注视着监控画面，当看到胖凶犯用自己的手将眼角的眼屎递给瘦高个时，房高说了一句："停，定格这个画面！"

画面被定格后，房高能清晰地看到，胖凶犯的手指尖上确实有颗眼屎，而此时胖凶犯的眼神里却透露着得意之色，这种得意之色和他平时表露出来的神情是极其不相同的，这是什么原因让他得意呢？他在得意什么呢？

房高将目光转向韩龙，韩龙一时没有新的见解，他朝房高摇了摇头，一时间监控室里死一般地沉默了。

房高心里也找不出答案，他盯住定格的画面，突然转过头来对韩龙说："这样，一小时后将瘦高个带出来，把他带进审讯室。"

"……"韩龙一时会不过意。

房高解释道："他们演了一出哑剧给我们看，我们也和他们演一出哑剧送给他们！"

“哑剧？”韩龙仍是不解。

房高继续说：“我观察了一下，瘦高个案犯可能是个突破口，现在要做的就是让他和胖凶犯之间产生怀疑，这个假象如果做成了的话，他们之间就会有争执，或者是有相互毫不留情地灭掉对方的表露，如果是这样的话，我们就有机可乘了！我是第一次面对这样的惯犯，只能哪疼打哪！不行就再换个方案！”

韩龙点头道：“就像去开锁，一串钥匙在手，其中只有一把是打开这锁的钥匙，不试的话就没有机会打开了。”

房高表示赞同地说：“我是摸着石头过河，相信只要把对方调动起来，就能找到下手的空隙，有空隙机会就来了！”

韩龙也笑了：“这两个惯犯会演哑剧，行，我们就陪他们演一出！”

一小时后，瘦高个被押进了审讯室。

胖凶犯对押走瘦凶犯有一点震动，很轻微的，待在监控室里的房高看到了这种震动，他还发现胖凶犯的眼珠转了一圈，很显然胖凶犯对突然押走同伙是有触动的。

韩龙也看出来了，在一旁说：“瞧，这个胖凶犯有点沉不住气了！”

房高对工作人员说：“把刚才胖凶犯朝墙壁吐唾沫的那段转出来，再放一下！”

立刻，工作人员将画面转了回来，监控屏幕上胖凶犯朝墙壁吐了口吐唾沫，那神情极其的自信，丝毫没有平时一副无动于衷的样子，房高看到这里，拉了韩龙的手出了监控室，来到韩龙的办公室。房高一边抓起了电话拨号码，一边对韩龙说：“我得向我的教官请教，这个教官可是个神秘的奇人，你只要眨一下眼睛他就能知道你心里在想什么！很神秘的一个老头！”

韩龙示意地抬起手腕提醒房高现在的时间，房高嘴角一笑，轻声地说：“我的老教官也是个夜猫子！”

“谁说我是夜猫子！”电话那头传来老教官的声音，“既知道我是夜猫子，这么晚打扰必有事相求，报上名来吧！”

房高听到老教官硬朗的说笑声，他心里一热，离开部队几年了，老教官的声音还是那么硬朗，于是房高立了个正正色说道：“报告樊教官，我是你的兵，我是房高！”

“小子！房高你这没心没肺的小子，等你个电话让我老头子等老了三岁！你跑哪儿去了？怎么也不给我个电话，让我挂念的！”

房高眼睛里湿润了，他知道老教官对自己的感情，他急忙解释道：“没脸见你！回地方后让我去干交警，当时我没脸向你说！”

“等等！”樊教官打断了房高的话问道，“是你们家乡吗？行！我现在就给你们省厅戚厅长打电话，问他需要不需要刑侦人才？这不是乱弹琴嘛！”

房高赶紧继续解释说：“我的教官老头，你听我说完嘛！这样的，刚回来是分配去干交警，现在暂时借来帮助刑警队搞件案子，这件案子跟我有关。”

“跟你有关？”樊教官的声音大了起来，“小子，你不是闯祸了吧！说来听听，是件什么案子能难住你？”

“假币案！”

“假币案？”樊教官的声音变了，他再次追问道，“这就不一样了，假币案牵涉到境外势力，作案不择手段，而且凶恶得很，他们作案不是暗杀就是选择炸弹，现在几个省都有这样的案件，怎么牵连到你头上呢？”

“我干交警，假币案犯居然在大白天，向停驶的机动车车窗里塞假币和假币销售小广告……”

“好了，底下的情况不用说了！”老教官打断了房高的话，替房高说，“一定是你发现了假币案犯的这个情况后，你采取了行动，并为公安侦破假币案提供了关键性的帮助或建议，但是有一样我还没明白，假币案犯怎么就跟你较上劲了呢？他们选择报复的对象应该是公安刑警一类嘛！”

房高回道：“是媒体不规范的报道，披露了案件的整个细节。其中还牵连晚报的一名女记者，她也是假币案犯行凶报复的对象！”

怎么……这么乱呢！樊教官听糊涂了：“你不是说媒体的不规范吗？假币案犯跟她过不去？这点就说不通嘛！”

“不是，是这样的！”房高怪自己没讲清楚解释道，“这个晚报记者提供了假币案犯嫌疑人的照片，这是侦破案件的关键，小报和网络披露了破案的细节，所以这个女记者和我这个交通警察，就成了假币团伙行凶报复的对象。”

“哦！”樊教官听明白了，他不忘延伸之后的答案对房高说，“之后，你就和这个女记者对上了，有点英雄救美的故事，对不对？”

房高不得不说老教官的头脑转得快，他和晚报记者缪琴之间现在就是未婚夫妻的关系。老教官在电话那头听到房高的沉默，他马上就笑了道：“小子，你是假公济私呀！当然也是因祸得福，你小子的花花肠子多，想瞒我老头子，快交代！”

房高知道老教官说远了，但还是要回答，因为老教官对自己是对待子女一般的感情，于是房高对樊教官说：“一切都瞒

不过您，但是现在有件非常紧急的事需要您帮助，这件事关系到那个女记者。”房高撒谎了，他知道这个老教官爱面子，更有好胜的一面，所以他必须使点手段。果然，老教官上当了。

老教官问房高：“你那个女记者知道我这老头？”

“知道！我和她约会的第一次就谈您，一直都在说您，好像谈对象的不是我，我只是个介绍人一样！”房高的手段在升级，他需要对方沉浸在荣誉感里。

“你小子变坏了！”老教官的声音里含着亲切，他知道房高在给自己戴高帽，他装作不知故意问道，“除了给我这老头说案件，你还有什么话要对我说？”

“等手上的案子一了，我请个长假带上女记者去看您！”

“好，算你小子狠，知道老头子的软肋！说吧，要我干什么？”

房高没敢笑，他对樊教官说了关押两个假币行凶案犯的事，当说到将两个案犯关押在一起后，其中一个案犯朝墙壁上吐了口吐唾沫的时候，老教官打断了房高的话问：“那个朝墙壁上吐吐沫的案犯，在吐吐沫的时候，他脸部的神情是不是很自信，还有一种得意的神情？还有，他接下来的动作是不是在他的眼睛里摸出一粒眼屎递给对方，对方这个案犯同样也在自己的眼睛里摸出一粒眼屎，并且放在对方的伸过来的手掌里？这个案犯的神情脸部有笑意，眼珠在闪动？是不是？不能确定的话再去看监控画面。”

“就是樊教官你说的这样！”房高心里对老教官的佩服不是别人能理解的，一旁的韩龙也在抓头，他的心里也急不可待，刑侦处姚副主任来电话问过三次了，对审讯两个案犯的毫无进展有了微词，尽管韩龙有话难辩解，他也只能闭口不说。现在听了房高和他教官的一顿闲聊，他急在心里也不好多说。

电话那头传来樊教官的声音：“如果我的分析不错的话，两个案犯的对话内容这样的，朝墙壁上吐吐沫就是板上钉钉，在办案上来讲就是证据两个字，这句话连起来讲就是——没有板上钉钉的证据。后面摸出自己眼角的眼屎给对方看，你我就不会被处死。这两个哑剧动作前后连在一起就是一句完整的话——没有板上钉钉的证据，我就不会被判死刑。”

“那后面一个案犯又摸了自己的眼屎放在对方的手掌心，是什么话呢？”房高高兴得要跳起来，老教官就是老教官，房高脱口而出说道，“这个动作的话就是让对方放心，他不会交代被判死刑的证据，因为他自己和对方是连在一起的，自己不会去找死。这样理解对吗？樊教官！”

“对！就你小子鬼聪明！”樊教官继续说，“把眼屎放在对方的手掌心里，就是向对方表示，自己和对方是捆在一起的，对方被判死刑的话，他自己也不能逃脱死刑。不过这个案犯在把自己的眼屎放在对方手掌后，如果他的眼珠在动，就另有说法，这个人说的是假话，他的内心里一定另有事情，我揣测得不错的话，这个案犯是可以作为破案的突破口，如果案件中有命案的发生，可以肯定地说，把眼屎放在对方手掌的那个案犯，不是命案的主要责任人，也就是说他不是命案的凶手。”

房高的心跳到了喉咙口，经过老教官的一番分析，这件案子立刻一清二白了，接下来就是施行将矛盾插入他们之间，让他们相互猜疑造成不信任，这样案件就柳暗花明了。房高想到这里决定向教官再请教一件事，于是又问道：“教官，以你对假币案的观点，我们抓了他们的两个案犯，接下来他们会收手还是继续行凶？”

樊教官的思维不在房高的这个问题上，他反问了房高另一个问题：“你们抓获了两个案犯后，就没有继续扩大搜索范围，或者说没有继续在抓获的现场进一步搜查？”

“抓捕是在深夜，在一个宾馆里。”房高解释说，“我们的观察员看见就是一辆车，下来一个凶犯进宾馆作案，另一个守在车上等候。

“他们就不会事先派人先住进宾馆？”樊教官提出了不同的看法，“按境外作案犯的手段，他们一定会先派人进入要作案的地方，第一要弄清作案目标的位置，第二观察有没有埋伏和潜在的危险，第三就是查看地形。所以以我看的话，一定有第三个案犯在案犯现场，如果有可能第三个案犯就是假币案犯的关键人物，是假币案报复行动的主谋，这一点你小子疏忽的话，让你去干交通警察并不屈才！”

房高听了老教官的提醒，他在心里一阵懊悔，是啊！自己为什么就没有考虑到这一点呢？如果在石塔宾馆放过了假币案犯的主谋，这个疏忽是不可饶过的。

房高刚想开口，老教官又说：“这次他侥幸逃脱，他一定会疯狂报复，他下一次的报复行动一定是抓你们的人，换句话就是你们抓了他的人，让他自以为得意的计划失败了，他的面子会过不去，他也会用同样的手段还击，你多注意你们的薄弱环节，他们的这次行动一定出其不意，以绑架为主，目标有可能是你，或你的家人，也有可能是他们报复的交通警察，所以你要把这个工作安排下去，有防备比没准备更重要！”

房高还在心里自责，他想到了石塔宾馆自己和缪琴的父母，还有辛苦工作在一线的交通警察，他心里有了憎恨，憎恨假币案犯的无耻和凶恶，于是对电话那头的樊教官说：“樊教官，我在这件案子上犯了过错，我一定会弥补过来。将假币案犯一网打尽，你多保重，我会看你去！”

“把那个女记者要带来！”老教官风趣依旧，“让我当她面点破你小子的鬼点子，你这小子啊！真让我老头想你啊！用心办案，不然不许提我是你小子的教官！”

樊教官挂了电话，房高慢慢地放下电话，他要行动起来，不能再大意了，也许假币团伙的报复行动已经开始了。

房高和韩龙回到了审讯室，瘦高个坐在那儿，脸上毫无表情。房高也不看他，只是在桌上记录着什么，又从厚厚的卷宗里查看了几页纸，将几张空白纸和一支笔递给韩龙说：“交给他，可以交代问题，也可以写遗言，怎么写他自己决定，今天就把他送交法院，这件案子就算了结了，我们也好过个安稳的春节了！”

韩龙知道房高说话的意思，配合说：“他写不写也不重要，反正他同伙都交代了，用绳索勒死出租车司机是他一个人动的手，所谓冤有头债有主，杀人偿命天经地义！”

房高继续布迷魂阵说：“让他写点遗言也好啊！我们和他也无冤仇，做人应该做点好事嘛！再说了他同伙交代的也真有意思，往墙上吐吐沫和弄点眼屎，这跟猜哑谜一样，不是那胖子交代我还真猜不出来，也是，世界大了什么都是学问啊！”

韩龙将几张纸和笔放在瘦高个面前，故意说：“我说，你们的黑话还真不少，朝墙上吐口唾沫就是板上钉钉，摸个眼屎就代表死刑，只要没有板上钉钉的证据，就不能判你死刑，有意思。啊！你给说说，你们还有什么黑话，让我们也长长学问，反正你胖同伙都交代了，出租车司机是你用绳索勒死的，没你胖同伙的事，判你死刑那是一定的，你们不是讲江湖道义嘛！一人做事一人当，我们结了案好回家过年，你呢，一颗枪子了结，也不冤枉你，谁叫你弄死人家出租车司机的，活该！杀人偿命啊！”

房高在旁看得清清楚楚，这会儿的瘦案犯一听到吐口吐沫和眼屎的事，他的身子就是一颤，后来再听说胖同伙将杀死出租车司机的事推在自己身上，他的脸急得刷白，几次要说话都忍住了，一双眼珠子在打转，他的心理活动有点乱了。

房高知道该是自己为他主动交代加把力的时候了，于是站起身拿了卷宗就准备走，一边对韩龙说："走吧！你真要可怜他，等我们吃过饭给他带点好的，临死刑枪毙前也算我们对他关照过！”

韩龙作势转身就走，嘴里还不忘说："也对，做回好事，也感化感化你，勒死人家出租车司机你就下得了手？被勒死的冤魂一定会缠上你的！”

“不是我勒死的！”这是自抓获进来后案犯说的第一句话，这不是说话，是声嘶力竭的大喊，这个瘦高个的防线崩溃了。瘦高个案犯心里合计过，他与胖同伙在关押室所说的黑话，不是胖同伙交代的话，别人是不可能知道的，更让瘦高个不能容忍的是，胖同伙将杀死出租车司机的罪行推在自己一个人身上，他不能不说话了，要不真的就做了替死鬼，对出卖自己的胖同伙他不存江湖义气了，所谓你不仁就不怪我无义了。瘦高个决定自保，他要交代一切，他是聪明人心里做过计较，即便交代了自己顶多是从犯而已，命是保得住的。

这一声大喊真把房高和韩龙吓了一跳，他俩相互对视了一眼，心里忍着喜悦。还是韩龙继续装戏。韩龙一掼桌上的卷宗，脸一板大声道："死就死了，怕死就不死啦！当初你勒死人家出租车司机的时候，你怎不想到有今天？现在怕死了，就想赖！没门儿！"

"我说，政府，出租车司机真不是我勒死的，你们不能听他的，他才是勒死出租车司机的凶手啊！"瘦高个几乎是边说边喊，眼泪都下来了，"他在关押室里对我用了缓兵之计，目的就是嫁祸与我，我上当了，我交代，我全部交代！"

房高知道时机已成熟了，继续装糊涂官，故意说了句："看他眼泪都下来了，搞不好真是被胖同伙冤枉的，你我是不是听一听，看他能说点什么？"

"说什么呢？胖同伙不都交代了嘛！"韩龙也在演戏，"再审的话，这年还回不去了！"

房高早已坐下了，一只手在桌角敲了敲给韩龙发了暗示，对韩龙说："要不你先出去把行李准备好，我在这儿听听，看他都交代什么，如果都和胖同伙交代的一样，那就纯属怕死狡辩，我就不听了，送法院判他死刑结案。"

韩龙也不说话，出了审讯室。

"我交代，我交代！谢谢你，政府，我保证不乱说！我说的每一句都是真话！你大恩大德，我就是死了也不忘你啊！"瘦高个真的乱了，他口不择言，他希望不死，他不希望自己的小命在面前这两个"糊涂公安"手中断送了。

第十六回　金蝉脱壳风筝断　三十年夜万家亲

猎人在抓澳洲狐狸之前，他们有一个工作要提前做，就是不要在靠近狐狸老巢的地方开枪，因为澳洲狐狸拼死护幼崽的行动，是别的动物不能具备的，猎人一旦危及到狐狸的幼崽，狐狸会不惜挺身而出从猎人的眼前跑过，它的目的就是将猎人的注意力吸引过来，将危险从自己的幼崽身边引开。

人和动物应该是有区别的，狐狸尚有不惜命保护自己的儿女，人呢？

瘦高个案犯在交代到什么人雇用他们行凶时，他的脸色告诉房高，这家伙心里还有顾虑，他怕假币团伙饶不了他，他想避重就轻，他知道假币案犯的手段，政府判自己不过蹲几年监狱，而落在假币团伙手中就没命了。

瘦高个的顾虑房高看得清楚，于是房高从卷宗里抽出一张照片，照片上是一双黑面黄底的皮鞋。房高向瘦高个展示了照片对案犯说："穿这双皮鞋的主人你不会不知道，你以为你的胖同伙不交代？他不想我们警方为他出面，将这个雇凶主谋抓获？如果我们警方将这个雇凶主谋抓获归案，你们不就没有了威胁？你不是怕假币团伙报复嘛！我们替你们将他抓获归案，报复你的危险还存在吗？”

瘦高个听了房高的一段分析，他心里对面前这个“糊涂公安”表现出来的精明弄糊涂了，刚才这两公安不是糊涂官一个吗？怎么这会变得不像一个人了？

瘦高个案犯交代出新的案情，起先，瘦高个和胖案犯两人在南京帮人抱台柱，说白了一句就是替人看场子做打手，后来，南京到处建设搞拆迁，他们二人又跟着混迹南京的严老板为拆迁充当马前卒，砸玻璃，夜里恐吓住户等下三烂的事，直到有一天在茶楼有人为他们二人引荐了一个姓肖的广东客人，广东客人说在扬城想出口恶气，要我们帮他将扬城的交警弄残或弄死，出100万给胖瘦二人作报酬，其中说好了一条，如果弄死了交警的话，他再出100万给我们当跑路费。并交代玄武区万家乐宾馆就是他们严老板开的，上次见广东老板也是在万家乐宾馆，刚才照片中黑面黄底的皮鞋就是那个广东老板穿的。

根据瘦案犯的交代，案情的箭头指向了南京的万家乐宾馆。通过和刑警队韩龙的研究并报刑侦处同意，由刑警队长韩龙带队去南京抓捕万家乐宾馆严某，然后通过严某的口供，能直接抓获假币案行凶的主谋，或许在抓获万家乐宾馆老板严某时，案件就会有变化，因为这个严某既与假币案犯认识，那么发生在南京的假币案，会不会与这个万家乐宾馆严某有直接关联呢？所以去南京前扬城刑侦处和南京刑侦处通了气，希望在扬城警方未来之前，监视万家乐宾馆严某的行动。

为慎重起见，房高又提审了瘦高个，他希望不能再有遗漏的地方，因为自己的老教官的话还在耳边，假币案犯的下一个行动就是针对交通警察或自己和缪琴，再不然还是对自己和缪琴的家人动手。所以房高要做到知己知彼，他提审了

瘦高个案犯。

房高开门见山对瘦高个说："事情搞清楚了，出租车司机的死与你无关，凶手是你的胖同伙无疑，这一点你放心！"

瘦高个有点感激，他担心自己会遭到假币团伙的报复，于是说："如果抓到假币案犯后能告诉我一声吗，我就能安心睡觉了！"

"这一点你放心！"房高知道此时瘦高个的担心，于是对瘦高个问道，"就是因为这个缘故，我们要去抓捕所有的假币案犯，需要和你核实几个问题。"

"你问，我一定配合交代！"

房高问道："你们第一次见广东这个肖老板，地点是在万家乐宾馆，之后见过几次面？见面的地点都在什么地方？"

瘦高个案犯想了会儿回答道："一共见过三次，前两次都是在南京万家乐宾馆，其中第二次在万家乐宾馆还拿了二十万行动定金。最后一次是离开南京的时候，地点是大行宫附近的一个茶楼上。"

房高做了记录，继续问："在文昌交警执勤点，案发当天下大雨，你们故意不开汽车的雨刮器，给执勤的交警造成假象从而撞伤交警，这个行动计划是谁安排的？逃跑的路线？从什么地方逃出了扬城？"

"计划都是姓肖的安排，我们都是按计划行动，那次大雨撞伤交警的行动过后，是从水路逃出扬城的，跟船去了上海，中途在苏州下了船，之后才乘大巴去的南京。"

"你能确定这个姓肖的广东人就是假币团伙的主犯？"

房高突然抛出了另一个问题，他想面前的这个行凶案犯智商并不低，他是整个案件中和姓肖案犯接触比较多的，他想听听他的看法，因为房高预感到这个姓肖的案犯，可能仅仅是假币案的一个外围人物，他也许是假币案团伙出钱雇用的一个凶手而已，至于他再出钱雇用胖瘦两个案犯，也许这就是这个案犯的高明之处。

果然，瘦高个案犯说出了自己的看法，他说道："我有过一个想法，姓肖的广东老板可能也是假币团伙雇用的一个凶手，然后他雇用我和胖子替他完成假币团伙的任务，如果事情是这样的话，尤其是在杀死出租车司机后，我就担忧过，到最后这个姓肖的老板会不会把我们灭口，所以，我怀疑真正的假币团伙的人物我们并没有见过，姓肖的身份和我们一样，拿钱替人消灾而已。"

"你的怀疑有证据吗？"房高问道，"比如看到过什么？或者其他……"

"有的！"瘦高个插话说，"在南京，我看到他背着我们打了几个电话，说话的声音极其恭维和小心翼翼，就像下级对上级一样，当时我就怀疑过，不过那不是我们关心的事情，我们当时只关心他们给我们的钱会不会也是假币。"

"那么，引荐你们去见广东姓肖的严老板，你认为他和肖老板是什么关系？"

瘦高个陷入考虑之中，他半天没有开口。

房高又换了个问题："你们再次从南京进扬城，还是从水路进来的，你确定进来的只有你们三人吗？如果只有你们和他自己三人的话，你想就算你们为他完成了任务，他一个人能杀掉你们二人？"

瘦高个听了一哆嗦，想想也是，于是继续对房高说："那次确实是坐船从水路进的扬城，就我和胖子加上他三人，我们的落脚地点就在建筑工地打工。”

“去建筑工地打工是谁介绍的？”房高打断了他的话，“这个姓肖的陪你们一道去了吗？”

“他没有陪我们去，只给了我们一个电话号码，说是他的一个老乡，可以找他先在工地落脚。”

“他这个老乡姓什么？”房高感觉到问题的严重性了，“去了之后就能有工作？”

“不是！”瘦高个感觉审讯自己的公安有点紧张，他小心地回答，“去了之后没有工作，在工地上吃了中饭后，再由另外一个人将我们介绍到另外一个工地去干活，他的老乡姓郭，家里排行最小，都叫他老幺。”

房高心里想起老教官的话，石塔宾馆有漏网之鱼，这个漏网之鱼如果当时就在石塔宾馆内的话，可见假币案犯不是一般的案犯，这个案犯极有可能是境外的专业杀手，房高想到这里他不踏实了，站起身出了审讯室，他来到韩龙的办公室，韩龙正在做去南京抓捕案犯的准备。房高对韩龙说：“有一件事，石塔宾馆那天的抓捕，我们漏掉了一条大鱼，现在你去石塔宾馆服务台查一下那天登记住宿的客人情况，或者提前一天入住的客人情况，看有没有特殊的事情发生过，如果有需要，在宾馆的左右能藏人的地方查看一下，看雪地里有没有人走动的痕迹。”

“那夜雪下得大，就是有脚印也被大雪覆盖了！”韩龙站起身的同时对房高说，“你怀疑在我们抓捕前，假币案犯的主谋就已住进石塔宾馆了？”

房高点了点头道：“我就怕有这事情存在！大雪会覆盖了人的脚印，刮断的树枝和绿化枝叶的破损这个线索不会被覆盖，你细心地查看一下，发现问题及时交流。”

韩龙也觉得如果假币案犯的主谋，提前住进石塔宾馆的话，那这个假币案犯主谋就不是一般的人物了，现在说不定还潜伏在那里，石塔宾馆里住着房高和缪琴的父母，那样的话就太可怕了，抓获胖瘦两个案犯缴获的那颗土制炸弹就让人一身胆寒，想到这里，韩龙随即叫上一个刑警队员向石塔宾馆赶去。

房高回到了审讯室，他调整了一下自己的思路，对瘦高个案犯问道：“南京万家乐宾馆严老板的电话你应该有？来扬城作案后有没有和他通过电话？”

“严老板的电话号码我有的，在被你们抓获之前，很长时间没有和他通过电话了。”

“号码还记得吗？”

“18366778887。”瘦高个案犯一口报出电话号码。

房高看瘦高个脱口而出报了万家乐宾馆严老板的电话号码，房高心里明白，这个瘦高个没有说谎，他应该和万家乐宾馆的老板很熟悉，要不然他不可能对他的电话号码如此的熟悉，何况已经有很长一段时间没有和对方通过电话了。

万家乐宾馆的这个严老板，原名严孝正，是泥瓦匠出身，做事为人不按规矩，常年混迹在中央门一带，以买卖票务三轮车送客为营生。后来看到城市发展拆迁这一块有利可图，他纠结了一帮社会闲散人员，参加到开发商的拆迁当中，从中发了不少不义之财。发了财后严孝正就转移了目光，开了个万家乐宾馆还开了家茶馆。生意一直做得不错。直到有一天有个冯姓的广东人出现在万家乐宾馆，严孝正认识了这个出手大方的冯老板后，严孝正的思想得到了升华。那天在宾馆，冯老板拖了一行李箱钞票放在严孝正面前，当着严孝正的面递了一沓钞票

给身边的跟班，然后对严老板说：“发财的机会有的是，就看一个人的胆量，所谓富贵险中求，没有一定胆识就不能做大生意，也就发不了大财。”

严孝正也是在社会上混的，知道今天这个冯老板是来跟自己摊牌的，他拿起行李箱中的一沓钞票，仔细地看了看，就连钱钞的水印和防伪标记都一一查验后，他又不放心将这张钞票放进验钞机，验钞机显示是真钞，严孝正这时心里有点激动，他不露声色将一张钞票交给门外的服务员，让服务员去买包中华香烟。

很快服务员将中华香烟买了过来，连同找的零钱一起交给了严孝正。严孝正这时心里不是一般的开心，他简直要跳了起来，这个广东冯老板简直就是个财神爷嘛！

自此之后，严孝正就加入了假币团伙，成为假币团伙在南京一带主要销售假币的窝点，冯姓广东老板自此后就不再露面了。直到假币团伙被扬城警方查抄了假币窝点，损失了一批假币和发展成功的销售渠道，严孝正感到这件事情必须给警方一点厉害看看，要不然自己向外发展的假币销售就要受损失。于是这才设了迷局，他知道不能让任何人知道自己是贩卖假币的，于是物色了个境外的专业作案团伙，这个专业作案团伙就派了一直以戴墨镜示人的焦流，焦流这个专业杀手对外一直称自己姓肖，他的真名连雇用他的严孝正都不清楚，况且焦流和严孝正的雇用关系是双方不见面的，他们只通过电话联系，最终的目的就是要将多管闲事的交通警察灭口，严孝正对对方使用什么手段他一概不问，只答应事成之后付酬金 2000 万人民币。

焦流接了这单生意，对在国内动手杀人有所顾忌，而且严孝正这个雇主还规定不能使用枪支，其他暗杀形式都可的要求，所以焦流就再雇用了胖瘦两位案犯，胖瘦两位案犯在南京也是出了名的狠角色，只要给钱什么事情他们都能干，焦流就是冲着他们的大名而去的，他也算了一笔账，雇用胖瘦案犯花个200万，也就是酬金的十分之一，自己在背后指挥就行，风险让别人去冒。

严孝正不知道焦流雇用自己之前的手下胖瘦两案犯去干这趟勾当，后来扬城发生了撞伤交通警察的案件和出租车司机被杀的案件，再后来胖瘦两案犯被公安通缉，这时严孝正才知道境外作案团伙雇用了胖瘦案犯两人，他感到这是引火烧身，他知道胖瘦案犯两人迟早被抓，那时一定会供出自己来，因为这两人认识自己，于是给境外作案团伙下了条命令，不管你们用什么手段，你们雇用的杀手完事后一定让他们消失，这才有了焦流后来从水路进扬城时，跟在他们后面从另外船舱里上岸的老幺两个案犯。被雇用的凶手主谋焦流打的算盘很简单，胖瘦为第一组人马，老幺和另外两人为第二组人马，第一组人马失手，拿第二组人马做替补，如果第一组人马完成任务，就用第二组人马将第一组人马灭口。

焦流的如意算盘，在他认为别人不会知道，他就忘了一件事，胖瘦二犯不是简单可以糊弄的角色，这二人以做事不记后果凶狠而出名的。

南京万家乐宾馆的严孝正知道胖瘦二人的味道，所以他一面给对方发出行动后将胖瘦二人灭口的指令，另一面他在南京做了不留痕迹的扫尾工作。

房高审讯完毕，他做了两件事，第一件就是立即去罪犯交代的建筑工地搜捕调查，如果能查到那个假币案主谋的老乡，也就是自称是老幺的那个人，这对假币案的进展有很大的帮助，最起码能知道假币案报复主谋的个人情况。第二件事就是等候韩龙去石塔宾馆调查的情况，如果调查的情况和樊教官的分析一致的话，情况就不乐观了。房高带队去了建筑工地，与工地建筑商及承包商都见了面，建筑工地有老幺这个人，但前段时间天气爆冷后工地停工，老幺就离开工地回家乡了。老幺是河南人，跟他在一起的还有个表亲也姓郭，此人话语不多，能干活，都叫他郭驴子，他们二人一起离开的工地。身份证没有登记，只是登记了姓名，连两人的照片都没有一张，房高手上也无这两人的具体资料，因为工地是干一天发一天工资，其他情况工地提供不了。房高只好先离开工地，他心里在等韩龙去石塔宾馆的调查结果。

韩龙去石塔宾馆查问情况后，韩龙都吓了一跳。

韩龙到了石塔宾馆，先要了那天宾馆的住宿登记，在问到宾馆服务人员有无异常情况时，那天值班的服务员说了一个情况。

服务员说："有一个情况，不知道对你们公安有没有用，当天夜里有个住宿的客人半夜要离开宾馆，说是要赶去飞机场，我也是很纳闷，客人是下午3点多进的宾馆，到了夜里12点就要离开，如果正常情况的话，客人会选择去机场大厅等时间或在机场附近开个钟点客房休息，而不会在远离机场的市区住进宾馆，又要在半夜再赶往机场，而且是大雪连天，他就不考虑大雪会阻路会耽搁他赶机场的时间？"

韩龙听了服务员的一番话，他立时对宾馆经理说："调看一下那天下午之后的监控，尤其是这个半夜离开宾馆的客人。"

宾馆经理在服务台打开监控录像，奇怪得很，监控录像屏幕上一片空白，再一查看原来监控录像的主机上，有根信号线插头掉了下来，也就是说这一段时间内宾馆的监控都未能存录。但是宾馆有客人登记时提供的身份证，韩龙及时将这份信息传递给刑警队技术科，要求提供这名身份证上全名叫胡俊的有关信息。很快刑警队技术部门马上打来了电话说，这名客人身份证信息显示，是船舶研究所的人员，目前这人在国外进修，他是三年前出的国，他的档案显示此人无犯罪记录，又通过出境记录查询，胡俊近期都没有回国的记录。

韩龙听了这些情况，感觉房高的担忧是存在的，他立时就赶回了刑警队把情况向房高作了叙说。房高早有预感，他在心里对樊教官的预测做了分析，目前虽然抓获了两名假币案犯，也审出了一些线索，但是藏在市区周围的假币案犯马上就会采取报复行动，石塔宾馆发现的这个情况就说明，假币案犯的行凶作案人数一定在4—5人，目前还有2—3个行凶案犯没有线索，可以说危险随时会爆发。房高和韩龙感觉到事态的严重，知道现在关押的两名案犯仅仅是假币案犯报复行凶的马前卒，他们二人对假币案提供不出其他有价值的线索了，现在唯有去南京查万家乐宾馆老板严孝正，从严孝正口中能找出破案的下一步线索。于是房高和韩龙做了分工，韩龙带队往南京抓捕嫌疑人严孝正，房高在市区严密关注假币团伙可能采取的下一步报复行动。

今天是腊月二十九，明天就是新年三十，也就是中国人的传统春节，过新年了！

交警支队倪支队长和夏政委两人站在高速监控室，两人脸色深沉，眉头不展，四双眼睛盯着高速道路的车流，他们不时地交换着看法。

下了八九天的大雪，这是南方地区好几十年未见过的大雪，天气极其的恶劣，冰冻天气延续了整个冬天，尤其到了深夜，最低气温降到了零下15摄氏度，给回家过新年的中国人带来了不便。

夏政委接过天气预报，看了之后摇了摇头，明后两天仍是冰冻的天气，如此的话，高速道路的除冰和撒分解冰冻试剂的工作还要加强，尽管全体交警同志已经奋战了二十多天，但高速通道一时一刻不能受阻。省市领导就恶劣天气高速道路的畅通和安全，专门下发了会议指示，保高速畅通安全，就是党和政府给全国人民回家过年的一个保证，不管天气多么恶劣，不管困难有多大，只要有我们党和政府在，就必须保证不让一个回家过年的人在站台上过年。

指示就是战斗的号角，市交警支队首当其冲，责无旁贷，支队政委和支队长亲上高速一线，确保离年三十的最后两天高速运行。

眼看就到了晚间七点，扬城境内高速路段一切正常。尽管有行驶的车辆因冰冻路滑出点意外，但有救援工作人员的及时赶到现场处理，目前高速道路仍在畅通运行。

后勤保障人员将饭菜送到了监控室，夏政委和倪支队长二人边吃饭边研究明天最后的年三十保运行工作。

韩龙带队到了南京，在南京警方的配合下，先期对万家乐宾馆做了监控，在进一步了解万家乐宾馆情况后，韩龙和南京警方都大失所望。因为现在的万家乐资产所有人不是犯罪嫌疑人严孝正，而是在另一个刚刚在三个月前购买的许成名下。这个许成，是浙江慈溪人，在南京做生意有二十年头了，购买万家乐宾馆也是临时决定的一件事，因为原产权人严孝正要出国定居，所以万家乐宾馆出卖的价格比市场行情价低了五分之一，许成也是通过房产中介的牵线买了万家乐资产，所以这一条线索暂时中断了。

后来通过南京警方的调查，严孝正在五年前就办了出国旅游护照，三个月前和旅行团一起出国旅游去了。再通过出入境局调查，至目前还没有严孝正入境的记录。也就是说严孝正可能提前潜逃国外了，也有可能是金蝉脱壳之计，有出境记录，但其人未必就真出国了。因为现在的情况仅仅是书面记录，需要进一步查看三月前严孝正登机前的监控记录，只有在登机录像上查到严孝正通过登机前安检的监控录像，才能证明严孝正真是出了国门。

韩龙在南京是心急火燎，南京警方的调查还需要一段时间，过了今晚明天就是年三十了。韩龙和房高通了电话，就在这时候，南京警方提供了一个新的情况，通过和国际刑警的联系，严孝正是乘坐南京飞意大利罗马机场的飞机，但是他在飞机中途停在法国凯撒机场时下了飞机，改乘了另一架法国飞香港的航班。

但在香港机场出入境旅客名单的记录上，并没有严孝正这个人，也就是说严孝正从法国凯撒机场飞香港的时候，很可能用了另一个名字上了飞机，针对这一点怀疑，通过南京警方进一步对户籍检查，同样是严孝正的照片和身份证号码，就有三张不同姓名的身份证。后来再用这三张不同姓名身份证的另一张和香港警方核对，果然严孝正用了韩兴国这个名字进的香港，再往后韩兴国就没有了具体记录。韩龙和南京警方怀疑，这个持有两本以上护照的严孝正，或许通过香港罗湖湾进入广东，再由广东进入南京或其他地方。总之一句话，这个严孝正疑点极大，极有可能就是境外假币团伙在国内销售假币的中心人物，所以针对如何抓获严孝正的任务摆上了计划台面。

房高知道了韩龙在南京的情况，他在扬城的守候检查一刻不敢放松。缪琴在晚报的工作也是忙得不可开交，写稿和采访常常要忙到深夜，她和房高快有三个月没有见过一面了，他俩的谈话和见面只能通过微信，缪琴和房高的父母自上次在石塔宾馆，抓获胖瘦两个案犯后就转移了地方居住。

由于临近年关，文昌交警执勤点的执勤换了其他交通警察，交警支队的夏政委和倪支队长全力关注在高速通道上。

房高的嗅觉告诉自己，从建筑工地消失的老幺和郭驴子两人就在市区的某个角落里，他不能大意，或许案犯正准备对交通警察下手。他来文昌交通执勤点转了一圈，将车停在西北面的万家福商场对面，他坐在车里没有下来的意思，一双眼睛注视着街面的情况。

现在是农历二十九的晚上八点多钟，房高之所以开车来文昌执勤点，就是因为假币案犯报复的中心就是文昌交通执勤点，因为是年关交通复杂繁忙，交通警察下班的时间都延迟到晚上八点半，房高分析的最后还是以文昌执勤点为主，他今天来就是观察文昌执勤点周围的情况，他担心假币案犯的报复还是在文昌交通警察身上。房高看看时间，已经过了八点半了，执勤的交警都准备离岗下班了，就在这时刑警队打来电话，说假币案的瘦案犯说有情况汇报，他要向房高汇报。

房高一听知道一定是有利于案件的事，他将车开出了文昌商圈，一路向刑警队而来。房高在路上时就给刑警队员发了指令，将瘦案犯提到审讯室等候。房高进入审讯室，瘦案犯也知道明天就是年三十了，家里父母和亲人还不知道自己在哪里，家里的妻子现在怎么样了？生活过得如何？瘦案犯尽管凶恶，但对父母他是心存孝意。他知道南京万家乐严孝正不是一般的狡猾，如果自己能提供给警方一些抓获严孝正的线索，或许能减轻自己的罪行。

房高在审讯室坐定，尽管他很着急需要瘦案犯提供有价值的线索，但他表面上还不能显示出来。房高没有开口，他需要静静场子。

瘦案犯等不及了，他需要立功赎罪。

瘦案犯向房高说："南京万家乐宾馆老板有个女人，这个女人还替他养了一个儿子！"

房高听了这个消息真想跳起来，这条线索太重要了，他需要瘦案犯继续交代，房高控制住自己没有开口。

瘦案犯继续说："这件事时间比较长了，是万家乐严老板在拆迁上混的时候的事情，当时还没有万家乐宾馆，这个女人是南京当地人，严老板家里有老婆，就在外面租了个房子安置这个女人，后来在拆迁上发了财，就为这个女人买了房子，我记得清楚的是，新房没有住几天，这个女人就生养了小孩，我是接这个女人去医院生养去的，过后严孝正还给了我一个大红包，那意思我懂，就是封我的嘴不让我给他到处乱说。"

"你说的情况，胖案犯也不知道？"房高开口了，他需要核对这个线索的真实性，有时候案犯为了立功会编造一些线索。

"我的同伙他不知道！一定程度上严老板信我不信他！"

"为什么？理由呢？"房高在追问。

"是这样的，在南京混，我是拿钱不问事，我的同伴他不

同，他会追根溯源，甚至跳过严孝正和上家接活，所以严老板不信他。”

停了一会儿又补充道：“严老板还私下对我说过，要我防着点胖子，说这胖子外胖心胸小，要我留心不要给他玩了。”

“那个女人你见过几次？”房高直接进入问题的中心问道，“她住在什么小区？”

瘦高个认真地回答：“就见过一次，送她上医院生孩子。她的家住大桥北，那时候房价低，有两个房间带大客厅的。小区的名字好像是桥园新苑，她住小区进大门后左拐第三排第一个楼梯口五楼，楼梯西面一家，进户门朝东。”

“那女的姓什么？她的名字知道吗？”

“我只叫她大姐，别的不知道！”瘦案犯说到这里强调了一条，“这女人很漂亮，嘴角有颗美人痣，很明显的！”

房高又问：“还知道什么？”

瘦高个一时想不出，他在低头思考着。

房高看了看时间表，他需要尽快将这些情况告诉在南京的韩龙。

这时候，瘦高个想起了一件事又说：“在夫子庙附近有间老房子，是这个女人的家，具体地点我没有去过！”

“怎么讲？没去过怎么会知道的？”

“是这样的！”瘦高个似乎还在回忆，他解释说，“送那个女人到医院生孩子，这个女人让我去夫子庙接她妈妈，刚说到靠夫子庙老房子地址的时候，严孝正进来了，严孝正阻止了这个女人的话头，打发我离开了医院。后来六七天吧，严孝正给了我个大红包，一万元。”

房高：“很好，这样你先下去，再想起什么随时告诉我！”

瘦高个被押出审讯室时，他需要房高给他个回答于是问房高：“警官，我所说的应该是算立功吧？”

“如果你说的话或者提供的线索是真的，算立功！”房高肯定地回答。

瘦高个案犯被押出去了，房高立马和韩龙通了电话，韩龙将这一情况向南京警方作了通报，一时间针对调查这个女人的行动展开了。

此时已是农历二十九的晚上十一点多钟。

扬城的南区有条沿江高等级公路，这条高等级公路东连江都上海方向，西接仪征南京，是开发沿江经济的一条必备道路。在扬城向西与仪征连接的十几公里沿江线上，分布了大小十几家造船企业，在册的工人就有六七千人。这些企业订单来自世界各地，都是清一色的散装货轮，吨位比较大，一到晚上，十几公里长的沿江一线灯火通明，造船企业都在加班加点追赶工期。

在沿江造船厂家的中间段，有一艘接近完工的大船，这艘船的外船壁都已做了底漆，船的内部装饰已接近尾声，整艘船的动力系统已安装就位，只等调试运行检验。

假币团伙焦流雇用的第二组行动案犯，老幺和同伙郭驴子二人坐在这艘船的船员休息室里。他们二人自上次完成跟踪缪琴的任务后，又在停车场偷盗了一辆北京现代汽车，按焦流的吩咐放在了北门洗浴中心门口，从那件事后就隐藏在沿江造船厂内。造船企业都是外来的工人居多，本地的技术焊工吃不了加班加点的辛苦，而外来湖北四川河南一带的技术工人，他们不怕辛苦，就怕没事可做，加班加点对他们来说就意味挣钱的机会，所以一到夜晚沿江的造船企业都是整夜不停地赶工。老幺和郭驴子进入船厂，他们不会焊工技术，但会切割和打磨，所以他们二人凭着这个手艺在沿江船厂隐藏了下来，尽管公安搜查得紧，但这二人的庐山真面目从未被警方知晓，所以他们二人利用在船厂打工的身份隐藏得很隐蔽。

今天是农历三十，也就是除旧迎新的三十晚上。

韩龙一早就到了南京刑警大队，他在等南京警方对桥园新苑那个女人的调查情况，年三十一般各部门在下午就进入新年的假期了，韩龙心里急得火上房，他需要尽快知道，针对这个与严孝正有不一般关系的女人，她现在的位置？这个女人目前与严孝正有无联系？能不能从这个女人身上得到抓获严孝正的线索？

南京警方的办案效率就是高，韩龙到了南京刑警大队，南京刑警大队指导员方辉就已在办公室等候了。

韩龙还未开口，方辉就介绍说："这个女人查到了，全名叫熊慧芳，未婚，但有一个六岁的儿子，儿子的户口父亲姓名这一栏填写的是韩兴国。并且监听查看了他的通信电话和手机里的微信，另外和社区进行了调查，这个女人开了一家皮件专卖店，从事皮鞋、皮包、女式貂皮服装生意。有个男人不经常来，这个男人五十左右，长相描绘得和万家乐宾馆的法人严孝正差不多，据小区保安反映，有很长一段时间没有见过这个男人进入过小区了。"

韩龙听了很是兴奋说道："这个女人的通信要一直监听，她和严孝正的联系一定存在。"

"我也这样认为的！"方辉指导员继续说，"另外我们

还留意他们是不是在其他地方还有住处，电信局的报告还没有送过来，我们要查这两人在电信邮政开通宽带的情况，只要他们在别的地方有住处，一般来讲他们都会开通宽带，开宽带就需要身份证登记，所以不管他们二人用谁的身份证登记，那么找他们的另一处住所就容易了！这样，我给邮政局打个电话催一催！”

韩龙听了方指导员对案件调查的一番思路和方案，他从心里暗暗地佩服，南京警方真是用了心，工作起来一步不落，只要有相连的线索人家立马就工作延伸到位，可见自己刑警队破案工作跟他们比还差了一级，韩龙在心里找差距，方指导员的电话已打通了。

方指导员说：“我是刑警队方辉，有关需要你们邮局协查以严孝正和熊慧芳二人，开通安装宽带的住址的事情，你们查的结果有没有出来？大桥北面桥园新苑小区的宽带地址除外。”

邮局报出了一个以熊慧芳名字开通安装宽带的地址，方指导员一边接听电话，一边将这个地址写了下来。挂了电话后，方指导员对韩龙说：“在夫子庙附近有个住处，是以熊慧芳的名字开的宽带户名，我这就安排警员去调查，放心，一有情况会随时抓捕严孝正，这个假币案不光是在我们江苏有苗头，在一线城市都有痕迹，公安部都有具体指示，所以对这个假币案不会因为春节而停下来，我们南京警方是二十四小时严阵以待，不抓获假币嫌疑人绝不收兵。

时钟指向年三十下午两点。

高速指挥监控室接到省高速指挥部的紧急指令，由于京沪高速和高速路面积冰严重，高速道路在再次限速后仍存在安全隐患，省高速指挥部采取了紧急安全措施，对部分积冰严重的高速路段进行封闭，在进一步对积冰处理后达到车辆通行的标准才重开高速道路放行车辆。

夏政委和倪支队长收到这个紧急情况，按省高速指挥部的要求对扬城境内高速进口进行关闭，由于路面打滑，高速路面的车流缓慢下来，高速上的车速不足30码。部分路段的车辆形似爬行，一时间整个高速路面都好似一条车龙，连绵二十几公里停在扬城西南和西北方向的高速路面上。今天是年三十，赶回家过年的车辆被堵在高速路上，进不得退不得，时间一长抱怨之声四起，有要小解的有要出恭的，一时间小孩哭声、大人的怨骂声，还有与家人通话的交流声，在整个二十多公里长的高速路面上响彻开来。根据省高速指挥部的指令，高速道路什么时候放行，要依据清除道路积冰的放行安全标准。一切以车辆运行安全为第一，什么时间通行等候省高速指挥部的放行通知。

再有三小时就是年三十晚上，现在出现在高速路面的情况，也是几十年来的第一次，被堵在二十几公里高速路面上的汽车至少有几千辆，按长途大巴和小汽车的比例，平均二十辆汽车里有一辆长途大巴汽车的话，现在被堵在高速路面上，不能回家过年三十的人数最少是三万人。夏政委和倪支队长在心里做了这个预算，他俩感觉这件事发生得突然，也是毫无应对措施的一件事。他们先后与省高速指挥部取得联系，进行情况了解。由于天气极其寒冷，高速道路几百公里路面都积冰，如果不进行道路积冰清除，一旦发生高速车辆事故，那就是对人民的不负责任，那将有多少个家庭面对伤害和悲痛。

省高速指挥部的指示，积冰道路不清除坚决不予放行。清除积冰的行动已经展开，但需要时间，预计十五小时后道路积冰清除工作能结束。目前投入到几百公里清除积冰的机械车辆有一百多辆，参与清除的人员有三千多人。

夏政委和倪支队长预感到问题的严重性，虽然是突发事情，但是天气严寒，到了深夜气温还会进一步下降，车上的老人孩子怎么办？万一再发生紧急疾病怎么办？十五小时后放行的话，也就是要到明早四五点钟，这样的话年三十不但要在高速路面上过，而且还没有年夜饭吃。这三万人停留在高速路面上，不要说吃饭的问题，尿屎就是个大问题，怎么办？支队长和政委两人决定拿出个应对方案，向市政府和市局领导汇报。

市委书记谢风池和市长章成文及市公安局局长龚少鹏和分管副局长基兴国接到这个汇报后，立即召开市委紧急会议。由于交警支队两个领导都在高速一线，高速交警用手机将高速道路上现场的情况，进行了拍摄转换，市委的会议厅里立时传来了高速道路上现在的情况。

在向市委和局党委汇报的电话里，支队政委夏邑说：“我和支队长写了几条应对方案，现在向领导汇报：一、如果三万旅客在高速道路上过年三十，寒冷的天气对老人和小孩是有伤害的，另外还有疾病突发者怎么抢救？我建议将二十几公里高速路段，进行分区段应急应对。另外公安消防和加油站配合，保证车辆燃料的供应和安全防火保障，只要停在高速道路上的车辆空调正常运行，寒冷就不能伤害老人和孩子。二、由市委领导出面动员全市机关和市直企业的食堂开伙，有条件的宾馆饭店和大型企业的食堂开伙，为三万旅客准备一份年夜饭，还有在高速道路沿线的乡镇机关以及乡镇企业都动员起来，为不能回家的三万旅客做一份年夜饭。三、热水的供应和大小便的

应急设施要推进到高速道路附近的省道上，二十几公里高速道路临时照明要尽快到位，有了照明，才有安全的保障。这样做是保证高速道路的环境和在寒冷天气里的道路安全所考虑的。四、今天是中国人的年三十，年三十都有看春节晚会的传统，由市委领导动员，把各单位的投影设施和电影院的放映设施都组织到二十几公里的高速道路近前，再有市电视台现场运用放映设备，为三万不能回家过年的旅客，转播一场春节晚会。这样让三万旅客在观看春节晚会的数小时里度过。五、请市委领导到现场和滞留扬城的三万旅客共度年三十。六、所有公安、消防、武警、安保人员及高速沿线的政府工作人员加入到安全保障工作中来。七、紧急抢救的医生和药物要运送到高速现场，防止急性病人的出现，其中对老人和儿童的药物要选择性准备。对孕妇要做生养的接生医疗和医生准备。八、成立紧急小组，有紧急小组成员上高速提供服务，对海外港台归乡的同胞提供必要的服务。公布一个紧急呼叫电话，让每一区段的旅客发生的情况都能及时得到反馈。”

高速指挥监控室又将支队长和政委两人建议的八条，传真到市委召开的紧急会议现场。对这八条建议，会议只用了十分钟就达成一项决议，市委各机关、市公安系统、各区乡镇街道所有市直企业的人员和相关企业立即行动起来，一切为滞留在扬城境内的三万旅客过一个年三十服务。市委宣传部和电视台负责为二十几公里高速道路的旅客组织放映设施，让三万旅客坐在高速路的汽车里，吃着扬城人民的年夜饭，看一场特别的中国人民的春节晚会。市公安安全系统武警部队负责高速道路的除冰工作外，安全和防火要派专人负责。市直医院派专家到高速现场，为需要就医的旅客提供医疗保障。市机关和市直企业食堂，包括各区属企业食堂负责三万份旅客的年夜饭生产制作,各乡镇公职人员就近加入到应急小组,上高速路段进行服务。决议的最后要求，要让三万旅客在扬城过个年三十，看一场春节晚会，吃一顿扬城人民的年夜饭，我们扬城人和他们共同在高速道路上度过这个难忘的年三十。

市委决议一下，全市立即行动起来，扬城的淮扬菜名厨自动报名到了现场，教师、大学生、医生、工人、农民，所有扬城人民都行动起来，根据市委应急决议精神，武警部队将炊事连开到了现场，二十几公里的高速道路照明率先亮了起来，各区属路段的投影设施架设了起来，消防官兵和加油车开到了现场,医生护士还有为孕妇接生的妇产医生和车辆设备开到现场，应急临时移动公厕征调到位，沿二十几公里高速道路一侧的省道上，全是排成一条长龙的服务大军，热开水送到了高速上，一时间被照明灯照得亮如一条二十几公里长的火龙街市，呈现在这寒冷的冰天雪地上。

滞留在高速上的旅客沸腾了，他们不相信自己的眼睛，这是好客的扬城人民吗？他们沮丧的脸色不见了，孩子的哭声停了，老人的眉头舒展了，他们走出了蜷缩的汽车，和应急人员握着手，消防官兵和加油站的员工将汽车的燃料送到了高速，为车主加入到油箱里，汽车发动了，空调又转起来了。

武警部队炊事连现代化的炊事车一溜排开，各市机关企业食堂的送餐车开到了现场。

市交警支队全体交警都上了高速道路参加清除结冰的突击，市公安局龚少鹏局长和基兴国副局长二人亲自带队，支队倪支队长和各交警大队所有机关人员全部冲在一线除冰扫扫雪，扬城高速路段北到宝应，东接京沪，西连沪宁的高速路面上，数万清除结冰的大军在奋战着。

交警支队政委夏邑坐镇高速监控室指挥，并与省高速指挥部保持紧急通话联系。夏政委已在高速上熬了五天五夜，他的眼睛里布满血丝，疲惫的脸上仍高度警戒。他望着眼前市政府领导号召发动的这场紧急救援，他的嘴角挂上了笑意。

电视上播送一条市委书记谢凤池对全市人民的动员讲话。

市委书记谢凤池说："今年我们扬城人民有幸迎来了三万多和我们一起共度年三十的特殊客人，扬城人民不但好客热情，而且有着一颗赤诚善良的心，三万客人就滞留在扬城段的高速上，我们扬城人民会开门迎客，送上我们扬城人民最真诚的新年祝福。由于现在是年三十晚上，如果你愿意为最珍贵的客人们准备一道你家庭的特色的年夜饭菜，就请你们带着扬城人的好客和善良，以及你为客人准备的一道家庭美食食材，走到你所在的小区门口，走出你的家门，那里将有社区专门的运输车，负责将代表你们家庭特殊的年夜饭菜，转送到珍贵的客人手中。今年的年夜饭不是你一个家庭的团聚，是全扬城人民和滞留在高速道路上三万客人的大团聚，这是个特殊的年三十，让最珍贵的客人感受到扬城人民大家庭的热情和赤诚好客之心！在新年将要来临之际，我和全体战斗在一线岗位上的同志们，给大家拜个早年！"

市委书记在电视上的动员讲话，在全城人民家庭里沸腾起来，一条走向社区和小区门口的居民们形成了一条长龙，他们手里提着年夜饭的食材，有的抱着装满热饭的电饭锅，会聚在专门运输的车辆前。一车车用保温桶装满的热米饭被运走了，一辆辆穿梭在城市小区，运送扬城人民年夜特色菜的车辆开到了高速现场。

武警部队炊事连队的炉灶一刻不停地忙碌着，向高速上传送年夜饭菜的工作人员不停地穿梭着。

一张张疲倦的笑脸露出了笑容，冒着热气的年夜饭送进了车辆，老人的眼角挂上了泪花，孩子的小嘴嚼吃着可口的美味年夜饭菜，布满在他们小脸蛋上的是惊喜和天真的童话。

走上高速道路的服务大军，将一个个垃圾桶和卫生用纸发送到位，热开水桶放在最显眼的地方，小餐车里满满的盒饭和盒菜还在传送，一段段高速路面上滞留的客人吃上了扬城人民特色的年夜饭，电视台的工作人员在现场拍摄采访，并连线网络新闻作现场直播。医护人员走上了旅客的车箱，在远处，几百公里长的高速道路上，公安、交通警察、武警战士，还有数不清的道路保障者们，他们在清除高速道路上的结冰，他们在与时间赛跑，必须保证明早4点钟清除高速道路上的结冰，以保障京沪和沪宁及京澳大动脉高速路的畅通。他们不分昼夜，清除结冰的作业机器在轰鸣着，作业的公安交警武警战士头上冒着热气，他们没有交流，没有和亲人过年三十的奢望，他们心里只有一条：让人民和亲人回家过年！

二十几公里高速路段的投影屏幕连线安装到位了，每200米距离就有一部投影屏幕，这样就能保证每个旅客都能看上春节晚会了。

电视打开了，中央台全国春节晚会将要开始了，市长章成文出现在屏幕里，他将代表扬城人民，对滞留的三万旅客在扬城过年三十发表讲话，章市长的讲话直接而幽默：“今天你们吃了扬城人民的年夜饭，就是我们扬城的居民了，不管你们走

到哪里，或者回到你们的家乡，你都不要忘了你们是来扬城做过客的！我和你们大家就都是老乡了嘛！老乡老乡，扬城的年夜饭最香！省委领导刚才打来电话，他们说要不是现在工作忙的话，他们也要过来和你们大家做个老乡，我问为什么？省委领导们说，你们扬城的年夜饭太香，香气顺着高速道路飘到了他们工作的现场，所以省委领导都说，他们也要做扬城的老乡！春节联欢晚会马上就要开始了，老乡们！你们一边吃着年夜饭，一边看春晚，就把扬城当作家乡，明天一早准时上路回家看望你们的爹娘，最后一句，替我给你们的爹娘问好，说扬州人民祝福他们！”

春晚节目开始了，主持人向全国电视观众讲了发生在江苏扬城高速段，滞留的三万旅客和扬城人民在高速上，吃年夜饭，看春晚的新闻，一时间中央电视台和扬城电视台进行了同步连续播放，全国人民都看到了滞留在高速路段三万旅客在扬城过年三十，吃年夜饭，看春节晚会的现场。通过中央电视台或网络新闻获知这一件事情后，全国人民沸腾了，问候、支持、祝福来自祖国的四面八方，国务院、公安部、宣传部、交通部、环境卫生部及省委领导都通过中央台春节晚会，向滞留在江苏扬城段高速过年三十的旅客表示了慰问和节日的祝福，并向扬城人民表达了敬意。同时向仍奋战在高速一线，除冰的全体公安干警，武警部队和高速道路保障人员表达了亲切的问候。

守候在南京桥园新苑小区的刑警队长韩龙和他的队员，他们二人坐在汽车里，一边啃着面包，一边注视着小区大门口进出的情况。他们料定万家乐宾馆严孝正，会回来和这个居住在小区里的女人熊慧芳过年三十，因为严孝正就只有一个儿子，中国人的传统年三^一定要回家和家人团聚，所以韩龙和南京刑警队作了分工，他和自己的队员守候桥园新苑，另一处夫子庙的地方有南京警方派人守候。所以现在尽管是年三十晚上，韩龙和队员仍不能回家和家人一起过年三十。天气寒冷，又起了北风，韩龙将最后一口面包放在嘴里，他叹了口气："唉！说交警苦呢，我看只要是在公安系统内的警种都不是轻松的！"

旁边的队员动了一下坐麻木的腿，一龇牙说："只要是公安，什么时候轻松过的，上次扬城下暴雨，我和另外几个刑警队员冒着暴雨守护江水堤坝，湿透的衣服在身上穿了两天两夜，在沿江堤坝上被江风吹了两天两夜，想想我们公安还真能吃苦，唉！公安公安，干了公安家人不安，爹娘生病不在身边，儿女上学难在眼前，老婆做男又做女，管了柴米油盐还做伙计。"

"还真形象，什么人编的？"韩龙苦笑了笑说，"是苦了老婆，我家老父亲身体不好，都亏了我老婆忙前忙后地照应，要不是她，靠我？怕……唉！"

小区外静静的，寒风刮得又大了点。保安室的灯光很亮，里面两个保安正忙着吃饭，一团热气在桌上的锅里升腾着，隔着上了雾气的玻璃，韩龙咽了口口水，他太想家里那一桌丰盛的年夜饭了。

房高因为要坚守假币案的侦破工作，紧急调全体公安交警上高速除冰的命令他除外。现在的房高仍在刑警队办公室里，他紧张地关注漏网的假币案犯主谋的出现，他相信樊教官的预见，这个跟交警较上劲的案犯主谋，他一定也在等时机，他要为被抓的两个手下报复，报复就有行动，现在的关键就是要预见性分析，他会从什么地方出手。房高的年夜饭是和刑警队员在刑警队吃的，他也知道现在的韩龙还在小区外守候。房高有点累，他闭上了眼睛，脑子里不停地运转着，假币案犯主谋能藏在什么地方？各宾馆和酒店住宿的人员登记都传过来看了，由于是年三十，全市在宾馆和酒店住宿的仅十七个客人，而且都是来扬过年走亲戚的，年龄和岁数及通过身份证协查，这十七个旅客都没可疑的地方。那么，假币案犯的主谋躲在什么地方呢？是不是也回家过年去了呢？

房高的眼睛闭着，案件的压力使他的神经绷得紧紧。

滞留在高速路上的一辆商务车上，坐了四男四女八个人，其中有个小男孩六七岁上下。他趴在汽车的玻璃窗上，一双眼睛注视着窗外屏幕上的节目。他的小脸蛋闪着笑意和惊喜，他向自己的爷爷问道：“爷爷，我们在台湾怎么没有这样过春节呢？这样过春节真是太意外了，原来高速路上可以这样看电视，真是太刺激我了！”

被自己孙子几句童心的话勾起了感触，爷爷平静了一下心情对身边的两个儿子说：“不是在台湾看不到这样的过春节，就是在整个世界上，能组织这样大的活动过年三十的，而且是没有准备的情况下突发进行的，这是平生第一次见到，也是第一次过这样特殊的春节，这个政府和他的人民是了不起的！”

身边的老伴也是很有感触地说：“再不回来看看，我们哪里知道内陆的情况是这样的，几万人的年夜饭和生活环境安全，以及刚才我看见走过去的医生护士，这一切都不是在最短时间能调动的，可今天我看见了，从这一点我才明白，内陆发展的速度为什么这样神速，这跟他们得人心有重要关系的，感受了！

活了一辈子，有时候改变观念是很难的一件事，但今天在事实面前我不得不说，我们回来晚了一点，这个内陆是大有希望的，那个小小的海岛空间太小了，空气里的污垢太多，一张笑脸后的险恶让大家防不胜防，你看这里的现实，我们和他们彼此都不相识，他们所表现出来的这一切才是最真实的，这里没有虚假，这里的空气不让人紧张，就像一个大家庭，彼此亲密无间，互相帮助，这才是家啊！”

爷爷被老伴的诚恳而再次感触，他对两个儿子说：“你们记住一句话，有这样尽心的政府，那个小岛的居民都会把心放到内陆来，什么人也阻挡不了他们回家的脚步，有一句话嘛！螳臂挡车，不自量力！就像我们一家人回家的愿望，没有哪个人能挡得住！”

大儿子的年龄五十左右，他在心里悄悄地计划着。

交警支队夏政委沿高速路巡查到这里，瞧见趴在玻璃窗上看春晚节目的小孙子脸上的笑容，他想到了自己家中的孙子，他一脸笑意地用手隔着车窗玻璃摸了摸孩子的脸蛋，并朝孩子挥手说了句：“新年好！小朋友！”

车门开了，是大儿子开的，夏政委一身警服吸引了这一家人，他们正需要向这个政府的工作人员了解一些情况。

大儿子在打开车门后叫了一声：“警官先生！能过来一下吗？”

夏政委从对方的口音中判断，这是港台回家乡过年的同胞，于是转过身走到车门前问：“大家新年好！有什么需要我帮助的？”

大儿子向夏政委发出了一个让他没想到的邀请。大儿子对夏政委说：“警官先生，能请你上车坐一会儿吗？”大儿子一边让出了位置。

夏政委遇到了一个难题，他的脸上堆着笑容，审视了车厢内的情况，他回答说：“看情况你们是一大家子，有什么需要我们帮助的，你尽管说！”

爷爷说话了：“我们和你们应该是一家人，这是我们一家第一次回家乡，所以就想和你聊聊，因为你是政府的人员，我们今天都看到了你们政府所做的工作，我们一家都很感动！理解嘛！”

夏政委了解了他们一家给自己发出邀请的初衷，他进了车内。

老爷爷继续说：“你贵姓？”

“老先生你好！我姓夏，是一名交通警察！”

“我姓朱！老家是安徽天长！”老人继续说，“我是当兵去的台湾，如果我们想从台湾回来居住，现在的政府政策有变化吗？”

“政府对台胞和香港同胞的政策是不会变的，就是要变也会变得更好！对回来的台胞之前的身份我们是不问的，我们是一家人，一家人走走亲戚嘛！这一点请放心！”

夏政委感觉这些问题涉及对台胞的政策宣传，于是对老先生说：“这样，我们现场就有专门接待港澳台同胞的人员，我打个电话五分钟内他们就能到你面前来，为你解答得更清楚更全面，你说好吗？”

“给你们添麻烦了！”

夏政委接通了救援小组的电话说：“通知市对台办的人员到瓜州段高速上来，这里有台湾回家乡的台胞需要接待，请立刻就到！”

五分钟后，市台办的工作人员来到车前，夏政委向工作人员说明了情况，又将工作人员介绍给台湾一家人后礼貌地离开了。

夏政委还要在高速上巡视，他担心安全方面的事，沿高速路段的春晚节目正常地放着。天气太寒冷，夏政委用手焐了两个冻得发疼的耳朵，望着汽车车窗后面一张张笑脸，他也笑了，他为自己和倪支队长提的建议而高兴，是啊！年三十被堵在高速路上，回不了家，和家人团聚的希望落空了，还有看不了一年一度的春晚节目，更糟糕的是寒冷让老人和孩子很难对付，现在看到他们在车窗后面的笑脸，夏政委的心里是最开心的，但寒冷让他也受不了，他缩紧了脖子，继续巡视着高速路段。

夜在寒冷中挣扎，一条火龙组成的街市上，三万多滞留在高速的旅客脸上洋溢着笑脸，春晚节目的精彩高潮让这些旅客忘记了他们还在旅途，他们吃了别样的一顿年夜饭，过了一个三万人聚会的年三十，在他们的心中家已经到了，这里就是家，这里就是每个中国人心中的家。

车窗后面一张张笑脸，寒风中高速道路上巡视的交通警察，这是梦中才有的天上街市，卖火柴的小女孩擦亮火柴闪亮的火焰里，只存在瞬间的美好景象，在这里成为今天的现实。边看春节晚会边和家人通着电话的脸上，闪着骄傲和自豪——我们在这里很好，这里有二十几公里长的餐桌，还有延绵在高速路边无数的春晚大屏幕，这里不再寒冷，这里有亲人的问候和祝福，高速路的街面上还有一道巡视在身边的橄榄绿。

经过数万公安干警和武警部队战士及高速道路保障人员的连夜除冰奋战，在新年的早上3点钟，几百公里高速除冰攻坚

战胜利完成了，滞留在高速扬城路段的三万旅客还在甜甜的睡梦中，高速道路上，车辆的缝隙中，清扫和撤离高速路上所有器具的工作在无声地进行着，临时厕所和垃圾箱被拖运下了高速路面，沿高速省道架设的投影大屏幕正在撤掉，消防车和武警部队现代化的炊事军车，他们都奋战了一夜，现在都在接到了撤退的命令后，沿着省道公路在撤离。

高速公路通行的通知惊醒了沉睡的旅客，他们透过车窗望着撤离的车队，一张张脸上是严肃的，他们的心灵受到了震撼，一切都在沉默，空气里升华的是灵魂的清洗，不知是谁唱出了一句——“我们是龙的传人，我们是龙的子孙，我们都心连着心，我们的血脉相通……”

二十几公里的高速路面上，这首歌声连成了一片。高速开通了，放行的车辆向前开动。高速路边的公安交警和武警战士及高速道路保障人员，他们注视着回家过年的车队，一脸疲惫的脸上，笑容依旧灿烂。

市公安局长龚少鹏和副局长基兴国在前线指挥除冰战斗了一夜，现在他们和交警支队倪福城支队长来到了高速监控室，支队政委夏邑迎了上去。

龚少鹏局长对夏邑说：“谢风池书记和章成文市长让我转达他们的一句话，感谢全体交警战士，还要特别感谢你和倪福城两人给市局领导的建议，你们这两尊扬城的门神，当之无愧啊！”

夏政委昨晚巡视高速路段受了寒凉，嗓子有点哑，他对龚局长说：“扬城人民需要我和倪支队长做门神，龚局长你就是我们的太上老君，太上老君有时也偏点心，这不，把我晾在这

里冻了一夜，喉咙哑了不说，还少出一身汗！倪支队长就好，出了一夜的汗还这样精神抖擞，一会儿回去吃年夜饭保准多吃一碗！”

大家都在笑，疲惫和开心地笑。

龚局长继续说：“市委所有领导都在一线，我看让大家先吃饱肚子，换身新衣服，我们也要过新年的嘛！”

“还有睡个好觉！”高速监控室的一位交通警插话道，“领导们，明后两天的天气预报传过来了，还有雨雪，气温没有回升，说不定明后天的任务更重！”

副局长基兴国听了眉头一颤，拍了拍夏邑和倪福城二人肩头，风趣地对插话的交警说：“小伙子，有这两尊门神在，什么风浪都能压回去，章成文市长昨天在紧急会议上说过一句，扬城的倪迟恭和夏培公，都是能在紧要关头打大仗的，有他们守护扬城的道路大门，一定有保障！”

第十七回 穷寇无道绑记者 命丧黄泉不知谁

今天是新年的第一天，房高也熬了一夜，全市各个环节都运转正常，假币案犯的行动也没有声响。房高和守候在南京的韩龙通了一个电话。韩龙和刑警队员守候了一夜，没有见到严孝正进熊慧芳的家门。韩龙作了分析，准备再继续蹲守，万一严孝正的反侦察能力强，知道我们会在年三十蹲候他，他选择不在年三十露面，或者会选择新年初一和熊慧芳这个女人见面，所以韩龙坚持继续在南京守候严孝正的露面。

房高和韩龙通过电话后，他在整理自己的思绪。假币犯的下一步行动目标会选择在哪儿？

草原野狼和澳洲狐狸最大的区别就是进攻性，澳洲狐狸进攻的对象仅仅是在动物的同类中，而草原野狼的进攻对象除了人类外，就是比它体形大几倍的澳洲野牛也在它的菜谱内。对人类的愚弄草原野狼自有它自信的一套，当人类持枪追踪野狼身影时，你千万不要相信野狼给你留下的，那一串可以追踪它的脚印。当你察看身后的异响回过头时，一张血盆大口就会在刹那间咬断了你的喉咙。

缪琴昨天和自己的父母一同去了房高父母的家中，他们五人共同地过了一个年三十。因为假币案的进一步明确，房高父母和缪琴的父母都各自搬回家住了，但警方对他们两家实行的保护仍在继续。

缪琴知道房高在忙案子，他昨晚就帮房高整理了几套内衣，她知道房高的内衣有几天没换洗了，本来年三十缪琴要给房高送去换洗的内衣，但给房高拒绝了，房高的理由很简单，越是现在越要警惕假币案犯的报复，最好就是少出门，这样的安全系数就越保险。缪琴当然听从房高的建议，于是决定新年的早上去给房高送换洗内衣。

缪琴给四位老人做了早饭，她也吃饱后，提了个房高父母为儿子准备好的保温盒，她要出门看房高去。

新年的早上不安静，鞭炮声响成一片。室外的气温很低，缪琴发动了汽车，她坐在驾驶位上等待汽车发动机的升温。在缪琴楼栋出口位置上停了一辆车，车上公安刑警派来保护的两位刑警在车里睡着了。小区的另一排停车的位置上，一辆车也在发动，车尾的排气管里向外冒着热气。缪琴没有多想换挡将车向小区外开去。

由于天气寒冷，小区的道路上也结冰严重，缪琴的车一个不留神，车子滑到了道路的一边，跟在缪琴后面的一辆车也停了下来。就在缪琴准备下车查看的时候，自己的车门打开了，一把明晃晃的刀架在缪琴的脖子上，缪琴被两个戴着棒球帽大口罩的男子管制起来。缪琴被拖下了车塞进车的后排座位，驾驶的位置被绑架者占了，自己的身边坐了一个精壮的男子，脸部唯一露出的一双眼睛里，凶恶的目光注视着缪琴，一把长刀抵在缪琴的腰间。他们驾驶着自己的车出了小区的大门。

缪琴楼栋的出口处，负责缪琴一家和房高父母亲的刑警队员仍在车里睡着。

绑架犯驾驶着缪琴的车出了小区后一路左拐而去。缪琴的脸被蒙上黑色头套，她看不清外面的情况，此时她的心里害怕极了。她在心里揣测绑架自己一定是假币案犯的行动，她的心里一阵恐惧，她想到那个出租车司机的死和交警被假币案犯残忍地撞成重伤的情景。她浑身的汗毛孔都张开了，感到自己的呼吸都急促起来，也许这是自己最后的时间了，自己能做点什么？

手机和自己的钱包被搜走了，缪琴努力想让自己静下来，可是心还是那样乱。

这次绑架缪琴的计划，是焦流的一个大阴谋，他知道自己还有两个行动的棋子没有动，于是在实施绑架缪琴计划之前，他就做了安排。因为被警方抓获的两个案犯，交代问题是迟早的事，就胖瘦二人能知道的只能是在南京的事了，只要胖瘦两人招供，警方的下一步肯定是顺着胖瘦二犯交代的方向去南京找线索，那么我就乘警方的注意力转移向南京的时候，找准空隙对晚报记者下手。焦流知道晚报记者是交警的未婚妻，只要绑了晚报记者，这个交警就会拼了命地来救，我就设个场合让公安交警知道这个记者的关押地点，到时候来个一锅端。

焦流对自己的计划很是得意，他对自己在境外行动从未失过手是很自信的，现在居然会在一个交通警察手里翻了跟头，所以这一次焦流将网张得大大的，就等公安交警进网了。

房高想让自己紧张的大脑放松一下，他刚闭上了眼睛，自已的手机响了。房高的手机屏幕显示来电是缪琴，房高接通了手机，同时对缪琴说：“你吵了我的好梦，我刚闭上眼睛，你的电话就打进来了，新年好，大记者！”

电话那头死一般的沉默。

“喂！说话嘛！”房高的眼睛仍就闭着，他不是一般的困，一双眼皮合在一起再也抬不起来。

电话那头仍是无人应答。

房高紧闭的两眼睁开了，他屏住了呼吸，感觉告诉他电话那头绝不是缪琴，因为电话那头传来的呼吸声很重，这应该是个男人的呼吸声。

房高神情高度紧张地又问道：“你是谁？想干什么？”房高的声音提高了许多，他感到问题的严重，缪琴的手机怎么会在别人的手上。

沉默，电话那头依旧无人应答。

房高的心里飞快计算着，但内心有点慌乱起来，他担心缪琴的安危，因为直觉告诉他电话那头是假币团伙派来的凶犯。男人的强大能够面对死亡不眨一下眼，但最薄弱的地方经不住轻轻的一拳，房高的软肋被对手打了一拳，房高现在的慌乱就是证明。

“你有种就冲我来！跟一个女人过不去，你算什么男人？”房高沉不住气了，他为缪琴的安危担心，他冲着电话大喊起来，“你要是敢动她一根毫毛，我把你剐了喂狗！别忘了你也是人，下三烂的手段在女人面前使，你他妈的还配做人吗？”

电话那头依旧静静的。

房高的理智渐渐恢复平静，对冲进办公室的刑警队员摆手示意，冲进来的刑警队员点头示意表示已在检测对方通话位置，

房高放缓了声调继续说："你的人是我抓的，你抓一个女人算是对我的报复？你有种过来抓我或者抓我们公安才对呀！你不开口是想吓唬我，你说我们会怕吗？害怕的只有你们，连一句话都害怕开口，小丑！"

房高需要拖延时间，他要为侦查缪琴电话所处的位置争取时间。房高豁出去了，他要找到对方的软肋，于是又说："小丑还会给大家带来快乐，你呢？你是人人喊打的过街老鼠，不能见光的老鼠，只能躲在黑暗里，你不觉得这样的日子活得很可怜吗？一个不能见阳光的人，和躺在坟墓里的尸首有区别吗？即便是躺在坟墓，你的碑文怎么写？你想好了吗？你想过吗？你进得了坟墓吗？阎王爷会把你下油锅，下十八层地狱，最后你的身架还剩什么？天在看，就看你们这帮败类的下场！"

电话里传来嘟嘟的盲音，对方挂断了电话。

缪琴的手机放在车的座位上，缪琴被捆住了身子，她的嘴巴被胶带封住了，身子被一个凶犯夹在车的后排座位上。老幺坐在驾驶员位置上。他们二人的面容都被棒球帽和大号口罩裹得严严实实，能够露出的只有两只眼睛。焦流戴着墨镜，脸上是化了装的黑而亮肤色，脚上那双黑面黄底的皮鞋尤为显眼。

刚才房高在电话里对焦流的一顿羞辱，缪琴和汽车里所有的人都听见了，戴墨镜的焦流故意将手机开在了免提上，这是焦流需要的效果。他要让这个女人明白，电话里的男人会拼了命地来救她，而等待这个男人的只有死亡。缪琴手脚被绑无法动弹，房高在电话里所说的话她都听见了，她在心里默默地祈祷着，希望房高不要冒险救自己，即便自己拼了一死，也不会让房高冒险。

有一股很臭的味道弥漫在车厢里，缪琴被熏得够呛，她想屏住呼吸，但那股臭味仍时刻地往她的鼻孔里钻，她想到了在农村采访养猪场时的那种熏臭味，汽车上哪来的猪屎尿味呢？

戴墨镜的焦流将手机卡和电池拿了出来，他知道手机上有卫星定位，他要好好地利用这一点，这是这个高智商凶犯的第一步棋，他需要和对手摆个圆圈，不然计谋太浅的话警方会看见水底深处的鱼。

戴墨镜的焦流下车去了，在关车门的时候对老幺说了一句："把她带回去，看管好，我需要用她钓条大鱼！"

然后车门关上了，老幺将车开了出去，戴墨镜的焦流知道警方一定很快找到这个地方，他也上了另一辆汽车拐了个弯很快消失了。

房高的电话打到了保护缪琴父母和自己父母的刑警队员那里，当两个刑警队员听说缪琴被绑架的消息后，他俩都傻眼了，房高对他们俩说："现在你们不要慌，先上楼看一下，缪记者什么时间离开的家门？去哪里？情况要了解得细致，不能再出问题了！"

两个刑警不敢大意，上了楼先和屋子里房高的父亲通了电话，进门后向他们了解了缪琴的情况后，立即向房高作了汇报。房高正调看由小区出来后所有的道路监控，他发现缪琴的汽车在出小区后，就上了沿运河向北的运河北路，在运河北路大桥下就消失了缪琴汽车的身影。

缪琴汽车出小区的时候，监控显示车不是缪琴开的，车上最少有四个人，也就是说缪琴在小区内被凶犯绑架的，然后才被控制着出了小区，那么，绑架者什么时候进的小区？是开车进来还是步行进的小区？

刑警队员侦查到刚才绑匪打电话的地点，房高拿了帽子就随他们向这个地点扑来。在车上，去小区查看的刑警队员打来电话，通过查看小区的监控，他们发现昨晚六点之前有一辆不是小区的汽车进入小区，目前这辆车还停在小区里，车门没有上锁。车里的温度还在零上，说明这辆车的空调刚关了不久，可以肯定这辆车就是绑架者在小区过夜的地方。

房高听完报告，对侦察现场的刑警说："这辆车的周围一定有案犯的脚印，你一定要将在雪地的脚印拍下来，其中有个脚印是一双厚底水纹皮鞋的鞋印，在刑警队有两张这样的鞋印照片，你迅速冲洗出来后进行比对，看结果是不是同一双皮鞋脚印。"

房高和刑警队员追到了运河大桥的桥下，房高下了车后一双眼睛观察大桥下的路况，由于是新年初一，路上几乎没有行车和行人。

大桥下，除南北向有一条路，还有桥北的西面有一条通小区的进出口道路，这条道路还比较宽，因为是和主干道衔接的小区道路，又是在大桥下面，所以这里没有安装道路监控，难怪案犯选择在这里消失。

房高没有停留，从大桥下面顺着桥下进小区的道路向小区跑去，他要去查看小区的监控，只要案犯的车辆是从小区这个门里逃走，小区的监控里一定会留下记录。房高向小区保安亮了证件，刑警队员进入保安室对监控进行查看，就在20分钟前有两辆车进入小区，一辆是商务车，另一辆是奥迪，从监控里能看到商务车的驾驶员是位男子，戴着棒球帽和大号口罩。奥迪汽车里的驾驶员戴个宽边墨镜，脸上的皮肤很黑。

刑警队员将小区监控拷贝下来，房高通过和保安的了解，这个门是小区的东门，小区还有个西门，于是房高和刑警队员上车来到了小区西门，通过查看小区的西门监控，发现在那两辆车进小区十分钟后，其中的一辆商务车由西门开出去了，那辆奥迪车却没有再开出小区。

于是房高和刑警队员立即在小区内进行搜查，五分钟后在小区的过道口，发现了这辆停在过道上的奥迪汽车。停车的这个过道不在小区监控摄像头范围，刑警在笔记本电脑上快速地查看了刚拷贝的小区监控，奇怪了，空荡荡的小区里没有再发现奥迪车下来人的身影。房高不能耽搁，他对刑警队员说："留下两个队员，继续在小区搜查，其他的队员追查那辆商务车。"

笔记本电脑是和市公安所有道路监控连线的，一会儿那辆商务车的身影在长征路口出现了，房高和刑警队员驾车向那边赶去。

在离下一个十字路口不远的地方，商务车上的案犯老幺将车停在了路边，他下了车进了路边一家超市。这是一家面积不大的超市，是一家连锁店，店主人就住在店里，见有客人上门，他热情地向客人道了声："新年好！大早上光临买点什么？"

老幺的大号口罩仍戴在脸上，用手指指货架上的盒装饼干和牛奶，他没有说话，他是江湖老手了，不会留下作案的线索，他心里知道路边的小店，店家都装了监控，稍不留神的话警方就会跟踪而来。

店老板拿了牛奶和饼干，一边仍在说："今年的天气就是冷，都赶上东北的天气了！"

老幺付了一张百元钞，一边向店老板指了指自己的喉咙。

店老板找了零钱，见老幺指喉咙于是说：“是啊！天气寒冷，感冒喉咙发炎真不好受，又是过新年的！”

老幺没再听店老板的唠叨，他拿了东西出了超市门上车急驶而去。

一直追踪而来的房高通过监控来到了这家超市，刑警队员向店老板亮了公安证件，房高问了些情况，超市老板一脸的惊讶说：“乖乖，刚才那个人是杀人犯啊！我的妈呀！我说戴个大口罩干什么呢！原来是个杀人犯！”

“打开你的监控，我们需要查看！”房高看到了店里的摄像头，对店老板说，“他进店后一句话没说？”

“我的妈呀！我一听杀人犯，我的腿就开始抖了！”店老板一边将收钱的柜台边货物搬在一边，一边对房高说，“你们自己查，我的腿吓得直抖呢！”

有刑警队员将笔记本电脑和店家的监控一连线，刚才老幺进超市后一段监控就拷贝成功。房高边走出超市边对队员说：“先上车，或许缪记者就在前面这辆商务车上。”

这时负责查看监控的队员，搜查到刚才商务车停在路边的一段街边监控录像。监控录像是道路边一家加油站进出口处的监控画面，画面上老幺停下车后，下车进入超市。但老幺下车后，这辆商务车的车身仍在左右摇晃了几下，这个车厢的摇晃，是不是说被绑架的缪记者就在这辆商务车上。房高也观察到监控上的这个细节，他对驾驶员说：“加快一点，或许罪犯就在附近了！”

刑侦处汪处长到了刑警队，因为刑警队的报告，晚报记者缪琴在新年初一早上被假币案犯绑架了，汪处长感觉到了问题

的严重，副处长姚宁后脚也赶到了刑警队。房高在追击的车上将情况大概地说了一下，汪处长和姚副处二人听后陷入沉思。因为是新年初一，昨夜发生在高速路上三万旅客滞留的事情刚过去，高速大动脉刚开通，市区就发生了假币案犯绑架晚报记者的报复事件，刑事案使市公安局刑侦处主管汪处长感到了肩上的压力，刚才听了房高的简单叙说，知道目前想堵是非常难的，案犯选择新年初一作案，是有备而来，因为全市公安交巡警在高速上奋战了一夜，现在再要调动他们堵截绑匪，似乎不是首选，他正在思考对策的时候，姚副处长一句话作了提醒："现在最能调用的就是各区属派出所，因为我的经验绑匪藏身的地方都不会选择市区，他们会选择在郊县农区，那里道路监控还没有全部到位，而且外来人口比较多，出租屋的情况管理得比较散，所以动用派出所的警力和地方安保人员，包括乡镇城管人员布控，只有做到在周围形成一张大网，追捕假币案犯才有线索。"

汪处长听了后赞成道："以刑侦处的名义和地方派出所联系，请他们配合搜捕行动。再和追捕的房高取得联系，查清案犯逃跑的方向，提前在前边布控，这样才能形成堵截。"

姚副处长下去布置了，很快房高收到了一条城南派出所报上来的信息。在城南的一处农庄上一夜之间，农户猪圈里的一头 300 斤的肥猪被人偷了，这条信息报到房高手里时，房高几乎是一闪而过，这条信息根本就不可能引起房高的注意，他的注意力在逃跑的商务车上。

道路监控线索，这辆商务车过了蜀岗，蜀岗再向北就是出扬城的道路，向南或向西的道路要监控起来。正在这时房高的手机响了起来，手机的屏幕显示还是缪琴的电话，房高知道这

是案犯打过来的电话，他一边示意刑警队员继续追踪，一边接通了案犯的电话，并打开了通话免提，他需要对这个通话进行录音。

电话那头传来经过变音之后的声音："房指导员，新年好！未婚妻被我们请来做几天客，你也太小家子气了吧！跟在后面一路追赶，是热情护送还是怕我们招待不周呢？放心，新年里能劳你大驾护送，等会儿一定送你们个新年见面礼！房指导员，你做你的交通警察，我做我的生意，你敢管闲事，坏了我的生意还抓了我的手下，你厉害！现在缪记者就在我的身边，你有种就来把她接回去，要是没这个种今后就不要管闲事！缪记者一张漂亮的脸蛋毁在你多管闲事上，不要怪我们无情，是你小子不知天高地厚，让你的下半生面对另一张缪记者的面容，你就知道管闲事的下场。下一次你再听见这个电话铃声，你就会看到缪记者的另一张面孔照片了！"

房高一边听一边盘算着如何进行下一步行动，他心里的怒火要爆发出来，一双布满血丝的眼睛红得厉害，他忍着，他决定也回敬案犯一个悄然无声。

也许电话那头的案犯察觉到了房高的故意沉默，电话那头哈哈的笑声又传了出来："哈哈哈！好小子，你也能忍得住？好吧，你我总有见面的时候，再见！"

电话挂了，一阵手机的盲音将要爆发的房高再次提醒，他没有说话，铁青的脸色表明房高内心的怒火在燃烧，车上陷入沉默。负责在道路监控追查那辆商务车的刑警开口了："向西，这辆商务车在翠岗路出现了，时间大概十五分钟前。"

"请总台向所有在岗的交巡警发出警讯，一辆米黄东风风行商务车，车牌是苏 K59723，它的位置在翠岗路向南逃窜，请求所有关卡堵截，发现这辆车行踪的请及时报告这辆车的位置。”房高向公安总台发出了呼叫。

驾驶追击车辆的刑警不用提示，一拨方向盘向翠岗路追了过来。

到了翠岗路中部的翠岗中学北面向东的岔道，道路监控显示商务车拐进了岔道。房高他们的警车也开了进来，在房高和刑警队员的视野内远远地看见那辆商务车停在一处围墙边上，房高和刑警队员都冲了过去。那辆商务车停在那里，周围都是低矮的围墙，这里是近郊农庄，农户的住所极其不规范，外来人口租住密集。

刑警队员和房高的枪口对准了车身在摇晃的商务车，房高冲了上去一把拉开车门，大喊一声：“不许动！”

车内空空的，刑警队员都围了过来。

房高发觉车身仍在摇晃，他一眼看见车厢最后面有一个在动的麻袋，他抬脚上了车伸手解开麻袋，出现在大家面前的是一头白色的猪，这头猪不安分地摇动着自己的身子，车厢也随着摇晃起来。

房高立时知道自己上当了，被绑架的缪琴在那辆奥迪车上，自己中了对手的圈套。就在这时留守在阳光水岸小区的刑警打来电话，说那辆停在小区过道上的奥迪车不见了。房高一拍脑袋，知道自己被对手耍了，看来还是自己太过轻率了。他一边要求道路监控追查奥迪车的行踪，一边把情况向汪处长作了汇报。

汪处长不愧是老公安，他接了房高的汇报对房高说：“这些只是小把戏，你让他们这帮小丑先跳，那辆奥迪车逃不出我们的道路监控，以文昌路向北的所有道路监控都启动了，一有

消息会传给你们！

缪琴的头部仍被黑色头套套着，她被绑架自己的案犯驾着上了楼梯踏步，又转着向下面走去，踩在脚下的不再是水泥地面，而是踩在钢板上。缪琴在心里思考着，绑架自己的案犯现在是在船上，他们要把自己运到哪儿去？

她听见有开铁门的声音，她被带进了房间，一路上没人说一句话，门又重重地关上了。缪琴一把将套在自己头上的黑色头套扯了下来，她打量着这个小房间，感觉四周墙壁都是冰冷的铁墙，她伸手敲了敲，果然是冰冷厚实的铁墙，她将耳头贴在那扇铁门上听了听，外面静静的，什么声音都没有。

她需要弄清自己在什么地方，也许是老天在帮忙，一声深长的汽笛声传进缪琴的耳中，缪琴是记者，她知道扬城有船舶的地方不多，一处在靠近江都的大洋船厂，另一处就在瓜州和仪征连接地区，那里有十几公里长的造船厂，现在自己被关押的地方一定离江边不远，刚才的一声汽笛就是证明。还有刚才踩在自己脚下的楼梯，是铁板的楼梯，现在关押自己的这间房间四壁都是冰冷的钢铁，连关闭的门都是铁门，那么自己就是被关押在一艘船上了，这里会不会就是瓜州以西的沿江船厂呢？

缪琴在心里做了分析，她认为现在自己被关押的地方，一定是瓜州以西的造船厂，因为这些都是民营造船企业，他们的管理比较松散，江都的大洋船厂属集体企业，管理相对上正规。绑架自己的案犯他们只会选择民营的这个场所，因为这里人员管理混乱，藏几个人就像把一根针扔进大海，缪琴想到这里，她心反而静了下来，她知道假币团伙暂时还不会对自己下手，要是想对自己下手的话，就不会费这么大劲把自己关押到船舱里来，他们一定有什么阴谋，他们需要自己做什么呢？

草原野狼为了报复猎人对它们的驱杀，这个种群会团体作案，一边为了让猎人相信你要猎杀的目标就在前面，它们会用嘴撕下自己的体毛，然后用自己的爪子将体毛深深地踩进自己留下的脚印里，它要让猎人相信你追踪的不是一只狼，另一边团体作战的群狼会发起对猎人拥有的牛羊进攻，而不知情的猎人却被草原野狼诱敌之兵带进了杂草丛生的树林。

晚报记者在新年的第一天把假币案犯绑架的案情报告，送到了市公安局龚少鹏局长手中，面对假币团伙报复行凶的猖狂，龚少鹏局长在听取汪处长的案情汇报后，一双怒眉倒起，嘴角动了动，片刻后说："立刻下令全市公安交巡警组成搜查阵容，对案犯可能藏身的地区进行布控，第二市安保大队和所有乡镇地区的派出所及安保人员行动起来，形成一张大网，目的是给案犯一种威慑，逼迫案犯向一定地区逃窜，我们要在一定地区做好伏击抓获案犯的准备，保护晚报记者的人身安全，坚决将犯罪分子的嚣张气焰打下去。"

汪处长继续汇报道："命令马上就能传达到位，问题是全市公安交巡警，刚刚在高速除冰奋战了一夜，武警部队也刚刚回营，现在要再调动他们……"

"命令照传不误！"龚少鹏局长大手一挥打断了汪处长的话说，"警情就是战斗的号角，我们的公安战士是经得起考验的，交通警察每天时时刻刻都在紧张的战斗岗位，扬城的每一天交通安全出行都在他们的保障之下，我们全体公安战士就要面对这样的战斗考验，命令传达后，我和你上一线指挥，一定将猖狂的假币团伙打垮，将他们绳之以法。”

“是！坚决执行！”汪处长转身出去了。

关押缪琴的这艘船悬梯上，戴墨镜的焦流一身工作服，头戴安全帽，手里拎着一个鼓鼓的皮包，正往船上走去。他脸上的皮肤仍是黑黑的，细看之下才能发现他脸上的皮肤和喉咙向下的肤色完全不一样，他这身打扮在造船企业里绝非一般的技术焊工，而更像是一位造船的工程师。焦流上了船，他今天来是有任务的，他要给房高和扬城的公安来个见面礼，顺便也要让这次行动的老幺和他的同伙销声匿迹。尽管自己做了周密的计划，但扬城的公安和全市安保人员都展开了大面积的搜查，尤其是交通警察的全面介入，这给自己原来的撤退后路带来了困难，他必须抓紧时间完成自己的计划，如果等到警方的大面积搜捕合拢的话，不要说撤退了，就是有架直升飞机恐怕也难逃走。

焦流这个案犯不是一般的作案人员，他在境外活动多年，具备现代高智商作案的能力，他的手提电脑里刚刚入侵了扬城的公安安保监控系统，对市公安局下达的抓捕行动有了预感。每一条街和社区的干道上都能看到警方的巡查人员，包括各高速道路的延伸区间道路和乡镇道路上，安保人员和派出所警方的身影随处可见，焦流看到这个情况他感到了问题的紧迫性，于是这才来到关押缪记者的船厂。他要做一件事，他要通过缪记者的嘴，把警方都吸引过来，然后引爆提前安装好的炸弹，他要让警方付出代价，也要让管闲事的交通警察明白——任何事你都有机会发表看法，就看你第二天能否活着。

这是境外专业杀手的一条通例，一旦被灭口，就意味着证据的消失。

他来到了船的生活舱，老幺和同伙站了起来。焦流没有开口，他示意将关押缪记者的舱门打开，焦流走了进去，缪琴坐在床上，眼睛斜视着进来的焦流，她没有说话，心里揣测这个男人的来意。

老幺搬来一把椅子，焦流没有坐，他的一双眼睛望着缪记者，心里盘算着如何开口。沉默了半天，焦流阴沉地说："说明白一点，今天就准备放了你，我们查清楚了，尽管是你拍了我们组织人员的照片，但你是无意之中的，而你的未婚夫交通警察房高就是有意利用了你拍的照片，让我们的组织蒙受了损失，所以我们要处罚的是管闲事的交通警察，和你缪记者是没有关系的。但你是交通警察房高的未婚妻，你得为他管闲事的行为受过，毁了你的这张脸，让管闲事的交通警察后悔一辈子，你不要记恨我们，是管闲事的交通警察害了你，我们按规矩办，拿了别人的东西总要还的，你就是他们还的代价！"

这是焦流的心理战，他要先打垮这个女记者，女人的一张脸就是她们活着的希望，他要看看这个女记者听了这话后的反应，他知道记者是最敏感的，也是最现实的。

果然，事情有了变化，但不是焦流想要的结果。

"凭什么拿我替他们交代！你也是男人，为什么你不能面对面地向他们讨要公道，拿一个女人耀武扬威，我是女人，但你连做女人都不配！"

缪琴管不了那么多，她的反应非常激烈，一个上午的时间里她考虑得很清楚，落在假币案犯的手里，很难有逃生的可能，因为文昌交警执勤点被撞伤的交警还在昏迷之中，还有被杀死的出租车司机这些事情就说明，自己既被他们绑架了，生还的

可能性几乎没有，缪琴的心里已作了最坏的打算，现在一听要毁了自己的一张脸，缪琴豁出去了，她想横竖都是死，与其被你们毁容痛苦一辈子，不如现在就杀死她。

面对缪琴的激烈反应，焦流的心里是有预感的，他知道这个女人不会委曲求全的，死对她的威胁不大，但对毁她的容貌她是害怕的，女人终归是女人，这个女人也不例外。焦流决定威胁的力量再大一点，让这个女人先乱了阵脚。于是焦流又说："毁你的容是让你的交通警察未婚夫看的，至于他对你被毁了容后的反应，不是我们关心的，我们只是让你明白，毁你的容只是交通警察管闲事后付出的代价，要死要活那是你的事，当然在死之前也可以满足你的一个愿望，让你和你的那个交通警察通个电话，你也可以告诉他让他来救你，这样做对你算是公平吗？"

缪琴听了这话后一脸的惊讶和疑惑，她不相信这是案犯的本意，他们在耍什么手段呢？

"当然，让你和管闲事的交通警察通话是有限制的！"案犯的再次开口打断了缪琴的思考，这个案犯继续说，"一、不能说出关押你的地址；二、谈话只能30秒；三、如果你违反以上两条，立即将你毁容。"

说最后这句话的时候，焦流从他的皮包里拿出了一瓶装满液体的瓶子："这个不用我介绍，你们都是高才生，硫酸的作用很多，工业的发展都有它的贡献，一旦用在缪记者你的脸上，用文字叙说用在脸上后的效果，这一点你们记者应该不是难事。"

缪琴没有开口，她在思考案犯让自己和房高通话的目的。他是要让房高知道未婚妻将要被毁容的信息？还是要证明他们这样残忍的做法对我是公平的？他们究竟想干什么？

老幺和同伙站在两边，他们也在思考同样的问题。老幺的江湖老一点，凭嗅觉他感到让这个女记者和警方通电话，就是意味着暴露这个关押地点，还有就是让警方听到女记者将要被毁容的信息，让警方退后，不要逼迫我们动手，如果警方不照办，女记者被毁容，那么今后还有管闲事的交通警察愿意管闲事吗？

焦流将缪琴的手机卡和电池装好，在开机之前又对缪琴说："把要准备的话组织一下，时间30秒内！"

缪琴突然改变了主意，她决定赌一次，她还有父母亲，还有自己喜欢的记者职业，还有房高这个好男人，她不能任人宰割，她要战胜这个罪犯，让他不要小瞧女人，不光在乎自己的一张脸，女人还不好惹。

于是缪琴对焦流说："要杀就杀，毁容就毁容，下辈子不做女人就是！我不需要打什么电话，我死了，被毁容了，你们男人还会在乎被毁容的女人吗？接下来的结果就是被你们男人抛弃，这和死是没有区别的！"

焦流和两个手下都愣住了，老幺也是见多识广，他听了这个女记者的话心里也是一愣，这女人有个性，看来有知识的女性再加上有个性，不好对付。

焦流的计划要被打破，他能被一个女记者打倒吗？焦流的心是铁做的，他是个专业杀手，他的嘴角挂了一丝冷笑，一只手拧开了那瓶液体的瓶盖，瓶口上冒起一缕白色烟雾，焦流拿着瓶子向缪琴走了过来。

缪琴的脸一下子白了，她知道硫酸遇见空气后会挥发成白色烟雾，刚才她的本意是试探一下案犯让自己和房高通话的目的，没有想到案犯会突发地下手。

“真动手？”缪琴想起了周星驰的无厘头演技，于是她开始要宝道，“让我自己来，硫酸会沾你一身，你这一张黑脸本来就跟毁过容的差不多！”

案犯焦流本来是要赌一次，现在见女记者真的不要命了，他犹豫了，拿瓶子的手停在半空。

“不就打个电话嘛！”缪琴说话了，“不用 30 秒，就一句话，算是最后告别也行！”

缪琴改变了主意，她的脑子里有了灵感，她突然想起了房高对自己说的一个梦，自己还为房高解了梦境，尽管当时是和房高的一句玩笑之说，没想到现在自己身陷绑匪手中，这个梦竟然会传递一个救自己的机会，这难道是巧合？而且房高说这个梦的时候，自己也无心地用解梦一说，没想到房高在梦里把自己弄丢了的梦境，竟然预报了这次自己被绑架的灾祸。还记得自己给出的解梦答案是好梦，因为自己在一艘不在水中的船上，而船只有在水里才会行走，在陆地上的船是不会走掉的，缪琴对自己所关押的这艘船做了定案，这是一艘绝对在陆地上的船，因为船在水中是会漂荡的，而在这艘船上的感觉就像待在自己的房间里一样，稳稳当当。

缪琴想到这里，她相信自己这一次一定会逢凶化吉，她开始相信命运一说了，房高的那个梦是这次自己被绑架的灾祸预报的话，自己解梦的结果就是有惊无险，因为房高的梦中自己站在一艘在陆地上的船上，停在陆地上的船是不会开走的。另外房高在梦中找不到自己这一段，是不是就意味着自己被绑架失去自由的这一段呢？

于是缪琴的心里有了主意，她要说一句只有她和房高两人才听得懂含义的话，这句话房高听了后就知道自己被关押的地点了。

案犯焦流打开了手机，拨通了房高的电话，手机被送到了缪琴嘴边，电话通了里面传来房高的声音：“有话留着我们见面再说，你要是想给自己留个全尸，离缪记者远点！”

缪琴听到了自己心爱的男人的声音，不知为什么眼泪就流了出来，她强忍着哗哗流淌的眼泪，她对着手机那头的房高说了一句：“在你的梦里，你把我弄丢了！”

缪琴说了这句话，她释然了，脸上露出被绑架后的第一次笑容，她相信房高会听懂她刚才的话，他会知道自己被关押的地点，他一定会来救自己的。

案犯焦流和另外两个手下听了缪琴极其简单的话，他们在心里也一阵纳闷，这个女记者干什么？是最后的告别？还是对自己因为是交通警察的未婚妻遇难而感到委屈？

案犯焦流关了手机，将手机电池和手机卡又拆了下来，他当着缪琴的面这样做是故意的，本来他不需要缪琴给交通警察的未婚夫打这个电话，他只要将缪琴的手机电池和卡装上，警方就能通过卫星定位知道关押缪琴的这个地点，那么案犯焦流为什么不这样做？反而必须让缪琴和房高通个电话呢？这就是案犯焦流过人之处，如果仅仅是有意开通缪记者的手机，暴露缪记者被关押藏身的地点，警方不会相信被绑架人中断的手机信号突然会出现，只有让被绑架的缪记者和她的手机同时出现，警方在确定刚才通话的手机方位后，又有绑架人通话的线索下，警方才会调大量的警力扑过来，这样案犯焦流准备的大爆炸的效果才更有杀伤力，案犯焦流这次的大爆炸计划，是对出钱雇他行动的上家一个交代，也是对上次自己在石塔宾馆行动失败，还有自己两名手下被警方抓捕的报复，这种报复里还有洗刷行动失败的耻辱证明。

案犯焦流再次将缪琴的手机拆了，将手机卡一掰两片扔得老远，关缪琴的船舱门又重重地关上了。案犯焦流从手提袋中拿出一双休闲鞋换上，将那双黑面黄底的皮鞋放在一边。他的两个手下都没说话，在一旁看着他等待新的指令。案犯焦流站起身试了试脚下的休闲鞋，这才抬起头对手下老幺说："明天9点后，你们就完成任务了，钱会在上午9点后到你们的账上。"说完这些他拎起手提袋转身就要离开。

老幺问了句："她怎么处理？"

案犯焦流不假思索回答道："不要动她，另外有人来处理，明天9点后你们自己离开就行，记住，出船厂向西往南京方向。"

焦流说得不露声色，其实他根本就没有准备让这两个手下活着的计划，他之所以这么说，一是要稳住两个手下，二是为吸引围上来的公安留两个棋子，不然公安会对这次爆炸紧追不舍，说白了这两个手下就是替死鬼。

焦流说得滴水不漏一本正经，老幺和同伙没有理由怀疑，而且明天9点之后任务就算完成了，老幺和同伙将案犯焦流送到船舱楼梯口，案犯焦流自行出了舱门，在出了驾驶舱后，他从拎袋里拿出了一只漆黑的毛绒玩具猫，按了一下毛绒玩具猫肚子上的按钮，然后将毛绒玩具猫放在了驾驶舱顶伸出来的支架上，如果一般人不注意的话，远远地望去就好像一只趴伏在驾驶舱顶棚的猫一样，这只全身黑色毛绒的猫眼睛亮着淡黄色的光，就像一只夜晚中见到的真猫一样。

案犯焦流做完这些，他拿出自己的手机做了实验，这只黑色毛绒玩具猫其实就是一个自动监控并同时能将拍摄的画面同步传出去的监控设备，接收监控画面的就是焦流手中的手机。案犯焦流这样做的目的，就是在离开将要被警方包围的船厂后，通过这个不起眼的监控能知道警方到现场的情况，好掌握起爆的时间。案犯焦流做完这些，他沿着船的悬梯下了船，他知道警方很快会包围上来，他必须尽快离开。他也知道警方会根据这里的交通地形封锁东西的两头道路，他要做的就是向北前进，虽然向北是市区地界，但焦流信奉着最危险的地方可能会最安全的话，他相信他的对手这一次会看不见灯下黑，所以他出了船厂后按计划向北逃窜而去，那里有他准备好的隐身场所。

很快，通过卫星定位确定了刚才缪琴电话的位置，房高接到这个报告后立刻在脑子里搜索，房高是一名交通警察，对扬城的每条道路他是清楚的，现在卫星定位表明，缪琴的电话在沿江高等级公路仪征和邗江区瓜州以西这一块，很快房高对缪琴在电话里那句话领会了，是自己做的一个梦，还有缪琴对梦的解梦一说，船，在陆地上的船，缪琴被关押在一艘在陆地上的船上，对，肯定是这样的，而且刚才卫星定位系统搜出的手机位置也在那个地区，于是房高立即将这些线索向坐镇指挥的龚少鹏局长做了汇报，时机不可错失，抓捕行动的一张大网，立时将沿江高等级公路的东西两头扎死了。因为沿江高等级公路向东是往江都上海方向，向西是往南京或通京沪淮高速，只要将这两头可以逃窜的通道扎死，留给假币案犯的只有向北邗江区所有区间道路逃窜，向南是大江一条案犯没有渡船是无法过江的。

市交警支队所有交警和市公安巡警，将沿江向北的区间路全部扎上了，防爆大队和保安大队开到了离沿江船厂不远农庄上隐蔽起来。特别行动组调来的两名狙击手也在等待命令，合拢的大网就等一声令下。

此时天色已晚，十几公里长的沿江船厂灯火通明，这里正日夜不停地赶工，沿江船厂接的订单都是外单，交船的工期紧，所以在江面上驶过的船舶都能看到夜晚后这一派灯火通明、电焊溅起的点点火花在夜晚四下飘洒的景观，也有文人雅士由江面见到十几公里长这一奇特景观，纷纷有感而发：

钢花四溅挂江前，
不疑船在银河边，
渐行云头如入梦，
回首金山在眼前。
天远有边江上看，
渔火连成一线天，
是问仙家谁此住，
五湖四海造船人。

龚少鹏局长看了沿江高等级公路及船厂的地形位置后，亲自给仪征市公安局局长朱怀民打了电话，要求仪征市公安派员到沿江船厂协助抓捕行动，并在电话里说明，沿江船厂十几公里长的工业区，外来务工的人员相对复杂，现在需要仪征警方提供了解船厂情况的警员到现场，为抓捕行动提供线索。

仪征市公安局局长朱怀民接了电话，立即调兵遣将并亲自带队向仪征城南区段而来。局长龚少鹏和副局长基兴国二人将指挥车开到了仪征第二江南别墅区的广场上，仪征市朱怀民局长带了两个人赶了过来。朱怀民也是个老刑侦，他为不惊动案犯特地让司机换了一辆民用牌照的汽车，龚少鹏局长看在眼里对他说：“不愧是老刑侦出身，一露手就知轻重！”

“我们都是你的兵，警惕性时刻不能放松！”朱怀民局长一指带来的两个便衣向龚局长报告道，“这两人是仪征城南区公安分局的负责人，城南的一切情况由他们二人向局长你汇报！”

两个身着便衣的城南公安分局负责人立时向龚局长敬礼并道：“随时听从领导调动！”

龚局长一挥手将三人让进指挥车，汪处长立在一旁将沿江地图打开。经过二十分钟的研究，一套抓捕行动展开了。根据仪征城南公安分局提供的情况，又结合地方乡镇领导给出的线索，基本确定案犯所藏身的那条船的位置。

此时的房高带了两个刑警队员进了正东船厂对面一户人家的院落，这户人家户主是所在区属的村书记，对船厂的情况很是了解，房高用对讲机向龚少鹏局长汇报了解的情况，并提了自己对确定案犯就在正东船厂内的看法和侦察到的一些情况。整个十几公里距离的船厂，能住人的船只有正东船厂这条买回来的旧船，其他船厂都在赶工造船，案犯要是把人关押在船上的话，只有这一条船的嫌疑最大。

市公安局长龚少鹏批准了房高的行动计划，房高这时正和另一名刑警队员换衣服，他们需要换上船厂电焊工人的服装，然后化装成船厂的工人进船厂侦察，他们需要进一步确定绑匪的确切位置，然后根据晚报记者被关押的所在位置情况，制订行动计划。因为被绑架的记者的安全是第一位的，何况这里是摆满氧气瓶的造船现场，稍有不慎就会酿成大的灾难。尽管公安将整个船厂范围围了起来，万一绑匪来个鱼死网破，非但人质性命不保，整个造船企业和船厂加班工作的工人所受到的威胁，那个后果是可怕的。龚局长看到了假币案犯的用心险恶，对案犯选择造船厂关押晚报记者的用意他看得清清楚楚，但龚局长对案犯让被绑架的晚报记者和房高通话感到不可思议，他对站在一边的汪处长说过一句这样的话："如果让被绑架人和房高通话是有目的的话，这个目的只有一种可能，就是有意暴露自己的藏身之地，让警方来围剿他，案犯这样的用心是设计好的圈套，那造船厂就有更大的阴谋和危险存在。因为许多制作炸弹的化学品被偷盗，还有石塔宾馆抓获罪犯时缴获的土制炸弹，这些情况就能说明，假币案犯利用造船企业造船用的氧气和乙炔瓶，再加上土制炸弹为引爆起点，制造一场爆炸惨案，达到报复行凶犯罪的目的。如果这种推测存在，那么围剿船厂的行动就必须更全面。"

汪处长及时将龚局长对案件的分析传给了房高行动组，所以房高在研究后才决定由自己带一个刑警队员化装进船厂侦察，同时这样做的目的就是行动目标小，不容易引起案犯的注意和警觉。龚局长批准了房高行动组的计划，并且提出要他们进去前和等待行动的公安警方约定行动信号，这样在需要增援时才不会被动，因为船厂里面的情况很复杂，建议行动小组把情况考虑得更周到。狙击手已经找到了制高点，他们的目标就是停在陆地上的那艘船，观察后的情况也传到了房高的耳机里，包括趴伏在驾驶舱顶棚那只黑猫。

房高和化了装的刑警队员进了正东船厂，他们俩做了分工，保持一段的距离，当前面的房高受到威胁时，走在后面的刑警队员作为救护队员要及时出现。房高确定了他们要进去的那艘船，他和同伴顺着船的下沿站定了下来观望着。此时的船厂内灯火通明，一家挨着一家的造船企业都在赶工，高高的工作平台架上，电焊工都在忙碌着，电弧光四下喷射，在漆黑的夜晚里尤为壮观。

房高指着悬在船边的悬梯，同伴摇了摇头，房高又抬头望了望靠船边架起的工作井架，他俩相互点了点头，他们两人一猫身攀上了井架，向高处攀去。

房高和同伴选择放弃从船的悬梯上船，就是怕上船的脚步声惊动案犯，他们要神不知鬼不觉地进入船的驾驶舱，然后由驾驶舱进入船的内部。房高相信在船的驾驶舱罪犯一定会有耳目看守，所以当房高和同伴顺着造船架设的工作平台上了船尾时，他们二人找了一个隐身堆在船甲板上的安全网后伏下身子，房高开始和狙击手联系，他需要狙击手提供船甲板上的具体情况。

狙击手在制高点观察到房高和另一名趴伏在安全网后的队员，他通过狙击步枪上的望远镜在船的甲板上搜索着。

狙击手的话传了过来："甲板上没有动静，远红外线没有搜到人体热能的存在，但在船的驾驶舱顶棚上趴伏着一只黑猫，远红外线显示有热能的存在，而且有无线电发射波的频率。"

房高问道："是个无线监控装备？"

狙击手又望了一眼那个趴伏在驾驶顶棚的黑猫，他回答道："你见过一直趴伏在那儿，十几分钟一动不动的猫吗？"

房高得到了回答，继续问："我从它的身后绕过去，行吗？"

"没用的！"狙击手一边回答，一边调整了一下方位对房高说，"这只猫的监控眼睛对着进船驾驶舱的门，不管你从哪

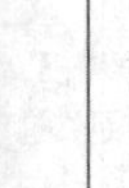

个方位绕，都得被棚顶看护的监控猫眼看见，我建议直接冲进去制伏他们！……”

房高摇头道：“绝对不行，船下面的情况不清楚，一旦犯罪分子真准备了炸弹，那后果就不堪设想。你需要帮我观察甲板上，除这个猫监控外再有没有其他监控摄像头！”

狙击手用远红外线仔细地在甲板上扫了一遍，回答房高道：“可以确定，船的甲板上没有其他监控摄像头！”

“好！”房高继续对狙击手说，“你继续观望甲板上的情况，驾驶室一有异常及时通知我！”

“明白！”狙击手回答后将远红外线望远镜对准了船的驾驶室。

房高对身边的刑警队员一指隔壁另一条船上的照明太阳大灯说：“这样，你从井架上爬到对面的船上去，用对面船上的照明大灯，对着趴伏在这条船驾驶舱顶棚的黑猫监控眼睛一照，用照明的强光使监控失去几秒的作用，我只需这个几秒就能进入船的驾驶室了，完了之后必须立即将照明灯从监控猫的身边移开，这样案犯就不会发现我们的行动了。”

刑警队员道：“那样，你一个人进入船舱里的话，危险就更大了，万一……”

“没有万一！”房高打断了同伴的话说，“这个猫监控不能动，要让它正常工作，一旦案犯发现这个监控失去作用或移动监控位置，他们就能知道我们警方已进入了，那时才是最危险的，因为案犯会随时启动爆炸。”

“万一案犯人多？你一个人应付得过来吗？”

“我分析过，船舱里的案犯不会多！”房高解释道，“案犯故意暴露这个地点，是要吸引我们警方围过来，然后引爆爆炸装置，他们的目的就是来一次大爆炸，达到对我们警方的大伤害。所以船舱下面有没有案犯的看守人员？就是有也不会超出两人，他们也不会不顾同伙的生命吧！还有设在船驾驶舱上面的猫无线监控就说明，案犯的人手不多，也许就摆了个他们想象的屠宰场，等我们警方进入而已，好了，你现在就爬到对面的船上去，我绕到驾驶舱猫监控的背后下面，等你的照明强光。”

刑警队员没有其他办法，他只好起身向隔壁的一条船猫了过去。房高也行动起来，他需要绕到驾驶舱的后面，在驾驶棚的左面出现，这样趴伏在头顶的无线监控猫就拍不到自己了，只要同伴将照明太阳灯的强光往这边一照，不用三秒房高就能冲进船驾驶室里。

同伴用了五分钟爬到了对面船照明灯的位置，他和房高在耳机里约定了行动时间。刑警队员的太阳灯强光照了过来，就好像一阵大风把照明灯刮歪了一下，照明的强光在黑猫监控的眼睛停留了三秒后恢复了正常，房高就在三秒钟之内，一猫身进了船的驾驶室。

房高的枪子弹上了膛，他需要观察驾驶室里有没有监控，他弯着腰眼睛扫视了一圈，驾驶室里一遍漆黑，房高的眼睛适应了之后向驾驶舱下面的楼梯口摸了过去。

沿江十几公里的船厂被公安和警方围得死死的，交警支队倪支队长和夏政委亲自领命，将沿江高等级公路的东西两头封死了，沿江向北的所有区间道路都布置了交巡警。时间在一分一秒地过去，这两尊扬城的道路门神放心不下，他们驱车到了沿江一线，两人一路看下来，对沿江公路北面一线的花木和大棚种植地块有了不同的看法，如果案犯这一次是故意吸引警方围剿，那么他们的藏身之处不会离船厂太远，因为要用爆炸来报复警方的话，案犯就必须实行遥控爆炸装置，有了遥控爆炸装置作前提，那么就有遥控距离的限制，也就是说案犯要启动爆炸的话，他们一定躲在离船厂不远的地方。而这片沿江公路的北面大棚种植基地和花木基地，就是最好的藏身之处，夏政委和倪支队二人都有相同的观点，他们决定把自己的观点迅速向抓捕小组汇报，在汇报的同时，他们二人悄悄地调动了交巡警力量，进行遥控有效距离内的搜捕。

抓捕行动小组立即将这个情况汇报给在现场指挥的龚少鹏局长和基兴国副局长，龚局长对这个情况非常认可，又下了一道指令，调集所在公安派出所警力会同交巡警，对沿江公路以北的大棚蔬菜基地和花木基地进行搜查，如遇抵抗坚决给予还击。因为手持爆炸遥控装置的凶手，很有可能就躲藏在沿江公路北面的蔬菜基地和花木基地。

案犯焦流确实将引爆炸弹的遥控距离地点，设在了正东船厂不远的花木种植基地的大棚里，由于是新年初一，花木基地里一个人没有，就连花木基地看门的人也回家过年三十了，花木基地看门的大棚内就两条狗，焦流很快用药将两条狗毒死。现在的他正躺在基地看门人的床上，他的一双眼睛紧紧地盯在手机的屏幕上，手机屏幕上是船厂监控传过来的监控画面。焦流很自信，警方不会想到自己就躲在他们的眼皮底下，他也认为花木基地的看门人不会在新年初一的晚上就能回来，即便回来自己也能对付，将看门人打昏捆绑就行。如遇反抗就地杀死。焦流的计划安排一直进行得很正常，按他自己的计算警方应该进入厂区了，但自己放在船驾驶室顶棚的无线监控还没有出现警方进入的情况，就是有不过是监控画面出现过二三秒的白色画面，焦流从监控上看得清楚，那是船厂照明灯光闪过来的强光所引起的。焦流凭记忆认为，这个闪过来的照明强光是隔壁船厂在调整照明地区，因为船厂一直在连夜赶工，工人完成船身一段工作后，需要将工作照明灯一同调换地方，所以案犯焦流对刚才监控镜头出现二三秒的白色画面，并未有所警觉，他仍是躺在看门人的床上，等待警方在监控画面上出现，或者自己的监控画面出现被移动或黑屏，那时自己就会毫不手软地按动起爆装置，连同这条船和船厂周围及数十公里范围内的一切都炸毁，因为焦流在沿江船厂作了查看，气割和氯弧焊所用的氧气和乙炔在船厂里到处都是，他们的爆炸总量不亚于几吨炸药，尤其是在船厂爆炸，船厂里到处是铁件，爆炸后的破坏性是无可限量的，所以现在躺在花木基地看门人床上的案犯焦流，他对爆炸后自己逃跑的方位都做了限定，他一定继续向北跑，只有这样自己才能跑出爆炸危险区，案犯焦流连自己逃跑的汽车都放在花木基地最北面的一处大棚内，这是案犯焦流为自己早作的逃跑计划。

就在交警支队倪支队长和夏政委的搜查沿江公路路北蔬菜基地和花木基地的建议，被市局龚局长认可的时候，花木基地看门人提前回花木基地让案情起了变化。原来，这个花木基地的看门人老武就住在附近的农庄上，这个老武是个五保户，父母早亡，年近四十仍是单身一人，他老实诚恳做事踏实，庄户上人人都关爱他，他有个爱好喜欢练武，对电视武打剧更是看得入迷，有时一人在看护的棚子里一边看武打

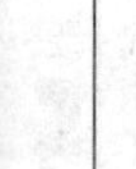

剧，一边依样照着武打剧的一招一式练起来。花木基地的老板就把看护花木基地的工作交给了他。年底二十九他回家一趟把家里做了安排，年三十被庄上的同姓本家拉回去过了个三十晚上，新年初一大早上就被村里的老书记请到家里吃了个中饭，看看到了下午，老武将家里邻居送来的菜和鱼肉装进布口袋，把门锁好后就向花木基地赶来。老武喜欢看电视，但家里的唯一的一台小电视搬到了花木基地，况且老武是个工作认真的人，人家将看护花木基地的任务交给了自己，自己就必须认真负责，况且自己养的两条看门的狗还要喂食，于是老武初一下午就往花木基地赶来。

老武的家在花木基地的北面，花木基地的大门是朝沿江公路向南开的，老武要抄近路的话就从花木基地的北面直接穿过去，一路就能到花木基地的大门了，这样能省二十分钟的路程。花木基地每一个角落老武都是熟悉的，他今天果然抄近路直接穿花木基地而来。

花木基地里都是育种花木苗圃的大棚，也有移栽成片的小树苗林，老武七绕八拐到离自己看门的住宿大棚不远时，老武似乎感觉到不一样的情况，如果往常自己走到这个位置，自己所养来看门的两条狗就会迎了过来，它们会听到自己主人的脚步声，会跟在自己主人身前脚后地撒着欢，今天怎么了？一条狗都没见着，发生了什么事？……看门人老武心里紧张起来，他不由得加快了脚步，离自己住宿的大棚只有50米远了，自己的两条狗还是没有出现，老武在心里预感到不妙，是来了偷树苗的？由于是傍晚，隐约间远远地看见自己住宿的大棚门帘有灯光闪了出来，他坚定了自己的预感，于是老武决定不走住宿大棚的正门进去，他绕到了大棚的后面，在大棚的后面开有一个可以掀开的小门，那是在夏天的时候通风用的。老武轻轻地来到了大棚后面，侧耳听了听，大棚内没有声响，他轻手无声地解开那扇通风用的小门，进入自己住宿的最后面，大棚住宿的最后面堆积了很多塑料薄膜和栽树用的农具，隔着不远就是自己的床铺。老武的心跳加速了，他心里紧张地从堆积的农具缝隙里收回目光，在自己的床上，他看到躺了一个男人，在自己床的另一边，他看见了用草帘盖着露在外面的狗尾巴，不用说自己的狗一定遭了毒手，这个人绝对不是好人，老武顺手抄起一把挖沟的铁锹，他在心里盘衡了一下，这个人不像是偷树苗的人，但新年初一逃到这里杀死看门的狗，这绝非善人，难道是逃犯？老武心里只有一条，他能下手杀死自己的狗，他就会对自己下手，老武决定先将这人打昏然后报警，于是他屏住呼吸，手握铁锹靠近了床铺。

躺在床上，一双眼睛全力盯在手机屏幕上的案犯焦流，他也感觉到这个大棚后面有过轻微的声响，他以为是外面大风吹刮的声响，他没有往深处想，一双眼睛紧盯着手机的屏幕，他在等待警方在监控画面的出现。也许这是他的罪有应得，也许这是老天对他作恶还报，也许是被他下令勒死的出租车司机前来索命，总之，在老武的铁锹狠狠地将焦流的脑袋拍成破碎的西瓜时，他怎么也不会想到自己会死在一个看花木的看门人手里。看门人老武本来是要将案犯焦流打昏过去，然后将他捆绑报警，没想到自己下去的一铁锹，将案犯焦流的脑袋拍了个稀巴烂，案犯焦流连哼一声的机会都没有就一命归西了。放在床上的炸弹遥控器仍闪着电源光亮，那部手机仍开着，手机的屏幕上仍是船厂监控的画面。

老武见一铁锹打死了人，他一屁股瘫坐在地上，他脑子里一片空白，知道自己闯大祸了，望着躺在床上的尸体和顺着床边留下来的一摊血，老武害怕地从瘫坐的地上爬了起来，冲出了大棚外。也许大棚外的寒冷将老武的头脑冷清醒了，老武站住了，他知道这件事是自己跑不掉的，毕竟人死在自己的大棚里，自己就是跑了，也许天不亮就会被警察抓了。老武心一横，决定自己投案报警。于是老武从自己的口袋里掏出了手机，颤抖的手拨了几次 110 都没有成功，最后他抽了自己一个大嘴巴子，骂了声自己胆小鬼之后，终于拨通了 110 的报警电话。

此时的房高摸进了船员休息舱，他知道自己已经接近绑匪了，他侧过身子过了一道窄口，贴着舱壁向前探出了头，他看见了老幺和另一个案犯正吃着泡面，老幺对同伙说："明儿我们就走了，这是最后的一餐了，给那个女记者送桶方便面去，也算是我们的心意，再说她也是我们的钱主嘛……"

同伙没说话，站起身撕开一桶方便面，将开水倒满后又一一将作料放了进去。他端了方便面转身向关押缪琴的屋子而来，房高看在眼里，悄悄地跟在一边，待那个案犯打开关押缪琴的那扇铁门时，房高从背后对准案犯的后脑勺就是一枪托，案犯一声不吭地被打晕了，手上端着的方便面洒落在地上。房高用手势制止了缪琴的惊呼，他一伸手将打晕的案犯拖在一边，低头在不知所措的缪琴耳边说了一句，然后闪身躲在门后。缪琴醒悟了，她立起嗓子叫了起来："你想干什么？请你离开，不要碰我！"

缪琴的声音很大，老幺听见后脸上露出了猥琐的一笑说："小子，忍不住啦！记住，女人是祸水，你要是还改不了这毛病，迟早栽在女人手上！"

“滚！”缪琴的声音很大，她又随手将床弄出了声响。

老幺坐不住了，他怕同伙做过了头，毕竟上家交代过明早9点前有人来接班，他不想多事，他要平安地做完这趟生意。于是他站起了身，一边嘴里对同伙说着话，一边向关押缪琴的房间走来。

“小子，住手！别胡闹了，上家有交代，别对记者无礼。”

案犯老幺的话没说完，就在他跨进房间的一刹那，房高猛地对他头部一击，老幺也被打晕在地。

一旁的缪琴顾不了许多，她扑进了房高的怀里，她知道房高会来救自己，没想到得救得这么快，她从相信房高说的那个梦开始，她就明白，在这艘船上房高一定会找到自己，因为，房高梦中的那艘船不在水里，在陆地上的船是不会开走的。

房高搂着缪琴，他知道缪琴一定被吓坏了，缪琴的哭泣声通过房高的耳机传到了船甲板上的同伴耳中，他觉得奇怪，于是问道：“我听见有女人的哭泣声，房高你在干什么？需要支援吗？”

房高听到了耳机里传来同伴的声音，他一边替缪琴抹了眼泪，一边回答同伴：“替缪记者抹眼泪的事，需要你支援？”

缪琴害羞地笑了，房高继续对同伴说：“绑匪被制伏，但现场还没有检查，需要防爆专家进来！”

先前被打晕的案犯身子在动，似乎他要醒来，房高走了过去就是一脚，案犯又被踢昏了过去。房高将缪琴带出房间反手将铁门上闩。对着缪琴说：“你先上去，这里危险，案犯在这里放置了大量的爆炸品，你快出去！”

房高一边说，一边和制高点的狙击手联系：“索命鬼，听见了吗？马上缪记者出来了，你不要眼花乱开枪！”

缪琴被房高带着到了楼梯口，房高一边将缪琴推上楼梯，一边说："快上去，顺着楼梯一直向上，出了驾驶室就是甲板，记住尽快离开甲板，防止大爆炸！"

房高说完回身去找引爆点的炸药，在绑匪吃饭的一张椅子边，他发现了那双黑面黄底的皮鞋，他将这双鞋拎了起来，一只手从腰间拨出手枪，房高对这双鞋太有印象了，他追踪这双鞋的主人好久了，现在这双鞋能在现场，这双鞋的主人一定就躲在附近，房高的戒备提到了极点，他不能轻视这个较量过几次的对手，他知道对手是个狠辣的角色。

房高的眼睛将这间屋子扫了个遍，他很奇怪没有发现观看监控的电脑或手机，绑匪吃饭的桌上和睡觉的床上他都检查了一遍，没有可疑的东西。这时防爆专家和行动小组的队员下来了，防爆专家的测爆仪器在警示，爆炸危险就在机舱，于是他们跟着来到船的机舱，出现在他们眼前的一大堆氧气和乙炔瓶把所有的人吓了一跳，防爆专家在氧气瓶堆的夹缝中间发现了案犯制造的土制炸弹，他小心地将土制炸弹移了出来，在观察了土制炸弹后用工作钳夹断了一根炸弹连接线，于是一切警报解除。两个案犯被铐上了手铐带出了船舱。当房高将那一枚土制炸弹放在老幺眼前时，老幺的脸上也吓白了，他知道幸亏警方及时处理，要不然自己和同伙都会被炸上天。到这时他才明白，雇用自己的上家说在明天 9 点后就完成任务了，原来自己和替他卖命的同伙永远活不到明天的早上 9 点了。

花木基地里老武的报警，很快使在附近巡查的派出所和交巡警冲到了现场，当众人的目光看到死者旁边的遥控器时，大家什么都明白了。他们都没有想到，这个狡猾的罪犯竟然会死

在一个看门人的手上，这个结果谁也没有料到。

房高也来到了现场，他是要亲眼看一下这个对手，可惜看门人老武用力过大，案犯的脑袋被拍烂了，怎么看也不能看清他的面部了，也许这就是案犯焦流生前为什么喜欢戴墨镜的原因了，他不喜欢别人见到他的真正面貌，就是死了也不让别人看清楚。房高手里拎着那双黑面黄底的皮鞋，他觉得应该把这双泄露他踪迹的皮鞋还给他，让他穿着这双黑面黄底的皮鞋离开人世。于是房高将这双皮鞋放在了死者的手上，房高转身离开了。

由于看门人老武的及时出手，制止了一场大爆炸的可能，并当场将行凶的案犯打死，看门人老武立了功，公安局刑侦处从实际出发为老武发了一笔奖励，又和地方政府一起出资为看门人老武改建了住房，并将老武安排到乡镇政府门岗做保安工作，使五保户老武有了新家还有了工作。

新年初六，市公安局局长龚少鹏的秘书给交警支队来电话，说龚局长和基副局长9点后到交警支队。电话是倪支队长接的，他在电话里想从局长秘书口中套一点口风，市局二位局长来交警支队的主要事情是什么？秘书的回答也很干脆，二位局长就是给你们交警支队拜个年。

对于龚局长和基副局长的到来，交警支队的两位当家人心里打起了小鼓，倪支队长和夏政委心里都有一个同样的想法，两位局长此次来一定会提房高调刑警队的事情，这件事正是交警队两位当家人所担心的，但是万一两位局长当面提了这个问题，我们怎么办？怎么和局长说？

倪支队长朝老搭档一努嘴道：“看你夏培公的手段了！这

回市局领导肯定要调房高离开，这小子可是好苗子，交警支队让他接班那是最适合不过，但是现在刑侦处要人，逼上门来，市局两位局长又亲自上门，看来我俩的心血要泡汤啊！”

夏政委没说话，他脑子在思考，他从新年初一后，假币案件侦破那天开始，他就在考虑市局提出调房高去刑警队的事，他没想到龚局长和基副局长会亲自来交警队，而且来得这么快。对倪支队长刚才的话他也听在心里，只是他还没有十足的把握料定两位局长的来意。夏政委习惯地闭了一会儿眼睛，嘴里不住地重复一句话：“该来的总会来的！五行常在，相生互爱！”

一旁的倪支队长听了不理解地说了句：“老伙计，现在是水淹山门了，你再不显点神通，你手中的佛珠将不保，到时候这个经看你怎么念？”

夏政委的嘴角挂着笑，口中吟诗般道：

不知鸡鸣五更后，
谁人家中坐上宾。
藏书千册人不爱，
谁信腰间无酒钱。
洞宾有宝借一用，
脱去轻纱为种田。
……

（欲知市公安局两位局长来交警支队有何公干？敬请观看本书第二册——《警亭点将》）

2017 年 2 月 25 日扬州

后记

看完这部公安警察题材的书，对于生长在物欲横流社会中的现代人来说，也许你会淡然一笑，因为在你的思想里，生活中的安宁和幸福那是来自自然，与每时每刻都忠于职守的公安警察没有多少关系，但当你被堵塞在交通道路无法行进时，你的生命面临罪犯的威胁时，你的安宁幸福的家遇到意外灾害时，相信你第一个想到的就是公安警察。

水会倒流是地球磁场的引心力断层造成的，人的思想没有向心力就不会存在情感。

如果你正在读这本书，请一起向最可敬的公安警察致敬！

够园

2017 年 2 月 25 日扬州